Best Time

白 马 时 光

同学录

*Alumni Page*

书 海 沧 生 著

百花洲文艺出版社
BAIHUAZHOU LITERATURE AND ART PRESS

## 图书在版编目（CIP）数据

同学录 / 书海沧生著 . — 南昌 : 百花洲文艺出版
社 , 2018.7
ISBN 978-7-5500-2875-3

Ⅰ . ①同… Ⅱ . ①书… Ⅲ . ①长篇小说—中国—当代
Ⅳ . ① I247.5

中国版本图书馆 CIP 数据核字（2018）第 108891 号

## 同学录

TONGXUE LU

书海沧生 著

| | |
|---|---|
| 出 版 人 | 姚雪雪 |
| 出 品 人 | 李国靖 |
| 特约监制 | 夏 童 |
| 责任编辑 | 袁 蓉 |
| 特约策划 | 何亚娟 |
| 特约编辑 | 夏 童 张 丝 |
| 封面设计 | 小茜设计 |
| 版式设计 | 王雨晨 |
| 封面绘图 | 三 乖 |
| 出版发行 | 百花洲文艺出版社 |
| 社 址 | 南昌市红谷滩世贸路 898 号博能中心Ⅰ期 A 座 20 楼 |
| 邮 编 | 330038 |
| 经 销 | 全国新华书店 |
| 印 刷 | 三河市金元印装有限公司 |
| 开 本 | 880mm×1230mm 1/32 |
| 印 张 | 10 |
| 字 数 | 276 千字 |
| 版 次 | 2018 年 7 月第 1 版第 1 次印刷 |
| 书 号 | ISBN 978-7-5500-2875-3 |
| 定 价 | 39.80 元 |

赣版权登字：05-2018-241
版权所有，侵权必究
发行电话 0791-86895108
网 址 http://www.bhzwy.com
图书若有印装错误，影响阅读，可向承印厂联系调换。

# 目　录
contents

# 目 录
contents

我们天各一方的时候，没有谁会想到这个结局。可是大家或者沉默，或者忽略，用结束一顿快餐、一杯咖啡的时间，消化了这个事实。然后用一辈子努力让它显得没什么大不了的。

　　瞧，我们都笑笑就过去了。

　　这也许是成熟。我这样告诉自己，审视自己的时候宽容自己，只是因为难以启齿。我无法说，在这样大的天地，我再也找不到一个人，告诉他，我亲爱的同学啊，我曾经多么喜欢你、多么爱你。你不要再次刻意用爱情、亲情或者友谊清晰地划分，因为在我的心里，你曾经就是这个世界爱过我的全部证据。


　　多年之前，我是你的同学。

　　多年之后，我是你的同学。


　　我轰轰烈烈地制造自以为是的传奇，觉得太阳都在崇拜我，是因为你那么动人的样子，就这样让我的年少眩晕起来。

## Chapter 1

# 北温终别南阮起

阮宁上大学的第一年夏天，过得如鱼得水，乐不思蜀，快活得赛小糊涂神。

那会儿她还没参加一场奇怪的同学会。

这件事，还是从头说起。

阮宁她们宿舍一共六人，被分在了四、五、六三个班，刚巧后三个班又在一个大班，因此上大课的时间基本一致。专业课老师一上四节课，仁慈一点的，十一点二十分就下课了。下了课，一窝一百来人又乱哄哄地分成两拨。一拨直接朝食堂蹿，一拨头也不回地回十三公寓前的羊肠胡同，一人来碗盖浇饭，又快又有肉，吃完方便回宿舍睡午觉。

阮宁她们属于后一拨。

阮宁爱吃宫保鸡丁盖饭、烧茄子盖饭以及土豆牛肉盖饭。那会儿是2010年，宫保鸡丁四块五、烧茄子四块、土豆牛肉七块。阮宁在吃饭这件事上一向不怎么为难自己，可是土豆牛肉还是被大家一致认为比较奢侈，所以为了不露富，阮宁同学三四天吃一次。

2010年的初夏特别热，小饭馆四五台小挂扇吹着汗也没见停，阮宁吃得正欢快，就听邻桌女同学讨论着"浴池"什么的，她支楞着耳朵，边挖米饭边听。阮宁所在的十三公寓没有大浴池，洗澡要穿越大半个老校区，颇为不便。年初，校领导承诺了，一定要让西门的小同志们也过上有热洗澡水的共产主义社会生活，然而到现在还没什么动静。

"浴池要来了？"

"要来了要来了！"

"我的天，大家知道信儿了吗？是来西寓吧，不是东寓？"

"东寓满了，不大容得下的。"

"整个搬过来？"

"整个！新区研究生院扩招，它们只好拆了挪到老区来，不来都不行了。听说设备都搬了回来，正好咱们公寓挨着校医院，以后都方便的。"

最近大家的情绪都有些骚动，尤其是女生。阮宁觉得大家也怪不容易的，一个澡堂子就能让大家兴奋这么久。不过，确凿，它是要来了。阮宁欢天喜地打包了五个饭盒，一溜烟跑回西寓三楼。

阮宁宿舍208，住着六个姑娘六朵花。两个班花，两个院花，一个校花，还有一个……舍花。

老大懒，老二馋，老三女版保尔·柯察金，老四腿长脸皮厚，老五眼大笑容甜，还剩下阮宁阮阮六六，嗯，她以"开怀畅饮小美人儿"自居。

阮宁一脚蹬开宿舍门，喜笑颜开："告诉你们一个好消息！"

老五也刚好洗头回来，长发滴着水，一屁股把阮宁蹶开，嚷嚷着："有好消息，听不听，听不听？"

老大幽幽地顶着一头乌黑的乱发从被窝里探出脑袋，有气无力地说："准奏。"

"澡堂子要开业了！！！"

"医学院要搬来啦！！！"

阮宁和老五颇有些怪异地对视了一眼，两个人都是一副你在说个毛的表情，上铺老二却推开被子，腾地睁开眼，坐了起来："俞三！"

老五把盆重重一放，说："对，就是俞三，俞三要来了！整个医学院都要搬回老校区了！"

老四正在拨弄闹钟，抬起眼，问："俞三？不是我知道你们知道China人民都知道的那个俞吧？"

老三本来坐在课桌前温习《刑法》，抬起头，讶异："我没跟你们说过？医学院早就定了要搬回来，有什么好大惊小怪的。"

老三是校学生会的一个部长，在寝室最是严格自律。

阮宁把盒饭往桌上一推，咆哮道："俞三毛啊，毛俞三啊，俞毛三啊，不是澡堂子吗？有没有人告诉我发生了什么？"

老三捏了捏阮宁的小下巴，笑眯眯："我的妹，你有些健忘。俞三就是俞迟啊，你刷了三天三夜还是输了的那个俞迟。"

阮宁眉心一跳，她回望了望自己身残志坚的"小笔电"，悲从中来："我的儿，娘对不起你！！！"

阮宁对不起"小笔电"的事，大有前因，就跟老三所说的"刷了三天三夜"息息相关。

事情是这样的。

Z 大有个优良的传统，每年的五六月份学生会都要组织选一届"校园之星"，一男一女，说白了就是校草、校花。阮宁所在的法学院男生一贯是牙尖嘴利小炮仗，个子小嗓门大，每年鲜有入围，女孩子倒是拔尖，阮宁寝室老大应澄澄就名列三甲。阮宁注册了数不清的 ID，什么"应澄澄你是我女神""应澄澄请让我当你的小水壶""澄澄你回头回头回头啊"，痴汉猥琐气质尽显，日夜兼程给应澄澄刷票，好不容易刷到第一，手都快抽筋了。她眯了会儿觉，一大早的，睡眼惺忪，打着哈欠刷新，却发现一个叫"俞迟"的家伙异军突起，整整一万多票，再看应澄澄，居然已经找不到名字了。

阮宁又刷新，澄澄的名字还是找不着，可是俞迟已经到了一万五。阮宁愤怒了，这么披星戴月的，一宿没睡，却让别人占了先，还是个刷票的货啊（完全没有自省意识），性质恶劣啊，道德败坏啊，危害公共安全罪啊！她必须把他拉下马啊！阮宁一看第二，一万三，好嘛，逮住就刷了起来，愣是三天没上大课，到票选结束的最后一分钟，第二还是差了俞迟几十票。阮宁快吐血了，挂着黑眼圈去抓水杯，一边喝一边郁闷，喝着喝着，忽然琢磨起哪里不对味儿，一口水喷到了键盘上。

电脑页面左上角赫然写着"校园之星民意票选测评"，是的，这没什么错，可是，后面还有括弧，男，括弧，完毕。

显然她进错了页面，假设错了敌人。

阮宁战绩彪炳，据说后来学生会查ID，单单法学院女生宿舍楼就刷了三千票，ID全是对法学院女神应澄澄的至死不渝，票全投给了外院男神陈蒙蒙。

据校报记者采访说，以二十几票遗憾败北的陈蒙蒙同学表示心情很沉重，因为他不知道自己究竟是被男变态还是女变态盯上了。

应澄澄则简单粗暴，在阮宁头上一记暴栗，阮宁抱着笔记本在被窝里，挂着两串鼻涕，眼泪很凄凉。

"小笔电"被她一口水喷得黑了屏，阮宁今年花费超支，是没钱修电脑了，她准备放在温暖的小胸脯上焐一夜，指不定焐好了呢。

显然，她高估了自己和"小笔电"的感情基础。"小笔电"时好时坏，温度一过七十摄氏度，自动黑屏。阮宁写学期论文，都是"小笔电"被风扇吹着，她热着，她出点汗没什么，"小笔电"报废了却是灭顶之灾。

经此一役，阮宁那些拼了命的日子什么都没记住，却清楚地在心底构架了那两个字，每每总能想起它们在屏幕上对她一本正经的嘲弄，以及留给她的，好像无论如何都追赶不上的懊恼。

俞迟。

她没想过和他会有什么交集。

医学院的学生搬进西寓的园子里的时候，阵仗很大。行李倒没什么，男生们集体抬一抬也就是了，上下楼的也不太扰人，可楼下叽叽喳喳的，跟菜市场一样，都是女孩的声音。

阮宁被吵醒了，揉着眼走到了阳台，却被吓了一跳。琳琅满目的包裹、被褥且不说，楼下有二三百人，男女都有，熙熙攘攘，十分热闹。另外一小撮女孩子似乎围着谁，乌泱泱地来来去去，就好像一块黑板擦，在白板上擦来擦去。

"总听说俞三招女孩子喜欢，看来不假。"老三拿了块热毛巾在阮宁小脸上蹭了蹭，嫌弃地擦掉她脸颊的口水印。

阮宁抱住老三周旦，在她胸口蹭了蹭，满意道："女儿，为娘的好欣慰，你又长大啦。"

周旦和阮宁老家在一处，素来要亲密一些。阮宁人小辈分大，旁的闺密认老公、老婆，她就反其道而行，从辈分下手，认周旦做女儿，周旦倒是不肯承认的。

"六六，六六！"二姐田恬刚从食堂回来，高跟鞋踩在瓷地板上咣咣当当的，很有韵律。她拿出一个信封，递给阮宁："放两天了，楼下阿姨让我捎给你。"

阮宁拿工笔刀裁开，是一张邀请函。初中同学组织的同学会。

兹定于二〇一〇年八月八日夜，H城REU酒店十一层，五年之约，同窗之谊，扫尘恭候，风雨不渝。

润着松香的黑色卡片，干净的毛笔字，并无署名，阮宁有些头大。

"这卡片倒别致，市面上没见过。"老五瞅了一眼，黑、金两色，黑底很低调，挑金却耀眼夺人。

阮宁心下有些无奈。那个世界的那些家子，哪有谁去市面上买贺卡的，都是雅兴来了，设计完了去定制，为的便是一个"独"字。要在这熙攘人世间独一无二。

便好比电子邮件比白开水还要习惯的今日，只有他们还继续用毛笔规规矩矩写字了。写便写了，面子上温润板正，内里却是谨慎，让人猜也猜不出到底是哪家的风格。

阮宁挠挠头，却不好说些什么，只收起放进了抽屉。

距离八月八日还有一个半月。

这贺卡来得早了些。


阮宁养了一条小金鱼和一个仙人球。小金鱼叫林林，仙人球也叫林林。大家都很奇怪，为什么叫林林，居然还都叫林林。

阮宁喜欢的人叫林林。准确地说，阮宁暗恋的人叫林林。林林对她并无此意。阮宁当年告白失败，一边哭一边往校外走，校外有家卖糖葫芦的，阮宁那天坐在店前的台阶上吃了十五串糖葫芦，一边吃一边继续哭。当晚就闹了肚子，爸爸背着她去医院。她在爸爸背上迷迷糊糊睡着了，等到睡醒了，就回到了2010年。

她总是做着吃糖葫芦然后去医院的梦，梦里全是糖衣，却不大甜蜜。

她喊林林时，看着小金鱼和小仙人球含笑，小金鱼和小仙人球却是从来没什么回应的，不过多亏阮宁悉心照顾，一个越发肥胖，一个越发青翠。

活得好便是好了。

妈妈晚上打了个电话，问阮宁钱够不够用，阮宁张口刚要撒娇几句，便听到小孩子撕心裂肺的哭声，妈妈便慌忙说弟弟睡醒了，要是需要钱便打电话，诸如此类，挂断了电话。

阮宁的话又憋了回去，揉揉鼻子打开了电脑。她点开了一些招聘门户，找了一些短期工作的招聘推送。

阮宁确实需要一笔钱，比修理"小笔电"更急迫。


学校七月一日放假，考试周阮宁天天灌咖啡，平常上课打瞌睡，这会儿明显遭报应了，一个学期的东西一周背完，阮妹不求奖学金，因为她本就不是什么胸有大志的人，但是挂科也是不大妙的，因为挂科要交补考费，一科六十。姑娘秉持这样的想法，我不占学校便宜，学校也休想占我便宜。铁了心不能挂，喝咖啡以供鸡血，半夜一、三、五点各一杯，最后一科民法考完，直接吐得天昏地暗、肝肠寸断，从此看到电视广告捧着雀巢咖啡笑得甜甜的妹子都恨不得一巴掌呼到屏幕上。

放假了，五朵花各回各家，阮宁留在 H 城打零工一个月，七月才算结束。挣了约莫七百块，掏出其中四百给家里那三口买了些礼物，自个儿存了三百，另扣了一张到家的火车票。

阮宁到家，她那刚满三岁的小弟弟是最开心的。阮宁惯弟弟，立刻把孩子抱到肩膀上，俯首甘为孺子牛。小家伙也不客气，揪着她的耳朵当方向盘，左耳朵是往左拐的，右耳朵是往右拐的。阮宁特别听话，撒丫子跑得贼欢，把小家伙逗得合不拢嘴，陈叔叔一贯是不大搭理阮宁的，只坐在客厅看电视，妈妈则在厨房门口瞧着两人抿嘴笑，脸柔和得仿佛能发亮。

晚上吃团圆饭时，阮宁小心翼翼看陈叔叔的脸色，也不过是夹了眼前的菜，不敢动那些瞧着贵重些的，生怕惹他不喜。她妈妈一皱眉，她便笑眯眯的，吃得甘甜，还不忘喂弟弟一口菜。

她有自己的房间，吃完饭便开始收拾行李。刚归置完衣服，妈妈便捧来了半个西瓜，瓜上插个勺。阮宁打小吃瓜淘气，只拿勺吃中间最甜的一圈，旁边的是不动的。阮宁盘腿坐在床上，乖乖地吃瓜，却是从最边上吃起，妈妈坐在一旁，问她些学校日常生活，她有一句没一句地应着，整颗脑袋都要埋在瓜里了。

"在学校好好吃饭了吗？"

"吃了。一水儿土豆牛肉，特好，牛肉比土豆都大。我们宿舍其他人都说，乖乖，你们家也太惯孩子了吧，见天就吃土豆牛肉，下碗方便面还加仨鸡蛋俩关东煮，关东煮还只要两块的，一块五的没法吃，都是面啊。"

"好好休息了吗？"

"休息特好，一天基本上睡十六个小时，耗子们起义大闹宿舍楼到我们宿舍门口都绕着走。为什么啊，它们怕我呀，谁敢吵我睡觉，我拿拖鞋把它拍成葱油饼。"

"上课听得懂吗？"

"听得懂，都坐第一排，记笔记记得特好，老师都夸，这谁家的孩子啊，养得这么水灵，她妈妈可真有福气。"

阮宁妈妈一听，憋不住就笑了，拧着她的耳朵转了一圈："这张嘴怎么长的呢，就这么能贫！"

阮宁把最中间的一大块放到妈妈唇边，微笑着与她对视，她觉得那双眼有多慈祥，她看向那双眼睛便有多温柔。她说："妈妈，我过得很好。"

阮妈妈摇摇头说我不吃，又把那口西瓜往阮宁口中送，仿似她小时候，万千的宠溺，千万的怜爱，都在这小小女孩身上。

阮宁怔了怔，张口吃了，妈妈又问道："大学有喜欢的男孩子吗？我在这方面倒是不拘束你的，找一个也好，我和你爸爸……"

阮宁打断了她的话："有啊，一直都有。"

妈妈笑了，揉着女孩的长发，问道："长什么样儿？"

"您夸他长得好看学习好，我倒是没觉得，我当时研究了一下我们两个的脸，他就是脸洗得干净，但其实还是我长得更胜一筹的，至于学习好，学习好的不见得脑子好使啊，我就不一样，我脑子好使。"

"什么乱七八糟的？"

"我说我喜欢的人您认识啊。"

"谁？"

"林林啊。"

阮妈妈愣了，看着阮宁许久，扑哧笑了："那你打今天起就不要再想了。"

阮宁迷糊："我一直喜欢林林啊，怎么就不能想了？"

阮妈妈却没说什么，微微笑了笑，从厨房拿出一个长长的纸盒，递给阮宁："你累不累？"

"不累。"阮宁摇摇头，莫名其妙。

"不累也好。"阮妈妈嘀咕了一句，又说，"既然你不累，明天再回H城一趟，给你爷爷送盒点心，我今天刚做的。"

阮宁："……"

Chapter 2

# 阮有女来俞有子

阮宁自从跟着妈妈、继父搬到邻城后，已经有三四年没有拜访过爷爷二叔一家。她刚读高中那一年的过年，是去过的，可大家情境大不如前，二叔又恐爷爷见她忧伤过度，话里话外也有深意，她便早早走了，不敢再待。

爷爷一贯是说一不二之人，当初妈妈改嫁，她硬是要跟着妈妈，他老人家已经对妈妈和她极度不满，这回她去送点心，也不知道能不能看到好脸色。可是她幼时是爷爷带大的，心中怎能不想念。咬咬牙，也就只能走一步算一步了。

她到了H城，又坐了将近两个小时公交车，沿着路标步行了半个钟头方到。

园子还是老模样。隐藏在半山腰，却硬生生教人修山了一条柏油公路。到了过年过节，你且瞧那些顶着帽子的吧，就比谁来得早，谁当孙子当得教老爷子们、老太太们舒服了。豪车一溜溜的，把一条三车道的柏油路堵得水泄不通。不知道的，还以为这儿是什么旅游胜地呢。不过也差不离，有时候仙山上寻仙还真不见得比拜一拜真神更管用。

路径整齐，守卫森严。

看门的是两个年轻警卫，制服笔挺，直直的像个假人。眼瞧前方，居高临下。

旁边是一处玻璃房，房中坐着一个昏昏欲睡的中年人。

阮宁在这儿住了十五年，可是不过短短四年，已经物是人非。

她好像谁都不认识了。

她趴到那玻璃房的小小窗前，张了张口，不知道该说什么，那中年人已经武装起肃色，厉声道："找谁的？站这儿半天了，也不说话。"

阮宁想了想爷爷的名字，干巴巴地问："我找阮令您看能找着不？"

"晚上看军事频道新闻……"

"阮静呢？阮静官不大。"

"阮秘书长？"

"哈哈，叔叔，我开玩笑的，我找阮致，你看阮致还是个学生……"

那人头发甚是油亮，吐了口浓痰，清了清嗓子，不耐烦道："到底找谁？"

阮宁赔笑："阮致，我就是找阮致的。"

那人有些鄙夷地上下看了阮宁一眼，带着些意味不明的笑："小姑娘，又是阮少的同学吧？小姑娘，去过北京的故宫吧？故宫好吗？知道故宫过去叫什么吗？那儿叫四九城。那你知道这儿是哪儿吗？这儿也是四九城。不对，这儿是五九城六九城，四九城早前儿可是谁都没了，这儿住着的人动一动天却塌了。你们这么大年纪的小女孩就知道情情爱爱，阮家是什么人家？来之前打听过吗？贸贸然便闯了过来。你找他？你找他我可以给你传话，但你且等着，等到什么时候我不负责。"

阮宁尽量不狰狞："我就在这儿等着，不耽误事儿。"

玻璃房的人懒洋洋地看了阮宁一眼，嘲讽地笑了笑，却粗鲁呵斥道："一边等着去！挡道！"

阮宁"哦"了一声，抱着手提袋又站在了一边。

她站了约有一个小时，那玻璃房里的人带着早已料到结果的得意，恶声恶气地说："阮少不在，不见。"

阮宁挠挠头，本来想走，可后来想想，这会儿都黄昏了，阮致再爱玩，总得回家吧，她再等等就是了。于是，就抱着手提袋，蹲在一旁的松树下闭目养神。

那人看了阮宁几眼，原本以为这小姑娘受到羞辱就要走了，结果还是个心宽的主儿。这不，还哼起歌来。

七八点钟，山上的天彻底黑了。阮宁得赶夜车回去，瞧着时候也不早了，就对玻璃房子里的人说："叔叔，您看，我家在周城，来一趟也不容易。我家和阮家是亲戚，我妈妈做了点梅子糕，如果致少回来了，您帮我递……"

她的"递一下"还没说完，不远处驶来一辆车。前车灯调得幽暗，可速度却不慢，是辆无顶的跑车，在路灯下呈着薄荷灰。

车上共三人。驾驶座、副驾驶再加上后座，各坐着一人。

"哎哎，阮致！"阮宁认出人了，大声叫着，笑了起来，如释重负。

阮宁"哎哎"叫着，眼见着那车却不停。那股子憋闷在心里也是说不出了，肚子饿得咕咕叫，把手提袋一撕，狼一样快绿了的眼睛，掏出梅子糕泄愤，像咬谁的肉。

玻璃房里的大叔幸灾乐祸地瞥着阮宁，阮宁一屁股坐在高大的松树旁，一边吃一边瞪那叔叔。吃着吃着吃开心了，觉得她老娘厨艺是真好，也不瞪人了，就专心把头埋到糕点盒子里了。

一束刺目的光打到阮宁脸上的时候，阮宁像只被人吓住的小奶狗抖了一下，满嘴白色粉屑，抬起了眼。

站在她身旁的瘦高少年也显然是被她给愁住了，半弯腰，问："妞妞，怎么……在这儿就吃起来了？"

来人是阮宁的二哥，二叔家的二儿子阮致，就刚刚跑得一溜烟的那个。

阮宁家比较有意思，孩子的名字取自"宁静致远"。阮宁奶奶是爷爷的第一个老婆，她爸爸又比后奶奶家的二叔年纪大，所以阮宁虽然年纪最小，却占了个"宁"。二叔家的两个哥哥分别叫阮静、阮致。阮静已经上班了，阮致跟她同年生，一个年头一个年尾，所以小时候没少同班，两人关系也是最好的。

阮致手里拿着小手电,高低眉,好笑地看着阮宁。

阮宁好久没见他,刚刚饿着肚子是有些怨气,这会儿却哈哈笑了,递给阮致一块饼:"吃不吃不?我妈做的。"

阮致也笑,揉揉她的长发:"傻妞妞,怎么不回家,就坐这儿吃起来了?"

阮宁小名叫妞妞,家里从小喊到大的。

阮宁把梅花糕塞到阮致嘴里,说:"可别说你见过我,我妈让我给爷爷送梅花糕,我都给吃了,爷爷也没见着。啊,还有阮静,不要告诉他我来过。"

阮致一听就明白是怎么回事了。这世上看人下碟的不是一人,也不是少数。他透着月亮头瞧着阮宁如今穿得也只是一般模样,并不大体面,便知道她这四年过得怎么样了。心头有些酸,可也不好说什么,只点着头,把糕点在唇齿间咂摸了一下。甜甜酸酸的,吃完口中尚带着清冽的香气。大伯母是极为擅长做糕点的,小时候院子里的小孩子都特别喜欢她。他低头瞧着阮宁长大了一些却还带着小时候的淘气面庞,眼神越发柔软。那些人和物都是他十分熟悉的,可是许久见不着了,便好惦念。

阮致陪着阮宁下了山,把她送到了公交站牌前。

阮宁站在站牌前,犹豫了一会儿,还是问了:"阿致,你在同学中,听说过林林的消息吗?"

阮致一时想不起了,后来才反应过来:"哦,你说宋林啊。他现在在英国呢,宋林打小不是学习就好吗?早慧得很,一直在国外读书,如今都在罗素 Group 读到研二了。"

阮宁微微愣了愣,却不再说什么。

阮致低头看了看手表,抱歉道:"妞妞,刚刚是朋友的车,他有些洁癖,不好叫他送你。"

阮宁笑了,看着远处即将驶来的公交车,那才是她的归程,便做手势撵阮致:"走吧走吧,别害我赶不上火车。"

别害我赶不上唯一的一趟火车，别害我太晚回到妈妈的家，别害我蹑手蹑脚地摸黑进入房间，别害我回忆过去，对我而言，回忆好像推不倒的围墙、烘不热的雨天。

阮致回到院子，才想起问阮宁如今的电话号码，内心十分懊恼，打开车门还在摇头。驾驶座上的人双手抵成尖塔，淡淡地凝视着后视镜，副驾驶座上的娇美姑娘却笑了："好久，是喜欢的姑娘？"

"我妹妹。"

"就你这样的还有妹妹？啊，你说的是阮宁。"

她自然也认识阮宁，她打小就认识阮宁。

阮致平时爱笑，这会儿也不笑，点了点头："我妹妹特别可爱的。"

驾驶座上的人却微微闭眼，淡淡道："吃得一脸糯米粉特别可爱吗？"

那姑娘似乎是心仪这人的，笑得乐不可支："我说三少怎么突然停车了呢，原来是阮宁仪态不佳，吓住你了。你这张嘴啊……"

阮致也愣住了："对啊，一晃而过，我还没张嘴，你和我心灵感应啊阿迟。"

"抱歉，油门踩成了刹车。"


阮宁参加同学会之前，先翻了翻当年的同学录。

有人写最喜欢的格言，这样说道："给我一个杠杆，我能撬动地球。"这是个意气风发的女孩，喜欢读书都成痴了，家里父母煮饭都不敢做排骨，因为咬排骨费劲儿，耽误孩子读书的时间。

有人写对她的第一印象："没什么印象，挺瘦的。"这是个迷迷糊糊的男孩，对所有人都不大有印象，学习特别好，但是很孩子气。

有人写喜欢吃的食物："鹅肝鱼子酱……P.S.：贵的都挺好吃。"这个女孩特别潮，那会儿 P.S. 两个字母刚流行，她就一定要用上。也爱说大实话，贵的东西一般真的挺好吃。长得漂亮，不招女生待见，在男生眼里，却是个温柔的梦想。

有人写对她的寄语："以后还读同一所高中吧。"这个男孩话特别少，跟她初三时是前后桌，因为有次考得比她差，居然哭了。阮宁一直纳闷他在哭什么，毕竟他赢了自己二十回都有了，如果每次她都哭，眼睛恐怕都瞎了。

有人说想对她说的话："聒噪，怎么话那么多；缺德，也就是个姑娘不挨揍！"这个男孩是她最好的朋友，毕业时送给她一个神奇的 QQ 号，号码里只有一个好友，那个人是她喜欢的男孩。

有人没有为她填这样一份同学录，因为没到毕业，他就离开。这是个像繁花、像春天一样的男孩，她想起他，都欢喜得自己一个人傻笑出来。大家都不记得他的存在，他像一个正月十五的灯谜，好像只有她才知道谜底的可爱。这个人，是她一直暗恋着的小学同学、初中同学。

她为了补齐最后一份同学录，决定参加这次同学会。最后的三百块映照的虚荣心也不过是条颜色光鲜的裙子。在镜子前看自己半天，好像哪哪儿都一般。她安慰自己长得挺秀气，起码能打 60 分，她喜欢的男孩除了干净，也就一般，比她多一分，61 分。她家挺穷，那男孩邋里邋遢，衣服偶尔打补丁，若是相见，也很般配。

她欢欢喜喜地去参加同学会，却被一道门拦在外面。

REU 问她有没有会员卡，她看着这个可可色温暖的建筑有些语塞。阮宁其实挺喜欢 REU，她从火车站坐公交车到学校，每次都会经过这里，与别的建筑不同，阳光下这座高楼被映得暖暖的，像是在火炉中快要烤化了的巧克力，戳一戳，就能滴出油乳来。远远瞧着，又似乎太过脆薄，阮宁经常趴在公交车的窗前看，那些顽童的破坏欲涌上来，几乎恨不得拿块石头砸一砸，仿佛那堆甜蜜的巧克力便会瞬间坍塌。

阮宁问办个会员卡多少钱，对方笑了，也跟巧克力一样，甜甜的："小姐，对不起，是这样的。办会员卡并不需要钱，但是您需要有身份认证。"

阮宁傻乎乎地掏出了身份证。

对方继续笑："小姐，对不起，身份认证跟身份证不是同一个概念。身份认证是指您认识的人必须是我们的会员，这样我们才能确认您的资格。"

阮宁缩回了手，抱着包尴尬地站在大厅。领班的女孩笑得再甜美阮宁也不好长待了，她默默地从旋转门转了出去。

也巧，三三两两的同学都陆续到了，阮宁哑摸了哑摸，想打招呼，看到那些剪裁合体的西装，女孩身上映着雪白皮肤的晚礼服，阮宁小同学脸红得像猴子屁股。不是同学聚会吗？干吗弄得像颁奖现场？

不过，看样子他们并没怎么认出她。

这些人像是对这里十分熟稔，说说笑笑，十分亲昵地挽着手进去了。阮宁就蹲在门口筛选。她等着那个跟她一样进不去的人。

今晚，她最想见的人。

来往的人并不多，她左看右顾的也并不少。除了瞧见阮致的时候有些奇怪，避了避，其余时候她都在。阮致初三时，并不是她的同班同学。

盛夏的月光很美，洒在繁丽的庭院里。银白安静的光像一双温柔的手，摩挲着小姑娘的发顶。

她瞧见石子就踢石子，瞧见落花就去踩落花。

阮致穿着一身灰黑色的西装，他身后还站着一个寂静的人。

阮宁躲在一旁，就在他们匆匆而过时匆匆瞥过一眼。

那个人比月光还要白净。

阮宁想起了阳光下远远瞧见的人，就是一大团光晕。

他也像那团光晕。

只知道好看，却瞧不清脸。

那一晚，她等到了曲终人散，等到了末班车，却并没有等到和林林相见。


九月开学的时候，是叔叔送她到车站的。等车的时候，两个人无话，也挺尴尬。过了会儿，他站起了身，离开了，阮宁猜他或许是到一旁抽烟了，她也就拿着本书颠来倒去地看。书里有这样的一段话，阮宁很喜欢——"克利斯看到太阳升起的时候，终于松了一口气。幽深的森林深处再也没有他想象的那么可怕，灌木丛不是森然的魔鬼，虽然深夜里它们那么像要随时出来袭击没有盔甲、没有防备的旅人，可是在阳光和露水的陪伴下，他却看到了勃勃的生机和善意。什么都变了，什么都并没有变化，谁知道呢。见鬼的，在黑暗中十分清醒的克利斯这会儿只想在阳光下长长地睡一觉。"

那天阳光也挺好的，阮宁读着读着就入神了。过了会儿，叔叔回来了，拿了两碗牛肉泡面和几个卤蛋，沉默地塞进了她的行李里。阮宁有些诧异，却没有说什么，低着头，只是笑。火车开走的时候，那男人遥遥地对她说："到了，记得给你妈妈打个电话。"

阮宁使劲地挥了挥手，点了点头。

回到学校的那天晚上，大家都在，她们互相拥抱，阮宁爱撒娇，抱着让亲亲，那些冰凉或者温柔的女孩们的嘴唇，在她的脸颊上印下，她觉得自己很快活。她没有忘了给妈妈打电话，弟弟依旧在闹腾，从不与她怎么说话的叔叔也仿佛在旁边静静听着。她那晚睡得很好，与克利斯同在。

阮宁宿舍的大姐二姐在新学期遇到了新桃花，她们纷纷和对面男生宿舍楼上体育学院的两个学弟谈起了恋爱。

体院的男生大多身材高大，而高高的男生多半也看起来是顺眼的，这两个又是顺眼里的翘楚，阮宁宿舍的姑娘都是外貌协会的，所以大姐二姐选择他们倒也不太让阮宁意外。至于体院男生一贯只有相貌没有脑子这个事实，大家一起忽略了，因为这不是原则问题。为什么呢，法学院的男生倒是有脑子，可他们话多长得丑啊，看着不顺眼，吵又吵不过，这才糟心死人。

天南海北地读个大学，从毛头孩子变成大人，骚动了十八九年的一管子鼻血热乎乎的，拼死了也要恋爱，到时候天南海北地又散了，嘴上说来都是天长地久，可扪心自问，谁也没真图结局圆满，因此抛却所有，多半选的只是一个顺眼。

阮宁生活简单，长相也简单，整个人都挺简单，容易被人忽视。她没有大学谈恋爱的打算，大抵也没谁有和她谈恋爱的打算。这个小同学就做个清醒的旁观者，看着大姐二姐谈恋爱。

大姐谈恋爱是这样的风格：哇我的菜——我喜欢你你喜不喜欢我没关系——我们恋爱吧——我给你洗臭袜子——你觉得我妆浓没关系我可以淡点反正老娘天生丽质——你觉得我个子矮没关系我可以十厘米高跟防水台你瞧我们多登对——你喜欢上别人了？——我跟你闹——闹——闹——闹——滚丫的我不喜欢你了。

二姐谈恋爱则是：嗯一般人——我不喜欢你但你喜欢我——我们恋爱吧——嗯？对我没以前好了你不是承诺一辈子对我好的吗——我跟你闹——闹——闹——闹——你不爱我了——我爱上你了。

这两场恋爱开始的时候差不多，都是十月，结束的时间也差不多，十二月。

这两个月，阮宁的生活依旧十分简单，可当她们都分了手的时候，小同学反而不大好了。

阮宁算了算，她就是从2010年11月29日晚上八点开始倒霉的。

那天晚上，下了课，她们寝室照常一起去食堂吃饭。大姐二姐都落落寡欢。这个唤一句，那个叹一声。老三周旦吃得很快，距离四级考试还有不到一个月了，她要去自习室。老四、老五则是吃完一起去洗澡了。就剩阮宁和另外两个萎靡不振的家伙。

起初那俩人谁也没说话，阮宁吃馒头吃得欢快，过了会儿，大姐开始"啪嗒啪嗒"掉眼泪："他怎么能喜欢上别人了，还嫌我矮，那姑娘比我还矮！"

阮宁咬了一口馒头，点点头，小同学认为前大姐夫实在没眼光。美成应澄澄这样的还被劈腿，普通劳动人民挂得更快。

二姐也开始掉眼泪："我不喜欢他好吗，但是他凭什么不喜欢我啊，是他先追的我，是他说要一辈子对我好的，现在却扭脸跟前女友复合了，还说我作，我有他贱、有他作吗？！"

阮宁又咬了口馒头，点了点头，小同学认为前二姐夫也是吃饱了撑的，海誓山盟的时候什么话都敢说，什么甜甜我为了你愿意去死！这会儿闹着分手却怂了。你倒是去死啊。二姐小名是叫甜甜，可她不是糖啊，就算是糖，也是块糖砌成的板砖，势必要砸到你很忧伤。

大姐说一句，小同学咬口馒头，点点头；二姐说一句，小同学再咬口馒头，点点头。

那一晚，她们终于破涕而笑的时候，小同学已经塞了四个大馒头。

晚上八点，阮宁开始闹肚子。

起初是去厕所，到后来就是疼，疼得颠来倒去了。

寝室众人一看不对劲，这个背着，那个扶着，到了西门的校医院。

阮宁疼得迷迷糊糊的，只知道手疼了一下，全身冰凉，估计是挂上吊瓶了。她睡着了，不过睡得不太安稳，周围的动静似乎隐隐约约都能听到。

早上醒来，才发现，居然是个单间。她掐了掐自己，觉得自己最近行大运了。校医院向来号称走廊医院，因为大多数时候人员爆满，挂吊瓶的时候都在走廊里支一张临时床，所以病号很多时候都没见过病房，更何况是单间。

阮宁嘿嘿笑了半天，揉揉肚子，虽然还是胀胀的，但是确实已经不疼了。七点半左右的时候，来了一个小护士换了一次吊瓶，看到她，一直笑，笑得意味深长的。阮宁摸摸脸，有点莫名其妙。

过了一会儿，寝室五姐打电话，说今天有大课，中午下课了再去看她。

阮宁迷迷糊糊地记得寝室的人一直守着她到清晨才走，就叮嘱她们好好上课，然后直接回宿舍休息，她再挂瓶水就没事儿了。

阮宁很悠闲，东瞅瞅西看看，摸摸手机，玩了会儿贪吃蛇，精神十分高涨。她等着挂完水就结账回去了，然后就听到了无比嘈杂的脚步声。虽然没人说话，但是那种声音，能让她感受到一种热闹。

然后，病房的门就被推开了。

贪吃蛇咬住尾巴了。

Game Over 了。

阮宁傻乎乎地看着一群兴奋得同样傻乎乎的穿着白大褂的毛小子、毛丫头。

他们瞧着阮宁，阮宁睁大圆溜溜的眼哟……

白大褂们睁大圆溜溜的眼哟……

前面的秃头主治医生指着阮宁，笑道："同学们，那么这个病人呢，是典型的肠胃部急性炎症，早上经过问诊，我们可以确定，她其实是暴饮暴食所导致的病况。也就是俗称的吃撑了。不要笑，人家小姑娘都害臊了，大家都是学医的，这种事情太正常不过，今天呢，你们可以通过仪器进行初步的诊判。"

白大褂们用很神圣的表情看着阮宁的肚子，好像她揣了个隐身的六娃。阮宁确实脸红了，她都快哭了，其实只有她知道，那里面就揣了四个馒头。

阮宁很想说"不"，但是主治医师笑眯眯地对小同学说："我这些学生初次来医院，有做得不妥当的地方同学你多多担待，你这两天的医药费由学校报销，我已经安排过了。"

阮宁没说出"不"。

然后白大褂们挂着听诊器就一个个过来了，还有一个白乎乎的小胖墩推着仪器过来了，阮宁看他一眼，就别过了头。

好丑，好像昨天吃的馒头……胃药呢。

这个听诊的长得也不行，有痘痘，手粗粗的，难看……

话说回来，医学院的男生质量也不怎么样嘛，据说几年前倒是出了一个天上有地下无的，可是2008年刚刚结婚，还是同系的学妹。姓什么来着，顾是不是……

阮小同学神游天外，听诊器冰冰的，白大褂们叽叽喳喳的，她的思绪却从这里没帅哥飘到了哪里有帅哥。

丑馒头拿着仪器，中间兴奋地插了一句话："好清晰、好肿胀的胃哟……"

小同学斜了他一眼，那目光霸气威武，他闭上了嘴。她继续神游天外。话说那个刷货俞三貌似也是医学院的，听说女孩子们看到他欢喜得恨不得同手同脚往前跳着走，那应该离天上有地下无也不差哪儿，嗯，不知道大几的，今儿个也没见着……就算见着了也不能为"小笔电"报一嘴之仇啊，难道也喷他一脸水……

阮宁想着想着，四周就安静了。

她感到了一双十分冰凉的手，鼻间却嗅到了十分清新的气息，似乎是不知名的花香，又似乎是漱口水的气味。一切与干净有关的感觉，就瞬间萦绕到了阮宁的脑门上。

阮宁缓缓地抬起了头，她看到了一个半弓身的同样穿着白大褂的男孩。

那件衣裳很干净，好像会发光。

她就看着他，一直看着。

"不是胃不舒服吗，心脏怎么了？"

她张了张嘴，嗫嚅着，想说什么，其他人却在笑："俞迟，这都不明白？"

俞……迟……

原来他就是俞迟。

原来他是俞迟。

阮宁并没有说出她想说的话。

她的肚子又不舒服了。

这次也许，真的是心脏怎么了。

## Chapter 3

## 圣诞公公觅婆婆

那一晚，阮宁打开了那个好多年都没有打开的 QQ，那里面是他喜欢的人，可他喜欢的人的头像永远灰暗着。

"你在吗，林林？"

"我今天遇见了跟你很像的人，林林。"

"我吃了四个馒头，都快撑死了，林林。"

"我很想你，林林。"

"你一定看不到吧，如果你看到了，也不必回答。"

因为我只是想你，没想逼你回答。

阮宁有些沮丧地发着一串又一串的话，发完，看着那个灰暗的头像，心口却堵得无法言喻。她靠近他的时候并没有觉得快乐了些，因为好像又陷入了无穷无尽的等待。如果不曾开口，也就安慰自己，得不到回应人正常，可是如果开了口，即便他这辈子都不再回复她，这件事也不叫完结。

她就趴在小桌上，静静地看着那只灰暗的企鹅。

不知过了多久，鼠标移到了右上角，在点击确定的一瞬间，那只企鹅却晃动了。

阮宁揉了揉眼，她的心快跳了出来。

她一串又一串的话后面，只有一个字。

"好。"

阮宁寝室夜聊，不知怎的，就说起了俞三。

"听说俞老生了四个儿子，却没有一个孙子。"

"我家亲戚有个叔叔的朋友在俞老办公室做过秘书，说俞三出生之前，俞老简直愁眉苦脸。"

"我倒是不知道内幕，但是就听大人酒桌上戏谈，俞三前面是两个堂姐，比他大了七八岁。俞三来得太迟了，那时大家开玩笑，孙子再不来，俞老都准备再偷生一个小儿子了。后来俞三出生了，就取名俞迟。可惜那个小儿子也已经生了。"

"俞老在南方军区地位超然，阮家、宋家、顾家多有不及，至于北方，言家、陆家摇摇欲坠，辛家、温家早已分崩离析。所以到现在，俞家稍有动静，有些敏感、聪明的都能联系到大局势了。"

阮宁沉默了一会儿，才问道："那什么样的姑娘才配得上他啊？"

大家也沉默，沉默着沉默着，二姐甜甜掰着手指开口："长得漂亮也不够，俞迟比谁都好看；家里有钱，俞家那种门庭嫌俗；阮家、顾家都是儿子，北方各家子弟比他年纪都大些，也是不成行的，宋家、栗家倒是有几个姑娘，大概马马虎虎还配得上。尤其是宋四，长得漂亮，性格活泼，和俞三走得也近，约莫希望大些。"

老五点点头，咂摸道："我有一次无意间见过宋四，腿长胸大的，皮肤也白，好看得很，两个人站到一起，好像一幅画，很是般配。"

阮宁把脑袋缩进了被窝。不一会儿，迷迷糊糊地睡着了。梦里她就坐在高高的树下，树上有熟透了的苹果。有个干净得只能嗅到肥皂香的孩子坐在她的身边，他喊她："喂，牛顿。"阮宁就哭了："林林。"他一直喊她牛顿，她一直嘶吼着林林，不知道彼此在什么时空，直到苹果砸到脸上，这梦才醒。上铺周旦的青蛙抱枕砸小同学脸上了。

说起青蛙，就不得不提提老三周旦的怪癖了。

阮宁女儿周旦同学非常喜欢军人，甚至喜欢并享受军事化管理，延伸到喜欢绿色的东西，包括绿色的牛仔裙和绿色的青蛙。让人一头黑线。

　　寝室六个人有五个人睡懒觉，只有周旦起得最早，天不亮就活力四射。老二甜甜评价周旦："你就是一匹逆着跑的狼！违反自然规律、动物天性，极度不科学！"

　　周旦不以为然，勇往直前。

　　甜甜和周旦是一个星座的，都是天秤，性格却截然相反。因为甜甜太活泼奔放，周旦却文静羞涩。所以大家都搞不懂天秤是怎样一个奇特的星座。等到有一天，周旦自己一个人拉黑灯默默羞涩地看着经典情色电影，大家才吐血地发现，这敢情是闷骚啊。甜甜同学明骚，周旦闷骚……俩人奇葩地统一了天秤。

　　可是今天却是阮宁第一个醒来，她恍恍惚惚地抱着盆，恍恍惚惚地刷牙、洗脸、换衣服，恍恍惚惚地抱着书，恍恍惚惚地开门、关门。关门的时候，摸到大锁，叮叮咣咣地，那几个在床上睡瘫的腾地一下冷汗都出来了，我去，这是要锁一窝啊。大家咆哮："周旦，你个精神亢奋症患者！"

　　周旦从上铺揉揉眼，吓了一跳："怎么了怎么了？！不是我啊。"

　　阮宁恍恍惚惚地看着手里的锁，又安静地放下，挠挠头，走了。

　　她那些日子，每天都会在综合教学楼的自习室做两套四级试卷，阮宁不是个爱学习的姑娘，从小到大都是靠小聪明。小学那会儿老师让背书，背完家长签字，她爹妈不在家，当然事实上她也不会背，这孩子就缠着爷爷签，一会儿拽爷爷耳朵，一会儿哼哼唧唧，一会儿又爬到爷爷背上荡秋千，把老爷子折腾坏了，最后签完字递给老师，老师比她还心虚。

　　听力像听天书，完形填空做得心虚，阅读理解这个看着错那个看着也错，小作文不懂格式大作文抓耳挠腮。考试时大致有一道听力题，是这么说的：Tom喜欢Jenny，Jenny深爱李雷，李雷、Tom和韩梅是小学同学，李雷喜欢Jenny。问：李雷和韩梅是什么关系？

　　阮宁想了想，选了C——They have no relationship with each other.

　　正确答案显然是——Classmates in primary school.

　　阮宁想抽死自己，后来仔细分析，她觉得出题人还是要负一定的责任的。小学同学就非得算有关系了吗，小学同学就非得你好我好大家好了？小学同学彼此见面认不出的海了去了！小学同学就是在一个班上过课，有过相同的老师、相同的课外辅导书，看过相同的窗外风景，去过相同的厕所，可长大了，老师老了、退休了，辅导书烧了、卖了，风景变陌生了，连教学楼都拆了、扒了，就算还有人记得，可还有谁会回去呢？

　　四级考完没多久，周旦给寝室捎来一个信儿，说是今年圣诞节校学生会大概会举行大型的游园活动，现在已经在市里拉了不少赞助了。

　　阮宁大一的时候，学校也举办过游园会，那会儿大一小孩在学长、学姐的指挥下傻乎乎布置会场，也没玩到什么。当时最抢眼的是外院——风格开放，花样诸多。文学院则做了个诗词树，在院前的小河里弄了个流觞曲水，可以猜诗谜，可以喝酒，也挺有趣；体院表演了两场武术，女孩子走了个 T 台，韵味十足；医学院保持高贵冷艳风格，什么都没做，就放了两棵圣诞树，大多在院内自习室，但是女孩子还是一窝一窝地往里涌；至于法学院，是最奇葩的，居然在模拟法庭开了次庭，全校轰动，大家都知道了这是个以出二缺学霸闻名的学院。

　　周旦在校学生会，正巧组织筹划这次活动。今年有几个大企业赞助，所以费用足了，校方说要送学生福利。本来想着混着个巧克力也行，后来学校却默默拉了一车皮苹果，大家一看，得，歇菜吧。然后呢，包装苹果、派送苹果虽然不是什么事儿，但也算个工作，给学生会哪个部哪个都不肯干，后来会长着急了，说那就请几个同学吧，大不了算小时工。

　　周旦回去跟寝室姑娘说了，应澄澄、甜甜都懒，不肯去，老五有男友，去不了，老四齐蔓闲着无聊，是愿意去的，阮宁小同志一贯光棍，也开开心心地去了。

　　大约十个人，包苹果包了两天，第二天晚上就是平安夜，十个人去四个门派发苹果，路过的人人有份。开始商议的说是穿统一服装，男生西服，女生裙子，后来觉得太没有节日特色，就拟定了扮成圣诞老人，衣服由艺术学院友情支持，做了十套，按照头发颜色的不同分给男女生。比如女生都是红色蓝色的须发，男生则大多是黑色棕色的。

阮宁得到一套蓝色的，衣服倒也是好看的，但是布料太薄，而且宽大，阮宁怕冷，就套了里三层外三层，等穿出来，俨然跟只熊没什么区别了。

小同学扛着一袋子苹果很洒脱地和姐姐们挥手再见了，出了宿舍楼，大家都跟在她后面吃吃笑着，阮宁觉得不对劲，往背后一摸，撕下一张白纸。上面挂着一行字："公公单身，圣诞诚觅婆婆。"

怪不得刚刚甜甜拍了她好几下，她们又在作怪，小同学闹了个大红脸，一身红色公公服蹿得飞快，怕看到熟人。

阮宁在东门派发苹果，附近只有五个院：法学院、公共管理学院、文学院、医学院、药学院。

2010 年的圣诞夜下了雪，天挺冷的，不多会儿就积了薄薄一层白。

阮宁发完一袋苹果就去学生会再扛了一袋，收到苹果的自然开心，但是阮宁她们其实挺辛苦的，一晚上没闲着，开始还能笑出来，后来笑容就僵到了脸上，见人就是一句："圣诞快乐，要来一个苹果吗？"

等到夜里十一点十分左右的时候，互相联系，大家都收工了。阮宁扛着剩下的半袋子苹果累瘫在梧桐树下的观景椅上。靠背上和座椅的缝隙间其实都有雪，凉得刺骨，但是她那会儿累极了，也就顾不上冷了。

这么一个圣诞老公公，就双手铺在双腿上，乖巧地眯眼望着雪中的远方。

那里似乎什么都有，那里又似乎什么都没有。


十一点钟的时候，俞迟抬手看了看腕表。

时间确实已经晚了。

他合上厚厚的外文书《唐·吉诃德的十二个医例》，便朝自习室外走去。

白天做实验的时候，白大褂忘了放回实验室，这会儿便一直是穿着的。

外面下雪了，俞迟微微拧了下眉。

他并不大喜欢雪天。

阮致兄弟发了短信，邀他去市区西三环喝热啤酒。

俞迟与他们兄弟近些年处得不错，便答应了。他这身白大褂太不合时宜了，只能脱掉放在哪里。教学楼刚锁了门，看了看四周，似乎也就剩垃圾桶了。

俞迟朝风雪走了过去。

黑乎乎的远方，有个像熊一样健壮的身影，滑稽可笑，却在蜷缩着。俞迟料想这许是个流浪汉。

他走近了，却看到一个垂着头的圣诞老人。他似乎不小心睡着了。

俞迟把白大褂脱下，披在了老人的身上。

他动作很轻缓，圣诞老人却腾地弹了起来，怔怔地看着他。

少年扫了那老人上下一眼，迅速地便有了判断。

这是个小姑娘，还是个挺清秀的小姑娘，虽然有胡子遮着，但脸颊鼓鼓的，眼睛大大的，并不丑。

她仰头看着他，他问了她一句什么，她却愣愣的，仿佛没听清楚。

他微微低头看着她，又重复一遍："怎么还没结束吗，学生会的工作？"

俞迟三婶娘家今年是游园会的赞助商，他之前听过只言片语，说圣诞节会有圣诞老人给学生送些礼物。这会儿会有圣诞老人，大抵不错在此事上。

阮宁的手冻得红红的，有些费劲地从口袋里掏出一个没有包裹过的苹果。那颗苹果在雪中红润极了，像小娃娃的脸庞。

她递给他，仰头看着这个极高也极白的少年，在雪中仿佛便是雪的一部分。只是他身上仿佛有着淡淡的香草味道，像一杯方沏好的茶水，寒冷中便添了些温柔的暖意。

她轻轻张口，怕呼出一口气，便把他吓跑了。她闪着泪光微笑问他：

"我刚刚梦见你啦。圣诞快乐，你也要来个苹果吗，林林？"

你也要来个苹果吗，林林？

林林。

## Chapter 4

## 世间最初的喜欢

俞迟驱车到地点的时候，已经是凌晨。

是个木屋造型的小酒吧，叫"bear beer"，专供啤酒。

俞迟进去，阮致抱着杯酒和身旁的姑娘正聊得欢，他长得极俊秀飞扬，为人又幽默可亲，没什么架子，姑娘们都喜欢他。当然阮致的衣服、手表、名车也足够打动人。

他哥哥阮静却是个让人不大能看透的人。阮家的实力和资源在这个长孙身上发挥得淋漓尽致，而阮静本人的无可挑剔和性格上的低调又并不让人觉得他如此年轻便在政途上游刃有余是什么了不得的事。摆两个事实：一，阮静刚满二十五岁；二，所有见过阮静的人都能认真地喊他一声阮秘书长。

单这两桩，足以让俞迟不与他交恶，也不与他过度交好。

阮静抿了口啤酒花，瞧着俞迟微微笑了笑，示意他坐在身旁。阮致也瞧见他了，笑了笑，问道："宋四呢？天天狗皮膏药一样黏着你，这会儿你来这儿了，她反倒没跟来？"

俞迟诧异，坐在阮静身旁，看着阮致，淡淡一笑："她是世交家姊妹，与我自己的妹妹没什么分别。如果赶尽杀绝，反而显得不近人情。年节时她们家倒不好意思走动了。"

阮静扑哧一声笑了，这孩子真是没一句废话，听得懂的自然是再明白不过了，糊涂的便由着他糊涂，也无妨碍。

阮致身旁的姑娘轻轻探过头，问道："帅哥，要喝点什么？"

俞迟颔首："黄啤就好。"

阮致纳闷，勾着他肩膀："三少怎么这么好打发了，平时不是处处都有要求？"

俞迟淡淡环视了一下四周的环境，道："我还有什么可挑剔的余地吗？"

阮静扯了扯领带，卷起袖口，笑道："阿迟瞧着心情不错。"

阮致看了看他哥，又看了看俞迟在暧昧的灯光下几乎能自动发光的脸，跟看见鬼一样："他这张没表情的脸，你都能瞧出心情不错？"

阮静耸耸肩，明亮的凤眼含着笑意，换了其他的话题："过些日子就是爷爷生日了，阿致这回上心一些，不要再气他老人家。"

去年阮老爷子过生日，阮致送给了老爷子一捧金丝玫瑰，当时，阮老爷子的脸比这小子手里的花瓣颜色还好看。阮致无辜道："爷爷当时说，你能用对你那些女朋友一半的心对我，我就知足了。我一向就送女朋友花来着，送完他又不喜欢。"

阮致顿了顿，又说："话说回来，他也没对你送的青山玉雕表示出来什么好感吧。老爷子忒难哄，也就是妞妞，亲亲他他就乐开花了，说句谁都不信的甜言蜜语，爷爷的眉毛却能笑歪。得，今年我不送礼物，我把妞妞送到老爷子身边，保证不挨批评。"

阮静本来轻松地靠在椅上，听完阮致的话，也不知哪句戳住了他，这人微微坐直了，手握着的玻璃杯内的金色液体晃晃荡荡的，外表瞧着只是涟漪，内里却毫不平静。他的嗓音也变得冷寂起来："妞妞？我们家有妞妞这个人吗？"

阮致扯唇笑了笑："得了啊，哥，妞妞在外面过得可并不好。"

阮静握着杯子的手越来越紧，眉眼越发阴郁沉寂起来："她自找的！"

俞迟歪头，刚刚喝了口热啤酒，驱走了寒气，如今舒服得连脸颊都微微红润起来，他玩味地看着兄弟二人，清如泉水的杏眼不带任何波澜。似在洞察什么，也似在漠然路过。

阮静察觉到哪里不对，忽然站了起来，拽住阮致的白色衬衣领口，咬牙切齿："你见过她了？什么时候？！"

阮致撇嘴："妞妞不让我告诉你。"

俞迟漫不经心地垂头，从兜里掏出一枚硬币，在原木桌上专心致志地转了起来。他呷了一口啤酒，觉得阮致会死得很惨。


阮宁寝室最近挺热闹。二姐甜甜和体院前男友李峀复合了，据说两人是真爱，男生大半夜拿着吉他在女寝楼下号，听不清唱了些什么，甜甜却腾地蹿了下去，宿管阿姨不开门，俩人就隔着铁闸执手相看泪眼，没错，演的就是《新白娘子传奇》里面法海棒打鸳鸯，拉开白娘娘和许仙那一出。

阮宁贼喜欢白娘子，这一集看了很多遍。甜甜那个哀怨娇情劲儿比白娘娘有过之而无不及，就差喊一句"官人"了。寝室其他人就猫在一楼楼梯旁偷看，甜甜最近指甲留得长，抓住李峀的时候，刚巧指甲掐住了他的手，甜甜在那儿陷入情绪不可自拔，李峀已经开始疼得嗷嗷叫了。大家憋着笑，都快抖疯了。几个姑娘打打闹闹，阮宁被推了出来，她一边笑一边把甜甜往回拉，挥手问李峀："李峀，你妈妈的姐姐的爸爸的小女儿的老公的父亲的最小的孙女儿你该喊什么啊？"

"啊？该喊什么？"李峀顿时死机了。

"你妹啊。"阮宁露出小白牙，嘿嘿笑。

甜甜回到寝室，心虚一笑。众人严肃："节操呢？矜持呢？说好的不理他了呢？！"

甜甜眨巴眨巴眼睛，撒娇："那不是真爱来了吗？人家也不想的。"

应澄澄呸了她一口，爬上上铺。

周旦懒得理她，温婉一笑，继续看书。

齐蔓一边翻白眼一边哼小曲儿："高山青，涧水蓝。阿里山的姑娘壮如山呀，阿里山的少年娇如水唉。高山长青，涧水长蓝。姑娘和那少年永不分呀，碧水常围着青山转唉。啊，啊，啊，唉，唉，唉。"

小五眼睛大，就冲着甜甜天真无邪地笑。笑得她发毛了，才给男友打电话："亲爱的，以后绝对不要在我们宿舍楼下唱歌哟，不然抽死你哟。"

阮宁拿着笔记本，好奇地问甜甜："甜甜甜甜甜甜，给我讲讲真爱来了什么感觉？"

甜甜大窘，但还是回答了："就是心一直跳啊。"

"不跳的那是死人。"

"可是你听得到它在跳啊，扑通扑通的。跳得你觉得自己无法呼吸快死了的感觉。"

"疼吗？"阮宁耐心想象，这种感觉具化起来，大抵逃不过身体酸软或者颤抖之类的官感。

无法呼吸。

快死了。

谁无法呼吸过？

谁死过？

甜甜抚摸阮宁的脸颊，温柔道："不疼啊，是很想哭泣的难过，是失去自我的时候，身体感知到的离别，是再也无法一个人这样孤单清净活着的悲伤。"

学校这一年开元旦晚会的时候，人太多，院里票也就百来张，阮宁没轮着。她是挺爱热闹，无奈成绩一般，长相一般，口才一般，存在感一般，所以碰到些微好事儿不大有人想得起她。澄澄是院花，院学生会主席从牙口里挤出一张邀她共赏，甜甜、老五和男朋友出去约会了，周旦依旧是习室啊自习室，寝室就剩下阮宁和齐蔓。

齐蔓是个妙人，腿长聪明记性好，长得一张正经八百人民教师的脸却不干正经事儿，随时随地能演一出，你不搭理她，由她嘚瑟，她保证给你整一出莎士比亚歌舞剧，还你一整个花红柳绿的天堂。

"不让咱看不是，破玩意儿谁稀罕哪！我给你演！"齐蔓一撸袖子，抹了一嘴口红，捞了件酱油色的纱巾就上了。她决定向这无情无义的学院和苍天无声抗议，她要做这个时代的先锋，要做这命运的领头羊，要做迈克尔、泰勒、托夫斯基，于是小妞一边扭秧歌一边唱起了黑眼豆豆的 *My humps*。

她和阮宁是标准的 A 罩杯，这首歌唱的是她俩下辈子的梦想，被寝室定位为《发啦歌》，四和六嘛，哆来咪法唆拉，"法拉"又取义"发啦"，标准的好兆头。

阮宁本来在看蜡笔小新，瞬间凌乱了。

齐蔓抛媚眼："快来嘛，一起嘛，六六。"

阮宁眼睛抽搐了好一会儿，那纱巾晃得她快瞎了，还有那句无限循环的"my humps my humps my humps"，阮宁听着听着，就不行了，笑抽在了床上。

齐蔓噘着烈焰红唇，眨巴着眼睛就过来了，抱着阮宁的小身板，坏笑道："六六，让姐姐摸摸，your humps your humps your humps！"

她去掀阮宁的睡衣，阮宁笑疯了："Can't see can't see can't see，我怕你发现真相！"

"什么真相？"

"其实……我是个男人。"

齐蔓瞪大双眼，一拍长腿，坏笑道："巧了，嘿，小六哥儿，你四爷也是男人啊。"

齐蔓和阮宁打闹了一会儿，忽然这货表情不对了，脸僵了。

"怎么了？"阮宁双靥飞红，笑意还在脸上。

她从床上哧溜蹿下，抱着肚子往外跑："来了来了，要卸货了，便秘俩星期了。等着姐啊，一会儿给你唱一出《红灯记》。"

宿舍楼一多半去看元旦晚会了，差不多空了，不多会儿，空荡的楼道就听齐蔓在洗手间撕心裂肺。

阮小同学拍门："出来了吗？"

"没！"齐蔓挤出一个字，手扶着门，满头大汗，脸比要生娃娃的妈妈还要扭曲。

阮小同学有点担心，就蹲门口，也不说话。

"臭不臭啊？你在外面我更出不来！"齐蔓快哭了，这缺根筋的小妹。

"臭了，我就走了。"阮小同学答。她想了想，挠头："小时候便秘的时候，妈妈老让我吃香蕉。你要不要来一个？"

"不要！"齐蔓咆哮。

"我妈还老给我挤一样东西，特管用，叫什么来着，我忘了。"

齐蔓已经懒得理她，又过了约莫十分钟，才讪讪开口："那啥，乖啊，去校医院给姐开瓶那啥吧。"

阮宁捧腮，脸颊揉成了一团："那啥？"

"开……塞……露！"齐蔓一边"嗯嗯"，一边想掉眼泪。都多大了，还要用这玩意儿。是吃了半斤钢材吗？怎么这么难消化？

"哦。"阮宁一溜烟跑了，小同学勤快，健步如飞，刷卡去校医院门诊开了一瓶。透明塑料瓶圆肚子，还是熟悉的配方。

开药的大夫填单子时随口问了两句："便秘多久了？"

阮宁老实答："俩星期。"

"是经常性便秘吗？"

阮宁想了想："不是。"

"那就暂时不用辅助药物。以后注意饮食习惯，多吃蔬菜、水果。"

阮宁点了点头，乖巧地应了声。

"这都是小孩子用的，多大的姑娘了。"胡子花白的老医生笑了笑。

阮宁一扭头，又见一窝人乌泱泱的。

里面鹤立鸡群，站着光艳慑人的少年。他干干净净的，没有弱点。

"诶，这不是上次吃撑了的那个吗？你又撑着啦？"像吃撑了的馒头一般的小胖墩兴奋地叫了起来。

阮宁看了一眼自己捏着开塞露瓶子的爪子，又看了一眼俞迟。

"你怎么老是撑着啊？怎么撑着的每回都是你呢？哈哈哈哈，还每次都让我们看见，咱们是不是特别有缘啊同学！"

阮宁听到自己的心在羞耻地跳动，那声音跳得仿佛全世界都听到了。

她僵硬地同手同脚走了出去，然后开始一边走，一边哭。

她不知道自己在哭什么，但是开塞露被俞迟看到，真的好虐、好想哭。

"你哭了？"身后传来冷淡的略带诧异的声音。

阮宁不回头，带着含混的哭腔："开塞露不是我的。"

她不打算回头，她决计不能回头。

她不知道真爱是什么模样，但是，那颗心跳动的时候，她却只顾着自惭形秽，遮盖那些内里的残缺和表面上的不周全。

喜欢让人羞耻。

喜欢得让人羞耻。

渺小的姑娘，既像去了壳的一粒江南米，又像没了房子的寄居蟹，再无安心之处。

Chapter 5

# 万水千山香草郎

　　阮宁大学毕业，参加工作以后，曾回顾这四年，印象最深刻的是什么，她想了想，觉得跟俞迟并不相干。因为每个学期末持续一周的考试足以让她心神俱疲，与对他的魂不守舍异曲同工，甚至更上一层楼，所以那些缠绵颓废的心思本就不足以去打扰别人，因为我们顽强到足以自己消化。可再沸腾活泼的海鲜也有被毫不在意的语言、动作伤到，瞬间变成冰块中的死鱼的时候。

　　208寝室的人知道阮宁喜欢俞迟，是从她开始愿意准时上公共课开始的。法学院的公共课和医学院、文学院排在了一起，而阮宁平时最爱睡懒觉，最讨厌多数排在上午的英语课和体育课，但她现在却愿意第一个到教室，然后在教室呼呼大睡，显见得并不是她单纯地爱上了学习这项终身事业，那么这其中便必然注定了女孩芝麻点大的娇羞心思。

　　可是，对象是谁呢？

　　阮宁是个挺聪明的孩子，她考进法学院的时候，以数学、物理、化学三科满分闻名，而那年的数学是出了名的难，基于她还剩这点特长，208寝室的人用曲线方程和抛物线定理解了好几周，搜索阮宁每次所在座位视线最佳的区域，然后，她们发现了。

　　小同学上课一般用书盖着头睡觉，可是那本厚厚的英文书被她推倒的一瞬间，她趴在课桌上，能看到的永远是那个在所有人的印象中，如同最名贵的米其林餐厅中，最有资格的美食评论家才能吃到的那点零星食材。

俞三。

曾经有人胡编了一段话，放在这儿，也挺贴切：旧时王谢堂前燕，迫落寻常百姓家；若就俞宋膝下孙，王谢何以成旧名。

寻常百姓家的阮宁，瞧上了俞宋膝下孙的俞迟。

这可真糟，不是吗？

平常不大动脑子的阮宁，带着脑袋去暗恋俞迟。

这可更糟，不是吗？


2010年的第一场雪后，考试周就开始了。专业课殿后，公共课冲锋。口语考试中，老师让分组讨论，阮宁在H组，这组共四个人，大家口语都一般。阮宁自打上高中以后，就有些羞涩，平常人多的时候普通话都说不出口，更何况是英语。英语老师让学生们就"大学谈恋爱有利或是有弊"展开辩论。

全程只能讲英语。

阮宁和一个女生被分配角色，反方有弊；另外两个男生则为正方。

由于大家口语一样渣，所以全程讨论如下：

有利。

有弊。

有利，有一个girlfriend心情舒畅。

有弊，boyfriend浪费时间，影响学习成绩。

有利，有了girlfriend会变得更有爱心。

有弊，男女思维不一样，彼此不理解，Fight！Fight！（吵架这个单词阮宁不会拼）Fighting annoy me。

有利，girlfriend can cook。

有弊，得帮男朋友洗袜子（受她大姐影响），stupid！Very stupid！

有利，girlfriend赏心悦目。

有弊，万一很丑呢？

以上还属于说废话阶段，接下来就进入激烈的争吵阶段了，主力就是阮宁和文学院的一个男生。

"有利，当然如果像你这样的，那就算了。"

阮宁一听，不干了，这都上升到人身攻击了。阮宁回过去："就是因为怕碰到你这样的，才坚定立场。"

男生有些惊讶："You know who am I? "

阮宁："Seeing you? Recognising you? Riding with you? So familiar? "

翻译过来就是：见过你？认得你？骑着车子带过你？我们很熟？

老师："咳，正经点，孩子们。"

男生："老师这人是找乐的，她太搞笑了！您没看到她在找我碴儿吗？"

阮宁心中默默问候：你奶奶个爪儿！

老师："……"

男生："老师，您看，她瞪我！我是我们省高考状元，我在我们院都是宝贝，院长都不瞪我，她瞪我！您看，她还瞪！"

阮宁也举手告状："老师，他不说英语，他影响我考试发挥！"

老师头都疼了。

男生："影响你什么啊？你会说英语吗？就你这样的！我早就听不下去了！你那破英语我都不稀罕听！"

阮宁："You say good you say! Use English say! "

老师："小王八蛋们，都给我滚……"

阮宁夹着书雄赳赳气昂昂地离开教室时，门口围了一群学生，嘀嘀咕咕，不知道在商量些什么。

"哎哎，别走，同学，说你呢，刚刚和人吵架的那个！"有一个女孩子，声音清脆得像刚咬了一口的苹果。

阮宁扭头："有事儿吗？"

大家围着的是一个穿着红格子大衣的姑娘，长相颇秀丽，白皙的皮肤映着乌黑的发，好看得紧。她有些羞涩地问阮宁："同学，你是哪个学院的？"

阮宁有些闹不懂了，傻乎乎地看着姑娘，姑娘身旁蹿出另一个女孩子，笑着解释道："同学，我们是文学院的。这是我们院的唐词，我们的系花。她一直对医学院的俞迟有些好感，不知道你认不认识他。我们刚刚看你特别能说，小词又有点脸皮薄，你能不能帮我们一个忙，把这个手机联系方式和这封信递给俞迟？他跟你一个考场，大概马上就考完了。"

这个女生倒是一点不嫌麻烦人，把写着手机号码的纸条和一封干净洁白的信函塞到了阮宁手里。

信函上是秀气的字：医学院同窗俞迟（收）。

信函背面用红色的印泥烙了个圆圆的戳痕，是个好看的"F"。

阮宁看着那个 F，惯性地想着，这个 F 代表什么？ Forever 的 F，For you 的 F，Fall in love 的 F，Faith 的 F？是永远，是为你，是爱还是信仰的 F？

"别傻站着了，俞迟来了！"唐词的朋友推了阮宁一把。阮宁抬起眼，远远地就瞧见了那个穿着浅蓝色毛衣、棕色长裤的少年，他那样挺拔好看，却与小时候的样子全然不同了。

阮宁初三时曾递出过一封情书，她从那天起便发誓，以后再也不会主动向一个男生告白了，就算喜欢得要死、难过得活不下去也不要了。因为被拒绝了，那些喜欢得要死、难过得活不下去就变成了真的死去，变成真的活不下去。

她一点也不想温习那种滋味，所以后退了一步，却不知道，自己的眼睛，十分恐惧地看着俞迟，已经让大家觉得奇怪了。

医学院一行人朝着阮宁的方向走去，有些纳闷地看着她，唐词的朋友却突地喊了一声："俞迟，这位同学有东西要交给你！"

俞迟从人群中转过身，静静地看着阮宁。他从未与这个姑娘说过几句话，虽然他们已经有数面之缘。

他问她："同学，你想给我什么？"

俞迟待人，一贯没什么原则可言。换句话说，他想理你，就理你了，他觉得不必理你，你就算死到他面前，他也不会多看一眼。

俞迟这会儿却搭理一个陌生人了，医学院一众人都觉得挺奇怪的。同窗两年，都清楚他的脾气。

当然，最大的可能也许是他刚考完试，心情好了，兴致不错。

阮宁却不知为何，心中的恐惧情绪到达了巅峰，她不断回想起过去，回想起那句带着不在意和冷漠的"对不起"，她觉得自己的心在被人生生用锋利的刀具一片片切割着，血还在往下滴落。

她不知道眼前的这个少年会怎样对待这样一封带着少女心思的信函，这封信虽不是她写的，可却只承载着她的绝望。因为即使俞迟收了，也不是对她的肯定。

他面前仿佛横亘着千山万水，她只能这样艰辛地走过去。

她嗅到他身上干净明晰的香气，好像清晨漉漉水迹中新折下的香草，还带着些微的冷冽。

小时候，这种香气是熟悉的肥皂的味道，现在却变成了这样的味道。可是怎样都好，都是他的味道。他永远不知道为什么她瞧见他总是忍不住眼泪打转，只有她清楚，那是因为，好像过了一辈子的久别重逢把人折磨得只剩下了失而复得的眼泪。而这种失而复得，仅仅只是从见不到人的暗恋变成能看到人的暗恋。

她尝过这样的卑微，还能剩下什么样的勇气，还能拿什么，像那个忐忑不安的女孩唐词一般，带着羞涩，向往他还有可张开的温暖怀抱。

阮宁费力地递给他那封信，垂着头，轻轻开口："给你的。"

她转身指着那个漂亮、温暖的女孩，又说："她给你的。"

唐词的脸瞬间变红了。

阮宁的脸比任何时候都白。

俞迟淡淡地看着阮宁，如工笔细细描绘过一样的眉眼中，没有任何情绪。他说："我不要，同学。"

我不要。

同学。

对不起。

同学。

阮宁想起了那个幼小的只能哭着吃糖葫芦的自己，她问不出那句为什么，为什么不行呢？为什么我就不行呢？

她现在长大了，有些局促地抬起眼，看着眼前的少年，有些温柔也有些无奈地苦涩问他："为什么还是不行呢？到底谁才行呢？"

到底谁才可以呢？林林。

话还未毕，已经鼻酸，只能微微垂头侧脸。

俞迟看着她的侧脸，微微颔首道："抱歉，同学。这个与你无关。"

阮宁在心里笑了笑，兴许真的与她无关。所有的想念与他相干，所有的梦与他相干，所有的期望与他相干，只有她，不与他相干。

他转身离开，抬手看了看腕表，上午十一点三十五，又到了该吃午饭的时候。

俞迟挺忙的，吃过午饭还要去实验室，去完实验室还要去自习室，去完自习室还要参加一场晚宴，他的人生太匆匆，只觉得眼前姑娘的问题太可笑。

谁才行？

除了那个人，谁都不行。

或者，除了那个人，谁都行。

他与她擦肩而过，却顿住了脚步："你叫什么？"

"阮咸所作之器，谓之阮；越女静息之态，谓之宁。阮宁，我叫阮宁。"

"俞迟。"

"嗯，你好，俞迟。"

再见。

林林。

Chapter 6

# 游园惊梦小法海

　　阮宁家的境况颇有些复杂。阮宁后奶奶是北京的一家闺秀，当年是战地记者，后来没名没分地跟了阮宁爷爷阮令。阮宁奶奶得乳腺癌在家乡死了之后，她才被扶正。阮令当时接到妻子死了的电报只托人带来一些钱，阮宁爸爸当时只有十三四岁，居然一路摸到了北京，到了的时候，颠沛流离，只剩一把骨头。他爹看见这孩子显然也吓了一跳，他走时孩子才一两岁，这会儿也认不出来了，又脏成那副模样，只想着是要饭的，让他夫人端些剩饭。小孩儿一边吃一边哭，吃完最后来了一句："就这样儿吧，阮令。我在老家，娘省吃俭用也送我读了几年小学，我今天吃了你家的饭，是我没骨气，对不起我娘。她让我来找你，说你也不容易，我瞧着你活得挺好，还有肉吃，比我活得好，我娘地下有灵估摸着也放心了。我在你家干两天杂活，还了你家这顿饭钱就走。"

　　这段话阮令在战友面前显摆了半辈子，老爷子是这么夸的："我儿了不得啊，了不得啊，都给老子说臊了，我阮令活这么些岁数，什么时候害臊过啊，都是我臊那些老的不要脸、小的没成色，他能给我说臊了，我婆娘教得好，教得好！"

　　阮令的小夫人听一次咬一次后槽牙，憋着劲儿要把自个儿的儿子养好。可惜事与愿违，阮令眼里只有长子没有次子。

　　阮令疼长子疼得跟心肝似的，阮宁爸爸人也爽朗，年轻时候特别招人喜欢，后来读大学喜欢上了贫家姑娘，阮令着实和儿子别扭了一阵，阮宁爸爸无奈，就带着妻子搬了出去，再到后来，阮宁出生，阮令见木已成舟，才慢慢接受现实，但心里始终窝着一口气，待长子大不如前。阮宁再大些，老爷子一颗心又莫名地扑到这小姑娘身上。照老爷子的话就是，妞妞长得像我年轻时候，招人爱。

这话说的得多昧心，阮令长得五大三粗国字脸，阮宁瘦得像个小鸡崽子小小尖下巴。他这是心偏到西伯利亚了。他家小夫人、如今的老太太没少跟亲友哭诉：大儿和妞妞带着迷药生的，专迷这死老头子！老头子疼孩子也没个章法，妞妞五岁之前就没下过地，天天抱着不丢手。我的那俩长得虎头虎脑也没见他摸过几下，这日子没法过了。

阮宁人大方又仗义，有什么都给俩哥哥留一份，阮静、阮致疼她都来不及，哪会跟个小丫头片子计较，只是偶尔觉得奶奶太唠叨，实在无奈。

阮令生日在正月初十，过年本来就忙，再加上老爷子生日，阮家一到这会儿就鸡飞狗跳，瞧着阮致平常少爷脾气使唤不动，这会儿也是乖乖地拿着钢笔划拉请帖，他仿他爷爷阮令的签字是一绝。小时候背书让家长签字，兄妹俩仿出精髓来了。

阮致抱着一堆请帖写签名，写着写着就想起阮宁了。以前都是阮宁一叠他一叠，兄妹俩小时候都是一边写一边磕着瓜子，顺便扯些乱七八糟的，一个说我长大要当宇航员去太空，另一个就说我长大要嫁给林林；一个说我长大了要造飞机，另一个就说我长大了要嫁给林林；一个说我要飞全球，另一个说我要嫁林林。

阮致摔瓜子了。

"林林谁啊？"

"我们班的林林，最善良、最温柔的林林。"

阮静在一旁读书，被俩小孩儿逗笑了，捏了捏妹妹的鼻子，问："你说宋林？宋林跟你同班。"

阮宁不好意思地嘿嘿笑。

阮静问："阮致好还是林林好？"

"林林好。"

"爷爷好还是林林好？"

"林林好。"

"那哥哥好还是宋林好？"阮静口中的哥哥指的是自己，阮宁和阮致同岁，从不喊他哥哥。

阮宁回答得依旧很清脆："当然是哥哥好！"

如今阮致到了大约可以造飞机的年纪，身边却没了阮宁。至于阮静，还是同以前一样，常笑，但少了一些亲切和耐心，渐渐地一丝不苟。家里老老少少依旧每日忙碌，天知道他们为了努力营造家里没少三个人的气氛有多拼命。

可是，不一样就是不一样了，阮致都替他们累得慌。

他神来一句："我要给妞妞下帖子。"

他哥也神来一句："你敢，你就尽量试试，看这家里谁饶过你。"

阮致不愿看这张虚伪的脸，他鄙夷兄长的虚伪，可是这世界总有些无耻的阴谋家，比如眼前的阮秘书长，想尽办法怂恿推出一个替罪柔弱的羔羊，比如可爱的他，去实现他那个小小的微妙的却总也无法实现的渴望。

阮致搁下钢笔，微微一笑："你啊。"


阮宁比较庆幸，她爷爷过生日的酒店是不要会员卡的，这丫头递了邀请函也就顺利进去了。今年是爷爷七十三岁寿，她们家乡有种说法是"七十三八十四，过完不打阴官司"，也就是说，七十三、八十四都是老人家的坎儿，过完了就能再活好些寿数。阮宁本来犹豫要不要去，虽则这个帖子看着颇像阮致捣的鬼，他在帖子下方落款处却标注了两个数字：肆和贰。

阮宁小时候爱看杂书，她跟阮致专爱读些稀奇古怪的东西，为了好玩，还翻了好久的《梅花易数》，用数字算卦。他们幼时在课堂上经常用白纸写些数字，互相传递只有他们二人才懂的话。老师逮到过一次，拿出纸团，啼笑皆非，上面全是数字。老师也是妙人，咂摸半天，只来了一句——不愧是将门虎孙，家里还祖传着摩斯密码哪。

这次其实也并不例外。肆为震，震雷；贰为兑，兑泽。上雷下泽，卦是什么来着？

阮宁咬着米饭咂摸了好几秒。

泽有雷，妹当归。

归妹。


她知道阮致不会无缘无故地下帖子，阮宁低头琢磨着乱七八糟的东西，随后上了电梯，然后电梯未上先开，一个年轻的姑娘，肤白曼立。

宋四。

阮宁小时候与她有数面之缘，皆不欢而散。阮宁不大讲究，宋四又过度讲究，俩小姑娘在家又都是受宠的，谁让谁啊。大人也就尽量不让二人单独碰面。

阮宁记性十分好，宋四右耳有一块小小的嫩红胎记，纵然她长大了、变美了，神色、形容还是从前的光鲜，但她一看便心知肚明。

宋四瞧见眼前不大起眼的姑娘，也是一愣。她隐隐地觉得熟悉，但是又不大敢认，便只是狐疑地瞧了她几眼，二人相安无事地到了宴厅。

宋四今天装扮十分美妙，春季巴黎新上的洋装和一对殷红如红豆的珊瑚镶白钻耳钉，长发吹得细软蓬松，瞧着就可人。

阮静迎过去寒暄，看她一眼，微微愣了。

宋四心知男生都是如此，心里得意，表面上笑得越发温柔："大哥，阮致在哪儿？我们之前给阮爷爷排了一出戏，准备一会儿生日宴上逗老人家开心。我这会儿得去后面上个妆、换件戏服。"

"阮致整天神神秘秘的，也算他有心。什么戏？"阮静听她唤了一声大哥，心中莫名地酸了酸，面上却不显。

"听说爷爷喜欢《白蛇传》。"

"你唱谁？"阮静家中兄妹因为爷爷喜欢越剧，小时候也学过一段时间的唱腔，不过都不大成气候，妞妞、阮致七八岁的时候给爷爷拜寿，唱过一次《白蛇传》，妞妞唱许仙，阿致反串白蛇，年纪虽小，唱得也不算好，只是倒还肯坚持下来。

"我唱许仙，阮致反串白娘娘。小青说是让我哥去唱，我哥倒是学过，但是他刚回国，还在倒时差，阿润小时候没学过这个，俞迟那脾气谁也不敢惊动他。阮致神神秘秘，对我说，法海来了，小青一定有人唱。我就问他呀，法海在哪儿，他就跟我说，法海一定来。说了半天等于没说。"宋四觉得演员没齐整就开演这事儿挺犯愁，可阮致一副天大事儿我来撑的表情，宋四也就懒得再理。

阮静微笑，对宋四开口："就算法海有了，小青也定然齐不了，如今法海也没了法力，自然没有图谋他的小青。阿致这孩子就是淘气，他还在指望谁呢？"

忽然，他就想起那天阿致的那句"你啊"。有些话说得再妙趣横生、再叫人捧腹也没用，因为说话不用动脑子，理智却在控制脚步。

阮静、宋四这边有一搭没一搭地聊着，那厢阮宁出电梯反向刚走了几步，就被在一旁焦急等待的阮致劫走了。

阮致让她唱法海。阮宁心说，去你大爷。后来想想他大爷就是她爸爸，瞬间怂了，嘴比谁噘得都严实。后来在临时化妆间蹲了一会儿，挠挠头说那我试试吧。

她好几年没唱过了，就披了件阮致事前准备好的灰扑扑的僧袍，在那儿甩袖子，甩来甩去找感觉。

阮致找了化妆师正在涂脸，他演白娘娘，败了二斤粉。宋四不一会儿也来上妆，再见长长黑发散在了灰色僧袍上的那个不起眼少女。她细细看那姑娘，笑着脱口而出："阮宁。"

阮宁拿着紫陶的佛盂，抬起白皙的脖颈，显然并不惊讶，微微笑了："阿四，好久不见。"

宋四与阮宁四目相对，心中迅速地判断了阮宁的境况，刚刚分明就要脱口而出的"我三哥回来了"咽了回去，阮宁也不想多事，二人默契地互不搭理，又忙各自的了。

阮宁来时九点，三人略一磨合，已经十一点，会场渐渐热闹，略有熙攘之感了。远远地，就能听到奶奶和二婶的声音。

阮家的两个女主人出身名门，待人接物实在是好的。要是换成先前阮宁妈妈的样子，便只剩下微笑和认不齐人的尴尬了，也怪叫客人无趣。

阮宁在舞台后微微撩了一帘，看到了比五年前苍老不少的爷爷。爷爷总是十分骄傲的那个，做什么都要比别人强。儿子要比，孙子要比。可是他儿子比别人儿子死得早，他的孙女比起别人的孙女，又格外不成器。

阮宁拖着行李，离开阮家的时候，还记得宋四的爷爷宋荣是怎么说的，他说："你拿什么跟我比，阮令？"

她爷爷阮令看着她，一败涂地，颤巍巍地抹眼泪，却不说一句挽留的话。阮宁当时背过脸，不去看爷爷。她的眼泪掉了一路，弓着背几乎喘不过气，却皱着脸不肯哭出声。她怕爷爷说句什么，她这辈子就再也走不出去。

她已经对不起爷爷，不能再对不起爸爸。

人生每一次痛苦的分离都让阮宁夜不能寐，林林、爸爸、爷爷，他们都被时间和命运挡在了阮宁的生命之外，明明再亲密不过，可是如今或阴阳相隔，或漠不相识。

阮宁转身，拼了小命，往脸上搽粉，似乎白得面目全非了，才问阮致："小哥，你瞧瞧，你再瞧瞧，这样爷爷还能认出我吗？"

白衣儒衫、黑帽冠带的俊俏儿郎上了台，她方才是宋四，这会儿却是许汉文许仙。少女骨子里的秀美叫台下惊艳，她开了口，唱腔婉转温柔又带英气，着实不差："苍龙临门在端阳，许仙险些一命丧。多亏娘子把我救，九死一生又还阳。"

她掏出扇，指着前路，又唱："只是那法海之言犹在耳，私上金山问端详。"步子稳稳一踩，眼波一转，风骨也就有了。今天她和阮家兄妹要唱《白蛇传》里最有名的一折——《水漫金山》。

宋家兄妹打小和阮家兄妹上的是一个儿童戏曲班，着实苦练了几年，只因为阮、宋二老好这口。

宋荣坐在阮令身旁，瞧着孙女，满意地点头微笑，阮令眯着眼，看着这鲜嫩好看的小姑娘，也赞着笑着，后想起什么，笑意淡了几分，皱纹在眼角未散，却也散不去。俞迟爷爷俞老笑眯眯地对宋荣说："姑娘教得好啊，老哥哥。"

这厢唱完，戴着僧帽，涂着白面皮、红嘴唇的法海也出来了，她怔怔地看了阮令一眼，唱词开始胡乱篡改："仙山亦有老神仙，我打观音娘娘处来，今日借来五百寿，送予这仙山的老神仙。"

许仙愣了愣，这是哪出，怎么接？台下却笑了，这小沙弥倒是很应景，唱得也清脆。法海又接着唱："这一时远远看，归山恰遇许官人，愚儿似是犹未明，待我轻点化。许官人，妖言惑众是魔障，迷途知返莫彷徨。速乘法舸登彼岸，佛门有缘早拈香。"

同样一脸粉站在后台的白娘娘捏了一把汗，词儿总算转回来了。妞妞从小就散漫随性，但做事还算靠谱。

他在台下扫了扫，看了看左边一直微微垂头打瞌睡的蓝衬衫少年，又看了看右边一直没有表情抿着红酒的白衬衫少年。一个和妞妞青梅竹马感情着实不赖，另一个不出岔子这辈子大抵是要娶宋四，使两出美人计，上钩一个就够了。可眼下的情景，着实有些让人犯愁。

以前别人提起园中子弟，说起来就是"俞宋两家的孙子"如何如何，夸得吹眉立目，极尽阿谀之能，可仔细听来都是扯淡，阮致就挺不服气，论相貌、论学习、论才干、论人品，他哪点儿不如俞迟、宋林了？

嘿，今天看了看，还真就有一点不如。

起码，他就没眼前这哥俩沉得住气。

Chapter 7

# 青衫盖住小黄花

　　阮令一眼就认出了孙女。

　　他之前一直盯着唱许仙的宋家丫头，妞妞小时候也曾这样书生装扮过，握着比她的手大许多的折扇，山清水黛一张小脸，眼睛却不自觉地大大瞪着，咬字清晰有力，神气极了，也可爱极了。

　　她当时这样唱："仙山也有老神仙，神仙今年又贺寿。巧来天落慈悲泪，因要借他三百年。"那一年的初十，下了大雨，阮令觉得不祥，因此并不开心。可是小小的妞妞唱着、念着，晃着脑袋，他看着看着便笑了。

　　阮令怔着苍老的目，他一直想，妞妞长大了，到了二十岁的年纪，大约也就像宋四这样骄傲好看，可是，他的掌上明珠因何着了灰袍，又因何入了佛道，因何涂白了一张脸，又因何黯淡了眉眼。

　　他并没有打断台上的一场戏，虽然他知道台下的老妻、次子已经开始如坐针毡。可那又如何？妞妞是答应他们，不会再回来，但谁也没有胆量站在他阮令阮怀骞面前，告诉他，你就当唯一的孙女死了。

　　阮令神色阴晴不定，俞老看得分明，正要说些什么缓颊，身旁坐着的少年微微低头，附在他耳边道："爸爸，阿迟似是听得不耐烦，离席了。"

　　俞老冷笑："跟他奶奶一样怪脾气、怪性子，由他去。"

　　宋荣宋老的幼孙宋林这两日刚从英国飞回来度假，他正是稀罕孙子的时候，也招呼儿子去叫这孩子说几句话，那一旁，一转身，一直打瞌睡的蓝衣宋林也没了影儿。

阮致打点舞台十分细心，还从市话剧团借了一座假山，又把本就预留的喷泉池注满水作湖，而后在各处铺陈了鲜花、假草，布景简单却有了格局。

这一时，靠着青山的灰扑扑的法海唱道："当头棒喝惊醒尔曹，斩断孽缘乐逍遥。"

"逍遥"二字唱完，白娘娘与小青本就该登台了。白娘娘阮致阮小少有些尴尬地拎着白裙飞着袖上了台，台下一众老爷子、老太太立刻笑开了花。

"俞宋孙"人人羡慕不假，但若论讨人喜欢，阮家的阮二认第二，没人敢认第一。不仅长得俊，人也聪明，怜贫惜弱，对老太太、小姑娘最有耐心，尤其是长得好看的老太太、小姑娘。阮二不认生，打小满园子的老太太都抱过他，这小东西见人就笑，有牙没牙只管冲你笑，再古板的心也化了。

阮致一上台，气氛就热烈了，他又是反串白娘娘，一张俊脸似模似样，个子也高挑，老的、小的瞧见了，眼睛一个比一个弯。

"这才是真孝顺呢！"顾丘笑了，对着儿子道，"阿润，多跟着学学。"

顾丘又字长济，是军界新秀，这些年打拼着，总算在南方军界站稳了脚跟，可惜还是年轻了些，论资排辈，却是末位，实力比起阮、俞、宋、栗、卢五家每每差了些。前些年，他与北方军区有联姻的意向，侄子与北温家的姑娘都订了亲，可终究还是不成，不知中间出了什么岔子。

那个被他称作"阿润"的男孩是顾丘唯一的儿子，自幼体弱，并不常出席这些宴会，青色柔软的额发微垂，只点点头，无可无不可。

白娘娘清了清喉，漾出凄苦神态，有模有样地捏嗓唱道："千年苦修托人形，心底光明无俗尘。不动人间邪欲念，但愿夫妻两情深。可怜我身怀六甲将临产，娇儿无父你怎忍心。妄求禅师发慈悲，放我许郎转回程。"

阮致十分高挑，唱起白娘娘格外地有气势，眼波流转，含泪看着法海，倒显得是蛇妖要把这瘦弱的小沙弥一口吞掉了。

阮宁捧着佛盂，却有些着急。小青如果再没人演，这戏肯定砸了，她狠狠地瞪了阮致一眼，指着少年，恨不得一指头戳过去："你这妖女！无端端作怪，扰人清净，打乱了一池秋水，讲的什么情！人妖岂可乱纲常，此罪定下绝非轻。若不醒悟回山林，休怪和尚太无情！"

她半真半假地唱着词，转着弯儿地骂阮致，阮致转了转眼珠，反应也是迅速，立刻抱着肚子叫了起来："了不得了，了不得了，啊呀呀，我这孩儿心头恨，腹中翻滚起来，让人好生的疼！啊呀，相公，相公，快扶我歇一歇！"

宋四一听，正尴尬得没台阶下，扶着阮致，忙不迭一溜烟就往化妆间蹿，好像后面真有蛇妖，留下个小法海恨不得骂娘。

阮宁看了看台下，几十双眼盯着她，腿就有点软，她和他们大眼瞪小眼了一会儿，才假意唱起来："啊呀呀，罢了罢了，念在这妖女怀的是人身，待和尚替她念些经书，保那胎儿平安。"

说完，就自个儿在台上捡了块空地，盘腿坐了下去，双手合十，捧着一串念珠，喃喃念了起来。

"敢情是新编？"宋荣被弄糊涂了。这帮孩子搞的什么鬼？

阮静就安静地靠在座椅上，静静地看着那个孩子明亮的额上不断渗出的汗珠。

五年来他第一次见到她。

起初，瞧不见他的小妹妹只是无法言说的烦躁，可到了后来，就变成了无奈，而后，却习惯了，习惯了她不在，习惯了回避，习惯了想念。若再有五年，想必，他再也不会，看着别人家同龄的小姑娘，不断猜想他的小妹妹长大后是什么模样，会变得美丽或是平庸，会犯拧还是和顺，会喜欢谁家的男孩，还是一直心心念念着"林林"。

宋林，据他所知，已经有了心仪的姑娘了哪。

他的……傻妞妞。

老爷子、老太太们之后倒不怎么关注台子上的小沙弥了，开始吃吃菜讲讲儿女事，热热闹闹的，气氛丝毫未受影响。阮宁在台上坐得都僵了，眯着眼，嘴里念念叨叨，倒是个念佛经的模样，可走得近些了，你就能听到小同学在数落她哥："你个没义气的东西，还相公，相公是你家谁啊，看人小姑娘长得漂亮拽住就跑，你倒是拉上法海啊王八蛋，光个子噌噌往上长有啥用，不长脑子！"

她垂头嘟囔了一阵，台下却安静了。小同学黑黑的眼珠映下一件衫，一件似是扯下湖中青云上碧杏尖翠做成的衫。

"敢问大师，白素贞犯了何错？"青衫下好似是上好玉蜡雕冻成的手，透明无瑕，它握着一把桃木剑，剑尖抵着法海尖尖的下巴。

那把嗓，含了晨间潮湿的雾一般，清冷而使人似在梦中。

老爷子、老太太们精神来了："哟，小青来了，这个小青是真身。"

越剧中小青男女妆扮皆有，各分一派，各有市场，只因有些说法中，小青真身为男。

阮宁已经懒得再背戏词了，这出戏神出鬼调，胡扯就够了。

她回唱道："白蛇本为畜，与人怎配鸳？"

那人又问："佛有云，众生平等，缘何蛇与人便不等？"

阮宁被问住了，她垂头，想了想，又道："人间尚分三六九，人既未等，畜与人怎等同？我僧众视众生等，可众生未视己与人等，收了她去，恐人惊伤，非我仓皇。"

大家听出点意思了。

那人再问："人间三六九，高低各不同。我且问大和尚，贫富可能结姻缘，贵贱是否能白头？"

阮宁微微抬起头，这小小沙弥就放下了合十的掌。她仰望着那个长发披散的少年，看他额上一点青蛇蜿蜒的印。

冰肌玉骨，神仙一般的容貌，却妖气冲天。

阮宁小的时候常常坐在学校的树下，手边一块糕，掰了一块，递给身旁补丁满身的男孩，她问他好吃吗，他却问她，多少钱。

阮宁总是挠挠头，说一块。

她知道小孩每天的零花钱只有五毛。

一人一半，一人五毛。

小孩心安理得地吃着那半块糕，才渐渐愿意和她一起在树下背书。

他们一起背的第一首诗是杜甫的《江畔独步寻花》。

"黄四娘家花满蹊，千朵万朵压枝低。留连戏蝶时时舞，自在娇莺恰恰啼。"

春天犹在，花却落了。

你我犹在，花却落了。

阮宁抬头的时候，花却落了。

天翻地覆啦。可天地之距犹在。

法海答青蛇："穷一处穷，富一处富，门当户对才最配。"

青蛇淡淡地看了法海一眼，淡得没有表情，没有喜怒。

法海笑了，问那蛇妖："你为谁来？"

青蛇淡淡一笑："临安望江堂，许汉文。"

"他是你的何人？"

"心上人。"


阮宁唱完，回到后台，已经失魂落魄。

她换了衣服，却不小心打翻了化妆桌上的粉盒，拾起粉盒，又落了背包。

终于走入楼道，才深深地呼出一口气。

她捶了捶背，窗台的一隅阳光就这样贴在小姑娘的脸颊上。

仿佛从漫天的大雪中走出的寒冷渐渐地也被治愈了。

她倚在墙上，静静地看着那束光。

这样黑暗的地方，只有这样一束光。瞧，窗台闪闪发光，仿佛捂上眼再放下，就要绽放一朵小黄花。

她轻轻用手捂住了眼。

然后有些东西就掉落了，在黑暗中像是没拧紧的老化水管，滴答，滴答。

远远地，孤伶的脚步却渐渐清晰了。

一只温暖修长的手覆在了她的手上，也覆在她的眼上。

她想要挣脱，那只手却把光明隔绝得越发彻底。

冰冷的唇盖在了她的唇上。

日日求之不得啊。

磨碎了希望，愤怒不停沸腾。

故而辗转反侧。

谁家小淑女……

他在黑暗中扔掉了那件长长的好像飞翔的鸿鹄一般的青衫，盖住了窗台最后一道窥伺的阳光。

## Chapter 8

# 爱久弥新见人心

阮宁没想到初吻就这么没了。

她连续三天没睡着觉，白天瞪着眼看民诉老师，晚上瞪着眼看天花板。

等到全寝室都觉得她不对劲的时候，小同学来了一句："我困。"

"你睡啊！！！"

"睡不着。"

"为什么？？？"

"不告诉你们。你们这样我很压抑呀，好孩子都需要个人空间。"

爹妈打好孩子犯法不！！！

小同学就这么惹了众怒。

第四天，晨光熹微的时候，她终于沉沉睡去，一直困扰她的问题在突然袭来的困意面前，也显得没那么重要了。

虽然对方十有八九是亲错人了，但是扯淡的是，怎么就亲到我嘴上了；更扯淡的是，还捂着眼亲，这是觉得我长得丑还是怕我嫌你长得丑？

没胆亲人还亲错人，真扯淡。

阮宁愤愤地把被子拉到了头顶。透过凹起的透明鱼缸，小金鱼林林鼓鼓的眼珠子默默地看着阮宁，觉得这小姑娘真是麻烦，不，这世间的小姑娘也许都这么麻烦；仙人球胖林林最近也有困扰，它有些脱发，不，有些掉针，无暇顾及小姑娘的情绪。

林林们希望她快点睡着，因为梦里一定有人告诉她，你那么丑，怕什么。

阮宁睡了一天一夜，梦里什么都没有。

阮致终于留下了他的手机号码，他告诉阮宁，经常联络。阮宁把他的号码多抄了一份放在抽屉里。她曾经因为手机丢失，遗失过一件十分重要的东西，很是吃了些苦头。从此以后，但凡失去了再无从找起的信息，阮宁都会提前备份。

不过，阮致似乎再也没想起和她联络，那天的贺寿才更像一场梦。

阮宁有个怪癖，不开心时就爱看《奥特曼》系列，什么《赛文奥特曼》《艾斯奥特曼》《泰罗奥特曼》《雷欧奥特曼》，整天寝室就是各种"吼""哈""变身""奥特光线""队长，×××又来了""队长，不要死啊队长！！！"208寝室的姑娘们被雷劈了。

四姐齐蔓虽然爱搞怪，但也是个特别善解人意的姑娘，她试图去理解阮宁："六儿，吸引你的其实是奥特曼真身的帅气吧？"

"不是……"小同学盘腿托下巴，聚精会神。

"那会不会是你一直心存着保护地球的信念，就像选美小姐永远的梦想——世界和平一样？"齐蔓额头开始暴青筋。

"也不是……"

"也许你一直想当超级英雄，刚巧奥特曼能满足你的想象？"齐蔓有些想咬牙齿了。

"并不是……"

"那你到底看的是个毛啊，剧情这么幼稚，你踢我一脚我呼你一巴掌的，乐趣在哪儿？！"齐蔓怒了。

阮宁指着屏幕炯炯有神："你不觉得怪兽每次把高楼拔起来晃一晃的样子很可爱吗？哎哟喂，它是不是觉得能晃出人来，哈哈我去，好像小孩子玩玩具哈哈。"

她是去看怪兽的，奥特曼穿着健美裤、盖着脸有什么好看。每一次怪兽肆虐城市的时候，人都变得渺小，作为个体的模样渐渐被淡化，什么人性，什么特质，什么情爱，什么感觉，都通通不再计量。

莫名地，就安心了。

之后的日子一直风平浪静。新学期的公共课法学院与医学院排开了，日常的课程也紧凑，听闻医学院特别忙碌，她再也没有见过俞迟一行人。爷爷寿宴的时候，她似乎一错眼瞧见过他和另一个熟悉的人，可还没来得及说点什么，他们就不见了。

阮宁体育非常不好，属于走路都能不小心左脚绊右脚的类型。她对此百思不得其解。后来，妈妈说了一句话，阮宁觉得找到了答案。阮妈妈说："你五岁之前就没下过地，天天抱我怀里，所以小时候路一直走得不利索。"

阮宁乐了："哪有你们这么惯孩子的，就不怕给我惯出毛病！"

阮妈妈想了想，也笑："那到底给你惯出毛病了吗？没办法，实在是……太可爱了呀。总是恨不得把你揉进心口，说不能娇惯孩子的人，大多是没孩子的人。"

阮宁小脸不好意思地红了。她这么可爱啊……那就不好怪大人了。

但是现在因此有了点后遗症，阮宁平常很懒，又不注意锻炼，小胳膊小腿的，八百米常常跑不及格。她小时候倒是跟爸爸学过投篮，溜溜的，可体育考试从不考这一项。

这次八百米是期末体育考试的其中一项，达不到及格就得重修。

之前体检测试肺活量，阮宁异常低，学校四百米跑道，不到一圈半，就跑不动了。

她决定晚上锻炼一阵子，但是似乎没有掌握住法子，效果并不太好。预测试的时候，小同学出了糗。操场上，刚跑了半圈，就踩在石头上，五体投地。

然后，脚踝、小臂蹭破了皮，脸颊上也有好几块瘀青和石子印压的痕迹。体育老师皱了皱眉毛，表情也不是太好看。挥挥手，有些不耐烦地让她先走了。一个班总有几个拉后腿的，每年都是如此。

阮宁没有去校医院，她对那个地方有些难以言说的羞耻，自己买了碘酒和消炎药，回寝室草草处理完，就去食堂吃饭了。

脸上那几块瘀青处理完就更肿了，食堂里人也多，大家被那张跟调色盘一样的脸吓了一跳，要死了，这谁家孩子，八成打架了。

阮宁买了份炒土豆，喝了碗冬瓜汤，刚坐下，对面扑哧一声，有人笑了。她一抬眼，却看见了宋四。

"你怎么在这儿，阿四？"阮宁愣了。她之前听说宋四在北京读书。

"我来看阿迟，你认得阿迟？上次扮小青那个。他最近颈椎犯病了，一直反反复复的，北京×军医院有一种特效药，我拿来给他试试。"宋四笑了，耳边两只珊瑚耳珠在阳光下泛着暖光，十分漂亮。

阮宁有些僵硬地吃了口米饭。颈椎？俞迟怎么会有颈椎病？

不远处，俞迟端着餐盘走了过来，阮宁低下头，也不看人，只是猛吃，却不小心扯动伤口，疼得龇牙咧嘴，一口土豆吐了出来。

宋四教养好，见不得她这样，笑骂道："这丫头恶心死人了，出了阮家门就撒了欢，瞧瞧成什么样子了。"

阮宁"嗯"一声，右手轻轻揉了揉伤口，也没说什么。

"你同人打架了？怎么一脸的伤？"宋四又开口。

俞迟在一旁十分安静，脸色不好也不坏，目光淡淡的，并没有关注两个姑娘，只是专心致志地吃着饭，握着墨绿汤匙的手倒是好看，玉色沁润着热气，像是一件上了年头的博物馆陈列的艺术品。意有了，境也有了，就是没什么心。

阮宁赶紧摇头，偷看了一下俞迟的表情："我不敢打架的，就是跑步摔着了。"

宋四笑："阿迟是医学院的，一会儿让他帮你处理一下。一个小姑娘，也不爱护自个儿，破了相就坏了。"

阮宁赶紧再摇头："不用不用。"

俞迟本来并未吃完，却突然间端起了托盘，也不搭理二人，就离去了。

宋四不知为何，心中生出些小得意，对阮宁笑得更甜："他就是这样脾气，不大合群，也不大搭理女孩子，你别介意。"

阮宁能说什么，阮宁也不必说什么。阮宁默默地又吃了碗米饭，后来菜吃完了米饭没吃完，就又打了份菜，后来米饭吃完了菜没吃完，她就又打了份米饭。

宋四都傻了。

这丫头绝对有强迫症。

了解阮宁的人都知道阮宁这是在自我调节。她不开心的时候就吃点白饭。

宋四先吃完，拿手帕擦了擦嘴，说了句："阮大哥工作调动了，你以后应该有机会看到他。哦，对了，我哥走的时候，让我如果有机会看到你，告诉你一句，那天在楼道里，他认错了人。"

阮宁彻底吃不下去了。

眼前的土豆是一团糟，眼前的米饭一团糟。她这个人也是一团糟。

阮宁腮帮子塞得满满的，伤口越胀越疼。

"够了。吃不下就别吃了。"

阮宁闻到了消毒药水的味道。

抬起眼，却是那个穿着白色衬衫、卡其色西裤的少年，他背着药箱，手上还攥着一袋棉签。

他的身后，是脸色异常难看的宋四。

阮宁的表情有些扭曲，嘴里不停咀嚼着，可是反应过来少年在说什么，又手足无措起来。

"吐了。"俞迟放下药箱，从里面掏出一双新的医用手套，戴上后，淡淡开口。

阮宁"啊"一声，却囫囵吞枣地咽了下去。她的脸颊渗出了点滴血迹。

俞迟坐在了阮宁的身旁，十分娴熟认真地处理那张脸上的伤口。

他微微侧头，看着棉签上的血迹，开口："跑步时跌倒引起的擦伤？"

阮宁点点头。

"身上呢，还有别处擦伤吗？"俞迟掏出一卷纱布，拿医用剪刀剪下长短相同的几截，又问。

阮宁点点头，反应过来，又迅速地摇了摇头。

俞迟戴着白色手套的手握住阮宁的右手肘关节，淡淡开口："这里是吗？"

阮宁龇牙咧嘴。

她刚刚吃饭时，握着勺子的动作一直不太自然。

俞迟卷起少女的薄毛衣，然后面无表情地看着那块已经彻底肿起来的肌肉，面无表情地拿出酒精擦洗。

食堂顿时响起一片"我靠""我靠，俞迟""我靠靠，我也去摔一摔"，此起彼伏。

宋四的眉毛快拧到天边了。

他把阮宁手肘上的伤口包扎好，又淡淡开口："站起来。"

小同学霍地像被烫住了，蹿了起来，笔直立正。

"走走。"

阮宁同手同脚地走了几步，像是面对刚上大学那会儿军训时的教官，紧张异常。

旁边似乎隐约听到喝彩声，阮宁回头，傻乎乎地笑了，像棵得了点阳光的大白菜，灿烂极了。

俞迟有些诧异地看着眼前的蠢货，又开口："坐下。"

然后施重力到了阮宁的左脚脚踝处："这里也受伤了。"

他弓身蹲在那里，腰线清晰，眼神清澈，鼻子高挺，好看得让人忍不住想要拥抱。

宋四终于有些憋不住："阿迟，你不是走了吗？怎么……"

少年抬头，眯眼："不是你让我给她处理伤口的吗？"

阮宁忽然想起，她曾经忘记了那个唯一能联系上林林的 QQ 号密码的后四位。

十乘以十乘以十乘以十，她运气不好，试了整整一万次中的七千三百多次。

绝望了三个月。

找回那个密码的那一瞬间，似乎终于压下因曾经被拒绝而苟延残喘的自尊，轻轻地打下两行字。

林林，你好吗？

林林，你在哪儿？

Chapter 9

# 谁的天长不动人

阮宁晚上跑步的时候，学校话剧团的演员们正好也在排练。四角的大灯十分晃眼，操场外的礼堂显得格外清晰。

那时候，已经九点一刻，跑道上没什么人了。

阮宁是个心里盛不住事儿的姑娘，但凡眼前有哪件事儿没做到及格水平，就会努力去做，直到跟其他人看起来是一样的。对，没错，她的目标就是和大家一样平庸。她喜欢混在人群中的感觉，要蠢大家就一起蠢，要聪明大家一起聪明，像个正常人就好。

现在一个班级只有寥寥几个没法及格，其中就有她。阮宁就觉得这挺是个事儿的，她必须及格，好让自己瞧起来不那么局促。

这一天格外热，所以傍晚之后，跑道蒸发出的沥青味道十分浓烈，让人不由得有些难受，阮宁的头发又被汗水浸湿了，跑到最后，什么感觉都没有了，就剩下鼻孔不断吸入的沥青味。

渐渐地，跑道上人越来越少。到最后，只剩下阮宁一个人对着空旷的世界，听着寂寥的对话。

话剧团的演员念词念得字正腔圆。

"芙蓉园的秀才阿塘不喜欢小鹈了。啊，听说他爱上了别的姑娘。"

"小鹈清清秀秀，阿塘多没有眼光。"

"阿塘爱上的是镇上排名第一的美人，镇长家的四姑娘思齐。"

"哟，思齐人美心眼也好，还读过几年私塾，拔尖儿一样的，去省城都差不了。小鹣只是一个织鱼线的渔娘，阿塘变心也说得过。"

"你这两天见过小鹣了吧？"

"怎么了呢？"

"瘦得脱了相，只剩一双大眼睛，也不如往前灵巧了。她垂着头，灰扑扑的，哪还有半点好看的影子。阿塘那一日从芙蓉园到前门读书，路过小鹣家，走得可快，连看都没看那个可怜的姑娘。姑娘抬起眼，怔怔地看着他，洁白的牙齿间咬着的像玉石一样的鱼线都抵出了血印。"

"可怜的姑娘恨透了阿塘吧？"

"姑娘哪里是恨他，姑娘是恨自己的命运，天黑黢黢的，海冷冰冰的，一年到头都这样，她不能读书，不能穿上漂亮的衣裳，唉，我们都知道这是命，她心里也更是明镜似的呢，自个儿——配不上！"

"阿塘以前天天送她花儿呢，我都见过。那一会儿着迷一样。他爹妈不同意，他还绝食，不肯吃喝。后来，镇长请他家听戏……"

"碰到思齐小姐，就醒了。他说他做了一场春梦，大家都笑小鹣，哪里有人笑话他？"

"是啊，分明是小鹣做了一场无痕的春梦。"

阮宁听到这儿，排演的故事戛然而止。

其实哪有什么天长地久的爱情。

可是她还在一直奔跑，在那样没有尽头的环形跑道，似乎不停止呼吸，便会天长地久下去。


阮宁的八百米快了及格线十秒，体育老师有点诧异。可对于阮宁，这只是必须做的事。她想起爸爸一直告诉她的话：不要求你什么都是第一，但是你做任何事的第一分钟，必须是在向世界的大多数靠拢。

阮宁小时候觉得冲破世俗才很牛逼，真正出类拔萃的都与众不同。阮爸爸就说，我知道你想穿破了洞的牛仔裤、尝一尝白酒的味道，可是你提前领略到的东西只会挤掉你该领略的其他快乐。刚出生的孩子还没有沾染红尘的习气，它渴望长大，可是慢慢地，品尝到了欲望的味道，就陷入滚滚红尘，再也无法自拔，那时便不是成长，而是直线地衰老。我知道你想长大，可是你要是再慢一些长大，我会觉得非常骄傲，因为我做到了一个爸爸该做的，让你的世界纯真得再久一些。

　　照现在的话，阮爸爸是个文艺青年，但当年的阮宁，就抓着衣裳上的小蜻蜓，痴呆地看着她爹，一副"你说的是什么"的表情。

　　阮爸爸一看就笑。他说，当你真正被这个世界所接受的时候，你才能真正得到自由，也才会知道，我教给你的是多难的东西。

　　每一样，都被世界接受。

　　当阮宁每一次都做到的时候，旁人反而会觉得这个姑娘是个努力的好姑娘。天知道她大夏天躺在寝室床上不穿衣服啃西瓜的模样有多猥琐、懒惰。


　　五六月份的时候，西校舍出了件全民骚动的大事儿。

　　半夜有贼翻墙爬楼，突破重围来女生宿舍偷东西。

　　接连两天。

　　整个老校区都炸开了锅。

　　要死了。

　　姑娘们都崩溃了。

　　当时，贼就在204，距离阮宁寝室也就隔了两扇门。

　　碰巧是周六，208整个寝室离得近的，差不多都回家过周末了，只剩下阮宁和周旦，刚巧俩人也是上下铺。

　　宿舍楼道一般到十二点以后就变得逐渐安静起来，夜里更不用说，除了此起彼伏的呼噜声，基本上没什么动静。

　　阮宁睡觉算是比较浅的，宿舍楼被盗的第一晚却也没有任何察觉，宿舍楼有人大致丢了几百块钱，大家猜想兴许是内贼，谁也没放心上，可第二天，也就是在204寝室，隔壁的隔壁，有个姑娘正好起夜，看见宿舍里一道黑影子，整个人瞬间吓哭了，尖叫起来，小偷也是灵敏，直接从窗户往外跳，接着整座宿舍楼的人都醒了，日光灯一楼楼、一排排都亮了起来。

阮宁是被年级干部敲醒的，阮宁反应过来立刻去拍周旦，周旦也不知道哪来的潜力，睡得迷迷糊糊的，一听有贼，直接从上铺跳了下来。之后的很长一段时间阮宁都在研究周旦究竟是怎么下来的，毕竟快两米了……

西校舍，女生宿舍楼挨着大门，斜对面就是男生宿舍楼，校舍大妈和保安们还没做检讨，男生们不干了。这是太岁头上动土啊，虽然兔子不吃窝边草，但兔子的窝边草被别人欺负了啊。是可忍孰不可忍！

没等校领导发话，校学生会主席，外院大四的学长周继才主动请缨，要带着男生轮班守夜，不抓到小偷誓不罢休。后来一肚子坏水的副主席，文学院大三学长张济济给这场轰轰烈烈的行动取了个名儿——Tonight we are all the same rabbits. 翻译过来——今夜我们都是兔。

然后开始了长达一个月的轰轰烈烈的守夜行动，一个院上半夜，另一个院下半夜，然后男生们玩兴奋了，在女生宿舍楼下铺了床单，上半夜买羊肉串喝啤酒，下半夜聊天打扑克，白天上课打瞌睡，最后各院讲师和女生宿舍楼集体抗议，这哪是一群兔，整个一群猫头鹰兼职大灰狼啊，西门外的羊肉串排档都被他们吃得营业额直线飙升。

最后校领导严厉训斥，男生们卷着小碎花床单都灰溜溜地撤了，刚撤第二天，女生宿舍又被盗了。还是二楼。

二楼是法学院的姑娘。小偷也是个死心眼，认准法学院了。

一时间，法学院姑娘们人人自危。

警察都来二楼三次了，录了三次口供，可还是一无所获。虽然初步认定是校舍工作人员中出了内贼，但是一个校舍，工作人员不说多，也有几十人，并不那么好认定。

闹小偷本来是小事，不过经过接连来回的闹腾，大家都觉得如果抓不住人，太对不住这一窝男孩女孩一个月的惊慌。

女生宿舍楼下有四五盏昏黄的路灯，依着围墙而立。

之后的每一天夜晚，路灯下再也瞧不见那些花花绿绿的床单，却多了一个模糊的身影，在灯光下，影子拉得很长很长。

"他在做什么？" 208寝室的姑娘们察觉到了这个人，小四好奇地趴在阳台的栏杆上往下看。

阮宁也认真地观察了一下，下了结论："他在看书。他今天拿着的书很厚，皮也是硬的，昨天的比这个要薄一些。"

"你们能看清楚他是谁吗？" 甜甜问。

齐蔓摇了摇头，阮宁睁大了眼，灯光太昏暗，只映得他的影子那么高大、温暖，脸远远瞧着，却是一团模糊。

周旦伸出手，慢慢地数着："五……七……十……十四，他在这儿半个月了。真勤奋。宿舍熄灯是不是早了点，看着叫人怪不忍心。"

西校舍，十一点全部熄灯。

"有了他，我们能睡个安稳觉了。贼总不会来了。"应澄澄打了个哈欠，嘟囔了一句，就往上铺爬。

大家都睡了。

黑暗中，阮宁趴在那里，静静看着那抹影子。

他在读什么呢，这么有意思吗？

阮宁揉揉眼睛，用手比了比小相机，这个人可以放在双手的小方框内。

刚刚好。

阮宁也安心地睡了过去。

她第一次觉得，有这样一个爱读书的人，可真好。

之后的一晚，凌晨三四点的时候，阮宁起夜上厕所。

那个人还在。

他已经合上书，静静靠在笔直的路灯下，微微垂头，一副似乎已经睡着了的模样。

她也不知道自己哪根筋不对了，就遥遥地向那人挥了挥手。

他并没有看到，正如同不是每一次对人生的询问都会得到你想得到的答案一般，那个人始终没有抬起头。

可是，他那样沉默挺拔的模样，就这样刻在了阮宁的心中。如同阮宁忘不了幼年雨水中砸落在头上的第一朵冰冷的桃花一般，她似乎也把这一瞬间当作了永恒铭记。

第二天，警方带来消息，在抓获市内一批流窜作案的瘾君子之后，审讯的过程中，其中的一个犯罪嫌疑人，正好招认了Z大的三起偷窃案，说是毒瘾上来了，Z大校舍的院墙又正好不算高，他就硬着头皮上了，谁知道这么容易得手，便连偷了几回，后来见事情在学生之间闹大了，而最后做的一起也没什么大收获，他就离开了。

当天晚上，阮宁在熄灯后又跑了出来，她在灯下等了很久，却再也没有看到那个高大的抱着厚厚的书的少年。

从此，他便消失了。

应澄澄说，这个楼上有他的心上人。

阮宁想，这可真是个幸福的姑娘。

再到后来，大家都知道了那个姑娘是谁。

她有一个好听的名字，而那是另一段动人的故事。

与阮宁无关、与208无关、与法学院无关的故事。

只是，故事的另一个主人公很出名。

俞迟。

俞迟守在楼下，半月之久。


在很久以前，雨后桃花砸落在阮宁头上的一瞬间，林林正在吃用五毛钱买来的山药糕。

小家伙很严肃地问了小男孩。

她说："你想不想挣钱？"

林林抬起眼，安静地看着她。

小家伙掏出刚挣到的五毛钱，绷住小脸，说："我给你五毛钱，你……你让我亲一下。像电视里演的一样。"

小男孩唯一的一件衬衫上打了补丁，听见她的话，默默地把清秀的眉毛掀高了三十度。

小家伙心虚了，拍了拍男孩："我不是坏人，只是好奇电视。别害怕。"

她总想知道，电视剧里热情得停不下来的亲吻究竟是什么感觉。可是，这是大人才有的权利，对于孩子，却是禁忌。

男孩的眉毛又掀高了十五度角。

"我知道你眼睛大，但是不要瞪人，这样不太礼貌。"她开始语无伦次，"不亲就不亲，唉，你还是个小孩子，你这样的小孩子怎么知道怎么亲人。"

说得好像她不是个十岁的小孩子一样。

然后，小小温柔的嘴唇印在那小小的红红的像菱角一样的嘴唇上。

那样小。

那样柔软的孩子啊。

他伸出了手。

她傻傻地递出了手，她以为这是释放友好的信号。

然后，贫穷的人啊，眉毛又掀高了十五度角，拿走了那枚亮闪闪的五毛硬币。


阮宁想，其实，我们有理由相信，每一段爱情的开始都那么动人。

这与主人公是不是你，还是不是你，并不相干。

## Chapter 10

# 囹圄论罪不忍读

　　阮宁觉得自己一向是不孤独的，因为寝室那么热闹，教室那么热闹，食堂那么热闹，连给妈妈打电话时那端弟弟的童言童语都那么热闹，这样，哪里会有时间去思考孤独不孤独这么艰涩的问题。

　　可是，大三下学期有一段时间，即使处于这样的环境中，她连看到齐蔓自己一个人演一出《婆婆媳妇小姑》，都觉得非常非常寂寞。以前也有过这样的日子，那是爸爸不在的时候，她常常趴在窗台上看着远方，等啊等，有时候也不知道自己在等什么，可是总想着，万一等一等，爸爸就回来了呢。

　　她没等来爸爸。

　　而这一次，跟俞迟有关。

　　阮宁一直觉得俞迟是她心里的一颗定时炸弹，说不准什么时候就炸了。那时候，她的心啊肝啊肺啊都变得支离破碎血糊糊的。她并没有焦虑地去想这个日子什么时候会来，因为她暗恋的人才攥着伤害她的时机、把柄，她想与不想都没什么用。

　　可是，当这一天悄无声息地来了，阮宁又觉得，俞迟真是个极娴熟的刽子手，阮宁你个挨千刀的。

　　全校都在传闻，俞迟因为一场辩论会，喜欢上了校花华容。

　　起初，208 整个寝室都不信，在校园之星大赛中败给华容的应澄澄翻了翻白眼：“喜欢华容道我信，喜欢华容真是疯了。”

怎么说喜欢华容疯了呢？因为华容长得太好看，美得让人太没安全感。在男生眼中，也许这世界有两种好看的姑娘。第一种一眼望过去就会默默地想象她以后会生个男孩还是女孩，第二种第一眼是惊艳，第二眼是震撼，第三眼却已心不甘情不愿地承认自己大概一定是她的裙下败将。

华容就是第二种的顶尖代表。

喜欢华容的人没有不苦笑认输、黯然失落的。

据说俞迟被华容迷住的那场辩论会，大家大多时候已经忘了他们在辩论些什么，可是，华容穿着朴素，扎着马尾，脸颊有微微汗珠，嘴唇红润的模样让很多人很有印象。

阮宁以前从没注意过华容究竟长得有多美，这么说吧，在此之前，华容在阮宁心中唯一的印象就是校园之星大赛后应澄澄微微懊恼的表情——怎么又输给她了？

阮宁知道这个消息，是别人口口相传，当作年度最激动人心的八卦倾吐到她耳朵里的。

阮宁没参加辩论会，也不知道那会儿的华容是什么模样，但是她莫名其妙地就被他们的故事困住了。

阮宁学校有一座黑白楼，是照着钢琴的琴键模样建的。里面大部分教室作为艺术学院上课用，少部分是乐器房，开放给公众，不过进去要办卡。阮宁小时候学过几天钢琴，刚上大学那会儿觉得特别无聊，办了一张，琢磨着积极向上熏陶一下自己，结果之后彻底睡死在寝室，一次也没用过。这张卡连同图书借阅卡被小同学并称为 24k 纯少女时期最没用的两样东西。

她因为奇怪的绯闻莫名其妙有些不思茶饭，继而莫名其妙地去了乐器房，然后莫名其妙地看到了一个弹钢琴的姑娘，她忘了那个姑娘究竟生了一副什么模样，但忘不了那张脸上五官的光鲜。

如果说俞迟像满月时的深蓝天空，爬满了温润的光芒，那么弹钢琴的姑娘就是一只阳光下飞过的凤凰，只一眼，就被这广阔天地中她的方寸容身之处禁锢。

阮宁趴在窗台看她，小小的眉眼、鼓鼓的脸颊，一团孩子气。弹钢琴的女孩轻轻抬起眼，诧异地看了阮宁一眼，然后温柔地抿唇笑了，之后又低下头，专注着黑白琴键。

她弹了一首《列侬的春》，狂野慷慨的曲子，去致意莫名其妙的夏天。

那天很热，阮宁一边舔冰棍一边听钢琴，忽然间，她觉得女孩的姿势有些奇怪，她的头忽然抬了起来，对着教室另一侧的窗，似乎看到了什么人，有些错愕地怔在那里。

教室在一楼，来往的人挺多的，可是这会儿到了午休，基本没什么人了。

阮宁站在北窗的左侧，姑娘看向的是南窗的右侧。她的视线，完全被华容遮挡。

钢琴音戛然而止，风吹起了少女的马尾。

阮宁似乎意识到什么，她向右轻轻走了几步。

风那样大，她用双手轻轻地压着那似乎快要飞到自由远方的额发。

隔着一个教室的宽度，小同学看到了她喜欢的人。

那个人，与弹钢琴的姑娘四目相对。

他从没这样看过别的姑娘，左手握着一个纸杯的咖啡，面目明明带着疲惫，但眼睛弯弯的，温柔平静，十分耐心。

阮宁觉得自己这个傻瓜，就这样，走进别人的痴情痴念里。

她叹息一声，背却似乎驼了一些，缩着肩膀，慢慢走开。

夏天的校园十分炎热，她一直漫无目的地走着，直到夜间熄灯。碰到校车便坐一坐，坐到不知名的地方就折返；碰到认识的同学就笑一笑，笑过了而后挥手再见。

走着走着，便有些体会只有这个世界才独独造出的"为情所困"四个字是什么模样。

喁喁耳语不忍听。

寂寞嫉妒不忍读。

伤心愤怒不忍看。

事实黑白不忍辨。

而这个不忍，不是不忍心，是不能忍耐。

你若图圄论罪，这是多大的罪过。


阮宁对杨絮有些过敏，回到寝室，就起了一身的疹子。夏天天热，躺在席子上，痒得打滚，又怕打扰寝室其他人休息，就一边默默地挠，一边掉眼泪。

后来也不知挠得疼了，还是心抓得疼了，忍耐不住，号啕大哭起来。

她很久以前，一直问自己，阮宁，什么时候才够？什么时候才能放手？然后，潜意识中的那个姑娘哈哈一笑，十分乐观，总是告诉她，等俞迟真成谁的了，再丢手也不迟。

她以前觉得自己既壮烈又洒脱，一定是世界上唯一一个暗恋得最壮烈、丢手得最洒脱的姑娘，她做好暗恋二十年，等俞迟而立之年最好看的时候爱上和他一样好看的姑娘，然后婚礼上她站在酒店外，挥手拜拜，再转身告诉自己，你不是输给了那个姑娘，你只是没赢过俞迟。

她那么好心，从没假设俞迟性冷淡或者同性恋；她那么好心，祝福他而立之年就找到一生所爱；她那么好心，即使把自己一个暖得发烫的小女孩的怀抱变成一个老女人的余热，也打算不顾一切地只为他保留。

208整个寝室都被阮宁哭蒙了。她们说要送她去医院，阮宁想起什么，恶狠狠地说："老子这辈子都不要再去医院。"

众人又蒙了。

"为什么啊？"

"我太坏，见不得医生早恋。"

之后的某一天，俞迟寝室外拉出了一条横幅，上面写着"对面的姑娘，有人喜欢你"。

再然后，校花华容寝室一片沸腾，姑娘们站在窗台拿着纱巾挥手吹口哨。

楼下208的姑娘们非常无语。

应澄澄看华容早就不顺眼了，伸出漂亮的脑袋，向上嚷嚷："吵吵啥！大早上的，还让不让睡了？"

一边骂一边看表，才十点。这么早。

阮宁身上起的疹子更痒了。要是动画片，你能活生生看见她背后挠出一抹灵魂的白烟啊。上课抓耳挠腮，下课抓耳挠腮，吃饭抓耳挠腮，睡觉抓耳挠腮，凡是能听到讨论俞迟和华容的地界，她都抓耳挠腮。

应澄澄看着发愁，特意跷着二郎腿训她："你这不行啊，六儿。"

阮宁一边抹药，一边有气无力地看天花板："我知道啊。"

"你想干点啥，姐陪你。"

"我脑子嗡嗡的，觉得闹。"

"喝过酒吗？喝完就清净了。"

据说这是一次假装自己很牛很不良的正经少女带着啥也不懂的土鳖少女进化的历史转折点。

然后，应澄澄拉着阮宁去小饭店喝酒去了。

俩人点了一大份大盘鸡，两小瓶二锅头。

大夏天的，一群光膀子喝啤酒的，就她俩在那儿喝白酒。

阮宁舔了口，嚷嚷："不好喝不好喝。"

应澄澄凶残地横了她一眼，小同学闭嘴。

最后大盘鸡吃干净了又加了两次裤带面，俩人一杯酒还没进肚里。

应澄澄打了个嗝，正想骂阮宁这个孬种，忽然间，俞迟一行人和华容整个寝室的姑娘，从她们吃饭的塑料帘子外路过，笑语盈盈，再回头，阮宁已经抽了半瓶。

应澄澄吓了一跳。

阮宁战斗力惊人，一个人喝了两瓶二锅头，边喝边说"哎哟我去"。

"哎哟"带着有苦难言，"我去"带着自暴自弃。

喝完歪头就倒。

应澄澄娇小玲珑的，怎么拖得动她，赶紧打电话让寝室其他人来，又叫了院里一个关系好的男生张程。张程又带了一个男生，黑灯瞎火的，也看不清楚脸，高高瘦瘦的，说是刚从 B 大转过来的交流生，要在 Z 大一年，正好和张程安排在一个宿舍了。

大家一看歪了的酒瓶子，都愣了。这不节不宴的，闹哪出啊？交流生背着阮宁，剩下的人在背后批斗应澄澄。

"你也是反了天了啊，大姐，趁我们上个自习就带小六去喝酒。她能喝吗？她喝过吗？上来就是白酒，你是不是觉得自己可能了啊？"甜甜块头大，嚷大姐。

应澄澄缩着肩膀撇撇嘴，小声反抗："我就让她喝口，她这两天那个别扭劲儿，硌硬死人了。"

"先不说她，她有她的问题。就算她喝一口就对了吗？万一你们喝醉了，两个小姑娘，人晚上的，多不安全。"周旦也上了。

应澄澄急了："她倒是给我机会喝醉啊，我还没反应过来，她一瓶抽完了，我再一眨眼，另一瓶也空了！跟变魔术似的。"

齐蔓倒是觉得不是什么大事，她在家跟爸爸也能小酌几杯，一听乐了："她还挺能喝。"

转眼看阮宁，闭着眼，嘴里还在念叨着什么。背着她的男生也没觉得不自在，闷不作声，肩膀却似乎在抽动着，似乎忍不住快要笑出来了。

齐蔓戳小妞脸，小妞暴跳如雷："不许戳我脸，爷爷我都说不许戳我脸了！！！"

之后小妞嘴里又在嘀咕些什么，齐蔓黑线，凑过去听着。

"什么什么二四六七八？"齐蔓问背着她的男生。

男生终于低头笑抽了，声音十分清亮好听，当着翻译："门前大桥下，游过一群鸭，快来快来数一数，朝如青丝暮成雪，怎么老是掉头发。哎呀呀，哎呀呀，二四六七八。"

众人哽咽。俞迟大学四年，得斩获多少条少女脆弱的神经，都够当毛线织条围巾，然后还不知道能不能焐热男神。

正默默感叹着，俞迟一行人也回宿舍，刚好碰见他们。

俞迟与华容并肩走着，华容不知说了什么，俞迟微微点头。

小五是个鬼精灵，不动声色地大声问阮宁："阮宁，俞迟是不是我们学校最帅的男生？"

俞迟的同学都被弄愣了，开始在一旁起哄。

俞迟表情淡淡的，停住了步子，看着喝得满脸通红的小姑娘。那个模样，着实与清秀、可爱这样温和的形容词不大搭边。

他站在那里，眼似秋水，让人心中陡然生出欢喜。

可是，让你欢喜了，他却偏偏不喜欢你。

阮宁听到"俞迟"两个字，却忽然条件反射抬起头，手指着远方，她或许是无意识的，也或许是在朦胧中看到熟悉的影子，小同学的眼泪啪嗒啪嗒掉了下来，她哽咽着说："他不是我们学校最帅的男生。"

大家都窘了。

小五笑眯眯："那谁才是？"

小同学哭得惨不忍睹："我啊，我才是我们学校最帅的男生！"

过了许久，小姑娘耷拉着脑袋，哽咽着说了一句话，眼泪都掉在背她的少年颈上。

她说："你们谁有毛巾被，被单也行，帮我盖住他，别让别人看见啦。"

求求你们啦。

帮我盖住他。

　　新转来的交流生姓顾，青天白日，大家才发现，是个这样好看的男孩子。

　　他说因堂兄叫飞白，所以长辈取名润墨。

## Chapter 11

# 亲爱的阮宁同学

顾润墨的出现让法学院打了鸡血。女生快哭了：果然活得久，什么都能看到；男生也快哭了：果然以后再也没人说法学院的男生一张小嘴这么贱，只会说法学院不仅嘴长得好，脸也好。

一句话总结：他好我也好。

话说回去，阮宁在这样好的润墨同学背上趴了好一阵子，眼泪、鼻涕不知道抹了多少，医学院一众精英却被雷得不轻，都觉得俞迟这孩子也挺不容易的，稍不留神就被神经病盯上了。208寝室的其他人也被臊住了，看着俞迟那张没表情的脸，越看越心虚，道歉了好一会儿，才把她拖回寝室。以上只是转述，小同学睡醒之后，显然已经不记得发生过什么。

但见满墙掉渣渣，据说她是想撞墙驾鹤仙去。

小五很严肃："你也没那么差啊，现在的男生不是都喜欢蠢萌蠢萌的，虽然你没有华容美，没有华容挺拔，但是你比她蠢得多啊。"

小同学摸到一个指甲剪，默默蹲在地上比画着，看样子是想凿一个地洞钻进去。

在她喝醉毫无知觉的时候，似乎用尽了所有的勇气和狂妄，说出了最想说的话，剩下的就是羞耻和沉默。二十岁的姑娘，只知道发自本能地去爱，却不知道怎么处理爱不到不被爱的结果。这样手足无措，也只能进一步推论她的无力感有多强烈，而不能反证，她曾经真正不顾一切撕破脸地努力过。这本是个矛盾，也是一场战争。热爱和犹存的尊严，在时间的长流中，昼夜不息地拉锯着。

她那段时间倒常常见到俞迟，可是即使和他擦肩而过，阮宁也再没有想过抬头看他一眼。他再好看，再像月光，也已经没法以一种愉悦的方式照进小同学心里的窗。我们都有常识，暴雪寒冬霜降的时候，要关上窗。

在喜欢别人的同时，我们还有爱自己的本能。

炎炎酷暑的时候，阮宁收到一封奇怪的信，来自 Mr.Unknown，他称自己未知的先生。

他说自己来自未知的世界，而这个未知是对准阮宁枯燥平凡的生活而言。

亲爱的姑娘，你大概已经不记得了，我是你曾经的同学，坐在你的斜后方。在我们共同交集的世界里，我深深地爱着你。我跟你一起看过相同的风景，阳光打在你的脸颊上的时候，我递着光去算，在与光呈现120度钝角的地方，是一棵沙沙晃动的梧桐，而每一片树叶上，我都能看到你的倒影。你问我为什么是钝角，这不符合你的常识对吗？因为我可爱的姑娘，你那会儿靠着后桌，毫无知觉地睡着了啊。你那么愚蠢，被数学老师一本书砸得鼻子都肿了，你又那么无聊，老师问你圆周率，你迷迷糊糊说出了小数点后五十八位，是的，不要惊讶，我也这么无聊，帮你数了下去，你又那么贪吃，下课时看着我手里的豆沙包流口水，你挠头问我，没带零用钱，饿了，能不能借个包子吃。然后我笑眯眯地把一袋没吃完的包子扬手扔进了垃圾桶。我看懂了你惊讶的表情，可是，我得让你再惊讶一些，我要谋划一下，不能就这样耗尽日子，却成为你生命中未来的路人甲，我亲爱的姑娘。

我猜，你这会儿正掰着手数你曾经的同学了吧，一二三四，赵钱孙李。这位同学，我必须叹口气告诉你，这个事实证明了，我不是你的路人甲，我甚至还算不上你的路人甲。你经常在别人面前叫错我的名字，甚至如今，你早已忘记我。我不在意我不能让你记忆深刻，也不在意你喜欢的男孩就在你对面的宿舍楼，更不在意，在你的世界中，我和他竟是这样错位的角色。时至今日，我已经逐步谋划，安安稳稳地，渐渐重新走回你的世界。可你再见到我，是会爱上还是恨上，是会清楚还是迟疑，我无法确定。

毕竟，我是那个让你暗恋的少年再也无法喜欢上你的人啊，我的姑娘。

信上有这样一段话，阮宁是拿着手电筒裹着毛巾被看完的。

她热出一身汗，裸睡，把信踢在了脚旁，觉得这是一封毫无科学根据极尽想象之能的十分扯淡的信。

且不说有人会不会这么变态地喜欢着她，单单现在，圆周率她一顺嘴都是小数点后八十位。五十八？逗乐呢。

理综满分的小同学十分耿直，觉得这封信是有人投错了。一定有个背了圆周率小数点后五十八位的小姑娘被变态看上了。而这姑娘有点弱，不大可能是她。

至于她暗恋的人为什么不喜欢她，这件事再简单明了不过：每个人都有追求美的权利。

她既有此权利，又凭什么去限制别人。

顾润墨长得固然是不错，但更让人惊讶的是他情商太高，为人礼貌，性子又好，见人不笑不语，说话时又不疾不徐，气度修养一气呵成，在法学院赢得诸多掌声。大家都喜欢跟他一起玩，他也无可无不可，来者不拒，不过一两个月，便和法学院长得好看的姑娘传了一遍绯闻。姑娘们门儿清，这姓顾的心里自有距离，没对谁真有过什么意思。可大家都热衷编排俊男美女的故事，就算是些风吹即散的笑话，整个法学院依旧像个巨大的红酒杯，晃动发酵着暧昧的气息，大家乐此不疲。兴许，古板刁钻的学院也需要些轻松的东西。不然一个强奸罪的诸多学说都够一群学生津津乐道一两年，也怪叫人哭笑不得。

　　这学期商法老师是学院里著名的"花青蛇"，难缠得很。学识不差，实践不差，就是仪态不好，上一堂课整个人歪靠着讲桌扭成 S 形，又老爱挑刺，一张嘴冷嘲热讽，一打打七寸，能让人从脸火辣辣红到尾巴梢儿，绰号绝非浪得虚名。

　　"什么都不懂！什么都不会！什么都敢说！什么都敢以为！你以为你是孙悟饭的龙珠阿拉丁的神灯哟！现在的学生一届不如一届，上我的课还敢不提前预习，那个×××你给我站起来，对，说的就是你，还敢笑，笑什么笑！你给我站直了！回答问题！商事登记制度改革的必要性在哪儿？！"花青蛇袁老师喜欢课前提问，那个×××一般就是前一晚没给《商法》上三炷香拜一拜的倒霉蛋。

　　"商事登记制度改革的必要性就是促进市场经济……"这种侃侃而谈，显然是打算用丰富的高中文科知识蒙混过关的小白兔。

　　袁教授冷笑一声，粉笔就砸过来了，小白兔嗫嘴不吭声了。

　　然后，袁教授抽出花名册，吹了吹上面的粉笔屑，他老人家粗眉毛一蹙，台下一百多号人跟着心肌梗死。

　　应澄澄名字比较特别，被叫了起来。小美人晃了晃，水汪汪的，捂着嘴楚楚可怜地站了起来，一群男生咬着 T 恤领，恨不得以身替她。只有坐她身边的 208 众人听到她一声崩溃的粗嗓门的"我去"！

　　袁教授显然不人怜香惜玉，继续道："说说！"

　　澄澄表现得特别诚恳："尊敬的袁老师，在回答您的问题之前，能不能允许我给您背一首《沁园春·雪》？"

　　小妞昨晚看了一夜的清穿，穿越女基本都靠这首诗得到了大 boss 的宽恕、赞赏以及超高的好感值。

　　小妞异想天开，觉得巴结一下，可能混得过去。毕竟，她可比书里"尚称清秀"的一票姑娘们清秀多了，当然，花青蛇也比一众 boss 难搞得多。

　　澄澄美貌，是公认，脑袋有坑，也是公认。

　　袁青花显然炸了："你背！你给我背！你今天不召唤出秦皇汉武唐宗

宋祖帮你回答什么叫商事登记制度改革，就别想坐！"

大家憋笑快憋死了，208众人抓耳挠腮，无奈平常也没好好看过书，袁青花问得又刁钻，翻书都找不着答案。

你要是问应澄澄是怎么喜欢上顾润墨的，小妞是这么描述的："在你们这群不学无术连《沁园春·雪》都不会背的小王八蛋见死不救的时候，在所有人都嘲笑我的时候，他他他，就是他，他站起来了！像四阿哥像八阿哥像十三阿哥像十四阿哥！不，比这群秃瓢通通要帅一百个 level！他站了起来，对花青蛇说，你这样对一个弱女子不好，我来回答你的弱智问题！然后 balabala……是不是，六儿？"

阮宁一贯是个捧场王，"啊"了一声，然后点了点头，她都忘了顾同学说了点啥。

当时顾润墨确实站了起来，但他是这么说的："袁老师，我看过您那篇著名的论文，跟我在B大时的教授傅德明的观点全然相悖。他的论文我也看过。关于商事制度改革，我有一些不成形的想法，见您提起来，正好想跟您探讨一下。啊？澄澄同学还站着呢，不好意思，嗯，您能不能先让她坐下？"

袁青花一听傅德明就来劲，那是他恨不得在对方脸上挠个血手印的学术死敌。自然也就没有为难应澄澄，撸起袖子和顾润墨聊上了，而最后顾润墨也显然不负众望，成功逗得蛇老爷喜笑颜开。

一百多号目击者都认为，顾同学趁机打动美人心是极其不厚道的行为，但念在他一瓶杨枝甘露，还解救了众生，暂且不追究。

在大家都觉得顾同学不错，纷纷对他表示出好奇、好感、喜欢之情的时候，阮宁却因为一件十分小的小事，对顾润墨有了一些说不清道不明的防备。她说不清那是什么感觉，但是打那以后，再见这人，拔腿就跑。

法学院举办端午晚会，顾润墨和周旦被选为主持人。周旦声音清朗厚重，十分好听，是经常做主持人的，可是顾润墨刚来，就替代了其他几个种子选手，成为主持，可见是有些实力的。当然他本来的声音也足够温柔好听就是了。有女孩子这么形容顾润墨的声音：平常听到就是觉得好听罢了，可是当在电话里听到他声音的一瞬间，简直了不得了。夹杂了电流、微变了的音调，居然让人有眩晕的感觉，平白生出一股拔了旗、抢了他、压了寨的豪气。

阮宁虽然时常夜里做梦，梦见抢了俞迟当压寨夫人，但是小同学显然对别的男孩子是没这种感觉的，她也并不能理解喜欢俞迟之外的人的感觉。

主持人在后台化妆做准备的时候，她接到了周旦的电话，周旦平常用惯的润唇膏忘了拿，让阮宁帮忙送一下。

阮宁送到后台的时候，周旦不在，估计是去试礼服了，一块块镜子面前，只有跷腿垂头坐着的顾润墨。现在还早，演员都还没到。

他环抱双臂，似乎睡着了。

空调对着他，少年手臂上白皙的皮肤瞧着似乎吹得有些发青了。

阮宁是个热心肠，轻轻走到空调前，把空调叶往上推了推。

她坐在了一旁的化妆桌前，安静地等着周旦。

"阮宁？"微微垂头的少年带着笑，温和开口，可是那笑声并没有众人口中的温煦，一个名字被他念得升降起伏，是微微没有教养的挑衅语气。

阮宁抱着布包，侧头看他，有些奇怪。

为什么……这个人身上，违和感这么重？明明是温柔的长相，却带着若有似无的戾气。

她有些谨慎生疏地开口，算是打招呼："我找周旦，给她送个东西。"

"嗯。"少年微微抬起了下颌，眼角挑起，看着阮宁，一动不动，本来温柔带着桃花水迹的眉眼渐渐变得冷峻。

阮宁被他看得鸡皮疙瘩都要起来了。

正尴尬着，从窗户的缝隙钻进来一只蜜蜂，停在了两人视线的中间，转了许久，才停在中间的化妆镜上。

少年收回了目光，慢吞吞地站了起来，微微有些弓背，走到了镜前，白皙的手指捏住了蜜蜂澄黄的翅膀。

蜜蜂不停挣扎地弹动着细幼的腿脚，少年把它放在眼前，瞧了一会儿，才微微一笑。

他从桌上拿起还未喝完的大半瓶矿泉水，把蜜蜂从头浇到尾。

这是个十分有耐心的少年。水流不大不小，但足以让小小的蜜蜂恐惧崩溃，过了一会儿，停几秒，再继续浇，眼瞧着蜜蜂从疯狂弹蹬到奄奄一息。而后，他若无其事地把整只蜜蜂丢进剩下的水里，白皙的手心捂住瓶口，安静地看着一条小生命一点点流逝。

阮宁看傻眼了。

周旦换完衣服，走了进去，和阮宁聊了几句，阮宁都有些心不在焉，周旦有些担心地摸了摸她的额头，蹙眉道："也没发烧啊。"

阮宁无意识地摇了摇头，把唇膏拿给她，然后背着布包准备离开。

那穿着白色衬衣、黑色西裤的少年却用无人能比的温柔嗓音，对着阮宁说："阮宁同学，麻烦你了，帮我把矿泉水瓶扔了吧。"

他把矿泉水瓶递到了阮宁面前，轻轻侧头，笑容越发柔软。

小蜜蜂的浮尸就在水上漂浮。

阮宁猛摇头，后退几步，落荒而逃。

顾同学却哈哈笑了出来。他哎了一声，真是个可爱的姑娘。

阮宁又收到了一封来自 Mr.Unknown 的信。

信上写道：

亲爱的姑娘，我猜你细细思量，一定对我的冒昧来信诸多揣测。我猜你肯定想到圆周率的第五十八位到底是什么，然后毫无知觉地数了下去，甚至数了更多。

当年的你也是如此，迷迷糊糊地想要继续数下去，可你身旁的男孩却握住了你的手，重重地握了下。我在后面，看得清晰。

他握住你的手只是意在提醒你，而你红着脸，圆周率却再也念不下去。

你称呼他林林，总是林林林林地叫着，可是他并不叫林林，对吗？

而他，到底叫什么呢？

亲爱的姑娘，你知道，我们的身边总会有一些毫无存在感的同学，而你的林林，更是其中的翘楚。不仅仅我，几乎所有的人都不再记得他的存在和姓名。更何况他当年提前离校，没有在任何一个人的同学录上留下只言片语。可是你一定自鸣得意，也许这样看来，他才能成为你一个人的林林，是吗，我自私的姑娘。

可是如今呢？你还这样觉得吗？

我自幼自负记忆力超群，却也不断追溯、不断回忆了这么多年，才渐渐记起。他上学的第一天，在讲台上自我介绍的时候啊，曾说过一句话。我已记得不清楚，可是我聪明的姑娘，你心里一清二楚。

他是不是告诉所有人，我来到这个世界太早还是……太迟来着？所以才取了这样的名字。

你已经开始惊慌我终于记起他了吧？你又何必惊慌，这本是面对愚蠢的人才有的秘密。我能想起你的脸颊此刻红成什么模样，我幼时，还曾幻想着在你脸颊上弹一弹钢琴哩，我可爱的姑娘。

那么，告诉我，你暗恋着的林林，你一直暗恋着的林林——那个曾经叫林迟的少年，那个一直在我们身边默默无闻如今却大放异彩的俞氏，万事是否均安。

俞迟，万事均安否？

## Chapter 12

# 一辈子一次奔跑

　　应澄澄与阮宁不同。她是个十分坦率的姑娘，一旦喜欢什么，便会持之以恒付出最大的努力，争取让这个"什么"变成打着前缀的"应澄澄的什么"，和小狗撒尿占地盘一个德性。

　　应澄澄恋爱史颇曲折，大学三年谈了三段。第一年，和体院大一某君亲切会晤；第二年，和体院大一学弟建立邦交；第三年，衣带渐宽终不悔，以大三学姐的身份倚老卖老，继续啃体院大一嫩草。

　　后来，如今体院学生会会长，应澄澄第一年的前男友老泪纵横："女神，我们体院上辈子是不是挖了你家祖坟？啊？！不带这么欺负人的，羊毛也不能逮着一只使劲薅啊，都薅成你最爱的四阿哥了！！！"

　　所以，当应澄澄去追顾润墨的时候，法学院及体院一众都觉得她中了邪。顾润墨对此无可无不可，对待应澄澄态度还是像以前一样亲切，没越界也没冷淡。澄澄邀请对方吃饭，对方倒是没去过，但是上自习，两人常常在一起。应澄澄觉得这就是个好现象。她说，现在没有拒绝，以后更没理由拒绝了呀，大家越混越熟，怎么好意思说"不"。

　　大家琢磨着，觉得澄澄说的有点意思，"女追男隔层纱"大概就是这样来的。可对比应澄澄的春风得意，寝室的另一端，阮宁同学简直"印堂发青"，整个画面背景都是黑的。

　　"为什么不试着努力一把？"齐蔓和阮宁床铺对脸，对她天天坐在电脑前玩"蜘蛛纸牌"的行为有点无奈，可心里终究还是怜惜小妹妹。

阮宁迷迷糊糊地在高级模式上赢了一把又一把，好久才反应过来齐蔓在说什么。她一边点发牌，一边开口："啊？试过了。不能再试了。"

"为什么不能了？"齐蔓有些疑惑，"没有谁第一次一定成功，也没有谁第二次一定失败。"

阮宁却扯偏了话题："高考那年，第一天考完的晚上，我受凉发烧了，一直呕吐，妈妈送我去医院，医生说要观察一晚，实在不行，第二天的考试大概不能参加了。凌晨四点，护士给我量体温，依旧是 39 摄氏度。医生听说我学习不错，也很惋惜。我趁着妈妈给我端早饭，拔下针头就往外跑。那天我一直在跑，一直在柏油路上，在清晨没有一个人的路上跑着，我不知道自己在坚持什么，可是被逼得还是只能坚持下来。"

"烧成这样，你还是去参加高考了？"齐蔓诧异，"可是这跟你告白有什么关系？"

"嗯。"阮宁对着屏幕，忽然笑了，"因为都是一辈子只有一次的机会啊。错过了就再也不能了。我也不曾变过，七年前是我，七年后还是我。我不知道太了解之后，爱会不会变成不爱，但是太了解之后，不爱一定不会变成爱。"

齐蔓说："不懂。"

阮宁说："我刚悟出来的，你咂摸咂摸。"

阮宁查过之前两封信的投递地址，结果发现都是本校。她虽然觉得奇怪，可并无寄件人姓名，因此只能先搁置。

过端午节的时候，小同学没有回家。她去图书馆看了几天书，才发现，放假的时候，认真学习的人也没有变少。阮宁一向不修边幅——当然她也没那个能力修边幅，穿着 T 恤短裤就去看书了。坐她对面的是一对小情侣，一开始倒还算安静，可不一会儿就开始窃窃私语起来。

阮宁耳朵灵，不想听都听到了。

"你说她长得怎么样？"

"不怎么样。"

"是吗？我看着还算秀气。"

"这样的还算秀气？那母猪你看着也是美女。"

"喂喂，说话过分了点，别让人家听见。"

"听见怎么了，穿着睡衣出门还不让人说了。"

阮宁脸一阵青一阵红，最后忍不住了，抬起头，对面的两个人正似笑非笑地打量她。阮宁觉得浑身不舒服，一口气顶在喉咙，忍不住了，回嘴道："我长得难看我知道，你们自己长得什么样自己清楚吗？"

两人愣了愣，阮宁抱着书，推开座椅，默默地站起身，可是椅子腿跟大理石摩擦的声音有些刺耳，大家都投来了不悦的目光。

对面二人嗤笑，仿佛在笑阮宁的愚笨，她有些手足无措地把椅子往回推了推，弓身时不经意抬眼，不远处就是医学院一众人。他们有些诧异地看着她，阮宁看到了俞迟，也看到了距离他不远处的华容。

她有些呆呆地瞧着华容，一动不动。小同学觉得这真是个好看的姑娘，笑与不笑都好看。

忽而，有些只有她才感知到的自卑和悲伤涌入胸口，好像心脏的外皮内包了一片沉甸漆黑的海，海水一望无际，软弱的自己挣扎却难以拔起。也仿佛这个世界上的所有人都在奋力把自己甩在身后，而她这次拔了针头，却再也跑不到考场。

阮宁有口气要叹，可是又试探着咽了回去，她把目光转向俞迟，用这辈子似乎再也看不到他的悲观去看，把那一眼扔进心中漆黑的海岸，然后安静地离开了图书馆。

宿管阿姨正巧搞了突然袭击，去各个宿舍清查违禁电器使用情况，在208寝室搜出了一个电磁炉。以前说了好话、写个检讨大致就能过关，可这次宿管阿姨油盐不进，说是一定要把她们扔到教务处进行深度教育，触及灵魂深处的教育。

阮宁实在搞不懂，去教务处怎么就能触及灵魂深处了。对她而言，饿着肚子才能直达灵魂深处，不光灵魂深处，连每一寸神经都能老实下来。

教务处处长是个老爷子，以前教古代史的，给众人一通批斗，从考证杨修不守规则而被曹操干掉，到批讲为什么历代挂掉的名臣不管忠与奸都必然有一个共通的特色：不守规则。

末了，话锋一转，意味深长地总结了一句："你们也是些不守规则的小孩。"

大家都听傻了，哎哟我去，敢情不听话的都得死啊。

这教务处处长太吓人。

最后，用热水器的销毁，用电吹风的上交，用电饭煲的写检查，用电磁炉的情节严重，请家长。

阮宁抱着电磁炉，多少有些凄凉。

请家长这种事，她从小学五年级就没干过了。

教务处处长说办公室电话你随便用，给你三分钟时间。

阮宁纠结了一分钟，又磨蹭了一分钟拨电话号码。

"妈妈，你在做什么呢？"

"妞妞啊。这两天忙死了，也没顾上你。你弟弟有些发烧，我和你叔叔背着他打了两天针。"

"弟弟好点了吗？"

"好些了，这会儿刚睡着。"阮妈妈声音很小，生怕把臂弯中的小小娇儿吵醒。

"嗯，好了就行。妈妈，我先挂啦，晚些再给你打。"

教务处处长吐了口茶梗，说："三分钟到了。"

阮宁赔了笑脸："老师，我弟弟病了，妈妈来不了，您看，要不我也写检查，我当众销毁这个万恶的电磁炉，以后保证不用了。"

教务处处长觉得阮宁是在找理由："你爸爸呢？"

阮宁沉默了会儿，勉强笑着说："我爸爸……他赶不过来。"

教务处处长将信将疑："你把电话拨通，我跟你爸爸说。"

阮宁抹了抹脑门上的汗珠，有点着急："您问他什么呢？"

老爷子特意诈她："看你是不是骗我的。"

阮宁把拎着的电磁炉放下，有些悲伤也有些丧气地一屁股坐了上去："那我骗您什么了呢，对，我是骗您了，我爸爸没有电话，他……死啦。"

她说"他死啦"的时候，又酸又涩地打了自己一巴掌，觉得自己真是活得越大越没起色。

教务处处长正要说点什么，办公室外传来轻而稳的叩门声。

"哪位？"

"阮宁的家长。"

"阮司长？你是阮宁的谁？怎么之前未有耳闻呢？毕竟我们办公室挨着，你下来挂职这么些时候，还从没听你提及过。"

"也是巧了，您是知道的，咱们这座办公楼隔音效果不太好。我刚刚在午休，就听着您办公室热闹得紧，细寻思，其中一个嗓门大浑不吝的像是我们家老爷子的小冤家，这才冒昧叩门一问。"

"阮宁……"

"舍妹阮宁，刚刚多亏您照看了。"


阮宁挪到阮静办公室，抱着电磁炉，垂头丧气。

阮静发丝漆黑，丝毫不乱，握着一根银色的钢笔，拿出几份文件，开始沙沙签名，仿佛他面前站着的是个隐形人。阮静从年初开始，被组织委派到高校，挂职锻炼，处事井然利落，很招人喜欢。

"大哥……"阮宁跟他五六年不曾交谈，喊起这两个字，自己都难受。

"你不是都知道了吗？"阮静签名的时候龙飞凤舞，文件上最后一句通常都是"请阮司长批示，妥否"。

"嗯？什么？"阮宁没反应过来。

"妞妞，我记得我告诉过你，我不姓阮。"阮静微笑着抬起眼，他看着阮宁眼中如同暴风雨乍现时一般瞬间聚集的恐惧，心中不知该难受，还是该痛快。

阮宁双腿在原地微微发抖，好像被烫住了，口中干涩，不知该说什么，只能奇奇怪怪地说了一句："谢谢哥哥，哥哥再见。"

她抱着电磁炉落荒而逃，阮静握着钢笔许久，才翻开文件的最后一页，冷冷写下一笔："否。"

端午节后，上课的第一天，袁青花提问阮宁，阮宁居然答了出来。208说你这孩子疯了吧，小同学很深沉："看破红尘好好学习这种事，白蛇精你不会懂。"

她在模仿《法海你不懂爱》，最近这首歌特别火。

渐渐地，夏至之后，天就热了。天一热，流汗倒没什么，可头发长的就遭罪了。阮宁是长发小刘海，头发比较厚，万年粗马尾一根，可是刘海长得飞快，十天半个月就遮眼了。每次剪刘海，直嚷嚷着再短点再短点挡我眉毛、挡我眼了，剪完以后秃得不忍直视。但是小同学还是挺热爱这项活动的，这天傍晚下了课就往理发店拐。

给她剪惯了的老理发师刚下去一剪子，就有三五人嬉笑着成群进来。阮宁聚精会神听他们在说什么。

"女生宿舍楼下，医学院的人开始拉横幅了。"

"做什么的？"

"有人要表白。我数了数，地上码了好几万的烟花，一个个都摆好了，说是就等天黑了。"

"不知道是谁，手够大，大家都在猜测。"

"八成是俞三，他和华容那层窗户纸听说还没捅破。"

"上次不是告白过一回？"

"上次之后，就悄无声息了，权贵家的公子哥儿，脾气傲，等着华容先说也不一定。可华容是个女孩，要脸面，自然也不会先说。俞三估计是沉不住气了。"

阮宁扭脸看天，似乎马上就要黑了。

"哎哟，你动什么？"刘海瞬间剪豁了一块。

阮宁说不剪了，捂着豁了的刘海，放下钱就跑。跑着跑着有点尿，看到了超市，拐了个弯，买了一瓶二锅头，边跑边喝，凡乎是一饮而尽。

剪豁了刘海的小姑娘一鼓作气向前跑，如同无数次只有一次机会的从前，拼命地向前跑着。可是还未到终点，烟花便猝不及防，在眼前炸开。

阮宁的眼泪哗地就出来了，她并不明白也说不出自己为什么这么悲伤，可是所有的悲伤，这一刻却只能化作哽咽。

她打了个酒嗝，想起了自己的爸爸。以为能一直陪着自己的爸爸，也是这样悄悄地不告诉她，可是又一瞬间定格，永远地离开了她。

这一次又换成了林林。

她跑到了宿舍楼前，烟花和欢呼淹没了所有。她又拼命地挤到人群正中，看到那个她得不到的人，却忍不住眼泪。

她抬眼，瞧见了硕大的红色横幅——

华容，我喜欢你。

趴在三楼阳台，如同小小凤凰一样的姑娘低头微微笑着，楼下的少年肤白光鲜，衬衫长裤，只是看着他们，大家莫名地也觉得，也许许久之后，这一切就会成为传奇。

阮宁虚弱地走了过去，攥住俞迟的袖口，紧紧攥着，眼泪如同坏了的自来水管口，拧开了，再也止不住。

她低着头，哽咽得说不出话，许久了，才恨意昭彰地哑声问他："林迟，我还能做些什么？"

你才肯认得我。

## Chapter 13

# 大王派你去巡山

她拉着俞迟的衣服，垂着头，眼泪在眼眶里转着，鼻涕倒是吸溜吸溜的，要出来了。

她说的每一个字，俞迟都听得分明，可是这少年只是觉得女孩子的情绪来得太奇怪，也太陌生。就算他是她口中很熟悉的林迟，她又怎么能认定这么多年过去，他们还适合做这样亲昵的动作，说这样并不十分得体的话。

毕竟，彼此都已经算是陌生人。冠着与昨日不同的姓氏，养在今日天壤之别的居室。

俞迟后退了一步，淡漠的黑眼珠微微垂着，俯视阮宁。他说："同学，你挡住我了。"

阮宁觉得有个小人拿着榔头欢天喜地捶她的心，一边捶一边说：哎哟嘿，疼不疼？哎哟嘿，疼不疼？

她握着那角还残留余温的衣服，最终还是只能放手。

可一不留神，悲愤的心情还没收回，两人已经被人推在了一旁。一个五大三粗的男生声音震天，唾沫乱飞："我说哥们姐们，我好不容易表个白，你俩站中间捣什么乱？"

俞迟没留神，被他推了个踉跄，稳住了，才把阮宁往一旁带了带，动作安静平缓，淡淡又清晰地重复了一遍："阮宁同学，你挡住我看热闹了。"

熊一样的男生对着俞迟继续咆哮："看看看，看个鬼的热闹，一个寝室的兄弟，帮忙拉下横幅能累死你啊，三公子！"

阮宁抬起眼，看着华容娇羞地看着那个突然出现的男生，忽然间觉得自己可能误会了什么。虽然全校的女生大概都有可能误会了，但是显然没哪个傻蛋像她这么能干。

她迅速捂住眼，"哎哟我去"了一声，脸红得像猴子屁股，哧溜蹿得无影无踪。

俞迟轻轻靠在略带砾石的墙壁之上，眉眼舒缓，带着淡淡微笑。许久，远处同寝室的男生对他比了个胜利的手势，他打开小小的火花，弓身，对准烟花。

这一眼，可真灿烂。


这一场神转折的告白简直让众人大跌眼镜。俞迟又重回少女们的梦中，依旧无人能近半分。有时候，三三两两的姑娘们闲了坐下叙话，咂摸着也觉得好笑。

"哎，你说，谁才能让他喜欢上呢，肯定得是个……得是个……"

"得是个什么样的姑娘呢？"话到嘴边，大家又形容不出。

当然，阮宁偶尔也会想一想，可是，终归很好吧。怎么个好法？像华容一样好。然而俞迟也终究没有喜欢上华容。那天俞迟同寝室的兄弟表白成功，与校花华容正式出双入对了。

齐蔓笑了："这才是聪明姑娘呢。我可不信她没对俞迟动过心，满学校传得沸沸扬扬，多半是她们寝室的功劳。华容不露出点意思，谁也不会吃饱了撑的传这种闲话。无奈，神女有心，襄王无梦。俞迟不接这茬，华容也就明白什么意思了，顺水推舟地，反而答应了各方面条件都算不错，一直追求她的张程。"

张程就是当时表白的男生，家境不错，但比起俞家要平易近人多了。

应澄澄一边啃苹果一边说："这叫聪明，要我我肯定俩都不要，全天下就这俩男人啊？"

甜甜脱了高跟鞋，往上铺爬："别，因为你不喜欢！"

她爬着爬着想起什么，从楼梯缝隙问阮宁："小六六，商法复习咋样了？马上要考试了，我刚刚让年级长把咱俩座位排一起了，到时候不会了，我给你递纸条。"

甜甜是个大大狡猾的人，她明明心里觉得阮宁估计复习得还不错，到时候兴许能瞄两眼，偏偏嘴上不这么说，一怕阮宁为难，二也是以退为进。

小四齐蔓翻白眼："心眼子多的哟。"

甜甜嘿嘿笑，阮宁抱着书，压力山大："我再背背，再背背。"

正说着，老三周旦刚好推门进来，塞给了阮宁一张小纸条，一边喝水一边说："热死我了。上面是电话。今天办活动，梁大胖给我打了一天下手，殷勤得紧，说让咱们寝室给他个机会，让你得空常跟他联系。"

阮宁一听梁大胖就炸了。

梁大胖喜欢阮宁。对，你没看错，小同学也是有追求者的。而且是很执着的追求者。大胖喜欢阮宁，全院闻名。每个学期、每个时期，总有零星男生跑到她面前，恨铁不成钢地跺脚，唉，阮宁，我就不知道你对大胖哪点不满意了，你俩这么般配，哎哟真是操碎心了。

他们说的般配，就是阮宁没谈过恋爱，大胖也没谈过；阮宁数理化满分，大胖政史地满分；阮宁长得一般，大胖更一般；阮宁九十斤，大胖一百八十斤。真真是既互补又神似，不在一起天理不容。

起初阮宁压根儿不知道院里有这么一号人物，后来常常有不同的男生跑到她面前，看着她似笑非笑，笑得她发毛，又后来，有一个一百八十斤的胖子常常在上课时幽怨地盯着她看，再到后来，就是她的姐姐们围坐一团窃笑，然后表情微妙地通知她，她被梁大胖同学看上了。从此，阮宁打哪儿都能看到大胖，一团白肉晃得她眼花。

阮宁后来见他就跑，大胖别看胖，甩开肥肉跑得挺快，阮宁体育不好跑得慢，大胖说："你跑什么哟？"

阮宁欲哭无泪："你追什么哟？"

大胖说："我喜欢你。"

阮宁说："我不喜欢你。"

大胖很惊讶："你对我有什么不满意？"

阮宁说："我压根儿就没瞧见你长什么样子。"

大胖："你瞧啊。"

阮宁接着跑……

且有一回，有个陌生号码打了四五个电话，阮宁怕是小广告都没接，第二天正上着英语课，周旦发了条短信过来：大胖在教室门口等着你，说要跟你好好谈谈，为什么你这么讨厌他？连他的电话都不肯接。

阮宁吓尿了，一下课就抱着书包翻窗户从小花园逃走了。

没接电话就是讨厌他啊，没电话还有可能是真不熟、真没记住啊。

大胖的字写得倒是挺清秀的，上面一行力透纸背的电话号码。第一次被人这样郑重追求，阮宁犹豫着要不要把电话号码存在手机上。她无意识地往前翻了翻电话号码，抚摸手机屏幕，瞧见一个长长的备注，微微愣住了。

"林林邻居家。"

小的时候，林林家没有电话，后来林林走了，再也没有音信，她侥幸着他会再回到那间种着大银杏树的老房子，买了手机之后，第一个记下老房子隔壁的固话。有时候她觉得他一定会回来，因为老房子里他最爱看的书都还不曾带走，可有些时候，又觉得再也见不到他，因为天高路遥，音信杳然，如果尚巧没有那么浓烈的缘分，而一辈子，日出日落，又这么短。

她前些年给爸爸过周年烧纸的时候，总念叨着，做人做鬼，爸爸，总让我再看他一眼。

那天风很大，把带着点点明亮火星的黄纸扬到了天上。

妈妈说，那是爸爸听见了。

阮宁拿着诺基亚手机，哆哆嗦嗦半天，删了写，写了删，最终费劲地打了一行字：梁征同学，喜欢别人吧。我有喜欢的人啦。

又到了考试周，阮宁平常不大爱背书，都是考试前突击，这一回依旧如往常，天蒙蒙亮就去了自习室。

也不知道梁大胖是怎么得的消息，尾随阮宁去了同一间自习室。

阮宁看见大胖了也不好说什么，就坐在了第一排的角落。刚掏出书，大胖就坐过来了。

阮宁陡然间觉得压力山大。教室那么大，刚过六点，压根儿连个鬼影都没有，大胖哪儿也不坐，专门坐到阮宁旁边，显然是来堵人的。

可是他兴许也有些顾虑，迟迟没有说话，阮宁却已经不自得不知道该怎么办了。这次被卡在墙壁和课桌之间，真像只兜在胖网拍里的瘦蛾子，逃都逃不走。

阮宁读了高中之后，性子就收了，人也生涩、自卑很多，在外人面前已不大说话，这会儿，她更是挠头沉默，不知道该说些什么。

她小心翼翼地看了他一眼，那样低垂着眼睛的样子，让她想起了镜子前的自己。怪不得大家都说他和她像，原来她和他，在别人眼中，都是这样羞涩沉默而又为情所困的样子。

大胖的大名是梁征，梁征忽然就叹了口气，自嘲："我都没和你好好说过话，你就把我推出局了，阮宁。"

阮宁看着他，仿佛看着自己，她心里酸涩，轻轻问他："听着呢，梁征。你想跟我说点什么？"

梁征笑了，眼睛亮晶晶的，他问她："你对我的第一印象是什么？"

阮宁想了想，也笑道："吓人呀，突然就蹦出来了。她们都说你人特别好，大家都喜欢你。"

梁征揉揉眉毛，笑了："可是，你是不是觉得我很烦？一直一直地出现在你身边。"

阮宁愣了许久，眼睛才变得十分柔和，她说："怎么会烦？你瞧，我长得也没有很好看，喜欢我的人又很少，好不容易有人这么喜欢我，一直不放弃，你同理推知，觉得我会烦吗？"

梁征叹了口气，终于宣泄出了委屈："那为什么不能试试，不能接受我？因为我胖吗？"

阮宁摇了摇头，她说："我喜欢的男孩子很穷，家里常常买不起肉吃，睡的床是八十年代的老床板，硬邦邦的，穿的衬衫洗过很多次，手肘偶尔磨得发白。我做白日梦的时候，还想过以后嫁给他，会过上什么样的日子。缝缝补补可以学习，听说睡硬床可以站得很挺拔，这也很不错，但是，没有肉吃可怎么办呢？我当时真的非常忧愁，因为我非常喜欢吃肉，可是当他坐在我身边的时候，我又喜滋滋地觉得，十天半月只吃一次肉也是好的。"

梁征忍俊不禁："也就是说，我在你眼中，没有肉重要，而你喜欢的人，比肉重要。"

阮宁弯了眼睛咧了嘴，她说："我想说的是，在我还很小的时候，总是担心些乱七八糟的事情，抓不住事情的核心。我以上讲的故事的前提都是那个贫穷的男孩也喜欢我。我担心人家家里穷，供不起我一顿肉，可是他就算穷，也没打算和我吃一锅饭、过一辈子啊。"

梁征忽然就懂了，说："哦，你是想说你就是单纯地不喜欢我，跟我胖不胖没关系，可是你一个理科生思维怎么拧巴成这样？"

阮宁内心：听懂就好。真怕了你了，梁征同学。

梁征微笑，脸颊上的肉颤颤地："我能摸摸你的头吗，阮宁？我一直想摸摸你的头来着。"

阮宁想了想，摇了摇头。她说："你摸了我的头，又该觉得我可爱了。"

梁征抱起书就走，一刻不停留。他到教室门口，却转头，挥手道："阮宁，虽然你很不通人情，但不知道为什么，我还是觉得你是个十分温柔的姑娘。"

"还做普通同学？"

"还做普通同学。"

阮宁终于解开心结，松了一口气。之后背了会儿书，就到了吃早饭的时间。她收拾书包，起身，一屁股蹾在了小桌屉上，这本来很正常。不正常的是，桌屉上有颗钉。

"嗷！！！"她一边号一边飙泪，整座教学楼都快被这一嗓子震塌了。

小同学颤巍巍地拔了一下，鲜血飚了出来。她傻眼了，如果应澄澄在旁边，保不准能听见她兴奋地来一句"哎哟，演电影了"。

小同学捂住屁股继续哭，一边哭一边往外跑，本想走楼梯，后来发现从八层挪下去有点难度，没等下去，就失血过多变纸片人了。

所以，当电梯门打开的时候，一群医学生都蒙圈了。

这是怎样美妙的一个凶案现场啊？

电梯外站着的兴许是个姑娘，因为满脸的血和泪压根儿看不出眼前杵着的生物是人是鬼，只能从那一根马尾辫上分辨了。姑娘的橘黄衬衫和白色短裤上全是顶新鲜的血迹，她捂着屁股，眼泪就没停，好像一条养在茶缸里不停吐水的小金鱼，委屈极了。

刚向校花表白成功的张程显然心情不错，嗓门贼高，叫道："哟哟，姑娘，杀了几个人？"

跟包子一样的一直对阮宁印象很不错的医学院小胖指着阮宁，尖叫了一嗓子："你姨妈来啦？！"

然后小胖了特别热心："我去给你头姨妈巾吧阮宁，你要多少毫米的，棉的还是丝的？"

阮宁发现了，自己长得特别招小胖墩儿。无论是法学院的梁征还是医学院的包子。

小同学很暴躁，疼得一头汗，一哭，脑门抻得发蒙，还被一群熊少年嘲笑。

她觉得自己的血淌得很快，指不定哪会儿就没了，贪生怕死的时候，哪儿有空理这群人面兽心的未来 doctor，所以一边扫清障碍，把少年们往两边扒拉，一边蹾着眼泪往电梯里冲。

她刚走进去，一个高挑的穿着薄荷色衬衣的身影也跟了进去。他转身对着医学院众人，一脸平静，看着他们的嘴齐齐张成"O"形。

阮宁在电梯里，脑子一片空白，旁边的事儿也不大关注，腿抖得像筛糠，刚下电梯，还没来得及撒丫子往校医院跑，就被人扛在了背上。

"不要动。"少年的声音没有平时的淡漠，似乎是刚睡醒，带着略略的沙哑。

阮宁僵在白皙得如一朵初初绽放的百合一般的脖颈间，少年的肌肤温柔而带着甜香，她抹了一把脸，才反应过来这是谁，继而觉得自己中了头奖，直直地趴在上面，一把鼻涕一把泪地告状："俞迟同学，801 有颗钉子，刚刚可扎死我了。"

她小时候也常常磕住，一张嘴就是，板凳、石板绊住我了癞头蛤蟆这么大个，她一边嗷嗷一边找靠山，八九岁的林林拿牛皮筋做了个小鞭子，不是打板凳就是吓蛤蟆，小少年不大说话，却永远挡在她身前，顺着她。

此时的俞迟依旧没有说话，少年已经长得这样高，腿长得足够迈出大大的步子，但此时却安稳得像一座静谧的山。

阮宁血压低，废话却很多："俞迟同学，我流这么多血，要喝多少鸡汤才能补回来？"

阮宁小时候爱看电视剧《三毛流浪记》，尤其爱看三毛饿了许久被人收留，喝了一碗黄澄澄的鸡汤的情节，小三毛捧着碗喝鸡汤的表情让她觉得那碗汤是世界上最好喝的东西。她曾经对林林说过，林林也赞同。所以他们小时候生病发烧的时候，总闹着要喝鸡汤。

"说太多话只会消耗体内能量，在本就缺血的时候让你眩晕，阮宁同学。"俞迟语气平平，没什么感情。

"可是俞迟同学，如果不说话，我总觉得血马上流光了，悄无声息地就死了。"

他们客套地称呼彼此"同学"，一如当年初相见。

俞迟是个尽职的医生，沉默了一会儿，开口："那就成语接龙吧，分散点注意力。首词：千千万万。"

"万里挑一。"

"一步之遥。"

"遥不可及。"

"急不可待。"

待，待什么？

阮宁抓耳挠腮，过了好大一会儿，才小声嘟囔："待……大（dài）王派你去巡山。"

以上的通通都是她喜欢，而她的林林只喜欢看二十四集电视连续剧《西游记》。

俞迟眯眼看着校医院的门，细长白皙的右手透过肩头如释重负地拍了拍阮宁的脑袋，极自然，他说："到了，阮宁同学。"

阮宁嘴唇苍白，把额头往少年颈间藏了藏，这人拍了她的脑袋，也不觉得她可爱。

千千万万中，怎不知你是万里挑一，我说我们一步之遥，你说我们遥不可及。约莫知道你急不可待地想要忘记过去，可是待到什么时候，我啊我才能忘记。

而后口，大王派你去巡山，我与你只能匆匆告别。你先行一步，急不可待，与我此时虽只有一步之遥，可我也知自己不过万中平庸一人，翻天覆地之后，遂距你千千万万，颠来倒去，满目疮痍，才得一个循环，两两客套，十分圆满。

才得知，你是俞迟同学，而我是……阮宁同学。

## Chapter 14

## 平时哪里敢相思

放暑假的第二天，阮宁就背着书包坐火车回家了。家虽不远，但火车是绿皮车，慢腾腾的，三百千米硬是走了五个小时，之后又坐了一个半小时汽车，到家了，小同学还没张嘴喊声妈，一个小肉弹就冲进了她怀里。

"姐姐，你可回来了，宝宝都想死你啦。"怀里的小家伙身子软软的，甜甜的小脸颊堆满了笑。阮宁一下子放松了，"哎"了一声，一下子把他抱进了怀里。

看着小姐弟两颗小脑袋互相依偎着，阮妈妈笑得见牙不见眼。她说："你姐姐回来了，说说吧。"

阮宁纳闷："什么？"

小家伙抬起小脑袋，撸起小袖子，愤怒地说："姐姐，我们小梁老师上课敲我脑袋，你要给我报仇！"

阮宁把小家伙举到头顶，一歪肩膀，把书包往不大干净的地上一扔，挽起袖子就往厨房跑，一本正经地说："走，拿菜刀，干掉她！"

阮妈妈："……"

今年四岁刚上中班的小名为肉肉的小怪物摇摇头道："不干掉不干掉，老师是好人。姐姐也去敲她的头。"

阮宁偷笑道："那她为什么敲我们肉肉的脑袋呀？"

肉肉鼓起腮帮："她说她是 S 大毕业的大学生，我们镇没有一个像她学问这么高的人，我就举手，我说老师，我姐姐是 Z 大的，比你学问高，她就生气啦，说那你回家让你姐姐教你吧，我说我姐姐以后当大教授教大学生，不教我，她就敲我脑袋了。"

肉肉越想越委屈，瘪嘴掉眼泪。阮宁叹了一口气，妈妈对她期望很高，总是想让她以后读研、读博，然后留校当老师，难免会对着肉肉念叨几句。肉肉不过是顺嘴说出来，一个五六岁的孩子哪有一较长短之意，小老师显然是心思敏感，想多了。

阮妈妈含笑在一边看着，并不参与姐弟俩的对话。这些孩子，包括幼儿园的小老师，约莫小时候都是唯我独尊长大的，心气儿都高，碰到一起，磨磨性子也好。尤其宁宁，自小娇惯成那样，让她多看看、多想想也是好的。

阮宁叹了口气，问肉肉："那她敲你敲得疼吗？"

肉肉还小，语言表达能力并不是很好，见姐姐心疼的样子，赶紧摇头，然后又说："不疼，可我怕。"

一个温柔亲近的大人蓦然间变了脸，任哪个孩子都觉得害怕。

小梁老师住在教职工公寓，阮宁想了想，还是驮着肉肉去找她了。

小梁老师是个面皮白皙但有些傲气的人，阮宁表达了对小梁老师的感激之情，对舍弟平日照顾啊诸如此类的话，然后又小心翼翼地说："教训孩子可以，但是能不能不打脑袋？"

小梁老师脸涨红了，说："我怎么打他了，就是轻轻碰了他一下，这也值得当家长的上门吗？"

肉肉有些害怕地往后缩，阮宁有些生气："可是小梁老师，如果我弟弟对我们说了，我们做家长的还不来问问，这才不合适吧？"

小梁老师上下看了阮宁一眼，鄙夷道："你是他姐姐，Z大高材生？你妈改嫁才生的他，当我们不知道吗，装什么姐弟情啊？"

肉肉听出小梁老师语气不好，瞬间哭了起来，一边哭一边说："不许你说我妈妈，说我姐姐！我讨厌你，坏老师！"

小梁老师口不择言："你讨厌我，我就不说了吗？全镇人都知道，你姐做了没脸的事，被人赶出来了，才到这里的！不然她为什么不跟着自己的爷爷、奶奶！"

阮宁觉得胸口翻涌，一口气接不上来，脸涨得通红，死死地瞪着小梁老师。小梁老师冷笑道："你瞪我干什么？不过是个拖油瓶，别说上Ｚ大，上Ｂ大都没人稀罕！你妈克夫又二婚，你以后好嫁人吗？"

阮宁把肉肉抱进怀里，拿外套裹住孩子，转身，轻轻说了句："为人师表，你真脏。"

肉肉哭了一路，一直晃阮宁："姐姐，什么是改嫁啊，什么是拖油瓶，她为什么要那么说妈妈、说你啊？"

阮宁鼻子也有些酸，被肉肉晃得眼花，一屁股坐在桥头的石礅上，看着清凌凌的水，想了好一会儿，才给出几句谨慎的解释："当一个人因为别人而生气的时候，总会想尽办法用难听的话去攻击人，让别人也不舒服，这是一种本能反应，你不要因为那些不好听的话感到难过。姐姐像宝宝这么大的时候，也有一个家，那个家里有疼我的爸爸、妈妈和爷爷，后来我爸爸去了一个特别好的地方，我和妈妈没有了家，一直找啊找，直到找到叔叔，找到宝宝，找到另外一个家。"

肉肉问："什么叫没脸的事？"

阮宁摇摇头："她只是觉得奇怪，我为什么跟着妈妈，而不跟着自己的爷爷，才有了无端推测，姐姐没有做过。"

"那你爸爸回来了，你还回去吗，姐姐？"

阮宁用袖子蹭了蹭眼，低头说："他不肯回来了。不过有一天，等你长大了，能照顾妈妈和叔叔了，我就回家，等着他。"

"等着他做什么？"

"给他做一顿好吃的饭，买一束漂亮的白荔枝，把窗几收拾干净。如果他哪天想我了，跟着月亮走，回来就能瞧见我。"

阮宁并没有隐瞒，一五一十地说了这件事，阮宁继父、妈妈带着阮宁姐弟去学校投诉，因为有监控，投诉结果很快出来了，小梁老师被罚了三个月薪水，肉肉也换了班级，这件事情得以顺利解决。

阮妈妈问小同学："觉得委屈吗？"

阮宁挠挠头，又摇了摇头，但没说话。

阮妈妈笑了笑，心知肚明，这是还气着呢。中午煮了一桌菜，有阮宁爱吃的红烧肉，小同学很快就欢快起来，和弟弟满院子撒欢。

阮宁心里其实没想太多，听到那种话谁都不会开心，只是，都……习惯了。人世总是这么嘈杂，习惯习惯就好了。碰到消化不了的，再消化消化也就好了。在乎的人，吐出的话才像秤砣，坠到心里消化不了，不在乎的人，一定能消化。

马上要上大四了，面临考研、找工作，阮宁打算在学校外面租个单间，安静学习一段时间。趁着暑假时间长，倒是做兼职挣租金的好时机。

小镇古色古香，最发达的产业大概就是旅游业和糕点铺子了。她跟着邻居一家的糕点铺子帮工了几天，可是笨手笨脚的，也没做出什么成绩。邻居叔叔挺不好意思地对阮宁继父说："你看要不要让妞妞再找个好地界儿？她一个大学生在我这儿也怪委屈的。"

阮宁听说了，臊得不好意思，第二天就回家待着了。叔叔在家背着手来回走了几回，后来出去了一趟，回来时说镇上水桥前的旅行社倒是在招暑期工，阮宁哪里不知道叔叔刚刚是找人说情去了，抱着昨天做废的几块糯米糕当午餐，顶着猴子屁股一样的小脸，低着头去了。

旅行社不大，规矩却不少。第一，不准迟到早退；第二，管好嘴，管好手；第三，游客满意率百分之九十九以上，任务完成率百分之九十以上，才有工资。至于任务完成率，又列了七八十条，看得人眼晕。阮宁这个职位是导游助理，说白了就是帮着导游跑腿干些苦力，比如集合游客、照顾行动不便的游客、要钱购物时替导游挨骂，等等。不过薪酬倒还好，一天三十。

阮宁跟着的导游是个年轻姑娘，比她大个三四岁，大学毕业没几年的样子。瞧着对别人都十分和气，唯独对阮宁，没一点好脸色，横挑鼻子竖挑眼。阮宁自己都不知道怎么得罪上的，后来有一次，听她和游客聊天，无意间提及，她亲妹妹是 S 大毕业的，在做幼师，阮宁一下子就反应过来了，原来梁子结在这儿了。虽说镇子不大，但也有几千户人，怎么就这么巧。可见她最近运气确实不怎么样，小概率事件到她这儿，跟喝稀饭一样随意。

阮宁跟过四个团，每个团三天，最后一天上午安排的项目都是逛小镇特色店铺，品尝特色糕点，说穿了也就是整个旅游团导游油水最丰厚的来源。但凡导游带游客到哪家买东西，这家主人总要给些抽头，买得越多，抽得越多，这似乎已经成了国内旅游行业不成文的规矩。游客们也都渐渐心知肚明，有些大方的多买些，有些不肯妥协的则不大乐意买，导游到了这会儿就疾言厉色，弄得游客十分尴尬。阮宁看着心里也不舒服，可是她去打圆场，反而被骂得狗血淋头，倒像是火上浇油。阮宁渐渐不再吭声，只是游客买了什么价格虚高的产品，她总是背着人提醒一下，良心这才过得去。

小同学的生日是八月份的开头，狮子座的尾声。到接第五个团的时候，恰好就要到她的生日了。阮宁照例在镇上弯弯的拱桥前等着游客的大巴，她举着小旗子笑容灿烂，推开车门的一瞬间，却被一双大手"啪"的一下推到了一旁，只见两月未见的老同学顾润墨拧着一张脸问："厕所在哪儿？"

阮宁"啊"了一声，赶紧指了指，顾润墨像一团乌云瞬移。

憋尿憋得走姿都飘了。

慢慢地，大巴中的游客鱼贯而出。走在最后的是一个戴着墨镜和口罩的少年，个子极高，在众人之中犹如鹤立鸡群，裹得严严实实，不停咳嗽，像是感冒了。她看了一眼，也没大注意。只顾着琢磨顾润墨为什么会莫名其妙地出现。跟着大爷大妈熊孩子团一起三日游绝对不是养尊处优的公子哥的作风。

顾润墨返回，脸上才带了点笑，那种他贯有的好看但实则不带几分善意的微笑。他似乎一点也不惊讶瞧见的是阮宁，只说：“澄澄说你暑假在旅行社打工，我还在想，会不会碰上。这不，巧了。”

他说“巧了”的时候，语气有点子痒痒的戏谑。

之后微微颔首，就算打过招呼了，径直朝戴着口罩的少年走了过去，在他耳边说了句什么，少年点头，二人就不痛不痒地站到了队尾。

她和阮致以前曾在 QQ 上聊过，隐约总觉得顾润墨有点眼熟，问了问阮致，才知道果真又是他们那堆人里的，小时候也约莫见过。阮宁心猜，眼下戴着口罩的这位又不知是谁家的公子，娇里娇气。

大家游园子，他们也游，园子有高木，羊肠甬道，树枝子逼仄，刮得小公子们脸疼；大家逛舟子，他们也逛，水波荡漾小公子们晕得小脸煞白；大家涮锅子，他们也涮，南边的锅子浓油赤酱，不比北方的清汤，吃得小公子们捂嘴直说上火牙疼；大家喝米酒，他们也喝，猛一揭油纸，米酒醇厚熏得老头、老太太们半醉，这回小公子们倒坐住了，喝得面不改色心不跳，直说寡淡。一嘴寡淡，可见平时喝了多少红白之物，享了多少人间富贵。顾润墨待这口罩少年百依百顺，眼睛盛着笑意和欢喜，又带着点崇拜和信任，他做什么他都奉陪到底，像待情郎的陈圆圆苏小小加李师师，眼瞅着差点含情脉脉，口罩少年却从不说话，就像一个没有温度的影子。阮宁搓了搓鸡皮疙瘩，这是她没有见过的顾润墨。

除了俩娇生惯养的公子哥儿，团里还有个抱着鱼缸的熊孩子，小鱼缸里养了只小鳖，乌皮油亮，小孩儿宝贝得不得了，谁都不让摸。可小鳖不老实，总爬出来，单单阮宁就趴座位底下找了好几回，折腾出一身汗。到了傍晚，把大家送回宾馆，阮宁还没松一口气，熊孩子又鬼吼鬼叫，小鳖再次越狱成功。阮宁叹气，摸啊摸，在副驾驶座位上摸着了，略微扫了一眼，发现导游平时放钱的腰包落在了车上。正想喊姓梁的导游，却被小鳖张大嘴咬了一口，她嗷了一声，把小鳖甩出了几米远，熊孩子不乐意了，又捶又踢阮宁，阮宁赶紧拾起鳖抱着熊孩子火烧火燎到一边哄去了。

也不过是几分钟的事儿，那边小梁导游就尖叫了，直嚷着："我的钱呢钱呢？谁拿我的钱了？！"

阮宁远远地应了句："梁导，去副驾驶，您落那儿了！"

小梁导游心稍安，跑去副驾驶，座位上却已经空空如也，她怒气冲冲地问阮宁："小阮，你怎么知道在副驾驶的？"

阮宁答："刚刚拾东西时看见的。"

"你走了之后还有人过来？"

"没瞧见呀。应该是没了吧，游客都刚刚进宾馆了。"

"我去问问大家，你先别回家。"小梁导游深深地看了阮宁一眼，然后挨个敲门去了。

阮宁总觉得有点不安，小鳖的小爪子在她手心划拉着，刺刺的。

过了一会儿，小梁导游脸色凝重地走了过来，只轻描淡写没好气地说了句："拿出来吧，现在拿出来我就当什么都没发生过。"

阮宁傻眼了："啥？"

小梁导游像是忍了好一会儿了，点着阮宁说："我问过好几家人，都说最后一个从车上下来的就是你，除了你，还有可能是别人拿的吗？"

阮宁的脸一阵青一阵红，气得直哆嗦："我没拿你的钱！"

小梁导游推了阮宁一把，把小同学推地上了。她声音变大了："那我们就去派出所说说去，我不跟你这贱丫头吵！可算知道你爷爷、奶奶为什么把你赶出来了，原来是有这脏毛病！就这样，还诬赖我妹妹呢，一家子都不是什么好东西！"

好嘛，这是新仇加旧恨了。

阮宁气得浑身发抖，伸开双臂："你倒是搜搜，看我拿了没？"

小梁导游冷笑："那么大的钱包，换成傻子，偷了也不会藏身上。"

阮宁想了想，忍住眼泪，对小梁导游说："我刚刚在陪小钢镚玩，我拿没拿钱包，问他就知道了。"

小钢镚就是养鳖的那个熊孩子。

小梁导游啐了口，恶声恶气："小孩子知道什么，你随手塞到哪儿，他看得见吗！"

随即，掐起阮宁的胳膊，大声嚷嚷："大家都来看小偷，Z大的小偷，没爹教没娘管的小东西，偷了钱逮住了还不承认！"

路过的行人都愣了，围成了一团，指指点点起来。

阮宁长这么大，第一次百口莫辩。

她想要挣开眼前女人的手，却怎么也挣不脱。小同学情绪终于崩溃，眼睛像刚凿开的泉眼，一直涌着泪水。她哭着说求求你放手，求求你了。小梁导游却似乎觉得小女孩服了软，越发得意，骂骂咧咧，话说得更加难听。

"嘛呢，都有病是吧！"小白脸顾润墨一脚踹开旋转门，指着小梁导游，眉眼温存，语调却阴森，"你吵个鬼！少爷累了半天，还没躺三分钟，就听你在这儿泼妇骂街！偷偷偷，偷你什么了！张嘴就是小姑娘偷你了！"

阮宁一把鼻涕一把泪，瞅着顾润墨就跟瞧见菩萨似的，平时怎么没见他这么慈祥。

小梁导游被骂得晕了，知道这是个不好惹的主，声音软了几度："哎哟，小顾你不知道，阮宁偷了钱包。"

顾润墨翻了翻眼皮："她没偷。"

小梁导游不乐意了："大家都看见了！"

顾润墨没好气："我说梁导你是不是傻？大家只是说她是最后从车上下来的人！不是说她偷了钱！她要是偷了钱会告诉你钱包在副驾吗？！"

"这还不够证明是她偷的吗？最后一个下来的人，她也说她见过钱包了。"

顾润墨自认在园子里是个顶文弱顶温柔的公子哥儿，最与世无争的和气人儿，为了他家那位小表叔，为了帮他刺探军情，连应澄澄这样空有美貌的二货也咽得下嘴，足以证明他是何等不挑食、何等气度非凡，可是一到阮宁面前就破功。

顾公子恨得牙痒痒，戳着阮宁的额头，笑得越发温柔，语气却越发狠毒："你上辈子是不是得了猪瘟挂了才投的胎，命里带瘟的，每次都倒霉得这么缺心眼儿、这么没技术含量！"

阮宁被吼，悲从中来，蹲在水泥地上哭得不抬脸。

顾润墨却懒得理她，拉着小梁导游到车前："不是除了游客，就剩下你和阮宁，这车上还有一个大活人哪！"

小梁导游愣了一下，晕乎乎地问："还有谁？"

"没有他谁给你们开车呀，大姐？"

后来，经过派出所调查追问口供，果然是大巴车的师傅拿的，说是和小梁导游关系好，拿走只是和她开开玩笑，当然，这话小梁导游信不信，大家就不知道了。之后，小梁导游觉得挺不好意思，还拿着礼品去阮宁家亲自登门道歉。

顾润墨扮演柯南的时候说得挺顺嘴，这会儿万事水落石出，才有些淡淡的心虚。他问戴着口罩的感冒少年是怎么知道的真相。

少年淡淡开口，声音十分嘶哑："看见了。"

他站在窗口，亲眼看着司机拿走的钱包。

顾润墨啼笑皆非道："敢问三表叔，大巴车有什么好看的？"

少年摘下口罩，不咸不淡地反诘："你怎么知道，我看的是大巴车？"

旅行的最后一天，照例到了糕饼铺子。

阮宁对顾润墨二人十分感激，所以他们挑选了什么礼物，她都跟在后面屁颠屁颠地抱着。

"诶，不要拿那个，那个太甜，不好吃。"阮宁看着戴口罩的少年捡起一块白糕，热心地指点。

少年"哦"了一声，又从隔壁的匣子拿出一块丹红色的糯米糕，撕了一半，递到阮宁嘴边，阮宁有些不自在，可是手上东西太多，腾不出来，便微微弓身，道了声谢，咬了一口。

"好吃吗？"口罩少年声音十分沙哑难听，带着鼻音。听得出来是重感冒。

阮宁点点头。

少年嘴唇贴合口罩的部分，微微勾勒出了笑意。

少年在几间糕饼铺子里走得慢慢悠悠，看到什么就往阮宁口中塞一块，看着小姑娘鼓鼓的脸颊，心情莫名便开朗了许多。

最后，淡淡问了句："吃饱了吗？"

阮宁莫名其妙点点头，少年从裤子口袋中掏出一个精巧镂花的小盒子，放到了所有礼盒的上面，沙哑开口："给你的。"

阮宁蒙了，过了一会儿，才反应过来："啊，是澄澄托你们捎给我的生日礼物，是吗？"

少年颈子有些僵硬，许久，才点点头。

送团离开的时候，阮宁和大家一一拥抱。人常说"十年修得同船渡，百年修得共枕眠"，这样三日的缘分，也不知道是上辈子修了多久得的。

她抱到小钢镚便准备松开，然后却被重重揽进了一个怀抱里。

阮宁哆嗦了一下，只觉得这股力气十分大，拥抱带了刀子的气息。她尴尬得不知道手往哪里摆，她轻轻拍了拍他的后背，轻轻放下，他却似乎依旧没有停下的意思。只是许久许久之后，这拥抱慢慢地只剩下暖意和温存的时候，少年却面无表情地单手推开她。

分别两厢，顾润墨怪三表叔对小姑娘太失礼貌，三表叔却淡淡说："我想她了。"

顾润墨搅乱一池春水："平时怎么不见你抱？"

三表叔说："平时瞧着烦人，并不大想。"

平时哪里敢相思，只是面目遮掩，才能微末放肆。春光乍泄，幸而迅速收拢合上，否则，一如洪水决堤之时，只怕连他也不知如何收场了。

阮宁打开镂花的小盒子，瞧见一对茜草色的珍珠镶钻耳钉。这对耳钉似乎在哪儿瞧见过，只是颜色不同。

后事未出，一切前因只似迷雾。

## Chapter 15

# 最难忘一件小事

　　旅行社的工作完成后，阮宁买了火车票准备返程。临行前一日，阮妈妈烧了一顿好吃的，那会儿是傍晚，外面大雨滂沱，下得肆虐。

　　叔叔一看有好吃的，可利落了，立刻抱来了一壶酒，两只小酒杯。阮妈妈生起了煤火，想去去湿气，这时节，屋子里潮得厉害。煤火上热着一大块肉肉下午吃剩的烤土豆，肉肉专心致志地抱着小脸等，火光很暖，使人心安。

　　妈妈批准，阮宁也喝了几口米酒。她打小酒量就不错，每次爷爷和同僚喝酒，开心了也会喂怀里的小家伙一满杯甜酒，小家伙耐心地碰了一圈，咕咚一口一饮而尽，嘴里还净说些您多喝我少喝您肚子大我肚子小，小大人儿似的，大人们看着她总是忍不住笑。

　　阮宁喝了几杯，又乐了，跟肉肉玩闹了好一阵，才说困，伏在了妈妈的膝盖上。她低声喃喃："妈妈，我想你了。"

　　阮妈妈笑眯眯："我在啊。"

　　阮宁有些委屈："可是，妈妈，你从我上初中以后，再也没有亲过我。"

　　"你长大了。"

　　阮宁气鼓鼓："可是小学的最后一天，你从来没通知过我长大了，又凭什么在读初中的第一天就不再亲我了呢？"

　　阮妈妈愣了，认真听着阮宁的控诉，许久，眼角有些潮湿，温柔地俯下身子，在女儿红润的脸颊上轻轻一吻。

阮妈妈说："因为，你那时已经告诉我，妈妈，我想快点长大呀，这样，就能回去上学啦。"

我以为，母亲的亲吻会阻挡你长大的步伐。


阮宁背着背包，刚推开宿舍的门，就看见澄澄伏在下铺，肩膀颤抖，哭得上气不接下气。其他人也在劝着，但都是什么"没关系，过两天就忘了""你可以去北京看他啊""我们再给你介绍个好的"诸如此类，没什么用的干巴巴的劝慰。

阮宁听了一阵，才明白，顾润墨交流课程完成了，交接了一下实践材料，盖了章，收拾完行李，准备回北京了。

阮宁到现在还闹不明白，澄澄和顾润墨究竟恋爱了没有。看着他们每天厮混在一起，似乎是再亲密不过了，可是一旦外人问起来二人的关系，顾润墨只是笑，不否认也不肯定。澄澄过度乐观，觉得这就是默认啊。

所以，她这会儿几乎抱着古代妻子看着夫君远游的哀怨心思一把鼻涕一把泪。阮宁缩在众人中间，安慰几句，但说话没什么技巧，只是说："咱们都快毕业了，多看看书不比啥强。顾润墨长得是不错，但是长得好看的还多着呢。"结果被澄澄横了好几眼。

澄澄说："你们不懂他的好！不只长得好看！是长得特别好看！每天早上叫我起床，中午叫我起床，晚上还会跟我说晚安呢！"

阮宁挠头，小声嘀咕："这该不是个闹钟吧。"

顾润墨走的那一天，居然没和澄澄告别，反而把阮宁叫到了宿舍楼下，递给她一个信封，微微笑道："最后一封。"

阮宁愣了，看了看，是一封没有寄信人的信函，和之前的许多封一样。

她吃惊地看着顾润墨，仔细地打量他，上上下下地打量着。

她像是从没认识过他一般地打量着，顾润墨忙不迭地翻手，像是被饭烫着了："不是我不是我，阮小姐，怕了你们这群情圣了。我只是信差，截至今天，任务彻底完成。"

阮宁"啊"了一声，她说："给我写信的人是……"

顾润墨显然也很吃惊："你是猪吗？"

他这句话显然不是疑问，而是肯定句。

阮宁知道这人生得温柔，嘴却毒得没边，也不大介意，又问："我心里也猜了好几个人，只是不知道对不对，是郑亮亮、徐奎还是李则？"

顾润墨吃惊地拍了拍阮宁的脑袋瓜，跟拍一个倭瓜一样，叹了口气，却面色复杂，不肯正面回答。他说："你觉得是谁就是谁吧，那人不让我告诉你。他寄给你的信怕是要在海里漂流很久，遗失的可能性高达百分之八十，所以我便权且做了信差，投进学校的邮筒。"

"他为什么不亲自到我面前，把信递给我呢？"

顾润墨耸耸肩，温和回答："也许只是和你玩玩？毕竟你和澄澄一样，都是一个可爱的游戏。"

阮宁有些上火，她被顾润墨轻蔑别人却自以为礼貌的态度激怒了。她同样很气愤，一直强调："澄澄都哭了！澄澄因为你走都哭了！"

顾润墨身形瘦削，穿的衣服却十分熨帖好看，他转身挥挥手，声音好听："接着呢，难不成她还妄想嫁进顾氏，跟你整天做着的白日梦一样？既然只是一个可爱的游戏，就有 Game Over 的一天。"

"我得罪过你吗，顾公子？"

顾润墨微微一笑，目光中带着一丝茫然，却并不回头，只是很温柔很温柔地说："你得罪过我。"


Mr.Unknown 的这一封信很简单，不如之前很长的叙事，满满的都是他的回忆，可却是阮宁忽略得最彻底的。


花园里开了几千朵玫瑰花，朵朵和你一样普通。我不会为她们着迷不是因为你很好，也并不是她们很差，其实我亲爱的女孩啊，面对任何一个女孩，长久地相处之后，我也会如喜欢你一样去喜欢她们，可是我这样做了，却忍不住为臆想中的你难过。我如果真的爱上别人了，那么，我那么多年喜欢过的你又算什么，又该有多难过？后来又转念，我哪里是为了你的难过。你就像我衣服上的一块补丁，它与我的人生毫不相称，就如同这样沉默简疏的感情让我寝食难安，可又能怎样，我不想要这块补丁，却会因为失去这块补丁而变成彻底的穷光蛋。

润墨是我的第一个信使，他是我们共同记忆中的一颗黑色棋子，我们初相见时他就站在你我的身旁。

如果他的出现依旧让你记不得我，那么，下一颗棋子会是谁呢，让我好好想想。

每月捎你一封信，今天到时，该说晚安。

晚安，阮宁。


阮宁看完信，呼呼大睡，心想滚你大爷的可爱游戏。

应澄澄睡前问阮宁："顾润墨都说了点什么？"

阮宁说："他说他爸不让他早恋，让你别想他了。"

应澄澄"哦"了一声，觉得怪恶心的，忽然就不怎么喜欢那么芝兰玉树的男孩子了。


阮宁做了一个梦，梦里有大片的阳光，在不知是清晨的十点钟还是午间的两点钟，刺得人睁不开眼。她觉得自己的周遭只是一团黑暗，可是缓缓地走向阳光，却又觉得如同望着永久的太阳，怎么都与它和那光线拥有一段不变的距离。所以，她就止住了步伐，看着那团阳光，也渐渐地，知觉清晰，听见蝉鸣。

在阳光中，背对着她的是整整四十一张小小的书桌，坐着四十一个小学生。有一个穿着红毛衣的小姑娘站在那里，脑袋四处乱看。她在看什么？阮宁兴致勃勃地看着。

讲台上，是高大的身影。虽然阮宁瞧着只是中等身材，可对这群孩子来说，这身影挺高大。那个高大的身影微微鼓励地点头，姑娘便掏出一个方方的本子，挺直胸脯，开始大声念起来。

阮宁费力地竖起耳朵，却听不到她念的是什么。不久之后，全班的孩子大声哄笑起来。她身旁穿着补丁衬衫的小少年背脊僵直，似乎连每一根发丝都僵了。阮宁看着红毛衣的小姑娘，她挠了挠头，却最终垂下小小的辫。

阮宁捂着脸笑了起来，她知道这是哪里，可是，这记忆为何会这样出现。

她转身朝黑暗走去，远处，却有一束目光，灼得她十分不安。

她回头，远处只剩下一双十分漂亮的眼睛。那双带着烟暖色泽的眼睛，就那样地看着她，慈悲而温和，鼻子、嘴巴、耳朵和躯干却隐藏在黑暗中，不露一点痕迹。

他是谁？

是谁呢？

开了学，没几天，就下了几次雨。一层秋雨一层凉，开始还穿着的裙子都渐渐变成了裤子，妹子们的夏天就这么过去了。

阮静住在校内的一间寓所里，房子是独栋的，邻居也都是些校内的领导。他喊过阮宁几次到家中吃饭，阮宁虽则十三四岁跟她大哥开始生疏起来，但是她大哥轻易不开口命令谁，一旦违逆他的命令，阮宁便要想出个一二三四来，想不出来，就甭想糊弄过去。阮宁想不出来一二三四，事实上阮静积威甚重，阮宁在他面前根本不敢龇牙。更何况阮静煮饭极好吃，而阮宁最好吃，投她所好如果还不行，阮静一定会想多。

阮宁怕他想多。

阮宁坐在客厅有点拘束，阮静在做饭间隙，到客厅接了个电话，回来时，如同她小时候一般，拍了拍她的头，又回到厨房。

阮宁有个毛病，发呆的时候，总爱把下巴塞到玻璃杯里，时间长了，下巴在茶水的雾气里，被氤氲得舒服极了。这个毛病极不卫生，被家里人说过很多回，可阮宁死活改不了。

过了会儿，有人摁门铃。

阮静从厨房探头道："妞妞，去开门。"

阮宁点头，准备起身，想抬头，试了试，嗯……下巴吸在玻璃水杯里，拔不出来了。

她想说大哥你去开门吧，发现自己已经说不出话，拔了十秒钟，杯子纹丝不动，门铃却一声接一声，催得人心慌。

她小跑过去开门，开完门，没来得及看是谁，便转身抱着杯子继续拔。

阮宁憋得脸通红，不知名的客人却把她的身体转过，阮宁抬头，窘得说不出话，想掉眼泪。

但凡她每次发生点什么惊艳全场的蠢事，她暗恋的那个人一定在场。

对，他是电是光是 superstar，没错，他还是柯南。

他在的地方，就是她的凶案现场。

俞迟虽然没什么表情，但是心里多少也有点无奈。他知道人和人的构造太过不同，也知道女人和男人肯定不是一类生物，但是站在他面前的这个有点瘦弱的生物究竟是什么材料造的？真让人叹为观止。单纯从医学的角度上说，这种基因也显然是不利于后代繁衍的。

俞迟面无表情地揽住阮宁的细腰，然后修长、白皙的右手粗鲁地把玻璃杯拔了下来。

时间是静止的，此时此刻。

他说："阮宁同学，好久不见。"

阮静已经从厨房里出来，面色复杂地看着两个年轻的孩子。

他说："妞妞，这是你俞爷爷家的三哥，他小时候在外地读书，你没见过他。阿迟，这是阮宁，我的小妹。"

俞迟点头，淡淡道："原来阮宁同学是阮家的姑娘，怪不得呢，这么……聪慧可人。"

聪慧可人，这四个字怎么听怎么像骂人。

阮静微笑："原来你们已经认识。咱们本来是世交，这下也是缘分了。

你们同年出生，阿迟稍大些，倒是能玩到一起。"

俞迟淡想，平时能和他玩到一起的都是即将被解剖的青蛙和小白鼠，不包括阮宁这种材质的。

吃饭时，阮宁因为俞迟在，害羞扭捏，虽然馋得牙龈酸，可还是小口小口地咬，看得阮静忍俊不禁。

他抽出和俞迟说话的空隙，叮嘱妹妹："妞妞，好好吃饭。"

阮宁稍稍掀眼皮，却见俞迟目不斜视，显然一个余光也没抛给她，就沮丧地"哦"了一声，大勺子舀了一大口米饭，狼吞虎咽起来。

吃着吃着，那张小脸就几乎全部埋在了瓷碗中。阮静又叹了口气："妞妞，坐直。"

阮家的家教其实是极好的，看阮静的模样就看出来了。可是阮致和阮宁是一个比一个歪。小兄妹俩打小规矩就不带听的，比着淘气，哪个耳朵听的，哪个耳朵还你。阮致是个男孩子，还好说，又长得那副模样，大家看着只当洒脱不羁，可瞧着阮宁，阮静忍不住手痒，恨不得拧这孩子的脸。

阮宁坐直了，嘴角却沾了一点红色酱汁，阮静瞧着俞迟表情中不带掩饰的嫌弃，心中长叹一口气。他今天叫二人一起出来吃饭，本来是有那么点私心，但现在一瞧，俩人兴许是多长的杆子都打不到一块了。

妞妞啊妞妞，到底要懵懂到什么时候？

二人吃完饭，已经晚上八点钟，树影绰绰，暮色渐深。外面又淅淅沥沥下起了雨，阮静说"家中只剩一把伞"，俞迟说"没关系，我自己有准备"，给阮静闹了个大红脸，忍不住瞪了这少年一眼。他本是属意二人一把伞，制造些单独相处的机会。可这孩子是有多瞧不上妞妞，虽说是俞家孩子，却也太狂妄了些。

阮宁不傻，自是瞧得出，在俞迟离开好一会儿后，才磨磨蹭蹭走出阮静的公寓。

她看着雨中孤寂的背影，忽然想起小时候写过的那篇作文。那是她梦中出现过的场景。

　　"今天我给所有同学读的作文是《最难忘的一件小事》。五年二班阮宁。

　　"我最难忘的一件小事发生在小学二年级的上半学期。做这件小事的是我的同桌。我的同桌是个不太爱说话的男孩。"

　　那个男孩撑着咖啡色的雨伞，穿着白色的衬衣，腿长长的，远远地走在黑暗中。

　　"可是他很好欺负，也很爱笑。嗯，我经常欺负他，所以我知道。但是我不提倡大家欺负他，因为我会揍你们。为了看到他的笑，我经常逗他。可是他依旧不介意地帮助我，时不时让我感动，眼睛每隔两天都微微湿润，好像尿了一样。但是我没有放弃逗他，虽然他被逼急了会骂我。"

　　隔着雨，那个少年的腕表蒙了一层雾气。水和雾是凉的，他裸露在外的白皙皮肤却似乎比水雾还凉。

　　"小学二年级的时候，我们都还是低年级小朋友的时候，他就这样帮助了我，让我感动极了。那天的场景我记得一清二楚，虽然我们现在已经是堂堂五年级的高年级学生。那天下午放学，外面下起了瓢泼大雨。"

　　和今天这场一样大的雨。小树弯了腰，大树难以摆脱狂风，叶还未黄，却落了许多。

　　"本来我以为我二哥拿了伞，不用担心，可是二哥一放学，就送邻居家的宋韵姐姐回家了，跑得比兔子还快。班里的小朋友都走光了，就剩下我和我的同桌。他本来拿了一把黑色的伞，就放在课桌和墙角夹着的角落里，虽然伞架有些坏了，可是他可以拿着这把伞回家。然而，我为了逗他，下课的时候，偷偷把那把伞藏到了女厕所。"

　　他今天拿了一把咖啡色的伞，伞架干净锃亮。他素来是个干净的男孩子。

　　"我知道我造了血孽，这下谁也甭想走了。他说阮宁你个王八蛋，烦死了，然后飞快地跑到了雨中，然后又飞快地满身是雨跑了回来，手里拿着那把本该在女厕所里的伞。他拽着我的手，撑开了那把本属于他一个人的伞，虽然伞下有屁味，但我的眼睛还是有些微微红。我……有点感动。"

从前，他喊她"王八蛋"，现在，他说话时，言必称之"阮宁同学"。

"我跟着他一起走，那天我们走了好久，路上有很多泥，等我到家的时候，我妈才想起可爱的我被困在了学校。我妈看到我们，说我们像两只小脏猴儿，她给了我同桌一把巧克力糖，可是我的同桌只拿了一颗，然后就离开了。他后来告诉我，那是他吃过的最难吃的东西。可是，说着这话的他，还是笑了。"

他讨厌苦的，也讨厌甜的，可是她的人生从头到尾只有这两种泾渭分明的味道。所以，他对她有几分厌恶又有什么值得惊讶。

"这是我记得的最难忘的一件小事。"

这是我做梦梦到的一件小事，微不足道的一件小事。

之后，她念出最后一句话的时候，整间教室哄堂大笑，只有她的小小同桌诧异地抬起了头。

而十年后的她在雨中停下了步子，远处的少年也似乎感知到什么，握着伞柄轻轻地转过了身子。

她喜欢的人在望着她。

而最后一句话，是这样说的：

"大人常说一报还一报，我长大以后，一定会好好报答他。嗯，争取让他　直笑。"

小小的四股辫与晃荡的马尾已无法重叠，少年的眼神也从沉静变得平淡。

爱与不爱都是一己之私，任凭那点自以为是的情绪来得如何汹涌潮涨艳阳高照，去得如何抽丝剥茧褪骨重生，都只在你自个儿的眼中，都不过是那点难忘的小事。

她看着那少年，微微一笑，不顾及落下的伞，挥舞着手说："天冷加衣啊俞迟，笑一笑啊俞迟，再见啊俞迟。"

俞迟淡淡看着，心中想着：只要你滚出太阳系啊阮宁。

## Chapter 16

# 扪人心是非黑白

　　阴历八月十九，H 城里有一场宴，宴是好宴，十分热闹，但阮宁的生活却因此彻底改变。

　　阮静提前几日便说了这件事，虽没有强制阮宁去，但是一旦阮静说出口，阮宁就非去不可了。

　　因为这场宴会是为了给阮宁的继奶奶贺寿。

　　阮宁继奶奶一贯是个把"继"字发挥到极致的人，对待阮宁和阮静兄弟真真是天壤之别。这边是心肝肉，那边就是别人家熊孩子。阮宁和阮致做一样的事，闯了祸，多半是阮宁把阮致带坏了。阮静都看不下去，私下说了几回，阮老太太才算哼哼两句，当听见了。可到阮宁这儿，就觉得好虐啊。我爷爷疼我爸爸疼我妈妈疼我哥哥疼我，可我奶奶不疼我是个什么事儿啊。

　　阮宁指控老太太："奶奶，你不爱我。"

　　阮老太太："哎哟，我能爱的人多了，为啥要爱你？"

　　阮宁打滚撒泼，老太太被她抱着腿，哼唧着，腻味得走不动路，最后，实在无奈了，只好哄小家伙："哎哟，奶奶可爱你啦，小心肝。"

　　阮宁破涕为笑，等到下次，我不是亲生的感觉依旧那么强烈。到后来，知道自己真的不是亲生的时候，才算罢了，不再宣示主权。

　　阮老太太眼睛还好的时候，曾经给阮宁织过一件白色的毛衣，上面有一只轻盈的小鹿，阮宁当年十分喜欢，都不舍得穿，觉得这是奶奶爱她的铁一般的证据。当然，阮静和阮致是一年一件。

阮宁想着给奶奶送件不招眼的礼物，就买了一盒毛线，开始学着织袜子。结果不出两天，208 寝室就被毛线包围了。甜甜咆哮："我也是服了，六狍子，你吃啥长大的，能笨成这样？"

自从上周一行六人去了一趟动物园，看过东北引进来的几只傻狍子后，阮宁就被强制改名了。据说狍子魔性般的傻笑和小同学一样一样的。

阮宁欲哭无泪，她从没想过打毛线这么困难。织啊织，拆啊拆，织啊织，再拆啊拆，然后，一头毛线。

到最后，真真是怕大家绊倒，阮宁就挪到公寓后面的小花园里，搬了张小凳子，一边晒太阳一边拿着说明书织袜子。什么平针、花针，简直要烧坏理科状元 girl 的小脑袋瓜。

医学院众人做完实验，回公寓的时候，看到小花园里快被毛线淹没的姑娘，都笑喷了。张程说，这妹子太精彩，谁娶了她，这辈子不用干别的，就指着她乐了。别的妹子是腿能玩一年不腻，她是笑一年不腻。

男生在一起总爱开黄腔，任凭平时看着多老实的，私下聚在一起，也不过是妹子容貌妹子长腿妹子大胸这点心领神会的事儿。俞迟平时只听他们满嘴胡说，也不插嘴，今天却有点烦躁，淡淡看了一眼阮宁，说："走了。"

张程嘿嘿乐："三公子还不乐听，昨天欧美那片儿，我可瞅见你瞟了好几眼。"

俞迟把手上的咖啡杯扔到垃圾桶中，顺便一脚踹了过去，张程麻利地躲开了，却砸到了小胖墩儿屁股上。小胖墩儿正笑眯眯怜爱地看阮宁，哎哟一声，杀猪一样。

等到阮宁真正把袜子织完的时候，已经到了寿宴的前一天夜里。凌晨一点，老三周旦起夜，迷迷糊糊回来，却看到阮宁垂着头，在夜灯下拿着竹针像模像样地织着什么，虽然动作依旧生疏，但比起前些日子张飞拿针的架势，却是好上了许多。阮宁这个孩子有一点好，她想要做什么，就算拼尽全力也会做到，所以周旦从没担心过她什么。这也是两人关系最好、心意相通的缘故。周旦把椅子上的针织衫披到阮宁身上，鬃发轻轻偎着她道："还没好？"

阮宁有些不安，比着袜子，在夜灯下看来看去，依旧不满意："要不我就不送了吧，织得太难看了。奶奶平时很挑，虽然嘴上不会说什么，但估计也瞧不上眼。"

周旦拍了拍阮宁的脸颊，把她往怀中带了带，微笑说："喜欢着呢，织东西很费力，奶奶既然年轻时擅长做这些，肯定知道为难坏了你这样的门外汉。"

阮宁把脸埋在周旦胸中："女儿，I love you 哦。"

周旦笑："爱我还是爱俞迟？"

"你你你，绝对你啊。"

小骗子。


俞迟刚挂断顾润墨的电话，又收到宋四信息，问他准备送阮老太太点什么东西。他想了想，回道："墨翠壶，仅算得体。"

宋四回道："哇塞，三少好土豪。"

俞迟没有再回，这些园子里的少爷、姑娘，个个锋芒毕露，没有一个守拙的。不过是世交的寿宴，却都要打电话问他一遍，生怕被比下去了。"不及俞宋膝下孙"是当年老爷子们请的易学大师说的一句"判语"，结果满园子炸了锅，个个金枝玉叶长大的，凭什么他们二人便要强些？这话白白糟践谁呢？一股怨气，小七年都没平息，明里暗里都是较劲的。俞迟瞧见，只当不知，该如何便如何，至于宋林，聪明极了，躲得远，躲得清净。

俞迟打开衣柜，选了套西装，配了领带夹、手表等配饰，便出去了。他驱车经过东门，远远地也瞧见了阮家兄妹的车。俞迟揉了揉太阳穴，昨夜通宵实验，困倦了些，便也不愿打招呼，另选了条道，避开了。

阮宁今天穿着长毛衣和牛仔裤，绝对的土鳖大学生打扮，阮静瞧着很无奈，领她去商场，挑了条长裙，阮宁说："太短腿凉。"

她哥说："闭嘴穿着。今天你敢被宋四那个小崽子比下去，等着我收拾你。"

"等着我收拾你"是阮宁同学从小被吓唬到大的一句话。小同学小时候淘啊，带她的保姆、小阿姨老是被气哭，一指头戳到她脑门上就是一句"等着你大哥收拾你"。说完这句话，孩子立马老实装蠢，跟只猪崽子一样老实。

阮宁再听到这句话，整个人都不好了。当然，她心里也是不服气宋四的，一贯地不服，只吹牛皮说："大哥，你信不信，我穿牛仔裤也能甩那傻妞两条街？"

阮静笑了："很好。我信你，good kid。然而，你要是辜负我的信任，试试看。"

他找化妆师给阮宁涂了点脂粉，总觉得缺了点什么，又让给孩子梳了个圆润的包子头，阮宁不照镜子都知道这打扮是大人们最爱的儿童打扮排行榜前三。心道怎么跟宋四比，拿包子头怼死她啊，她哥也是心宽自信惯了。

忽然想起什么，阮宁从背包里拿出了那对茜草色的耳钉，戴上竟十分清新明丽，像是专门给阮宁设计的东西。

阮静蹙眉看了耳钉几眼，有些迟疑，却并没说什么。瞧着太贵重，是国外几家定制的玩意儿，但妞妞现在没这财力，料想应是高仿的。

兄妹二人到酒店的时候，人已经渐渐多了。阮宁喊了一声爷爷、奶奶，把毛线袜递了过去。阮宁爷爷一语不发，却带着点笑意。他许久没这么近地看到过孙女了，这孩子看着就是可心，长得越发像他了。

阮老太太看着那双毛线袜，有点诧异，但还是收下了，慈祥地拍了拍阮宁的包子头，慈祥地说了一句"这孩子又长精神了"，接着慈祥地把阮宁领到角落里的一桌，慈祥得像对陌生人家的孩子。

阮宁却整个人贴了上去，猴一样："奶奶奶奶，你想不想我，你最近偷吃糖了吧奶奶，奶奶你有糖尿病还偷糖吃，我都闻出来了，奶奶奶奶是太妃糖哟，见面分一半！"

阮老太太一贯标榜优雅，这会儿碰见这个小冤家，梳得整齐的发髻都要炸开了。看着那张小脸，好想去拧一把啊，这个小王八蛋，跟她爷爷那个老王八蛋一样讨厌。

然而老太太还是忍住了，直接把阮宁丢给了两个孙子，慈祥地说："阮静跟你妈一起去招呼客人，阮致和妞妞负责吃。什么，你们也要招呼客人，不，你们不用傻笑，你们负责吃就够了。记住，是顾不上说话、顾不上捣蛋地吃。"

阮二叔一直在外地任职，今日照旧抽不出空归家贺寿。

阮致好久没见阮宁，想得不行，拉着她的手到一边了。他吹牛他最近又泡了个不输宋二姑娘宋韵的妞，阮宁说："哎哟喂，我的哥你是不知道我们学校校草天天追着我跑我都不稀得理。"

一贯是众男生心中女神的宋二小姐冷笑一声飘过，这边，俞迟刚刚到场，一把翡翠茶壶惊艳全场，说不得是翡翠出挑还是他更出挑。阮老太太笑得十分真心，只是可惜，她家仨没一个像这孩子这么周全。致儿整天狐朋狗友，太不争气，而静儿虽好，却终归还是差了点意思。至于阮宁，一个女娃，父亲死得太早，许个他们这样的门第甚至高攀一格的愿望，大概是要落空了。阮静曾与她说过，觉得俞三好，撑起两家也不困难，然则，这一帮有着孙女的老猢狲，谁不知道俞三好？况且妞妞不是亲生的，为她运筹帷幄，倒怕养出白眼狼来。

于是，老太太天性多愁善感掐尖要强，想着这么好的孙女婿，日后不知道便宜了谁，便抓心挠肝的，再看妞妞吃得腮帮鼓鼓的，毫无仪态，暗恨媳妇不争气，没生出个仪态万千的亲生孙女来，一个白眼横了过去，把阮宁二婶吓出一身冷汗。

俞迟拿了杯香槟，坐到一旁看书去了，他爷爷拿捏着时间，带着俞迟叔伯四人，姗姗来迟，成功地成为全场焦点。老爷子位高权重，迷恋这种众星拱月、一呼百应的感觉。

俞迟四叔俞季是继室生的，跟俞迟年纪相仿，却是俞老爷子的心头肉，手里体己也多，出手阔绰，送了阮老太太一串玛瑙念珠，殷红若霞，成色很好。

他一转身，便对着远处的俞迟举杯致意。

俞迟不在意地晃了晃高脚杯，连个眼神都吝啬。

俞老有些不悦，说道："天天看书，连句话都不会说，莫不成想看成傻子吗？"

俞迟父亲点头应和，并不说什么，可俞二叔却憋不住，辩解道："大家都说阿迟好，什么时候看书也是坏事了呢？"

俞三叔觉得这老头心偏得没边儿了，说话更不客气："我说爸，当年我不看书你可是打得我直蹿房梁，你早说啊，早说我就不用挨打了。"

俞老冷笑，儿子们倒都是一根筋，可这个"膝下孙"却越来越叫人琢磨不透了。


开宴时，小辈们坐了一桌。阮宁面前摆了一盘硬皮小龙虾。旁的年轻人都在热络聊天，说些时尚衣物、首饰、展览、音乐会之类的话题，她不大能插上嘴，便一直耐心地剥虾吃。她正对面是宋四和俞迟。那少年依旧在看书，倒是宋四，一直凑在他耳畔微笑着说些什么。

"这小两口，还让不让人好好吃饭了？哪哪儿都能黏一块儿，腻味死人了。"阮致作势拍拍身上的鸡皮疙瘩，笑了，顺手倒了一口红酒。

宋四娇嗔："阮二，不要胡说！阿迟要不高兴了。"

阮致呷一口酒，挑眉笑道："你管他呢，你高兴不就好了。"

宋四拿了一张纸巾往阮致身上摔，嘴上笑骂着，面上也不见恼。

同桌的其他男孩开始吹口哨起哄，把宋四逗得脸红。宋四对着宋二说："姐姐，你看他们！"

宋二是宋四的堂姐，这对姐妹花在园子里是出了名的美貌。

宋二笑："闲的你们，谁敢再逗四儿，我可不依了。"

这一桌七个男生，有五个对宋二有意思，包括从幼儿园死缠烂打到现在的阮致，这下美人开了金口，谁还敢再戏弄。

阮宁一口虾肉叉进口中，面无表情。宋二一个转目，把话题引到了阮宁身上："宁宁，许久不见了，还是这么漂亮。你今天的裙子是谁给你挑的？倒显腰身，好看极了。"

"我大哥。"阮宁老实答道。

宋二坐在阮宁右侧，有些诧异地用手抚摸着她白皙耳珠上的一点茜草色，惊奇道："我见过宠妹妹的，却没见过像阮大哥这么上心的哥哥。这副耳钉是今夏巴黎秀场高级定制，世界名模 Donaldson 佩戴过的，出售过的都记录在册，每一区只卖三件。四儿春季买过这牌子一件普款的，都要不少钱，不过也确实好看，后来我就关注了秋季的秀，一眼相中了这件茜草色的，准备去定制，却被告知大中华区订单已经满了。"

阮宁蓦地想起，她为什么一直看这副耳钉眼熟，原来宋四戴过同品牌的类似设计的耳钉。阮宁摇摇头，说："这是我小姐妹送的，兴许是仿货，不会如此贵重。"

宋二笑了，纤纤玉指又揉了揉那只耳钉，过了会儿，笃定道："错不了的，耳钉的内侧凹槽处，有你名字的首字母，这个设计很独特。"

阮宁有些局促不安，耳朵都红了，咕咚，咽了好几口唾沫。众人看她的眼神都跟探照灯似的，阮宁为了掩饰尴尬，傻笑着嘟囔："卖了也值好些钱，还不如给钱呢。"

"啪！"

对面一直未说话、穿着深蓝色西装的少年重重地合上了书。众人都被吓了一跳。他喊了句"服务生，添水"，然后不咸不淡地看了阮宁一眼，不咸不淡地开口："可惜是个死物，只是但凡它能挑主人，轮得着阮宁同学挑它吗？"

阮宁一个手劲没控制住，把虾头掰离，汁液溅到了洁白的餐盘上。

如果顾润墨在，肯定送俞三少一句话——

莫装 ×，装 × 必被猪踢。

宴毕，阮宁跟着阮致出去散了散步，兄妹二人自小亲密，好像双胞，虽然生疏了几年，但打断骨头连着筋，这会儿喝完酒，反倒想起了小时候的许多事，说着悄悄话，不知不觉时间就过去了。

等他们回去，大家都散了，阮致去休息室拿车钥匙，准备送阮宁回学校，阮宁就到阳台站了会儿。时下是初秋，树木幽绿，雨后的空气十分清新，带着橘木的辛香。小同学一口热茶没喝完，就喷了出来。

她觉得自己眼睛要瞎了，很利索地给了自己一巴掌。

楼下的俞迟在翻垃圾箱。

面无表情地翻着。

虽然那双既拿过红酒咖啡也拿过百达翡丽的白皙手指干净得像一块白玉，但他还是把手伸了进去。

阮宁被水呛住，咳了好一阵，看着俞迟从垃圾桶里拎出一件东西，迅速蜷在手心里，转身，眯眼看着阳台上的阮宁好一会儿，才有些粗鲁冷淡地开口："喂，笑一笑。"

阮宁不明所以，但还是笑了。

俞迟看着阮宁和平素毫无差池的笑容，好一会儿，才淡淡地笑了笑。他额上有那么点汗珠，含着舒缓的笑意，在阳光中，嵯峨秀郁，稀世无匹。

阮宁笑容更开怀了。她向他挥手，带着酒意喊着"林林"，阮致方巧走近听见，笑着问道："宋林回来了？"

阮宁愣住了，疑惑地看着阮致。为什么每次说起"林林"的时候，他们都觉得她是在叫宋林，她和宋林小时候是一起玩过一段时间，但是宋四每次欺负她，宋林都护着宋四，所以，渐渐地，两人也不大玩了。她那会儿想法挺简单：嘿，你有哥哥，我还有呢。阮宁掉头回家就跟阮致撒欢去了。

这会儿，想起宋林，印象竟然十分单薄。只有"他不错、学习很好、听说在罗素名校"这些泛泛的印象。

阮宁想了想，既然她跟宋林不熟，那便是——你想宋林了，老是提起他？

阮致回阮宁一个白眼，越过阮宁，跟俞迟打了个招呼。

俞迟将手蜷缩进了西装口袋中，淡淡地打了个招呼，匆匆离去。

他匆匆而来，又匆匆而去，漫天落叶中，只让人觉得，这还是个孩子的少年，孤天冷地，茕茕一人。

那天晚上，阮宁打开了许久不用的那个 QQ 号码，对面的那个人是彩色的，林林也在线。

她说："林林，今天我觉得自己做了一件有意义的事。奶奶老爱穿高跟鞋，脚一到冬天，总是不舒服，所以我给她织了一双袜子。"

那人说："你快乐吗？"

"是的。"

"快乐就好。"

那天晚上，阮二婶收拢礼物，抄录礼品单子，预备来年回礼，阮老爷子正抽着烟，忽然想起什么，便弹了弹烟灰笑道："为难妞妞了，还有这个孝心。袜子拿过来我瞧瞧。"

阮二婶为难地看着婆婆，阮老太太拢了拢发髻，喝了口盐渍金橘茶，润了润嗓子说："刚刚宴上，人多得紧，一不留神，落在酒店里了。"

阮老掐灭烟，笑道："你这样弄挺没意思的，小沈。"

阮老太太姓沈，年轻时，阮老便一直称呼她小沈，当时觉得是首长般的亲昵关怀，现在老太太浑身不自在，一听"小"就心慌，跟俞家小妈一个毛病。

阮老太太说："您甭问，也甭找不自在了。那孩子心没在咱家，跟着她妈妈呢。"

阮二婶也说："爸，一双袜子的事儿，不至于。"

阮老一把推了水晶烟灰缸，砸掉在地，点着众人，冷笑道："整日里鬼鬼魅魅，今儿是你妈生日，给你们体面。不过，以后谁要是不给妞妞体面，就别怪我不给你们体面！"

那天晚上，宋四哭了一晚上，小姑娘好像知道了什么天大的秘密，对着越洋电话，眼泪流也流不完。电话对面，是一段很温柔的嗓音。他说很快就好了，温柔地哄着小妹妹，又说："你想要的，哥哥都帮你得到。"

## Chapter 17

# 一声起万事皆起

阮宁发现了一件挺硌硬人的事儿。

距离考研还有不到三个月的时间，208众人过上了群居的生活，六个人整天形影不离。三个人打热水，三个人打饭，劳动合作，分工明确，不动就不动，一挪挪一窝，标准的蚁族生活准则。

208的妹子们呢，除了阮宁尚称清秀，旁的都长得很美。所以，妹子们一出门基本还是很扎眼的，过往的男生行注目礼，从头排到尾，从应澄澄的惊艳到阮宁的失望。妹子们走路雄赳赳气昂昂，小同学也雄赳赳气昂昂，妹子们目不斜视，阮宁也目不斜视。后来，斜视一下，不得了了。

"哎哟喂，我说这位同学，你那是什么眼神？"

西校舍的水房紧挨着男生宿舍楼，每次妹子们打水到了宿舍楼前，口哨声此起彼伏，从应澄澄吹到小五。阮宁最初没察觉出什么，后来时间长了，那根筋终于转过来了，诶，不对啊，怎么一到她就安静了。有次她特意离前面五人远了些，口哨声一到她，果真就停了。

阮宁一下子就懂了，羞愤难当，包了一头围巾，抱着热水壶哧溜就蹿。可到后来也就习惯了，等那群男孩子戏虐、赞赏的口哨声停止的时候，阮宁就若无其事地自己续上，一边装作东张西望一边吹口哨。吹着吹着小刘海就飘到了脑门上，十分滑稽。

齐蔓问她："为啥这么无聊？"

阮宁捂着脸，从指缝露出一双眼："要脸。"

齐蔓笑倒。

自打入了秋，阮宁丢了仨壶了。她每次买的都是爆款深蓝色，通体没什么标志，很容易被人错拿。第四次买的壶，阮宁贴了一圈贴画纸，《新白娘子传奇》系列的，是她小时候留到现在的珍藏。壶刚放下第二天，还没来得及嘚瑟，白娘子和小青就被撕了，只剩下法海和金轮法王；阮宁就换个了《还珠格格》，然后还珠格格和紫薇被撕了，剩下容嬷嬷和桂嬷嬷；换个了《射雕英雄传》，撕了黄药师和黄蓉，留下梅超风和郭靖。小同学不干了，哭鼻子了，这不明摆着欺负人嘛，什么臭毛病啊，好看的都撕了，难看的都留给她了，八成是对面楼上的小崽子干的。

阮宁一屁股坐在壶旁边，一边抹眼泪一边说："你们甭劝我，我不逮住那个撕我贴画的小王八蛋我就不回去了。"

208众人翻了翻白眼："说你丑你都没哭，撕你几张贴画哭成狗。"

阮宁咆哮："98年的贴画呀，老子藏了十几年，换成红酒值大价钱了！这种行为是盗窃，是犯罪！我要跟他拼了，谁抠我贴画我抠死他！"

她在寒风中窝了俩小时，鼻涕都结冰了，才等来贴画贼，一看，是对面楼上医学院的小胖。

阮宁揪着他的帽子，说："你赔我贴画啊死包子，你是不是变态、是不是有病啊？"

小胖刚抠下来两张，一瞧见阮宁，哈哈笑了："哎哟，大水冲了龙王庙，阮宁同学呀。我一直有集邮的爱好，最近才改了。可这不看到贴画手就痒了，想着收集几张贴本子上。"

阮宁说："下不为例，你再撕我贴画我就……"

小胖嘿嘿一笑，打断阮宁的话："别价啊，我知道你对俞迟感兴趣，我这边老多俞迟的私人珍藏版照片了，一张贴画换一张照片咋样？"

阮宁想了想，挠头说："那你有他穿毛衣的吗？棕色的那件。"

小胖哎哟："你可真有眼光，我快卖断货了。"

阮宁蹲地上，揉了揉冻得快没知觉的鼻子说："我就要这版，你给我这版底片，我给你1998年印刷的《天龙八部》神仙姐姐全版。一样换一样，我一点没多要，你看咋样，你要不干我全贴我床板上了。"

小胖一巴掌拍到阮宁爪子上，笑道："老合适了。成交。"

打那之后，阮宁经常躺在床上看床板，一边跷着二郎腿一边嗑瓜子。小四齐蔓的朋友寄养了一只黑色小泰迪到208宿舍，叫拖拉，因为这是一只性格软面的小狗，可阮宁联想记忆，老是喊它拖拉机。小同学嗑完瓜子，就把泰迪抱在怀里，一人一狗继续看天花板。

"帅吧，拖拉机？"

拖拉"汪"了一声。

"你有没有心上狗呀，拖拉机？"

拖拉"汪汪"了两声。

"这个是天神宙斯，这个是普罗米修斯，这个是阿波罗，还有这个这个，这个是世界名模奥兰多。这些通通是我的心上人。"

拖拉有点赞同，"汪汪汪"了三声。

甜甜好奇她都在床板上贴了点啥，看了一眼，一巴掌掀翻一人一狗。

阮宁嗷嗷："你干吗啊，二姐？"

甜甜指着上铺的下床板，都气乐了："这是宙斯、普罗米修斯、阿波罗、奥兰多？"

满满一床板的俞迟照片啊，而且还都是侧脸。

"死孩子，你发春啊？！"寝室的姑娘们都凑过来，笑骂阮宁。

阮宁说："这这这都是我的，哎哟，你们只能看不许摸，我拿绝版贴画换的呀。"

姑娘们打闹成一团，忽然间，小五笑着来了一句："我分手了。"

大家全蒙了。

小五和对象从高中时就一直在一起，算一算，也有将近六年了。如果说众人都还是在情海醋缸中挣扎的花生米，苦里带酸，小五已经是上了桌的老醋泡花生，历了劫，酸里带甜。她说她准备一毕业就嫁人，前几日还在网上看婚纱看敬酒服，这不过两天，就像翻了个筋斗，变了个天。

澄澄和小五关系最好，似乎是已经知道了点啥，使了个眼色，大家也就没敢问，只是当天陪她一起吃了个火锅、喝了点酒后，小五哭得一塌糊涂，抱着阮宁问："这是为什么呀？"

阮宁问："你不爱他啦，还是他不爱你啦？"

小五摇摇头，抹了一把眼泪，整个人趴在了桌子上，她说："不知道从什么时候开始，我们不相爱了。一会儿他不爱我了，一会儿我不爱他了，我爱他的时候他烦我腻着他，他爱我的时候我嫌他不够温柔不够体贴。谁知道呢，反正到最后，我们就分开了。"

阮宁说："我听不懂。"

小五说："你纸上谈兵，怎样苦恼都是留了一点余地的甜蜜，前可临渊羡鱼后可退而结网，我以身试法，看着怎么好都是没了退路，一步不留神就粉身碎骨，还不能留点清白在人间。"

阮宁说："那就不要恋爱了，咱们六个过一辈子吧。"

小五说："闭嘴，你胸平人又穷，爱哭又脑残，我才不要和你过一辈子。"

阮宁好无辜。


之后小五彻底颓了，一双大眼睛没了什么神采，脸不洗饭也不吃，就坐在那儿抱个箱子翻来覆去地看。不一会儿，咆哮着找剪刀，剪刀没找着，就拿着指甲剪，一点一点地剪。

阮宁好奇，爬到上铺一看，都是些被剪开的摇滚乐磁带。前些年刚上大学那会儿，小五问阮宁听不听 Gun and Rose、Linkin Park，阮宁说没听过，小五还嫌弃得不行，她说她可喜欢听了。阮宁这会儿看着这些略微发黄的老磁带，赶紧去抢："这不都是你喜欢的吗，发什么疯？"

小五呸了一口，骂道："我喜欢他大爷！"

澄澄一把给阮宁捞了下来，附在她耳朵上轻声训斥："小祖宗，你还嫌她没神经够，跑到枪口前硬躺。那些磁带是她前男友喜欢的，小五为了俩人能有话题聊，才去听的。"

阮宁困惑："她怎么都没说过？"

澄澄叹气："六儿啊六儿，这世间不是一切事都有人告诉你真实答案的，需要你自己去想、去看啊。"

澄澄又说："你说你喜欢林林、喜欢俞迟，那你真的懂什么是喜欢吗？你为你的喜欢做过什么？"

阮宁一听，觉得犹如热水灌顶，整个人一激灵。她翻来覆去一夜没睡着，好像明白了点什么。

接下来，阮宁给俞迟寝室提了一个月的热水，小胖墩是共犯。胖墩儿提供壶，阮宁吭吭哧哧去提水，末了，来一句："你可别跟俞迟说。"

胖墩儿拍着胸脯说："哎哟，我知道，您可就放心吧，您这是默默的爱，爱的奉献。"

澄澄：脑残。

甜甜：傻叉。

周旦：没发烧吧……

齐蔓：你连我的一块接了咋样，六儿……

小五：东施效颦。

俞迟寝室每个人这个月都对小胖墩慈眉善目，因为这包子最近太招人喜欢了。等到大家知道接水的另有其人，阮宁已经罢工了，这爱的奉献苦哈哈，一个月小妞累瘦了五斤肉。

冬天到来的时候，大家依旧对着208五个姐姐吹口哨，到她那儿戛然而止，阮宁依旧磕着瓜子抱狗看床板，小五情伤愈后又和前男友复合，新买了一打磁带。当量变还没引发质变的时候，这样一眼望去，似乎谁都没有变，似乎爱并不能使人改变。

　　阮妈妈对阮宁考研寄予厚望，阮宁暑假打短工的钱正好可以用来在冲刺阶段租个单间学习。阮宁找中介问房，中介却要房租第一个月租金的一半做报酬，阮宁觉得太贵，就向大哥阮静打听教师公寓是否有可以租的闲置房。阮静也挺上心，不过几日就给阮宁寻到了两室一厅的青年教师用房。原来的住户正巧出国进修了，这间房子便准备出租出去。租金相当便宜，但是要和别人合租，客厅厨房和卫生间公用。

　　听说室友也是个大四的女孩子，阮宁便觉得一切都挺满意的，准备拾掇一下，过几天就搬过去。寝室的姑娘们也能理解阮宁搬出去单住的主要原因，毕竟这是个单纯的孩子，她就是想认真学习了而已。

　　大拉杆箱还没扛出宿舍门，就听外面的女生炸了锅。

　　"哎呀，俞三被篮球砸了，你听说没？"

　　"什么什么，说清楚点，俞三被篮球砸了？被谁的篮球砸的，砸到脸没？"

　　"他就是刚从实验室出来，医学院3号教学楼后面不是篮球场嘛，打篮球的没控制好，俞三从场外经过，刚好砸到头了。"

　　"我擦，我男神的脸啊啊啊，谁砸的我要跟他拼了。"

　　"三少起初被砸了都没反应，就默默走了，走到半道，才发现，额头破了皮，流了不少血，他一脚踏进校医院，大家就都知道了。"

　　阮宁第一反应不是"哎哟我得去校医院"，居然是"不容易啊终于轮到他去校医院了"。

　　她拉着拉杆箱往外走，想着我就去校医院瞄一眼，就瞄一眼，结果还没摸着校医院的门，就被大大小小来探病的姑娘们一肘子蹶了出去。阮宁本来想故作优雅或者淡雅地从病房外飘过，然后亲切地慰问一下受伤的俞迟，在糟糕心情的催化下，他会看到眼前的姑娘是怎样一个可爱的小天使，继而爱上她，离不开她……

　　事实上，阮宁只说了一句"哎哟，我去，你们不能看着点路，为了一个男生这么不矜持成何体统"，然后就灰溜溜地走了。

出租屋内已经打扫得十分干净，地板和玻璃桌几都是亮晶晶的，她的房间也被人整理得整洁极了，而另外一个房间掩着门，阮宁敲了敲，没有人回应，她轻轻推开，透过一隅，发现里面已经摆满了书籍和各类颇文艺考究的装饰品，归置好了电脑，铺上了灰蓝色的床单、被罩，床脚下还有一块天鹅绒的烟灰色足垫，看样子刚整理好。

可屋内空无一人。

阮宁又轻轻合上了门。

她猜想，这是个十分干净严谨的女孩子。

小同学收拾好东西，已经晚上八点多钟了。室友还没有出现，阮宁就出去吃了点饭，又外带了两碗皮蛋瘦肉粥。她预备一碗给室友，另一碗看看能不能送出去，送出去就给俞迟吃，送不出去就自己吃。反正不会浪费。

这孩子能吃。

俞迟所在的病房在一楼103，其实阮宁下午来之前都已经向小胖墩打听过了，并且知道俞迟需要住院观察一晚。只是有些时候，爱情这玩意儿不是肯努力、肯坚持、有心思就够了。

两厢情愿是盐，爱情是靠盐才有味道的饭菜。

他的病房外有一棵桑葚树，高高大大的，阮宁就站在103病房的窗外，抱着粥望向窗内。

窗内的少年低垂着头，静静垂目养神，他看起来有点疲惫。

阮宁有点忐忑，怕打扰了他，就这样呆呆站住了，随着时间的流逝，试图寻找一个敲开他窗户的有礼貌点的节点。

又过了会儿，俞迟却静静地流出了眼泪，无声无息。那些眼泪像溪水一样缓缓流淌着，可是没有哽咽、没有难过、没有痛苦，他连表情都没有变，依旧是没什么表情。

阮宁忽然想起了什么。

今天是林林奶奶的生日。

每一年奶奶的生日，林林都会坐在明净的窗前，替奶奶用老式样的黛笔胭脂画一画眉毛，描一描嘴唇，像认真地作着一幅名叫《牡丹》的国画，然后陪她去惯去的照相馆拍一张穿旗袍的老照片。她那样美丽，即使老迈得不像样子，依旧美得不像样子。

奶奶被岁月折磨得没有一丝笑容，唯有看到林林时，会含着点温柔的笑意。

他现在的眼泪让阮宁觉得许多生命的蜡烛燃尽而灭，她站在窗边，静静看着。

阮宁曾经听过一个童话故事，这之前的八年间，夜深人静时，她反复想起。

童话故事里有一个美丽的姑娘，姑娘有一个很爱的心上人。可因为爱所以害怕失去、百般猜忌，所以怀疑心上人的忠诚。看到他和女孩聊天、对着女孩微笑、夸奖别的女孩，便觉得难以忍受，总是和心上人争吵。心上人如上桎梏，爱意渐消，心如死灰，提出了分手。第二日，姑娘却消失了，从此再也不见踪影。过了几年还是几十年呢，姑娘的心上人已经娶了别的姑娘，生了漂亮的孩子，女孩却依旧没有踪影。心上人每每想起女孩总是觉得心里沉甸甸的，这种沉重让他心脏几乎无法负荷，继而得了很重的病，奄奄一息。他马上就要停止心跳，却觉得痛彻心扉，最后流着眼泪，呕吐出了一个蜷缩着的小人。小人就是变小了的姑娘。她说，我离开之后，便住在了你的心里。你想起我的时候我忍不住哭泣，哭泣的时候，使你的心变得沉重，太过沉重无法负荷的时候，你便生了不治的疾。

可我怎么舍得你死？

阮宁此时看着俞迟的眼泪，同样觉得心里沉甸甸的，那是住在她心里的林林在作祟。过了一会儿，她开始随着他一同掉起了眼泪。她看到他的眼泪，仿佛瞧见了一面镜子，镜子里的自己怀着和他一样的情感，这样艰难地背负着对至亲的爱走到今天，也仿佛是她懂他、最懂他、最最懂他的一种惺惺相惜。

他平复了的时候，了无痕迹地睁开眼，却看到了窗外哭得一脸狰狞的小姑娘。每一滴眼泪都那样圆润饱满，小姑娘有着充沛的同情心。

少年轻轻打开窗户，用自己也未曾察觉的温柔，听她哭着说："俞迟同学，你要不要喝多皮蛋少肉的皮蛋瘦肉粥？"

他透过窗，白皙得近乎透明的干燥长指拍了拍小姑娘的头："明天见，阮宁同学。"

少年又轻轻合上了窗，拉上了窗帘。小同学一把鼻涕一把泪地在窗口吃完了两碗粥，才止住泪。

她敲窗轻声说："晚安。"

在被子中的少年淡淡说了句："明天见。"

第二天中午，她上完自习回寝室抱着最后一摞书，最后一次经过男生宿舍，最后一次听到了到她便戛然而止的口哨声。

姑娘笑了笑，揉了揉鼻子，却不想再续上为自己挽回几分面子。

她转身离去，身后的男生宿舍楼上，却忽然响起了缓缓悠扬的口琴声，渐渐地，就漫过了口哨声，渐渐地，仿佛旷大的天地间只剩下这点从容而清旷的琴声。

口哨声散，而琴声不散。

## Chapter 18

# 安我之乡是阮宁

阮宁住在公寓的第一晚，睡得很踏实。

清晨起来，她收拾了一下最近会用到的参考书籍，无意中却翻到一本旧书，是初二的语文课本。

阮宁猜想是当年上大学的时候，她从家无意中带来的。这会儿又翻了翻，看了几篇，里面的古文念起来还朗朗上口，每一段字体幼稚的标注都还能看出作者到底想干啥、老师到底想了点啥，门外清晰的脚步声，应该是室友回来了，阮宁便微笑着放下了书，慌忙走了出去准备打招呼。

可是等她打开门，对面房间已经锁上了门。阮宁有些尴尬，不知道该不该敲门问候一下，听了听，却没有一丝动静了，好像刚刚的脚步声并不存在。

迎着晨光，阮宁看了会儿书，背了几道题，准备出去买早饭，却发现隔壁的室友已经不在了。等到晚上，一声防盗门关闭的声音，阮宁在睡梦中迷迷糊糊。

这个姑娘早出晚归，实在有些神秘。

第二天的清晨，她起床时，姑娘又已经离去，可餐桌上却摆了一碗豆浆和一盒烧麦，似乎是大方的邻居馈赠给她的。阮宁吃了人家的一口饭，心中不安，下午去超市买了些肉和菜，晚上做了一荤一素两道菜。红烧肉是跟着妈妈学的，妈妈做的红烧肉味道浓稠软烂，一点汁水能就着吃完一碗米饭，她功夫不到家，糖和盐永远不是多一点就是少一点，缺少了岁月的锤炼，只能算可口。阮宁等了好久，也没等到那个神秘的室友，最后，坚持不住就去休息了。

再醒来又是清晨，桌上的饭菜已经被吃得干干净净，贴心的姑娘又奉上了一碗红豆粥和几根热乎乎的油条。

她们这样互相交换着早餐和晚餐，阮宁竟觉得有些幸福。有一天晚上，她写了一张纸条，轻轻地压在了瓷碗的下面。她说："素未谋面的姑娘，你这么辛苦地学习，早出晚归，是不是也在准备考研呢？每天吃到你的早饭，我觉得很快乐。我叫阮宁，你可以喊我宁宁。"

第二天早上，阮宁也收到一张纸条，纸条上的字体十分苍劲清雅，她似乎在哪儿见过，可是隐约又想不起来了。姑娘回复她说："肉尚可食，米饭夹生。另：多谢品尝，Miss Mus musculus。"

阮宁傻了，这英文啥意思。翻了翻字典，Mus musculus 说是用于做实验的小白鼠。

她第二天再吃早餐，越品越不是滋味，越琢磨却越明白，忽然间想起，大方的室友馈赠的早餐从来没重过样。阮宁是个十分聪明透亮的姑娘，她一咂摸，就反应过来了。她的室友该不会是个极其挑剔的人，看到想吃的东西又不知道好不好吃，所以先拿给她尝尝，她如果剩下一些放在冰箱里了，就代表是不太好吃的，基本上下次可以不做考虑了；如果没有剩下，就代表是味道不错的，可以放心去吃。

阮宁兀自"噢噢"了两声，咬着包子，想明白了，继续大口吃，到了晚上做饭的时候，听话地多蒸了一会儿米饭，之后才反应过来，自己其实是不是应该生气呀？

小同学反射弧着实有点长。她想了想，又写了个纸条："我有点生气。我也爱吃好吃的，不想吃不好吃的！！！"

她把感叹号画得圆圆胖胖的。

第二天，纸条回复道："多食慢用，有益脾胃。另：Miss Mus musculus，米饭有味，多谢。"

　　阮宁心想，这妹子也太傲娇了，她一定要不动声色地抓到室友，和她认真地讨论一下，好好地讨论一下……明天吃点什么哩。

　　因为妹子买回来的早餐每一样其实都很好吃，每一次都准确地命中了她喜欢吃的东西。而她做的晚餐妹子也很赏脸，虽然味道有时候难吃得连她自己都咽不下去，可是妹子都很认真地吃完了，一粒米都没有剩下。这是个和她的气场多契合的好姑娘啊。

　　可是阮宁连续一周，没有一天等到这个奇怪的好姑娘。然后，她又因为别的事烦心起来。

　　阮宁所租的公寓楼上，是一间空屋。她听邻居小陈，跟她同样是租户的学生说过，楼上那间屋子之前住的是一对情侣，后来因为闹矛盾，男的把女的杀了，房子里便总是有些奇怪的动静，房客每每住不到三日就面如土色匆匆搬走，日子久了，渐渐地，鬼屋的名声传了出来，再也没人敢租。

　　阮宁听得发毛，当天晚上，不知是心理作用还是真有点什么，从凌晨开始，楼上便开始传来热闹急促的脚步声，时而很重，像是在地板上恶意跺脚；时而很轻，又像是踮着脚走路，直到天蒙蒙亮，这动静才渐渐没了。

　　连续几天都是如此。有一次，她实在憋不住，写了纸条："奇怪的好姑娘，我觉得我们的楼上大概真的闹鬼了。"

　　大晚上，她跟邻居小陈说起来，小陈也吓得一脸青绿。阮宁又说，还好我有一个室友陪着我。

　　小陈傻了："你别吓我啊，阮宁，这房子每天进进出出的只有你，哪有什么别的姑娘。"

　　阮宁也哆嗦了："你才别吓我！她每天早出晚归，神龙见首不见尾，所以你才没见过。"

　　小陈说："你打个电话问问房东，那个女孩子的电话。"

　　阮宁哆嗦着打给房东，却被告知房子只租给了她一人，没有别的租客。

　　小陈屁滚尿流地关了防盗门，留下吓尿了的阮宁在寒风中凌乱。

这会儿都夜里十一点了,宿舍大门都关了,她想回寝室也回不去,于是像筛糠一样锁上房门,裹在被窝里,准备将就一晚,明天一早就逃走。

阮宁琢磨着,房客一说是大哥告诉他的,会不会另有隐情?阮宁便给阮静拨了电话,却一直没人接。阮宁忽然间想起阮静代表学校去北京参加学术交流研讨会了,行程很紧张,只能作罢。

刚过十二点,楼上又开始响起了或轻或重的脚步声,依旧十分急促。阮宁直哆嗦。这太吓人了。最坏的情况是,楼上一只鬼,隔壁一只鬼,区别是,楼上的活泼点,隔壁的冷艳点。

阮宁本来开着灯,心稍安,可是南方没暖气,一到冬天,空调开得挺多的,集中供电的情况下,老家属楼保险丝又有点脆弱,突然间,灯泡就熄了。

阮宁这会儿是彻底崩溃了,抱着被就往外蹿,刚走到客厅,却听见保险门转动的声音,说时迟那时快,小妹子一声号,鼻涕、眼泪都吓出来了,像个无头苍蝇,抱着被就往厨房跑,只觉得吾命休矣。

脚步轻缓,在黑暗中哪有阮宁的哭声清晰,那脚步怔住了。

阮宁一边哭一边说:"我错了,老大,您别吓我,该回哪儿就回哪儿去,我给您烧零花钱、烧八个大丫鬟、烧三进大宅子、烧个看家护院的奥特曼,您老可别吓唬我了,我这辈子除了穿开裆裤的时候捣过蚂蚁窝,就没干过别的坏事,冤有头债有主,您老找错人了。"

客厅里传来一声轻笑。

脚步声越来越近,阮宁头皮都发麻了,她摸到一瓶平时腌肉用的米酒,咕咚一大口,心里稍安,扔了被子就往门外跑,却在客厅,撞到那个高大的黑影上。她一不做二不休,撸着袖子,咬紧牙关,用头使劲抵那个怀抱:"老子跟你拼了!你弄死老子老子也是鬼了,谁怕谁啊!老子那边有人,我爸爸也在!"

黑影愣了,被她抵着,却纹丝不动,许久,轻轻圈起怀里的"老子",才发现她现在变低了。

以前，明明很高的，明明比他还高，现在却不过是个小小的身影，只及他的肩头。

"老子"抖得厉害，黑影不自觉地圈紧她，轻轻在她耳边开口："不要怕，没有鬼。"

阮宁飙泪："不要骗老子，你到底是个啥，自我评价评价！"

黑影在黑暗中轻轻蹙眉："你退后几步。"

黑影为她的智商深深感到焦虑。

小姑娘抽噎着朝后退了好几步，映着月光，才发现，她的鬼室友不是一个奇怪的好姑娘，而是一个极高极俊丽的杏眼少年。

"林林？"阮宁在黑暗中吃惊地喊了一声。

那少年在月光中发丝柔软分明，蓝色的毛衣挺括而明艳。他走近了几步，微微弓身，拍了拍惊魂未定的阮宁："我刚刚去楼上问过了，是新搬来的一对小夫妻。孩子还小，睡反了觉，夜里要给他喂奶，所以晚上动静很大。他们也自知不好，说了会注意。"

阮宁傻了，她不知道该说什么，只觉得自己又犯蠢了，可是眼睫毛下恐惧的情绪还没散尽，姑娘犹豫了一会儿，小声说："我能抱抱你吗，俞迟同学？"

少年在月光中叹了一口气，轻轻走近，然后重重地把她抱进怀中，轻轻拍着安抚。他说："我说不可以难道你不会扑过来吗？一直这么莽撞。"

活得这么草率莽撞。


之后，和阮静联系上，阮宁才知道，俞迟也在准备医师资格考试，便想租房清净一段时间，俞迟二婶、三婶家中是城中豪庭，对唯一的侄子十分大方，把自个儿老爹私藏的别墅都贡献了出来，俞迟觉得阵仗太大，其他的房子来不及细选，只得在阮静建议之下，匆匆搬进了教师公寓。后来知道是和阮宁一个小姑娘合租，因为男女之嫌，便早出晚归，避开了。

阮宁说："你不是说女孩子吗，大哥？"

阮静说："俞迟谨慎持礼，你只要不胡闹，当他是女孩也行啊。他不是没动你一根汗毛？"

阮宁说："那我要是胡来了，动他几根汗毛了呢？"

阮静轻笑："你不是有你的林林了吗？不过，忘了也好，你这个林林太危险，我是不大喜欢的。至于俞迟，但凡你有胡来的本事，便胡来了他，我保证不打你、不拧你脸。"

阮宁心累。她要是有这个本事，还至于让宋四那个小妮子叫嚣这么久吗？

她跟同寝室的姑娘炫耀起这件事，姑娘们都呵呵笑，笑得阮宁发毛。

阮宁说："你们不该祝福我勇往直前吗？"

齐蔓说："话说你到底知不知道俞迟为什么租房住的？"

阮宁挠头："就是想安静学习那么一段时间了吧。"

齐蔓翻白眼："那为什么想安静了？"

阮宁摇摇头，表示虚心求教。

"据说是被某个爱慕他的女生骚扰得不胜其扰。总有些姑娘每天给他们寝室提水献殷勤，让他成为整个男生寝室的笑谈，俞三这才下定决心搬出来住的。"

阮宁睿，想了想说："这是不是我种了善因得了善果？"

"你确定不是他种了恶因遭了报应？好人不长命，祸害遗千年来着。"

"我很能吃、很能活。"

"所以你是千年的黑山老妖，俞三是被气死的周瑜！"

在阮宁拍着胸脯保证不会打扰他读书的前提下，俞迟每晚总算早点回来，吃上了一口热乎饭。

和俞迟真正相处起来，阮宁才发现，林林长大了还是和小时候一模一样。不吃肥肉不吃甜，爱青菜大于肉食，每天洗澡固定半个小时，多一分钟少一秒都不是半个小时，睡前一条牛奶不加糖，小时候那会儿奶粉还是袋装的，十三元一袋，林奶奶经常给林林买，这会儿都条状的了。清晨先洗脸后刷牙，衣不齐整不见人，毛衣、衬衫白黑蓝三色为主，袖口扣得严丝合缝。整张脸白腻如月色初浮，唯独鼻头因为季节性鼻炎而显得有点红红的。

这还分明是林林。

可是他清晨起来会喝一杯纯黑咖啡，五六十块手表各个国度、各个品牌、各个款式定制各不相同，领带、西装、皮鞋各有搭配，佐食时会放一碟鲟鱼子酱，夜间总是熬夜到十一二点，不说不笑，不喜不怒，又分明不是林林。

她曾有一次小心翼翼地问俞迟："你是不是失忆过？"

俞迟淡淡回答："失忆的不是你吗？"

阮宁总觉得他和她的回忆错位了，却不承想，会得到这样的回答。

说起失忆这件事，她觉得最奇怪的是，她的记忆似乎和别人的都有些出入，她每每认为是这样的一件事，家人、朋友包括林林都竟顺理成章地认为是另一桩，瞧起来南辕北辙。究竟是她错了，还是他们错了？

庄周梦蝶，蝶梦庄周，兴许是都错了，也或者都是对的？

又或者，这人生的过与往，来与去，本就是一场梦呢。


Z大举办了一场享誉国内外的美术交流展出，上次阮静出差去北京就是为了促成此事。Z大本校学生和欧美常青藤、罗素各名校的学生美术作品同时展出，也算近年来各高校对外交流的一件盛事。阮静给了俞迟和阮宁两张票，只说是平常白白被那些教条文本教坏了，一个日后只知道小白鼠，一个摇头晃脑都是法条可怎么得了。做大哥的横看竖看不喜欢，让他们周末一定去迂腐，提神醒脑一下。

二人周六从教师公寓出发，去了美院展厅。来的学者、教授、画家、媒体、本国学生和留学生挺多的，中外碰撞，左岸中国的国画水彩，右岸西方素描与油画齐飞，虽种类繁多，但不显杂乱，只觉飘逸与庄重并举，其中不乏天才画作，真真灵气逼人，虽然作者都还只是些年轻的孩子，但连国内顶级的大师也未敢小觑。

这次美术展总共分五个展厅，主题都不相同，阮宁最喜欢"家·神语"这一主题的展厅。有用天真的孩子般的笔触描绘的落日里的稻田，有踩着梯子走上月亮的衣衫褴褛的小乞丐，有遥望着大海对岸的架着义肢的战士，有站在天堂眺望人间的使灵。还有两幅小姑娘的水彩，一红一黄，一个抱着高山，眼珠望着天，一个握着江水，目光低垂。同样的姿势，一同摆在角落，一齐命名为"安我之乡"。

阮宁起初觉得只是单纯的两幅画作，但越看越觉得充满一种说不出的韵味，似乎遍体裹着什么沾不得的秘密，让人深陷其中又觉清冽温柔。

美术系的教授带着学生参观，刚巧走到这幅画前，说道："这幅是来自英国罗素名校的画作，作者英文名 Davis，是个非常优秀的中国青年，他不是美术专业的，只是业余爱好者，从这些线条的随意和童真便可看出。Davis 偶然画了这幅画，却被学校看中，远赴重洋派到中国展出。我与 Davis 有些渊源，他给我发了一封 E-mail，上面写道：能看懂这幅画的人就是有缘人，如若碰到有缘人，便把这幅画送给他。"

众生好奇："怎么个看懂法，还有，他为什么说是一幅，明明是两幅？"

阮宁也好奇地探头看着。教授笑了："所以说你们还没有看懂。"

"那谜底有意思吗？"

教授眼中带着异彩："妙不可言。"

阮宁在一旁凑热闹，横看竖看也没看出哪里妙不可言。

俞迟瞧着画，却面无表情。过了一会儿，他伸手取下了两幅画，众人都愣了。安保人员过来呵斥，俞迟淡淡地道："既然马上是我的东西，我拿下来又有什么妨碍？"

教授拦住了保安，点头示意俞迟继续。

俞迟接过美术馆工作人员递来的白手套和工具箱，然后打开了封过蜡的玻璃匣子，取出了两幅画，轻轻地将两幅画重叠在了一起。

大家凑上去一看，才瞧出纸质特殊，重叠之后，两幅并作一幅，画上只是一个小姑娘拿着一个玩具水晶球，水晶球中山高水阔，云烟缭绕，浅蓝深墨，色泽古朴。而那眼珠先前一个朝上一个朝下，现在瞧起来只是一副，瞳仁如漆，黑白分明，说不出的淘气童真。

“水晶球里的山水瞧着眼熟。”美术系的学生在旁边说道。

阮宁蹙眉看着水晶球，总觉得在哪里见过。

俞迟弓身，指着画道：“水晶球中所画的是闽山和闽江，也是这幅作品名字的由来。”

教授点头赞许：“Davis 也是这么说的，可是我不太明白，兴许他的家乡在福建，所以才作了这幅《安我之乡》？”

俞迟摇头，唇角却带着淡得瞧不见的嘲讽：“‘安我之乡’指的不是故乡，而是一个女人，一个 Davis 深爱的女人，也就是画上的小姑娘。”

教授疑惑：“那为什么会叫‘安我之乡’？”

俞迟说：“这幅画是写实的画，画中的小姑娘真的有这样一个长辈从福建带回来的玩具球，Davis 构思的时候应该只是凭记忆画出了这些，可是后来却玩了个文字游戏，以此向女孩含蓄表白。”

阮宁凑在一旁听得津津有味，其他人也都津津有味。有了这样的八卦奇趣，画作本身的艺术性倒被人抛诸脑后了。

俞迟又说：“闽山和闽江指向的都是‘闽’字，而画中江水的流向却是向南，意有所指为闽南。‘安我之乡’四字，用闽南语说出，便是女孩的名字。”

教授拊掌笑了：“安我之乡，安阮安阮，姑娘叫阮安。”

俞迟卷起两幅画，淡道：“如果这幅画不在 Z 大在任何一个地方，我也会认为这姑娘叫阮安，可惜，它就这样出现在 Z 大。整个 Z 大，近四年，一万八千余人，学生名册清清楚楚地载录着，姓阮的姑娘却只有一个。”

阮宁觉得头皮发麻，俞迟果然就这样站了起来，黑得透亮的眼珠静静地俯视着她："所以，阮宁同学，失忆的真的不是你吗？"

那天晚上，阮宁回到公寓，如往常一般，坐在台灯前，静静看书。她的手肘突然碰到了那本旧时的语文课本，她再一次翻过，却在某一页停住。那一页书上用铅笔写满了大大小小的阮宁，或者洒脱或者沉重，或者娟秀认真或者心烦意乱，到了如今，墨迹已渐渐淡了，连书页都开始发黄。

这本书她兴许借给过谁。可是谁又写上她的名字。

阮宁在小的时候，曾经幻想过，马路上的人多看她一眼，就会被她的美貌所吸引。开花店的小哥哥，卖面包的阿姨，全校最帅的校草，隔壁班走路生风的坏老大，每个人，人人都爱她。然而，等她长大了，才发现自己没有这种美丽，也没有人喜欢过她甚至爱她。那是人人都向往的青睐，可是，从小时候的自信满满到长大的畏畏缩缩，也是时候明白了，世界并不总是充满善意的，人生也不是有了贪图就能活得像个样子。

这一晚、这一刻，历途多年，一份沉甸甸的心意传达到她的眼前。这份心意，早些明知，或许可使她懂得真正善待自己，在活得狼藉，甚至被人待如猪狗的时候，得到一份最珍贵的馈赠。

毕竟，曾有人，这样深深深深地珍视过她。

而这个人，是她的同学，也或许正是画了这幅画的 Davis。

她取出 Mr.Unknown 的信，静静想了想，在脑海中画了个等号，又重重地画了个问号。

# Chapter 19

## 你发烧呀我感冒

阮宁很快变得拮据，晚上也不能再煮些肉食。最初的红烧肉变成了土豆，八宝粥也变成了清汤寡水的稀饭。她不敢再邀请俞迟吃晚饭，而每日丰盛的早餐她也不好意思再享用，只是推说最近要减肥了。

她觉得自己用了这样的理由，俞迟怎么着也能心领神会，然而，这少年只是继续默默蹭她的晚饭，早上再默默奉上一顿早餐。土豆、红薯、白菜，有什么，就吃什么。之后一日，俞迟淡淡地扫了眼满桌的青菜、豆腐，拿着筷子，轻描淡写地问道："阮宁同学，你英文怎么样？"

阮宁满脸羞愧："六级过了三分。"

俞迟喝了一口寡淡得只剩清水的粥，心道这丫头也未免太不会过日子，前些日子吃肉不知节制，这些天又揭不开锅，随性得过了些。可是面上不显，只说："会看词典就够了。我最近在写学年论文，需要翻译几篇外文数据，一篇一百，做不做？"

阮宁疑惑地看了少年一眼，少年一副"你爱做不做朕随手一招都是人"的表情，阮宁立刻欢天喜地地点了头，抱着几本外文书认真地扒词典去了。

她熬夜翻了几篇，又欢天喜地地捧到俞迟面前。俞迟有一点近视，只有看书的时候才戴眼镜，这一会儿戴着眼镜认真地批阅起来，错的悉数指了出来，涉及语法和固定搭配的地方则重点圈了出来。阮宁先前学英语，只靠一点小聪明死记硬背，这会儿听他讲起来，竟也觉得十分有意思，不亚于数理化。

他忽然间抬起头，问阮宁："你以后想去哪儿读研？"

阮宁毫不迟疑："生是 Z 大人，死是 Z 大鬼。"

"这么喜欢 Z 大？"

"嗨，哪儿呀，我妈喜欢。"

"你呢？你没有什么想做的？"

"混吃等死。"阮宁本来很不正经地摇头晃脑，见俞迟眉心微微蹙起，才说，"我吧，其实很想帮助别人，可是又觉得自己能力有限。如果以后能做点对别人有益的事儿就觉得很好。"

俞迟眉头没有松开，反而拧得越紧，但并没有说什么。之后的每一天，除了上课，他都在家待着，阮宁反而有些厌。想和这跟冰碴子一样的少年聊点家常，又怕他嫌自己话多闹人。可是不说话吧，觉得日子这么过实在有点没滋味，有点尴尬，毕竟两人要在一起待上俩月。

俞迟看书，阮宁就乖乖跟着看书，她说今天天气真好，俞迟看到精彩处凶狠冷淡地横她一眼，姑娘就闭嘴了；俞迟吃饭她也吃，她说这个菜味道有点淡了，俞迟就默默地把整盘菜吃完，她说这个菜有点咸，俞迟又默默吃完，阮宁闭嘴；俞迟玩手机游戏她也玩，俞迟玩围棋纵横敲子，小同学旁边插嘴哟嘿今天这个五子棋有点牛逼；俞迟睡前喝牛奶她也喝，俞迟一口口优雅啜完，小同学咕咚咚如牛嚼牡丹，他一觉到天明，她起夜尿几回。

俞迟和小时候一样，依旧是个电视十级爱好者，又称"电视剧儿童"，痴迷于看电视，偶尔闲下来会追晚间八点档，他看得聚精会神，眼睛睁得圆溜溜的，还有儿时的呆模样。阮宁早已进化成爱用电脑追动漫的少女，有些鄙视他，可是还是傻笑着坐在他的身旁跟着看。

他看什么都面无表情，最多就是"啊，死了啊""啊，演绎推理时没穷尽，多演了十集""啊，三角恋啊"之类在思考时不经意说出的话；而阮宁看什么都是笑眯眯的，只要有俞迟在，看《午夜凶铃》她也笑眯眯。

有一晚，安徽卫视怀旧剧场在播 TVB 版《天龙八部》，正演到段誉曼陀山庄初遇王语嫣的情节，白衣少年在亭外，曼妙仙女在亭内，绢做的发带好秀致，绢下的乌发真美丽，单单一张无瑕侧颜，少年便脱口而出：神仙姐姐。

电视外，俞迟俞三少竟忍俊不禁，似要把一个冰雪模样的冬天都融化开来。小同学心跳得如揣了几头活泼淘气的大象，真要命。

她歪头，用似乎怕惊着这货而这货再也不肯笑的温柔，轻轻问他："你笑什么？"

俞迟说："啊，小老头儿。"

"什么？"阮宁迷糊了。

俞迟说："你啊，如果段誉初次见你，便只会觉得，啊，小老头儿。"

阮宁听懂了，哈哈笑了起来。小同学有点驼背，走路时略站不直，故而瞧着也不挺拔，再加上有些瘦弱，快一米七的个头生生叫她走出一米五的风姿。

她一想，嗬，真贴切，便乐不可支了。

俞迟喝了一口茶水，反倒奇怪了："你不会不高兴吗？别的女孩听到只会觉得是讽刺。"

阮宁却越发温柔，不知道如何珍惜眼前的男孩，只是一味地怕吓到他，他便再也不肯同她玩笑同她说这些家常话了。她拍拍胸脯："我是阮宁啊，不是别的姑娘。"

俞迟知道自己应该还如往常板着脸，狠狠俯视她一万年才会气消，可是，这会儿，他竟只能微微移过眼睛继续看神仙姐姐，嘴角却渐渐弯成轻柔恬淡模样。

他不愿意看小老头儿，他极烦小老头儿。

转眼瞧窗外，窗上映着她的笑脸，不大下雪的 H 城今年落了雪。

不知是他动容还是天动容。

渐渐分不清。

阮宁从妈妈那儿学会了煲一道汤，番茄排骨。三只番茄两斤排骨，一勺鸡精一勺盐，一点生姜一点肉桂，两碗米饭，能吃两顿。

下了雪的天极冷，适合吃这样肥美的肉，喝鲜甜的汤。

阮宁自小养成的毛病，吃饭总爱剩一口，而俞迟却似乎家教严谨，一口饭、一滴汤也不愿剩下，因此，阮宁吃不完的，全进了俞迟的肚子。

小五的家在 S 市，家里寄来一箱取暖的米酒，阮宁也分了两瓶。

阮宁从小到大没怎么见过雪，进家之前偷偷团了几个雪球塞兜里了，回去掏出来给俞迟炫耀，俞迟淡淡笑了笑，把几只小雪球安放在了玻璃杯上，并没有嘲笑阮宁的幼稚，反倒带着一种温柔的善意。

他不说话，闷不作声地吃饭，阮宁便问他："要不要喝口米酒？"

她在小炉子上温了一壶要沸未沸的米酒，斟了一杯，放在他的面前，端正敬他："俞迟同学，谢谢你这样照顾我。"

她指的是俞迟用几篇翻译稿为她谋了两月的衣食无忧。于他而言虽是小小善意，然而阮宁却对这样不动声色的心意充满感激。

"阮大哥说你顽劣淘气，不知世情，常叫我多照顾你。"俞迟坦然接过，喝了米酒，觉得口中绵密，手心也暖和了些。

阮宁也喝了一口，她说："俞迟同学，你以后想做医生吗？"

俞迟点了点头。

阮宁好奇："为什么想做医生的，你爷爷同意吗？"

俞迟说："他既然不能代替我承受生命中的遗憾，又凭什么阻挡我因遗憾而做出的选择呢？"

他们喝了满满两壶酒，俞迟依旧小脸玉白，阮宁却满面通红，她问他："我能不能喊你林林，俞迟同学？"

俞迟平静地看着她："我不是你口中的林林，阮宁同学。"

他说："你生病了才会这样以为。"

阮宁疑惑地看着他，少年却笑了，他拍了拍阮宁的额头，掌心温柔，声音却很平淡："等你好了，想起来我是谁，也就知道林林是谁了。"

南方冬天没有暖气，天冷得狠了，只能开空调。可是空调又太燥，开的时间长了口干，因此，阮宁一晚上开了关、关了开，早上起来的时候就感冒了。头疼、打喷嚏、流鼻涕，样样不少。

俞迟有课，早早去了院里，因此也不知道家里添了一个病号。

阮宁抱着书钻进了被窝，看一会儿睡一会儿，病得反反复复的。中午摸了点药吃，吃完才发现过期了，也不知道是心里硌硬，还是过期药确实有副作用，吃完没一会儿又吐了。好家伙，这通折腾，等俞迟进了家门，基本上就看见两根软面条晃来晃去了。

俞迟拿来听诊器，又检查了一下孩子咽喉红肿情况，扔给她两包药，然后就出了门。

阮宁吃完药就迷迷糊糊睡着了。等她醒来的时候天都黑了，只有厨房有两簇火光。俞迟坐在那儿闭目养神，他眼前是一个小小的带着浓艳火光的炉子，炉子上面热着一大块烤红薯。

阮宁过来，在他眼前晃了晃，发现少年兴许也睡着了。

她搬了个小凳子，坐在炉子的另一边，掰了块红薯，在暖洋洋的火光中吃了起来。

阮宁知道这红薯是给她的。

她小时候每次生病，觉得吃什么都没有滋味，只有鸡汤和红薯最香甜可口。

起身看了看一旁的锅，里面果然是黄澄澄、热乎乎的鸡汤。

阮宁很久没吃过红薯，也很久没喝过鸡汤，然后，她就觉得眼发热，对，这丫头，什么都不擅长，只有哭是专长，泪窝也浅，这会儿哪都不疼不痒，可是心里却又痒又疼，滚烫的眼泪跟水龙头一样往外涌。

她一边哭一边吃，哭着吃着，吃着哭着，到最后越吃越香，也没留神，俞迟一醒来，就看见熬了一下午的鸡汤连大料都没剩一口，一记暴栗不客气地捶到了阮宁头上。

这姑娘可真够不认生的。

阮宁抱着头哭得更厉害了。她本以为自己遇到了言情小说里的默默奉献有口难开型的冰山霸道总裁。

她告诉妈妈自己生病了，阮妈妈很紧张，问她头疼不疼。

阮宁说："嗨，妈妈你真神了，你怎么知道我是感冒头疼？"

阮妈妈说："你可好好歇着吧，妈妈真怕你哪天就得神经病了。"

阮宁第二天病就已经好了许多，挂下电话，蹦蹦跳跳去敲俞迟的门："俞迟同学，我买鸡赔与你吃。你想吃清汤还是红烧？"

俞迟同学隔着门说："阮宁同学，安静点。"

阮宁"哦"了一声，又问："那你喝不喝酸奶，我刚买的老酸奶？"

俞迟说："我现在需要你帮我做一件事。"

阮宁一听就拍胸脯，好像忠诚小卫士瑞星小狮子："这事儿包我身上了。"

少年声音清雅冷淡："转身，直走三步，右拐三步，再右拐三步，再转身。"

阮宁很乖地走了走，发现到了自己的房间。

她问："然后呢？"

少年淡淡笑了："然后啊，转身，关上门。"

阮宁又"哦"一声，扁扁嘴，关上了房门。

躺在床上的少年嘴唇干裂，舔了舔，揽起棉毯闭上眼，心想终于可以安静会儿了。

这一年外面的雪下得极大，在南方极少见这样的雪。少年的梦中也有这样的大雪，那场雪不是这里的模样。那里比这里要冰冷得多，那里有一个年轻的姑娘发了高烧，快要死亡。

他也只是个初中刚毕业的孩子，一遍遍不停地用英语重复着"Are you OK？"，姑娘却丝毫听不见。他被那段时光、那一天、那场雪磨得心境枯老，他在想，也在质疑，如果不把这女孩摇醒，等到雪停了，这个世界大概没有一个人知道她还活着了。

　　他把外套脱掉，紧紧地裹着那个极瘦、极高的姑娘，他希望这姑娘快快醒来，只有眼前快死的姑娘知道他的亲人在哪里。那场绝望里似乎已经不带希望，他想起南国五月里酸甜甘美的腌梅子，咬上一口，起码知道酸得刺鼻的味道里有真实的人生，而不像这异国他乡，满眼的金发让人麻木。

　　他想起一首歌，不知是谁唱给他听的，他总能想起。可是被人待如牲畜的日子里，所有的情感都是多余的东西，他哼起的时候便总是挨打，渐渐地，他便恨起这首歌，恨起唱歌给他听的那个人。再到后来，他只在黑夜中唱这首歌，唱着唱着却哽咽难平。教给他爱的人又教给他恨，唱诗班称此类人为"临界的魔鬼"，又叫他们"懂得如何摧毁的天使"。

　　他这辈子都不想再看到这个人。

　　如果触也触碰不到，何必再给他微末希望。

　　他醒来时，还是深夜，四周悄然。

　　玻璃杯里的雪球早已化成雪水，可公寓外的雪花依旧延绵。


　　他清晨起床，觉得头昏身沉，依旧裹上围巾去买早饭。回来时，阮宁还未起床，他只觉支撑不住，又回到房间，摸了摸额头，知道自个儿大约是被瑞星小狮子传染了病毒，重感冒外加发烧。

　　他沉沉睡去，半梦半醒间也觉纳闷，病成这样，还要早起去买个早饭，究竟是他太有惯性还是她太有魔性。

　　仔细想想，又蹙眉。真是个讨厌的小姑娘。

　　等到再醒来，床头柜上有药片和水，阮宁趴在他的床前，一边打呼噜一边流口水。

　　俞迟不客气地一巴掌把小妹子拍翻在地毯上，一边吃药，一边看她继续睡得像只冬眠的小乌龟。摸摸额头，烧已然退了，想了想这房子似乎有些不吉利，大概有什么未知之物，搬进来没多久两人就接连生病，他便又去门口的集市，买了点黄纸，途中经过柏树，轻轻折了根柏枝。

阮宁睡醒，便瞧见本如松柏的少年拿着柏枝蘸水在公寓里四处擦拭，玄关处放了一盘已然烧过还有隐隐火星的黄纸。

阮宁问："烧给谁？"

俞迟答："谁让我发烧便烧给谁。"

阮宁迟疑，在原地用拖鞋扒地，有些局促："那你等我死了再烧。"

俞迟又一记暴栗，又给小姑娘捶哭了。

## Chapter 20

# 奥特曼快点长大

下完雪，阮宁开始去教室上自习。上了两天，却觉得有点力不从心。主要问题是抢不到座位。

说起占座这档子事儿，简直跟打仗差不到哪儿去。

Z大占座分两种类型，一种是大家都能坐，要坐得趁早。比如说图书馆这种公共场合，每天早上五六点钟就得去占位；另一种是想坐看机缘，一坐管半年。比如说自习教室这种长年开放给自习狗的，每每放假再开学，都是占座的好时间，抱着书且在教学楼外等，就看楼开的一瞬间，你的马达有多给力了。

这一次中了彩，几个月悠哉逍遥。抢不着的，只能灰头土脸早起去图书馆，天天挑战生物钟。

阮宁去了两天图书馆，彻底不行了。

早上五点起床，五点半从公寓出发，六点之前到图书馆，才大致能有一两个座位。时间长了，一到下午就困倦得不行，读什么都读不下去了。

后来琢磨着这么着不行，刚巧学校因为考场安排放了次假，于是教学楼自习室的座位重新洗牌。阮宁巴巴地站了俩小时，总算抢了个座位。

当时抢座位时和208其他人分散了，小同学自己一个人坐到了六楼走廊尽头的教室。

因为早出晚归，一日三餐都去了食堂，家中也就停了火。

俞迟倒并不介意，傍晚时，他偶尔还会一边读书，一边在小火炉上煲汤，手艺跟人一样，相当惊艳。

阮宁往常能蹭到锅底一碗，下完自习回去，喝完立马生龙活虎，能对俞迟摇头摆尾好一会儿，瞧着心上人，瑞星小狮子眼中自带苹果光，瞳仁中的少年亮晶晶的。

俞迟平时挺冷漠，没表情，这会儿也抿不住，要笑出一点点弧度。过了好几天，俞迟忽然说："啊，我想到你像什么了。"

阮宁纳闷："什么？"

俞迟有个奇怪的毛病，就是爱给人起外号。

他宿舍的男孩子、园子里的男男女女都被他起过外号。

三少是真情流露，想到什么就是什么了。

比如说有一天宿舍小胖笑得嘴大点，就喊小胖"叉烧包"，瘪着嘴就是"小笼包"，躺床上是"米其林"，站起来是"葫芦娃"；

园子里的阮致是"一阵风"，因为三少总看着他像一阵风一样离开了视线；

宋四是"Chamaeleonidae"，俗称"变色龙"，因为四姑娘一天换一身衣裳。

然后，爱给人起外号的三少就一本正经地指着阮宁说："黄鼠狼。"

阮宁说："你再说一遍。"

三少是这样一个脑部活动的过程：驼背小老头——什么都爱偷吃两口——又尻又胆小——爱穿黄衣裳——黄鼠狼。

阮宁说："我讨厌你。"

三少说："黄鼠狼。"

阮宁说："我告你我不跟你玩了。"

三少说："嗯，黄鼠狼。"

阮宁说："我跟你拼了。"

三少说："哟，黄鼠狼。"

　　阮宁上自习的时候还挺认真的，就是法条太枯燥，而且每个学派的解释南辕北辙，虽是考本校，但没哪个教授确定地给出点范围，真让人头皮发麻。

　　后来院里传说专业课全出简答和论述，阮宁简直想哭了。

　　说到论述题，她曾经有过一次非常牛叉的考试经历。

　　刚读大一那会儿，小同学听课还是相当认真的，每次都积极地坐到第一排，老师眼皮底下。

　　又因为高中学的理科，所以对文科的内容有一种强烈的"这是啥那是啥亚当、斯密卢梭格老秀斯又是啥"的神秘感、崇拜感，虽然听不太懂，但总算努力记下了笔记。

　　临到考试了，据说是出论述题，其他高中学文科的学生都是轻轻松松地记忆，轮到阮宁，就显得十分笨拙了，单单背书就背了整整两周，还被同班同学狠狠地耻笑了一番。

　　她觉得那会儿自己像是记不住了，直到考完，才真正松懈下来。

　　等到出成绩，给大家都吓傻了，阮宁考了全满分。

　　阮宁自己也蒙了，谁来问都说不知道为啥。大家好奇去问教课老师，每位恩师都欲言又止，后来憋不住说了同样的一句话：这孩子是真不容易……

　　哎，我们也很不容易的啊，天天起早贪黑，怎么她就特别不容易了。

　　大家都好奇得不行，年级长有门路，把阮宁的试卷弄了出来，才发现这孩子真到一定境界了。

　　上课时老师说的每一句话都答到试卷上了，比教案还齐全，满满三大页纸，除了"大家下课休息会儿吧"抠去了，愣没少写一个字儿。

　　怪不得她整天咆哮说自己背书背得累死了，大家起初还不大理解，现在才知道原来是这么个累法儿。

　　后来阮宁被大家笑蒙了，不敢这么干了，可她又不知道哪些是重点、哪些没那么重要，所以答题时总是漏点，之后又懒得背书，最后成绩也就泯灭在众人之中找不着了。

这会儿她跟大家一起去考研，院内自用的教材有十几本，袁青花据说是主编，稀奇古怪兼精刁，阮宁这种脑回路再加上学习方法迂腐死板，便显得弱势了许多，学习状态时常是云山雾罩。

小同学有一次读完书，回到公寓，颇有些伤心地对俞迟说："俞迟同学，我觉得再这样下去，我肯定考不上了。"

俞迟正在读书，他一直都非常喜欢读书，而且也一直坚定着要当一名优秀的外科医生的信念，除非山崩地裂，从未改变过。他问眼前困惑的小姑娘："你确定自己真的适合读研吗？"

阮妈妈当年听说读法律会有好出路，阮宁便报了法学院；阮妈妈听说留校当老师会有好出路，阮宁又不懈怠地去准备这一场考试，以做奠基。阮妈妈说希望她要么做个很有本事的人，权势滔天，要么就做这世界上最平凡的人，日出而作日落而息，而阮宁知道自己显然成不了前者。

她倒没有细思量自己想要什么，只是觉得她妈妈每次都挺有主意的，自己反而沾沾自喜，不用再费力考虑前途的事儿了。

这会儿，她竟然沉默下来了。这已经是俞迟第二次问她这个问题。

他却看着她的眼睛，淡淡开口："二十三岁的你究竟该做些什么？你是否曾认真考虑？是做好这个自己，还是和世界妥协庸碌而去？如何用真的发自内心的意识，去改变人生既细微又重要的走向，做不后悔的决定？脚踏实地地为自己而努力，拼搏在任何时候都不可笑。我希望你能好好考虑一下自己的人生，阮宁。"

他的表情很认真，眉眼带着那种清淡和通透，让她直觉地不愿再去说些无关紧要的话，可是心里又没有什么城府，便只好垂下头，默默地走了出去。

俞迟合上了书，仰头，微微闭上了眼睛。他知道阮宁是个聪明的孩子，可是这种聪明来自孩子特有的直觉和灵气，却不是发自本心的深明事理。像个孩子固然可爱，可是像个孩子便总让人看不到希望和未来。

他为此也有些沮丧。俞三少将身体投在转椅中，轻轻哼了一首英文歌儿，歌里有一句话："My little bear grows up with honey."

我的小熊因为蜂蜜而长大。蜂蜜气味香甜，可是小熊总是被蜇过才能得到蜂蜜。

十二月初的时候，阮妈妈生了一场病，做了个小手术。她身体本来就不是很好，这一回要在床上休养好一阵子，家里只有叔叔一个人，既要送肉肉上学，又要照顾妻子，忙得焦头烂额。

阮妈妈起初没告诉阮宁，后来肉肉无意中说漏嘴，阮宁才知道妈妈生病了，就赶紧赶回家中。至于那个占了的座儿，阮宁把书摆在桌上，料想自己只回去一两天，应该没什么问题。

回去了，瞧见妈妈恢复得挺好，也果真不带病容，只是还输着消炎药，下床不方便，要搀扶着，担心伤口裂开。

阮宁在家陪护，给妈妈和肉肉做了两天饭，跟叔叔换换手，让他也歇歇。待到晚上给妈妈换药时，凝望着炉火，却有些迟疑。

阮妈妈微笑着问她："怎么了，妞妞？"

阮宁蹙着眉毛认真开口："妈，我一定要做大学老师吗？我不喜欢教书，总觉得自己语言表达能力平庸，不是那块材料。"

阮妈妈愣了，许久，才笑道："你想做什么？"

阮宁挠挠头发："嗐，说出来我都害臊。我觉得自己没用，什么都不喜欢，也不知道要做点什么。"

阮妈妈又笑："那你能提出说服妈妈的建议吗，在研究生考试之前？"

阮宁想辩一句，声音却低了下去："我只是觉得哪里不对劲。"

阮妈妈轻轻抚摸了一下小同学的脑袋，温柔道："你打小虽然举止淘气，但内心淳朴憨厚，从没忤逆过我和你爸爸一分一毫，算是我们俩的福气。可是，你渐渐长大了，这一条长长的人生路需要自己去走，你总要去想明白，到底哪里不对劲。"

阮宁握住妈妈的手，问她："妈妈，你人生的每一样决定都是想明白才做的吗？"

阮妈妈摇头笑："并没有呢，年轻的时候，其实每一步都没那么清楚，有些时候甚至走过去了才发现，当时明明有更好的选择，而且心里隐约也清楚自己选错了，后悔、遗憾这些情绪通通都经历过，可是就算年少无知，也是自己做出的选择，只能一边担忧一边勇敢地往前走。走啊走啊，说来也怪，忽然就发现，豁然开朗。毕竟，哪一条路都有喜怒哀乐，时间会把所有的问题分散成人生长河最远处最微不足道的一个小石子。"

阮宁陷入了沉思。她喜欢妈妈说的话，觉得心里的困惑有了些消解，可是还有一些不甚明了的东西。

小同学怔怔地想着，许久，阮妈妈都几乎入睡了，她才轻轻问道："爸爸是错误可又不得不走下去的选择吗？"

阮宁感到妈妈的手有点颤抖，许久，才听到妈妈带着与往日不同的生硬语气冰冷开口："对，他是我这辈子做过的最错的选择。"

阮宁夜里做了一个梦，她梦见爸爸变老了，戴着老爷爷才会戴着的防风帽，坐在摇椅上，哼着军歌儿，他说，我的妞妞呢，我的妞妞怎么还不回家，看看我这个老头子。

醒来时，脸上全是泪。

她撑起小脸，无助而又渴望地看着妈妈，妈妈却一直一直闭着眼。


第二日，她又匆匆地回到了学校。

她走时便有些担心自己占的座儿，回来果真被人占了。

坐在那儿的是个陌生的姑娘，瞅着读书，应该是同城外校的，大约是想考 Z 大的研究生，就在这里学习了，方便查找一些资料和信息。

阮宁的书本都被她不客气地扔到了一边，看着多少让人有些生气。阮宁犹豫了一会儿，想着找座位实在不方便，就拍了拍女孩的肩，小声地说了一句："同学，这是我占的座儿。"

姑娘像是没听见，继续学习。阮宁又大了点声音，把刚刚的话重复了一遍，那姑娘嘲弄地瞟了她一眼，连动都没动，继续埋头背书。

阮宁被她的态度激怒了，她心里也清楚大家都不容易，也知道为了个座位吵架怎么着都不是一件有风度的事，可是生活他娘的就是由这么一些让人上火的屁大的小事儿组成的，有时候觉得忍忍就过去了，有些时候却又怎么都过不去。

这会儿，小同学就觉得心里的小炮仗被人点燃了，一下子火就上来了，把那姑娘的书也抓起来扔到了一边，一字一句说："这是我的座位，请你离开！"

那姑娘像是早就预料到会有这一番结果了，站起来连珠炮一样："你的座位？上面贴你名字还是放你家里了，在公共场合座位就是大家的，像你这种三天打鱼两天晒网的人，不配坐到这里！"

阮宁也火了："没贴我名字放我书了，你扔我书的时候比谁都清楚这里是有人坐的，你要是不心虚这会儿也不会朝我大声嚷嚷，别说我不配，一个座位配不配上升到人格高度，姑娘你说话太难听。今天这样急红了眼，想必你心里也清楚这楼上座位有多难找，搁到平时我就算了，可谁上自习都不容易，今天这个座位我不能让。"

阮宁心里胆怯或者情绪激动的时候，说话总会用手比画着，表达一下自己的意思，可那姑娘一看更气："你指什么指，你再指我试试！"

阮宁一看，知道她误会了，想着一码归一码，就道歉说："这我不是故意的，只是个人习惯。你不要生气。"

那姑娘竟然没再说什么，狠狠瞪了阮宁一眼，抱着自己的书就走了。

阮宁没想到事情就这么顺利解决了，呼出一口气，还暗自庆幸自己有长进了，遇事不怕了。搁到小时候，估计一吵架就该气哭了。

好样的，阮宁。

小同学心里对自己暗自鼓励，拿起书认真读了起来，本想一切都风平浪静了，可是不过一顿饭的工夫，她身边就围了一群人。

姑娘带着帮手来了，都是男生。

　　"你是自己走还是我们请你走？"为首的男生皮笑肉不笑，他身后的姑娘抬着眼气势汹汹。

　　阮宁本能摇摇头说："这是我的座位，我不走。"

　　话刚说完，一个不防备，阮宁的凳子就被男生抽走了，小同学摔了个屁股蹲儿，书也被推到了地上。

　　阮宁傻了，从小到大都是老实孩子，从没见过这阵仗，满教室的人都探着头看阮宁，阮宁的脸一瞬间就红了。

　　为首的男生说："你还不滚！"

　　阮宁一瞬间有些愣了，旁边的人因为这出事儿都十分不耐烦，发出了唏嘘声，阮宁只好抱起书，低头往外走。

　　她觉得自己丢人极了，刚走到楼道，书没有抓持住，全散落在了楼梯上。姑娘默默低头，一本本捡回，又默默地走出教学楼。

　　她垂着头，脑袋几乎挂到毛衣上，不敢抬头看天也不敢抬头看人。平常蹦蹦跳跳走过的这条路，今天看起来没有了尽头。脑子里嗡嗡的，也蒙蒙的。

　　过了会儿，觉得走不动了，就一屁股坐在了树下。又过了会儿，校园飞驰过一辆送货的小面包车，尾气嘟嘟，全吹在了小姑娘脸上。

　　阮宁嗅着尾气，就来感觉了，嗷嗷大哭起来。

　　哭着哭着，觉得自己特别弱小、特别蠢，觉得被别人伤害的感觉特别难受，缩成了一团，头埋在了毛衣里，眼泪、鼻涕全蹭在了牛仔裤上。

　　她身后有人喊着"小六儿"，转身，却是小五姐。

　　小五瞪着大眼睛喘着气说："你跑啥？我追你追得累死了。"

　　阮宁瞬间找到了亲人，拱到小五怀里歇斯底里，泣不成声。

　　她一边哭一边说："五姐，我的座位被人抢了，可是我抢不过人家，我抢不回来。"

　　方才小五学累了，到走廊上喝饮料放风，一扭脸就看见阮宁从楼道口飘过，满面通红，表情不对，追了一路，听她乱七八糟地哭着，才知道发生了什么，瞬间嚷了回去："瞧你这个没出息的样子，哭屁哭！"

"你找我们啊，遇到什么事从不敢依靠我们，就知道忍着，再敢哭我就把你的嘴给缝住，没用的家伙！"她拽着她的衣领，像是拖着一只病入膏肓的柴犬，一边走一边骂，骂得阮宁直哆嗦。

小五到了五楼，叫上寝室其他四人，撸着袖子就上了六楼，"咣当"一下推开了教室门。

601教室静得能听见楼外操场上篮球拍落的声音，所有人放下书，呆若木鸡。

小五砰的一声，一把把在凳子上坐得牢牢的姑娘推到了一边，脚踩着凳子，指着她鼻子就开始骂："把你家人现在都叫过来吧，不是人多吗？今天老娘不打得你跟你那群死瘪三喊一声姐，老娘就不在Z大混了！"

"你你你！你敢骂我，你拿手指我！我最烦别人拿手指我！你等着我！！！"姑娘涨红了脸，气冲冲地就要甩门出去。

冤冤相报何时了？显然没完没了。

周旦当惯了学生干部，从来都是个和事佬，赶紧拦住了这姑娘，低声道歉："不好意思啊，我五妹脾气不好，她不是故意的，你也不要生气，大家都不容易，聚在一起学习也是缘分，我看看在其他教室协调一下，能不能再腾出一个座位来。这个座位，毕竟先来后到，你看，还是还给我们家小六吧？"

姑娘跳脚了，不自觉伸出手，指着周旦骂："谁看见你们是先来的了，要脸不要！不就是本校的，就敢这么欺负人，我们学校也来了不少同学，你们等着，不收拾好你们几个小贱人我今天就不算罢休！"

周旦微微皱眉，看着她的手，温柔地来了一句："我其实也不喜欢别人指着我呢。嗯，既然都已经这样了，你呢，要找人可赶紧的，别等到我不耐烦，不然我也挺想打人的。"

姑娘气势汹汹地踹门出去找帮手了。

澄澄点着阮宁的脑袋，说："你就会找事儿。"

阮宁蹭了蹭鼻涕、眼泪，冤枉得不行，又想哭。

小五也挺躁躁挺烦，说："你再骂她一句试试，非招她！不就是打架吗，老娘小时候没少打过，今个儿不出了这口气，你让她怎么活？！"

澄澄有些诧异，她没想到这么简单的一件事被小五上升得这么高。阮宁从来都是胆小幽默且没心没肺的，这么点事儿，不至于吧……

小五看着澄澄，越看越恨，恼道："算她白叫你一声大姐！"

阮宁是爱哭，阮宁是尿，可她不能白被别人欺负得抬不起头、白哭这么一大场。

澄澄声音有些弱："哎呀不要凶，要打架就一起嘛。"

周旦叹了口气，就出去了。

齐蔓挺认真地侦察着四周地形，看看实在打不过的时候能逃到哪儿，又转了转眼珠跟601教室的同学套交情，争取同情票。

甜甜个子最高人最壮，她把阮宁圈在身后，轻轻替她擦着眼泪，用平素没有的温柔开口："不要哭，一会儿就躲开，知道吗？"

然后，顺手去门口拿了把扫帚，挡在阮宁身前，她说："我知道你没有爸爸，可是你有我们。如果给这种'有'加一个期限，我希望是……一辈子。"

她说我希望这种"有"是一辈子。

小五搬了那把凳子放在了桌子上，而她坐到了凳子上，跷起二郎腿，环顾四方，眉眼高傲而狂妄。

周旦在外面求着同学院的其他同学帮忙，言辞恳切而急迫。

齐蔓口干舌燥，翻着白眼看这满教室的冷漠人，横着心舔舔嘴唇对阮宁说："如果我没被打死，你记得请我吃酱爆鸭子盖浇饭啊，六儿。"

澄澄弱不禁风，站在了阮宁身旁，她说："要不我陪你一起哭，你别哭啦，我的好六六。"

每个人都为了这个一辈子而努力，她们只是她的同学而已。

这辈子不会再有人代替的同学，而已。

阮宁哽咽着说："我不哭了，一点都不想哭了，我们走吧，快走吧。"

小五说："你再说一句，信不信我一巴掌把你扇上天，让你看看太阳有多圆。"

"就是你们几个小贱人吧！"过了不知道多久，那群男生蜂拥而来，撸着袖子，眉眼狠戾。

可还没等他们嚣张起来，就被身后的法学生以及……医学生踹倒在地。

一声巨响。

医学院包子阴阳怪气地在人群中嗷嗷："哪里来的小王八，哎呀一不小心踩了王八。你是谁，我在哪儿，好想打人啊啊啊！"

周旦跟在一群人身后，显然也有些困扰，哪儿忽然冒出来的医学生和……俞三少？

医学院的包子一脚踹出来一段传奇。208寝室一战成名。传闻中的校花宿舍果真名不虚传，美人如此多娇，引得两个院的男生竞折腰。

遥遥看着小五的小五对象东东掐着腰对别人炫耀："对，瞧见没，啥，看不见，你抬头，用力抬，最高、最漂亮、最有义气的那个姑娘啊，就是我媳妇儿！不过你们可别爱上她，否则咱俩还得干一架。"

他是被乌泱泱的白大褂和法学院怪咖吸引过来的，毕竟引起宅男大规模迁徙的只有二次元的美人。探头仰望着，那是他的女神。

周旦从没想象过会出现这种场景，她转身问刚刚碰到的俞迟同学，好奇问道："你刚刚做了什么？"

周旦寻外援时，俞迟刚巧带着同学路过，叫住了看起来有些着急的周旦。周旦不过简单一说，便去找本年级同学，等她好说歹说用应澄澄约会一次的名额吸引了一大批邪教教众，一扭脸，医学院倾巢出动。

俞迟站在那里，手肘支在栏杆上，疲惫地看着人群中最暗淡的那个姑娘，淡淡笑了："他们倒是想看戏。"

医学院一帮促狭的家伙本来准备嗑着瓜子看法学院的笑话，谁知道一旁的俞迟轻飘飘地说了一句："学年论文还想不想过了？"

众人吣喝："三爷，您请好了。"然后一窝蜂冲进了601。

医学院一半的学年论文都是俞迟找的材料定的调。

阮宁因为一场世界大战，取得了座位的终身使用权，大家看见601，就说里面有个史诗级神座，引发过Z大版特洛伊战争。

从此Z大排外的名声声名远播。

阮宁不知道发生了什么，有些狐疑地问俞迟："你……？"

俞迟摇头，淡道："跟我没关系，我不会欺负人。"

众人微笑脸。

三少真谦虚。

事情发展到最后，还是阮宁自己解决的。她把那个姑娘叫了出来，道了个歉，但是表明了态度，座位不能让，不过可以帮姑娘一起再找个座位。姑娘见这阵势，虽然不乐意，却也接受了。再到后来，601教室凑巧有个资深考研的学长私藏了一个座位，见事情闹大了也就大方地让了出来，姑娘这次是真诚地跟阮宁道歉外加道了谢，为了读书搞成这样大家谁都不乐意。问题算是得到圆满解决，除了阮宁被寝室连敲了三顿大盘鸡外加一顿酱爆鸭，钱包瘪瘪大出血。

那天晚上，阮宁在日记里写了一段话。她说："生活中，历历桩桩都是小事，困难挫折总是毫无征兆，可人有这样坚韧的本能，无论当时多么愤怒无力，却总能渡过去。世上说佛才能度人，这样细想，姐姐们是佛，度我，我是佛，度了自己。世上没有谁是传奇，日子久了，回望过去，却也都是传奇。"

她在QQ里说："林林，晚安。"

那人说："我不是林林，但是晚安，快点长大吧，小奥特曼。"

## Chapter 21

# 迟来迟返迟迟迟

考研的时间是一月九号和十号两天，阮宁觉得自己发挥得并不理想，但是之前妈妈和俞迟三番五次提点，她浑噩了些日子，才意识到，自己也该细想下未来了。过完年，四月份有公务员考试，紧接着，又是校园招聘会，还需要再下功夫。忙忙碌碌算日子，考研结果如何也就撂下了。

阮宁打扫过公寓，与俞迟互相告别之后，便准备返乡了。给大哥打电话，阮静那厢犹豫了会儿，却说："妞妞，要不要回来过年？"

阮宁有些沉默，过了会儿，笑了："等到初五，我去给爷爷拜年。年下家里出锅炸果子腊年货，缺人，我回家帮妈妈递把手。"

阮静之前听闻了什么，锁了锁眉头，忍不住道："你只知道妈妈妈妈一直地绕着转，心心念念只有妈妈，半点也不顾及自己的前程将来了。现在不和爷爷缓和关系，等你毕了业……"

工作、生活、姻缘种种样样，越发开不了口了。

阮静说完又觉话多了，便把另一半含回嘴里，勉强笑道："初五就初五吧，代我问大伯母安。"

阮宁听他掏心掏肺讲了一半，心中五味陈杂，可是有些事儿说多了挑明白了反而过了度，想了想，才谨慎开口："哥哥，给我留点好吃的，二婶的糖醋肉圆、清蒸肉蟹我可想了好几年了。"

阮静见她不以为意，稍自在些，含笑应下，这才挂断。

阮宁到家的时候，阮妈妈已经准备好了各色果子。春天的梨花冬天的糕，雨季的红果雪季的饼，三伏的井水三九的茶酥，清明的绿艾春节的团，码得整整齐齐的箩筐，沁润着油甜果香，好似一整个繁花似锦冷暖交错的四季都摆在了厨房。

她陪着妈妈做腐乳肉，妈妈说年二十八找走街的匠人磨了刀，现在十分锋利，让阮宁切片的时候小心些。

阮宁切着肉，妈妈炸着薄脆，小肉肉坐在板凳上，一边跷着腿一边吃果子，一会儿唱儿歌一会儿走到姐姐跟前腻歪一阵子，三人都挺忙碌。

叔叔沏了一茶缸酽茶，坐在客厅看电视，门外有人叫卖糖人儿，他赶紧买了几支，递给阮宁和肉肉，还是不怎么说话，但一直瞧着两个孩子，他们开心，他的眉眼便舒展一些。

阮宁在家昏天沉地地睡了几天，才觉得之前读书学习的疲惫渐渐缓解了。大年三十吃年夜饭的时候，叔叔和妈妈给了五百块的压岁钱，肉肉送了她一只自己做的纸蝴蝶，小家伙学着电视剧里的大侠拱手："熊大喜羊羊乔治肉肉宝给您拜年了，拜年啦！"

阮宁回送他一套彩色的蜡笔，笑眯眯拱手道："海尔兄弟太阳之子奥特曼宁宁宝给您回礼了。"

她之前给叔叔买了一盒茶叶，给妈妈买了一套护肤品，均是零零碎碎从牙缝里抠出来的生活费，回家前都提前备好的，做父母的怎么不知道，都满怀欣慰地收下了。

这一顿年夜饭倒是十分美味家常，八仙桌上，满满当当地摆着各色蒸肉酱鸡烧鱼，偶有蔬菜瓜果做点缀，香气扑鼻。

阮宁虽然年纪小，但打小养成的习惯，过年会喝一些黄酒，酒虽甜软但还是有度数的，阮妈妈起初说不准不准，阮爷爷却说将门虎女，要得要得。

叔叔平时爱喝高粱酒，今天也拿着碗，陪阮宁喝了不少甜酒。阮妈妈也是个十分有情趣的妙人，在一旁同饮酒，只当丈夫是友，女儿也是友，痛饮之后无高低无母女。

阮宁喝多了，也微微有了些醉意，抱着冰糖蹄髈啃了半天，又喝了碗酸辣汤，借着酒意开口："妈妈，你跟叔叔是怎么认识、怎么相恋的？"

爸爸去世不过半年，妈妈就和叔叔结了婚，阮宁无法不介怀。

阮妈妈一愣，而后才放下酒杯。她说："知道你心中有疙瘩，不刨根问底也不像我生的了。我和你叔叔打小就是同学、好朋友，但当年也就仅此而已，谁都没有过逾界的意思。后来，你叔叔去外地工作，我嫁给了你爸爸，许多年没有联系。你爸爸过世后，我同你叔叔偶然间在同学会上重逢，他是个善良的人，见我有许多困难，一直安慰我，后来自然而然走到了一起。"

阮宁琢磨着"自然而然"四个字，心中一酸，只觉得人世变迁太快，"自然而然"跟"天长地久"对抗，"天长地久"输啦。

有一天，她也会不再喜欢林林，如妈妈这样轻描淡写着"自然而然"吗？

十二点春晚的钟声敲响，门外鞭炮轰鸣，阮宁搬着小板凳到园子里醒酒，风吹起时，小刘海也被吹了起来。

亮湛湛的光。微醺的小姑娘举起手机，过了头顶。那上边显示进入了一条短信。

短信来自俞迟，他说新年快乐。

阮宁很开心瞧见他的短信，轻快地打着："新年快乐，俞迟同学。"

俞迟大概是群发，许久没再回话，阮宁是单发，愣愣地瞧着手机，也觉得自己没趣儿。

第二天早起，阮宁拿起手机，才发现清晨六点，俞迟又发短信："昨夜恰好在你家过年，阮大哥和阿致说你七岁还曾尿湿过褥子，我不信，他们让我发短信问你。"

阮宁仅有的一点睡意一个激灵被吓没了。阮宁写了删，删了写，最后说："我从小就是个爱干净的好孩子，我妈妈说，我每晚不洗澡都不肯上床呢，其实不大尿床。"

阮宁既实诚又好面子，一句话体现得淋漓尽致。

俞迟一直未回信，阮宁抱着手机，瞧着看着，等到下午三四点，才见他发来短信："嗯。"

就一个字：嗯。

阮宁蒙了。

"嗯"代表啥？微微一笑也是"嗯"，没有表情也是"嗯"。是上扬第二音，还是下滑第四调，一颗少女心，尽在这儿——瞎扑腾。

阮宁干巴巴地问，没话找话："俞迟同学，你今年过年开心吗？"

然后又抱着手机一直看着，看啊看，等到晚上十点，他又回复："跟过往一样，没有什么开心，也没有不开心。"

"你什么时候最开心？"

阮宁对这个问题很好奇。

俞迟并没有回答。

阮宁不大安心地睡着了，把手机扣在了枕头下面。她担心看不见手机发亮，便宁愿看不见手机。第二天醒来，从软软的枕头下掏出手机，上面并没有一条短信提示。

阮宁发了一天呆。下午的时候，妈妈带着她逛街，走到不知名的巷角，琳琅店铺也不知是哪一家，外放了一首歌，歌中唱道：

*在深夜喃喃自语没有人像你，一句话就能带来天堂或地狱。你太懂得我，感动我从不费力，要伤我就更容易，彻底……多嫉妒你爱恨都随意，对日记喃喃自语没有人像你。*

阮宁听着听着就愣了，就难过了。

多嫉妒你爱恨都随意，一句话对我，却是天堂或地狱。

可见全天下爱着的人都一个模样，这模样不单从她脸上能看到。她似乎隐隐感觉到不快乐，可是让那些有一群人为之共鸣的不快乐，并不会使她变得不孤单，反而有些透进骨头里的悲凉。

俞迟再回短信，他说："读书的时候最开心。"

他回答得工工整整，阮宁却答了一句更工整的话："我手机掉马桶里了，刚捞出来。暂时不能联系了，俞迟同学。"

自此以后，俞迟未再回信，阮宁反而心中平静。

初四的晚上，阮静打电话给阮妈妈拜年，说是明天正好无事，上午来接阮宁去园子里住几天。阮妈妈并无一丝不悦，只是再三叮嘱阮静看着阮宁，不要让她淘气胡闹，如果乱串门，就更不好了。阮静起初听着，只觉得是客套话，便笑着答应，但是大伯母语气十分严肃认真，他向来心思深沉，不免琢磨了一番来龙去脉。

大伯母看来是知道了些什么，或者，她本就知道些什么。

阮静不免有些惊讶。家里对大伯母风评并不算好，出身低微，性格倔强，不识尊卑，种种都不合将门口味，且因为大伯父去世不过半年就执意改嫁而彻底惹怒了爷爷，这么多年一直没有来往，妞妞当时坚定地跟着母亲，颇受牵累。如今她说出这番话，像是知道了他撮合阮宁和园中子弟乃至俞迟之意，话里话外似在阻拦。

阮静倒是觉得事情棘手了。他因为当年大伯父之事，对阮宁颇多愧疚，如今想要好好弥补，竟被束手束脚。

阮妈妈挂掉电话，并未提一字，直到晚间，阮宁带着肉肉放过烟花，回到家中，洗洗漱漱，一切安稳停当，才同女儿说起了话。

"妞妞，你和俞迟，如今还像小时候一样要好吗？"阮妈妈似乎不经意一问，阮宁却惊讶她怎么莫名提到俞迟。她平时只是提到瞧见林林了、和林林一个学校诸如此类的话，从没提过俞姓，也没提过"俞迟"二字。

阮宁虽有疑问，还是答了："不如从前。"

阮妈妈问道："你想过为什么吗？"

阮宁点头："想过，但我只是猜测，也许一是时间长了，我们都长大了，因此生疏了；二是，林林当年离开之后，兴许发生了什么，使得他看淡了之前的感情。我与他相处，瞧他……恨我。只是，妈妈，你怎么知道林林姓俞的？"

阮妈妈敲了敲小姑娘的脑门："我们家与俞家是世交，俞家孙辈一直是女孩，没有一子，俞伯父与平素照顾他的营养师私生了一子，之后不过十月，俞家老大生了儿子，林伯母十分悲愤，为孙子取名阿迟，与丈夫决裂，并跟他打赌道，如果她尽一己之力不能把阿迟培养得比私生子俞季优秀，她便跪在俞伯父面前，磕头谢罪。可如若有一天，阿迟把俞季压下一头，俞伯父要把俞季同他母亲一同赶出俞家，并给她磕头谢罪，说三声错了。"

阮宁听得目瞪口呆，这是哪一出。

阮妈妈叹气："之后，林伯母便带着刚满月的小阿迟搬出了北京俞家的园子，回到老家。我们家正巧离得近，你爷爷也经常提及，这是个刚烈的长辈，让我们得空了多多去跟前孝敬。我同你爸爸经常探望林伯母，第一次带你去，你才满三岁，那会儿我记得清清楚楚，阿迟尚且穿着开裆裤，在豆角藤下抱着小水壶给小花浇水，不大爱说话，你见他不理你，便蹲在他旁边，瞧他浇水，林伯母给了你一把糖，当日我和你爸爸临时有事，林伯母还留你在她家老宅子里住了一晚，第二日我去接你，可是瞧你不喜欢阿迟，之后便没再带你去过。等你读了小学，跟阿迟熟悉了，我与你爸爸才常带你去林伯母家拜访。"

可如今的俞迟，与幼时身份天壤之别，绝非妞妞能掌控。细细想来，他们的身份、地位，竟从没有一天是对等的。女儿若是因此落入虎狼之境，阮妈妈倒觉得，自己这辈子真的是白挨到今日。

阮宁彻底傻了："难道不是，我读小学和林林关系好了，你们才同林奶奶来往的吗？为什么我的记忆出现了这么大的偏差？"

阮妈妈微微蹙了眉头："也许是你那会儿还小，所以不记得了，也有可能是因为别的……"

阮妈妈心情其实并不太好，她想起了一些日夜悬在心头的事。当年林伯母去世，林林被家人接走，紧接着，丈夫和宁宁就失踪了，等他们再次出现时，丈夫已经死亡，满身是血。警方调查，丈夫死于车祸，死亡日期竟然是三日之前。妞妞满身血污，拿着两串糖葫芦，抱着丈夫尸体，并无重伤，却像是失去了意识，歇斯底里地哭着，谁的话也听不进去，问她什么也不开口。

紧接着，妞妞像是中了邪，哭醒了睡，睡醒了哭，滴水不沾，没有了生的意识，只剩下痛哭，直到丈夫火葬的时候，连哭喊都失去，完全昏厥。

可等到她再次醒来的时候，似乎已经接受了父亲去世、林林离开的事实，之前喧嚣至极的痛苦，也似乎一夜之间蒸发殆尽。

她本以为对这孩子算是好事，可之后，却渐渐发现出不妥来。这孩子似乎……失去了一些记忆。有些她记得，但记得不全，外人看来仿佛是自欺欺人的可笑，有些她真的遗失了，问起时只剩下茫然。

她暗地里带妞妞去颇有名望的私人诊所张医生处看过，张医生猜测许是心理问题，催眠治疗后直笑："你不说我只当这是个小特务呢。问她些相干的，她嘴巴紧闭像蚌壳，问她些不相干的，她倒是絮絮叨叨东拉西扯，回答得十分欢快。"

张医生说："兴许是孩子遭受了打击，自我保护起来，瞧着并不影响生活、学习，倒也不必很在意。只是，她经历了什么呢？"

阮妈妈说："我爱人不在了，孩子受了刺激。"

张医生倒也实诚，着急道："这你还让孩子回忆什么呢，保不齐惹出大病来。我也曾看过这样的病人，受到刺激之后反复回忆，无法逃脱，渐渐地，精神失常了。她瞧起来聪明着呢，不记起来反而好，等大了些，伤痛平息，再做心理治疗，效果也许更好。"

阮妈妈咽回去一肚子的话。

她岂会不知，孩子不记起来反而更好。

只是，如若除了妞妞，只有天地冥灵才知道的真相，不去向妞妞问一问，她又如何甘心。

毕竟，丈夫那样痛苦死去的时候，身边的目击者，只有妞妞一人啊。

## Chapter 22

# 阮鸳鸯与费小费

　　第二日，阮宁被阮静接去了阮家。

　　她终于回到了这个院子。

　　阮宁来来回回地走着，阮静却有些诧异，不知道她在寻什么。

　　可是，忽然间，她就跑到一棵积了雪的松树旁，怔怔地看着，又低头认真地比画着什么。阮静走了过去，微微笑了："三岁，五岁，十岁，十五岁，一点一点就长成了大姑娘。我背着你买糖，你把口水全滴到了我脖子上。我瞪你，说妞妞坏，你眼睛瞪得比我还大，说哥哥好！"

　　阮静说着说着，却有点难过，他忽然间抱住长高、长大了的妹妹，喃喃说："对不起。"

　　阮宁呆滞着，不敢说什么，想了想，才有些干涩小心地开口："没关系。"

　　她不懂他为什么说对不起，他也不懂她为什么说没关系。

　　明明是真的真的对不起，明明是懵懵懂懂的没关系。

　　他拉着她的手，像从前牵着那个走路还不牢稳的小姑娘，紧紧地，害怕自己一松手，她便受到伤害。心可为证，他那样想要好好地爱这个孩子，可如今细细看来，这些爱似乎都只是让伤害看起来更加凌厉的罪证。

　　阮静拼命地想让阮宁得到幸福，他在掩盖自己的虚伪，连带着那些为了让其得到幸福付出的爱和关怀都显得悲哀讽刺起来。

　　阮宁觉得阮静手心发凉，想要用力地握一握，然而想了想，又小心翼翼地松开。

阮宁进家门的时候，就嗅到了阮家独有的老人的香气。

阮家有两个老人家掌舵，如两根主心骨立在那里。大家吃的都是比较老派的饭菜，初一、十五又爱摆出神佛供一供，规矩颇大，因此家里处处瞧起来，倒是十分稳健清静。

阮宁分析不出这些，只是感觉这些是爷爷、奶奶的气味，是家独有的味道，使劲用鼻孔嗅一嗅，脑中的小宇宙又觉得这是只有她家才有的味道。

阮奶奶爱用些 H 城老字号出的香粉、发油，阮宁这会儿倒活泼起来，直接扑上去，眼睛亮晶晶地："奶奶，奶奶，我想死奶奶了！"

阮老太太被扑得一阵心肝颤。这小冤家又来了，她起初是想拒绝的，可一扭脸瞧见阮老爷子笑眯眯的，怎么着也只能颤巍巍地压下嫌弃，尽量温和地问道："妞妞，天这么冷，怎么只穿了件短袄？"

阮宁抹抹脑门刚被地暖蒸出的汗珠，只嚷嚷道："奶奶，就这一件，我还想脱了来着。费事儿啊，抢胳膊都费劲！"

阮老太太抽搐唇角。但凡一个温柔的小闺秀，抢胳膊是要做什么？！

阮老爷子看到孙女，只是笑，不说话。他问她："你打哪儿来？"

阮宁因对爷爷总有些亏欠的心思，她认真地回答："早上吃过早饭，大哥去家里接上我，他说他同二哥商量好了，他来接我，阿致送我去火车站，谁也不麻烦，我又能在家好好吃顿热乎饭，毕竟过年呢。"阮致在老爷子身后对着阮宁挤眉弄眼，阮宁被逗笑了，弯着嘴唇，瞧着乖巧可爱极了。阮老爷子何时瞧见孙女，心里都是欢喜的，可是因她跟着妈妈，放着好日子不过，更不愿跟着他，于是心里总憋着一股气，倒也不愿待她像从前一样，只恐一腔真心被踩踏，如家里其他人碎语一般，平白养了一条小白眼狼。

老爷子瞬间觉得兴致索然，有些萧瑟地挥挥手，放她与阮致玩耍去了，自己却往一楼深处的房间走去。

阮老太太知道他去干什么了，心中有气，却像个小姑娘一样，冷哼一声，甩了手，去一旁哄新养的小猫儿了。

　　阮宁不知道是不是自己说错了话，低着头，不知道该怎么办，阮二婶拉她说了几句话，给她塞了几块进口巧克力，就让阮致带着她回房间玩游戏机。

　　正说着话，阮二叔刚巧也从外地回来。他已在 S 市工作两年有余，鲜少回家，现下看到阮宁显然有些惊讶，即便家中老老小小背地里和阮宁都有些联系，但是在阮二叔这儿，阮宁早已是不存在的人。

　　阮二叔这些年春风得意，养尊处优，连皱纹都少有，意味深长地笑着，看着阮宁，说："妞妞来了啊。"

　　阮宁头垂着，说："二叔好。"

　　阮致却像没看到寒暄的两人，一把把阮宁往楼上拉，笑着嚷嚷快走快走。

　　阮致现在的房间是以前阮爸爸阮妈妈的卧室改造成的，家具摆设也通通换了，阮宁有些心酸的怅然。阮致向小妹妹炫耀他满满一柜子的书和几乎快要塞不下的 CD、游戏光碟。阮宁是个土包子，这也好奇，那也稀罕，于是不过两分钟，挠挠头，这种怅然也就淡了许多。

　　阮致说要带阮宁一起玩联机游戏，阮宁说："早就不会玩了，你玩我看着。"

　　阮致找了一盘画面唯美的单机游戏，阮宁真就看得津津有味。美丽的女主角被困在山洞蛇窝里，英勇的少年侠士拿着寒光凛冽的长剑一路闯关，二人最后终于相见。对话框弹出来的时候，阮宁愣了愣，她说："这男主角怎么瞅着有点眼熟？"

　　阮致："可不就是俞家老三，当时我瞧见时也愣了。这盘游戏光碟是英国华裔女明星费小费在出道五周年回馈歌迷制作的，据说是她亲自设计的中国风小游戏，我喜欢费小费，买过她全部的光碟 CD，后来翻墙抽奖，也中了一盘。游戏其实挺一般，但画面不错。偶然的一次，我在俞三房间书桌上瞧见他和费小费的合照，才知道他俩有一腿，游戏的原型就是他。之前宋四追得紧，大家都说他俩要成，可我也就嘴上跟着调侃，有了天生尤物的费小费，谁肯要那样娇气的宋小妞啊？！"

阮宁听愣了。

阮致说："诶，你没听过费小费？"

阮宁说："谁不认识费小费？我又不是土包子下凡装汉堡！"

阮致说："那你为毛一脸忧伤？"

阮宁憋了半天憋出一句话："我闲的。"

阮致眼珠转了转，把手横放在嘴唇，哇唔一声："难不成你看上俞迟了，妞妞？"

他说："你完蛋了，要死要死了。"

阮宁说："我早就完蛋了，歇菜几百回了。"

他说："你真花心，林林可怎么办？"

临到吃午饭时，阮致、阮宁兄妹下楼，才发现一个十分得体美丽的姑娘坐在客厅，阮致这小花心肠子眼睛一亮，叫了一声："俞大姐？"

原是俞家二伯的长女，俞朱，俞迟的大堂姐。

俞朱看见兄妹二人，站起身，拉住阮宁的手，笑了："阿致隐约又蹿高了。这个一定是宁宁吧，自搬到南方园子，一直没机会见一见，今天终于瞧见了。阮爷爷一门忠厚，这才是真真的将门虎女，十分清爽可爱。"

阮老朗笑，这会儿谁夸妞妞有教养，都十分合他心意。真真一块心病，快成狗皮膏药了。唯恐孙女儿被人说有人生没人养，他一来十分好强，二来担心对不起地下的……

阮宁细瞧那俞朱的眉眼，倒是一个十分精致的美人，肤白赛雪，眉眼婉约，一颦一笑，光彩照人。俞家人都是些肤白貌美的坏子。

俞朱拉着阮宁的手，说了会儿话，十分喜欢她的模样。过了好一会儿，才转身对阮老说："如此，孙女也就不见外了，咱们就端了饺子一同去瞧戏吧，家里老老少少都盼着呢。爷爷叫人准备了苏南的几样小菜，雕琢得精彩，吃着也很有意趣，想必弟妹们会喜欢。"

她说完，含笑看了阮静一眼，目光温柔似水，竟能瞧出有几分情意，阮静却轻轻避开了。

阮宁有些含糊，并没有听十分懂，可不一会儿，大家便都穿戴整齐，预备出门了，阮致轻声说了一句："跟着走，瞧戏去！"

园子的西北方向，有一处宅子荒了下来，老爷子联名打报告，修成了一个娱乐健身的场所，宋老且起了个雅名"愚屋"。园子里又有不少票友，平时闲不闲都要唱两嗓子，上头也体贴，便将整个二层打通，修了一个小型演出台，不论是唱戏还是听剧，也都能请人进来了。往常老爷子们去听场戏，年纪愈大愈顽皮，一个个的闹着微服不扰民，不肯让人跟着，害得警卫们处处揣着心抱着胆，折磨死人了。这样一来，大家都省心不少。

因过破五，百业俱兴，俞老有兴致，请了省话剧三团几个拔尖的演员演一出新排的话剧，据说这剧如今在外面正火，一票难求，几乎炒到了大几千块。

阮宁随着阮家人，倒把俞家人见了个齐全，包括俞迟的继奶奶和妈妈。

阮宁从没见过这两位。其中一位容貌普通，仅可称得上清秀，因有近视，戴了副眼镜，衣着十分简单朴素，被她身旁向前行了一步、趾高气昂容色出众的中年妇人比了个天翻地覆。

阮致饶有兴味地窃声对阮宁道："衣着朴素的是俞伯母，酷爱读书，三十几岁时便是院士了，她于人情上有些冷漠，从来浑然不理这些家中事，不知今天为什么也来了。"

阮宁"啊"了一声："我还以为俞迟妈妈是穿着孔雀蓝旗袍的那位伯母。"

毕竟似乎是与俞迟一脉相承的高傲美貌。

阮致扑哧一笑，微微戏谑道："你倒会看，把两个冤家瞧到一处了。那也不是伯母，该叫奶奶了，妞妞！"

俞四叔，那年少气盛的少年俞季过来搀扶住孔雀蓝，阮宁细看五官，重叠起来，才瞧出，这才是一对母子呢。

阮奶奶似乎有点意外看到俞小妈，冷哼一声，很是瞧不上，扭头又和蔼地同俞迟母亲聊了起来。

大约是二人立场相同，都是从没名分的妾室熬到正室，可是阮奶奶却是名门闺秀出身，很瞧不上这模样的，又唯恐与这样的走得近了，被人误会，她堂堂正正的掌家夫人与害得原配惨死的狐狸精倒是一路货色了。

阮宁下意识地瞄了瞄四周，人群熙攘，冠盖锦荣，却没有瞧见俞迟的身影。不多会儿，宋家也到了，宋四瞧见她，倒是狠狠地翻了个白眼，小同学呦嗬，芝麻大的眼也敢瞪了，狠狠地瞪了回去。

宋四又能比她强几分，一家子老老小小都在，祖辈军衔不分高低，明争暗斗一辈子，这会儿阮宁岂会在众人面前输了阵仗。

你好我便也好，你不好我自然也不巴结。

阮静看着小妹微微笑，耐心温柔的模样却叫俞朱一愣。

阮致问道："大姐，阿迟呢？我从 B 城放寒假回来这些天，总共只见过他一面，三少倒是在忙些什么呢？"

阮宁抱着一碗饺子吃着，耳畔却惦记着，只听那温婉美人儿说："远方来了一位娇客，他自然要招待，今天怕是分身不暇了。"

阮致微微倾身，在俞朱耳边轻声道："是……费小费吧？老爷子岂不心烦，小奶奶怪不得神清气爽呢。"

俞朱拈了一口车厘子，微笑道："小猴子，心操得倒不少，谁家热闹你都要上赶着瞧一瞧。"

阮致耸肩："我哪儿敢？"


坐也坐定，茶水抿了抿，酒过三杯开场，众人目光转向戏台，话剧恰恰演完第一幕。

话剧的背景在民国，剧情倒有些新意。军阀郑门小姐鸳鸯爱着青梅竹马老翰林家的公子杨俨，杨俨又对新派留学回来的满清遗老喜塔腊氏的九格格一见倾心。老翰林为了攀附新军阀，自然不肯让杨俨与九格格在一起，反倒登门向鸳鸯求亲。鸳鸯生得不美，性情却好，心思单纯，小时便立志要嫁给杨俨，如今总算得偿所愿。她在家中备嫁，杨俨从家中逃出，来见九格格，表明心迹，二人商量共赴法国留学定居。杨俨不忍鸳鸯一直被蒙在鼓里，在远赴重洋的前一天，乔装混进杨家送彩的队伍中，趁众人不留意，找了机会，到了鸳鸯闺房中。鸳鸯终于知道真相，十分悲痛。

"小时候，你给我插花，给我逮蜻蜓，带我爬山，我们一同上蒙学，那些情谊也是假的吗？"鸳鸯有些发蒙。

杨俨道："不假，那是真的，可是那些都过去了，你也长大啦，老满清都变成了中华民国，你怎么还像活在小时候？！"

鸳鸯小心翼翼道："我懂，你上了新学，明白了很多道理，而我不过是略识得一些字，什么都还不是很明白，骑马倒是很顺溜，这便瞧着与你生疏了些。可是书可以去学，琴棋书画也可以去钻，我还可以教你去骑马。你小时候，身体有些羸弱的时候，说以后长大了想去骑马，我们结了婚，我带你去骑马。"

杨俨有些愤怒："不，鸳鸯，你并不懂！你不知道什么是爱，爱是见到她的那一瞬间心里的悸动，爱是想要在一起无畏所有困难的决心，爱是志趣相投，爱是心有灵犀，鸳鸯，你不懂爱，你也并不爱我！"

鸳鸯忽然间就哭了，她被逼得似乎无路可退了说："我不懂你的爱，可是我的爱怎么就不是爱了！新派的爱是爱，老派的爱怎么就不是爱了！我从十二岁与你分离的时候开始，就在等你，我等着有一天能和你肩并肩站在一起，我养了两匹小马，每天精心地喂养，等着它们长大，带着它们出嫁。可是，你告诉我，你突然就不想骑马了，你爱上了别的姑娘，你的愿望是与她一起去看大海外的世界。你的愿望可以随意更改，没有更改的那个人倒成了罪人！我暗自许下的痴心和忠贞竟成了你如今践踏我的理由！"

杨俨竟一时无话，他沉默了起来，被这个坐井观天的青蛙姑娘问住了。他说："可我如今，已不愿同你结婚。你说的那些，我还记得，但是小时候说过的话，我长大之后，也不知为何，便渐渐觉得不重要了。你父亲如今权势炙人，如日中天，你若肯放开眼光，往外瞧一瞧，再瞧一瞧，便知道，这世界还有好多好男儿值得你去喜爱，囡囡。"

杨俨声势渐弱，喊了鸳鸯的乳名，鸳鸯却泣不成声。她说："你走吧。我只当生了一场大病，把你当作痈疽除了去，再难治的病也莫过于两种结局，一种是痊愈，一种是膏肓后亡。而我，不是怕死之人。"

杨俨听鸳鸯此语，竟觉得心中十分难过，他不停地说着我对不起你，却觉得无能为力。他说："我配不上你的如海深情。"

鸳鸯却抹掉泪，微微笑道："你不说，我也知道九格格是个十分美貌之人。因你自幼便爱好看的东西，连吃一块糕都要挑拣切得好的，这一点总还应该没变。书亭，此去一别，来年若有机缘相见，你猜，我可还会爱你？"

俞小奶奶看完这出，笑了："真真是个不明事理的姑娘，少慕色艾本来就是人之常情，难不成放着年轻貌美的不喜欢，还要找个年高丑陋的吗？我看阿迟就选得好，日后我家的孙媳妇也是一等一的。"

俞朱冷笑："我瞧他二人可比这出剧里的杨俨、九格格艰难辛苦多了。三弟和费儿能有今天，还要全靠您当年的撮合。"

俞老脸一僵，拍桌道："什么费儿，哪来的费儿，胡咧咧什么？老的没老的样子，小的没小的样子，什么事儿都能被你们拿来说嘴了！"

阮宁一听这句"哪来的费儿"，便知道真有一个"费儿"了，也知道俞迟与费小费曾在一起经历过一些波折，如同舞台上的杨俨和九格格。

阮宁想起鸳鸯的话，心里一酸，难以压抑。趁着众人看不见，默默低头，拿手背蹭了蹭眼泪。

剧幕合上，俞迟的母亲竟似忽然想到什么，望向小辈，茫茫然问道："谁是阮宁，阮宁在哪儿？给我瞧瞧。"

## Chapter 23

# 百相生苦海茫茫

阮宁有点吃惊地站起了身，那穿着有些朴素、戴着一副眼镜的俞家伯母细细端详她半天，才露出孩子般的笑容来，虽是四十余岁的人了，却还带着清澈的模样。她伸手道："跟我来，阮宁。"

众人面面相觑。俞家大儿媳是个爱读书的书呆子，年轻时从国内念到国外，又一口气从学士晋到院士，如今在研究院做研究。虽说智商极高，但情商很低，并不擅长与人交际，平素的聚会活动也是能不出席便不出席，即便出席也是最不起眼的那个。之前俞迟跟着祖母长大，待她瞧见俞迟的时候，儿子都大了。真真是连做母亲，也还生涩。

这会儿她微笑着，欢欢喜喜揣着阮宁的手离席了。俞家众人的脸真是好看极了，而阮老爷子的脸也不遑多让，阴沉得要滴出水来。

俞伯母带着阮宁七拐八拐到了俞家，阮宁不及细看什么，便被她带到一间沉水安息香气缭绕的佛堂里。佛堂中乌黑的檀木屏风前有一个红得发紫的小桌几，桌面雕刻着蝙蝠与葡萄，四个桌角是四只象脚，瞧着十分祥和吉利。

俞伯母从屏风后面搬出一个小小的金鼎，鼎内落着满满的香灰。她把金鼎放在桌上，又从外面取了个大苹果，欢欢喜喜地放在金鼎前，对阮宁温柔道："跪下。"

阮宁："啊？"

俞伯母哄她道："你跪下，对你林奶奶磕三个头，我给你发压岁钱。"

阮宁愣看着大而圆润的红苹果。

磕苹果？

磕……还是……不磕？

磕只红扑扑的苹果……她想起了林奶奶极美丽的笑脸。

阮宁咽了咽唾沫，还是对着红苹果，磕了磕，俞伯母笑得脸上都快开花了，拉起来阮宁，摩挲她的头顶道："好孩子，我可算见着你了，你林奶奶未过世时，时常写信给我，说起你的可爱。她现在牌位不在家里，因此也算遥遥拜过了。"

她又不知从何处变出一个红包来，喜不自禁道："我藏了一个春节，可算盼到你来了。你在俞家为奶奶磕几个头，她泉下有知，肯定开心。你这样好，也算了了我白天、夜里都在想着的一桩心事。"

她又从颈上摘下一条钻石项链、手中卸下一个翡翠指环，递给阮宁，笑眯眯道："都给你，好孩子。"

这是一个不理世事的浑人，也是个不在意一切的雅人，阮宁没见过这样澄澈的长辈，只觉得压力山大，自己何德何能。

刚巧一辆淡蓝色的兰博基尼停在俞家门前，俞伯母喜笑颜开，她说阿迟回来了，阮宁愣愣瞧了瞧窗外车漆明媚的光，不一会儿，俞迟果真到了玄关，脱下了棉服，淡淡扫了一眼母亲手中的首饰和阮宁，淡道："妈，这不合礼数。"

俞伯母瞬间脸红了，有些怯懦地看着儿子，俞迟扫了扫阮宁手中的红包，微微攥起白皙的手，可最后还是无力放下："你之前给阮宁的红包便很好。"

俞伯母又喜笑颜开，在她耳边嘀咕道："这次不给你这些品相不好的石头了，下次给你拿好的玩。"

俞迟似乎知晓她们之前从何处而来，倚靠在门框上问她："刚刚吃饱了吗？"

阮宁先是点点头，后又摇摇头。

"我也还未吃饭。"俞迟淡淡笑了笑，眉毛清秀而舒扬，有了些温和的韵致。他说："愚屋内人多菜凉，你先去我房间坐会儿，家中有新熬的鸡汤，我去煮碗面。"

阮宁进了俞迟房间，才发现这少年的房间设计，连枕头的摆向、脚下的绒色都和出租屋内的一模一样。

俞迟很快便端了两碗鸡汤挂面，各有一颗实心荷包蛋。

阮宁咬着面问他为什么这里和出租屋一模一样，俞迟答道："是出租屋和这里一样。从我有自己的房间开始，这个空间的布局就没有再变过。"

阮宁又细看屋内设计，床在最里面，靠墙，书柜摆在右侧，是半圆形的设计，弧度的尽头刚巧抵门，书桌正对着门，桌上只有一盏欧式的小台灯和电脑、笔记、外文书等俭省的物件，小台灯下似乎压着一张什么，只露出一角。

屋内的设计粗看只有简约、书籍甚多两样感觉，可再多看，便觉得房间的设计防御意味极浓。

小同学咬着荷包蛋，转着眼珠子，笑道："如果晚上有贼来了，你可以直接用书桌抵上门，书桌不管用了，便伸手一推，把书柜推倒，刚巧砸着，你再站到床上，顺势一捞，便能爬到窗户外面，方便极了。"

俞迟却不笑，沉默地扫了她一眼，目光带着冰冷，阮宁咕咚咽下面，笑道："我开玩笑的，俞迟同学。"

俞迟埋头吃面，许久，才如话家常一样淡淡开口道："先前在英国时，对着门的破桌，倚靠着门的油腻橱柜，还有一张铺满稻草、爬满虫子的简陋床铺。如果贼相害，便如你所说，这样做，可是最终窗户太高，我太矮，还是被贼捉住。"

阮宁傻了："你什么时候去过英国？"

俞迟说："我在英国读过两年书。"

阮宁说："当年，班里同学告诉我，你被家人接走了，我问他你去哪儿了，他说你多半是去了 B 城。"

俞迟清澈带着雪光一般的眼睛凝视着黄澄澄的鸡汤，没什么表情，又像失去了魂灵，黯淡起来："那之后，无论我去了哪儿，确实与你，并不大相干了。"

阮宁却说："你走的那天，我还去找你了哩。"

阮宁在园子里住了好几日，阮致和顾润墨这两个小伙伴陪着她玩耍，其实大多数时间是他们打游戏，她坐在一旁瞧热闹。偶尔下楼帮保姆做些家务，阮二婶倒是乐了，小时候的小霸王这会儿居然会做家务了，真真是女大十八变。

她上厨房做过一次饭，黄糖煨的芋头肉和糯米八宝鸡，味道偏了甜，并不十分美味，可是阮老竟吃得十分开怀，实在控制不住爱孙女的一片心，凭她如何混账，看着那张小脸，老脸要乐出葵花来。他说："我阮令的孙女儿居然会做饭，简直是了不得啊，我都没想过，我家妞妞会做饭了，我啊，你爷爷我从你六岁起就开始给你攒嫁妆，瞧着你小时候的样子，我真担心你以后嫁不出去。"

阮奶奶分明吃得很嫌弃，抱着白雪一样的猫儿撇了撇嘴，看到老头子感动得恨不得老泪横流的一张脸，腻味死了，张口就来："我要是妞妞，我都不知道怎么个接话。"

阮宁嘿嘿笑："接得了接得了，爷爷把我生得那么好看，就是最好的嫁妆。"

阮爷爷一张国字脸感动得胡子都快翘起来，眼睛亮晶晶的，摩挲着孙女儿的小脑袋，说："嗨，那可不是。"

阮致说："你们先吃我去吐一会儿，顺便谢谢奶奶你强大的基因呵呵。"

阮宁说："嗨，二哥，你滚蛋。"

阮奶奶翻白眼："你说我没你爷爷好看？"

阮宁心想"终归比我亲奶奶好看点吧，不然能娶您老人家"，小脸却笑得灿烂："您和爷爷平分秋色地好看。"

阮奶奶哼："对，我是中秋正阳高高的太阳灿烂的红叶，你爷爷是深秋傍晚蔫吧的秃头树石头底下的癞蛤蟆！"

阮老一听乐了："当年想嫁我的时候你可没这么说，那会儿写信还说我是六月燕京的湖水、十月圣彼得堡的玫瑰呢！"

阮宁憋不住，扑哧一声笑了，阮奶奶脸挂不住了，翻了翻白眼，拉起紫色毛绒披风抱着猫一边散步去了。


阮致爱玩，吃完午饭，就把阮宁鬼鬼祟祟地拉走了。他说要带她见见世面，阮宁长大了，玩心就不重了，人也老实了，她摇摇头说不去了，阮致笑道："长大了怎么这么没劲了？去遛遛，天天在家筋骨都锈了。"

他不等阮宁拒绝，就蝼着胳膊给姑娘捞走了。

结果阮宁就傻眼了，被拎到了一群穿着出位的男生中间，他们说说笑笑的，阮宁默默跟在后面。下午看他们在会所抽着烟云山雾罩地打了会儿扑克，阮宁就有点想离开了，阮致叮嘱她多待会儿，说晚上带她吃好吃的去，她走了怕阮致不高兴，就只能干坐在一旁，傍晚的时候，众人拿筹子算了算，阮致赢得最多，阮宁看不太懂，只见其他人递给他几沓厚厚的美元，阮致抬了抬下巴，其中一个便笑着放进了阮致随身带着的皮包里。

他一回头，见阮宁愣愣地看着，从皮包里抽出一沓，笑着递给她："买点衣服、首饰去。"

阮宁猛摇头，没有接，阮致嗤笑一声，揽着她的肩便走了出去。

晚上几人带着阮致和阮宁去了一个私厨，门外稀松平常，走进去却是金碧辉煌，翡玉堆镶，上的菜都是些奇珍异味，阮宁连听都没听过，甚至于黄狸子都上来了，阮致似乎不爱吃，蹙着眉毛甩甩手，服务生就赶紧端了下去。

阮宁问什么是黄狸子，阮致说是黄鼠狼，阮宁的脸也差点堆不出笑。

这顿饭吃得食不知味，席上有人开口道："阮少，先前儿我爸叮嘱我的那件事儿您跟阮叔叔和阮……"

阮致挑挑眉，打断他的话："你老子想的那个有点异想天开，城西的有人已经十拿九稳了，我爸说都到嘴的鸭子肉，硬生生给人抢走，吃相太难看。"

那人苦笑了："我爸砸了那么多钱在前期宣传，可就等着那块聚宝盆了，到时候得了便宜能少了您和阮叔叔的吗？拿下的那人绰号王三，他来头是也不小，这我承认，可凭谁弱了这势头，也不能是您啊，没有叔叔那不是还有阮帅吗？什么事儿都抵不过他老人家的一句话。"

阮致冷笑，有些恼了："怎么，越发地不知足了，劳烦上我爸都不够了，还想让我爷爷给你们效力了，也不瞧瞧你家多大的脸！王三拜了谁，不就是顾家吗？你去看看，甭说顾润墨在我面前不敢龇牙，连顾家老头都在我爷爷面前卑躬屈膝，我倒是怕了！不过只是小事儿，不好折人家的颜面打人家的狗！但凡现在是他们打你了我也管！你岁数比我大，反而活不明白了！"

那人也有些恼："致少甭说这些，我这些日子陪您吃、陪您玩儿，什么都周到，看着兄弟这点情谊您也不能这么绝情！"

阮致从包里拿出那些美金来，往油腻腻的餐桌上一撂，微微一笑："你陪我玩儿？就这点？你陪我玩得起吗？是本少顾及你的面子，陪你玩了几天，搞清楚自己的斤两！"

然后，阮致一抬手，那些钱瞬间砸到那人脸上，众人都傻了，都是些新票子，边角尖利极了，只见鲜血腻腻乎乎，顺着崭新的钱币往下淌。

阮宁脸都吓白了，以为那人肯定要揍阮致了，谁知那人抹了一把血，哭了起来："阮少，您知道我家如今日子越发不好过，就指着城西的工程了，您要是不帮扶一把，我家这次真的死无葬身之地了。"

阮致用手弹出一支极细的烟，映着火光，挑眉笑了："与我何干？！"

吃完鸿门宴，阮宁以为总要回家了，阮致又开车七拐八拐，把她带到了一个酒吧。

阮宁坐不住了："二哥，你今儿是带我来长见识了？"

阮致低头，凑在阮宁耳边，笑道："今晚才是重点。最近我瞧上一个特别漂亮的姑娘，可是小妞脾气大，玩心大，又爱吊着人……"

阮宁"噢噢"应着，迷迷糊糊的，忽然间瞪大了眼睛，反应了过来："所以，你让我来，是为了跟你假扮情侣，让那姑娘吃醋？"

阮致笑了："我就是带你玩玩，如果有意外收获，那就是意外之喜。"

说完，便揽着阮宁，好似挟着一只局促的小松鼠一样，进了玻璃门。

夜色渐浓，这一日，月亮未上梢头，霓虹乱彩照不到的地方，都陷入了十分浓稠的黑暗中。

任凭事后，阮宁如何去想，也未猜到，这一晚的黑暗竟预示了不祥，如此难熬。

这酒吧内倒十分热闹，进去之后便别有洞天，仿似包住了半条街，与门口小小的门脸儿不大相衬，曲径通幽之后，竟是浓墨重彩。

震得心脏发颤的音乐，洋酒伴着果酒的味道扑面而来。不过一错眼，高宽透亮的舞台，四角转动的镭射彩灯，男人的肌肉女人的裸腿，凌乱而放肆的舞姿，连灯下的灰尘都散发着荷尔蒙的气息。

阮宁一个土鳖大学生，从未来过这种地方，心里也着实有些不喜欢。

阮宁忍住不适，俯在阮致耳边问道："二哥，那个姑娘在哪儿？"

阮致目光扫向舞台，眼中带着玩味的笑意："你猜猜，她在哪儿。"

阮宁随着他的目光向前，定格，一头酒红明亮长发，刀削般的山根，十分清澈的眼眸。

那个姑娘站在舞台一角，却似个小小发光体，望一眼，便知，若有人能使阮致着迷，那也定然是她。

阮致是个热爱游戏的人，他连选女人都要做最高难度的玩家。

那女孩似乎感受到了这束目光，她转眼，看到了阮致，愣了一愣，然后嫣然一笑，而后瞧见阮致身旁的阮宁，那化掉冰雪的一笑却又瞬间回冬。

阮致收回目光，对着阮宁微笑："不要看她了，妞妞。"

他拉着阮宁到了吧台，为她叫了一杯果酒。

阮宁喝了一口，开口说："二哥，我不太习惯这儿，我还是先回去吧。"

阮致却把食指放在阮宁唇边，低声道："好妞妞，再帮我这一回，我从前做什么你都帮着我，这次再帮我一回。"

阮宁一想，好像还真是。他打小淘气了，干了什么坏事，都是她帮忙瞒着，要不就是帮他扛一点，爷爷瞧着丫头片子也掺和了，就不好重罚。不过说来也怪，每次他干坏事，都能让她碰见。有一回……

有一回，怎么着了来着……阮宁记忆有点模糊了，觉得那一回十分遥远，又十分重要。她想了想，也没想起什么，反倒这一眨眼的工夫，那姑娘已经带着几个奇装异服的年轻人走了过来。

"Ulrica，好久不见。"阮致微微扬起酒杯，笑了笑，然后错开颈，在阮宁耳边道："乖乖的。"

阿瑞卡？阮宁也虚虚地挥手："你好。"

"致少女朋友？"Ulrica 眼中有一种狠厉的光芒，那种黑白分明的清澈反而变成了一种能一望到底的阴鸷。

阮致只是垂头微笑，说道："我只是在追求宁宁而已，宁宁还没答应。"

Ulrica 扯了扯嘴唇："致少好没人性，这么清纯的姑娘，你也捉弄。一朵化一样，答应了你，恐怕就被揉碎了。"

阮宁咕咚了一口酒。

阮致说话半真半假，抚摸阮宁的额头："这么个可爱的姑娘，我哪儿舍得？"

阮宁最烦别人摸她的刘海，用头顶开了阮致的手，横了他一眼，觉得这孩子死烦人，转身对着 Ulrica 赔笑，又咕咚一口。

Ulrica 扑哧笑了："对啊，真可爱的姑娘。甭说你不舍得，我都不舍得。"

气氛渐渐缓和了。Ulrica 和阮致说了些暗藏机锋的话，无非就是未转成情人的暧昧男女互相试探，阮宁一边咕咚一边听，觉得这酒甜甜的还挺好喝。

Ulrica 忽然间问阮致："你跟妹子怎么认识的？"

阮致说："这是我从幼儿园一直到初中的同学。"

阮宁掀掀眉毛，但也没法反驳这种说法。

Ulrica 来了兴趣，问阮宁："那你认不认识 Davis？"

阮宁诧异，因为这是她第二次听到这个名字，第一次是在 Z 大的画展上。

她说："我听说过。"

Ulrica 笑笑："毕竟他和阮致一直是同学，我猜想你们也是。"

阮宁问道："他的中文名叫什么？"

Ulrica 笑了："宋林啊。"

宋林啊。

你们的同学，宋林啊。

　

阮宁那天等阮致等了很久，他似乎一直无法中断和姑娘的聊天，他们一起喝酒一起跳舞，像是快活极了。《青蛇》中的一句话说得很好：与有情人做快乐事，莫问是缘是劫。

阮宁合目，脑海中莫名浮现出幼时浓艳的树荫，莫名响起树荫下清脆的自行车铃声。戴着帽子的孩子手拉着手，扯着嗓子唱稀奇有趣的童谣，声音稚嫩而洪亮。那时候，没有人揣测些什么、话里话外捕捉着什么，带着似蠢的淳朴，掷地有声。从那时走来而未变的人，便成了这时节的土老帽，跟不上了日新月异的时代。如若你说你未被时代添上一些烙印，可见你就这样迷失在了过去的苦海。

穷追不舍的宋林，所有说她失去了记忆的人，一个封闭了自己、内心垂暮的俞迟，似乎被一同卷入到了这片苦海之中。

当她再次醒来，睁开眼睛的时候，却发现四周一片黑暗。

　　是真的一片黑暗。

　　身旁有人轻轻开口，那是 Ulrica 略带性感气息的声音："姑娘，长这么大，有没有人告诉你，不守本分，是要付出代价的。"

## Chapter 24

# 连理衔枝各一半

阮宁望向四周，依旧是一片黑暗。她似乎坐在一把木椅上，被人缚住了双手。阮宁对着黑暗问道："我喊救命有人能听到吗？"

Ulrica笑道："这是郊外一个破旧的厂房，以前我们练乐团时租下的。距离这里最近的村庄在五里以外，套句烂俗而真实的话，你叫破了喉咙也没人能救你。"

阮宁心道这个剧情有点熟，她说："你图啥？因为阮致？唉，我跟你说他是我哥，亲哥，一个爷爷的哥，为了让你吃醋我们才演了一出。你快放了我啊，姑娘，我就是一平头小老百姓，你可冤死我了，亲。"

Ulrica说："那没错儿。我找的就是你。"

阮宁哭了："好心的姑娘，我又没干过坏事，长得只能说是可爱，人又穷，老早就跟我的土豪爷爷分家了，你抓我你图啥，你还得管我饭，你说你要卖我器官那我就真没啥可说的了，那我爷爷再不想搭理我为了面子也一准儿逮你到天涯海角，好心的姑娘你可停了手吧。"

Ulrica笑得前俯后仰："没别的意思，就是为了让你不痛快。受人之托忠人之事，我对你没想法也没意见。"

阮宁沉默了一会儿，说："是不是我说给你双倍的钱，让你放了我，你也不会答应。"

Ulrica说："铁定放啊，你有钱吗？"

"没。"

"那在这儿待两天吧，思考思考人生，想想自个儿做错了什么。雇我的人这么说的。"

阮宁猜了几十个答案，在黑暗中吃了五顿饭。

她想破头也没想到自己哪儿做错了，从闯了红灯到乱扔垃圾再到尿尿时不小心尿到了坑外，从小学作弊被老师抓到再到中学给对苹果有过敏症的同学吃苹果害他差点死掉，这些事儿倒都是错事儿。可是话说就算做错了也不至于被困在这里反省吧。

不知道这电视剧般的剧情怎么会发生到她身上，但显然 Ulrica 并无害人之意，她的真实意图阮宁并不十分清楚，但她背后的人却让阮宁觉得不寒而栗。

她只有两条路，一条是等着别人救，一条是等着 Ulrica 放了她。

一开始阮宁十分镇静，过了不知道多久，就开始哭了起来，尖叫、呼救、呕吐，情绪无法稳定，变得歇斯底里起来，可是四周依旧一片黑暗，送饭的人不知从哪里出现，又不知从哪里消失，四周没有丝毫的光泄露，仿佛小时候玩闹时被蒙在一方棉被中的感觉，严重的窒息感让她几乎喘不过气。

在这里，没有了时间的流动，一切感觉仿佛都消失了。起初她还能听见自己的心跳，后来麻木了，连心跳都似乎停止，距离死亡如此之近，却觉得对所有人的感情都放大了百倍。

对父亲的思念、对母亲的怨和对……的恨。

从前有对同林鸟，连理枝头各衔一半，大难未临头，东南的鸟儿已弃了东南的衔。西北的鸟儿接不住东南的衔，勉力飞在池塘边，扑通一声落下水，呜呜啦啦瞧不见。池塘边上有鸳鸯，鸳鸯抬头笑着唱，鸟儿好善变，鸟儿好善变，哪比鸳鸯拆不散。

阮宁忽然哼起了这首儿歌，她小时候觉得朗朗上口，现在却觉得有些凄凉。

薄情的鸟儿东南飞，痴情的鸟儿死得早。

那一年爸爸是东北的鸟儿，妈妈如今在东南。

那一年林林要坐飞机去哪里，她得见他最后一面。

有些记忆像残影，回到相同的场景中，残影便变得真实起来。

她曾被人如此拘禁过，那人也问她，究竟做错了什么。

有人走到她的身边，阮宁嗅到了 Ulrica 的气息。Ulrica 问她："知道自个儿做错什么了吗？"

阮宁轻轻说："知道啦。"


阮宁走出仓库的时候是正午，阳光十分狠毒，她一接触到那些炙热的光线，眼睛便开始刺痛，捂住许久，才抬起头，轻轻移开手。

阮宁转身瞧着，果然是个像铁皮笼子一样的仓库。四周无人，都是麦田。

她走了许久，才看到赶着羊群的大爷。

问了路，开始走，走了许久，路旁有客车晃晃悠悠经过，阮宁乘上，又看路，渐渐地，村落才浮现，渐渐地，城市才有了鳞爪的痕迹。

当她又转车回到那个守备森严的园子的时候，仿似经历了一个从原始到文明的变迁，也似乎从从前回到现在。

那会儿是傍晚，她抓住门卫问今天是几号。

已经过了整整三天。

阮宁号啕大哭起来，一边哭一边撒丫子朝前跑。可是快跑到爷爷家门前时，陡然心惊，察觉到不对，又转过身，掉头往园子外面跑。

这几天真扯他娘的淡！

她跑的时间太长，累了，歇了眼泪，坐在一棵老树下喘粗气。

树皮粗糙而古旧，挺立在拐角的大树撑开如一把饱满的伞，她觉得这里十分熟悉。

转身，树上有高高低低的刻痕，阮宁比了比，眼泪揉掉，竟然酸涩难忍，哽了哽。

这是大哥为比较她和阮致的身高所刻，从三岁到十三岁，阮致一直比她高一个脑门，她总说，我再努力一下，就比你高啦，二哥。可是一个不留神，到了如今，他却把距离拉大了，高了她一个头颅，一个可以俯视的距离。

大哥曾问他们："你们和小树一起长大，小树长高了，疤痕会不会长高？"

她和阮致异口同声说会，可是答案是不会。

疤痕只会变深，不会长高。它永远停留在受伤的那一天，我们牵着手，都还稚嫩的年纪。黄口小儿，天真无邪。

阮宁回过头，把脸颊贴在树皮上，紧紧地抱着它，她的掌心是滚烫的，可是树皮却刺得这点滚烫变得冰凉。

身后有人静静走过，他笑着说："妞妞，你回来啦。你喝醉了酒，Ulrica 带你休息，怎么这么久？"

阮宁回头，看着清晰英俊的那张面庞。这是一个暖洋洋的少年，也是一个极端冷漠残酷的人。他什么都不在意，却什么都不愿意失去。

她说："二哥，我的答案合不合你胃口？"

阮致一愣，随后却笑了："合。"

他抚摸她的头，唇贴在她的耳边，轻道："真是个可心的小妹妹，知道自己错在攀附阮家，出现在爷爷面前。可是你的答案于我，却只能得到六十分。"

阮宁问："为什么？"

阮致笑了："因为你还犯了一个致命的错。"

他的这个小妹妹似乎忽略了一个重要的问题。

明明每一次与阮家人的相见他都没有任何异议，偏偏这一次触怒了阮致。是谁的出现改变了阮致？

阮宁却陡然想起那个突然归家的男人，怔怔地看着他，直到阮致把修长的手指放在唇边，轻轻点点头，嘘了一声。

这是兄妹二人的秘密。

阮宁眼睛直视于他："我如果猜不对，你真的会一直让 Ulrica 囚禁我吗？"

阮致唇角含笑，眉眼带着戾气："那我就直接宰了你算了，既然已经这么蠢。这次可没有上次那么简单了，啊呀，我忘了你已经失忆了，打嘴打嘴，好妹妹，以后可离我远点啊，下次我再见你，虽心中欢喜，但也有厌恶，我是这样矛盾的人，可不保准做出点什么。"

他咬着"失忆"两个字，眼睛里满是戏弄人间的淘气。

阮宁推开他，看着他的眼睛："你不厌恶我，你只是惧怕我，二哥。"

"对，你说得对。我不怕你还该怕谁？"阮致的眉毛一瞬间拧了起来，唇角抿着冷笑，再也不是方才满不在乎的模样。

阮宁转身，挥挥手，很疲惫地开口："我不会再回来了，放心。爷爷如若哪天想起我，就说我缺钱，让他多给我打几次钱，他老人家想必便不再惦念我，只当一门穷亲戚了。你若是薛宝钗，想必也只在老祖宗面前忌惮林黛玉，不会猜忌刘姥姥吧。这么着够了。"

阮致靠着树，闭上眼，开口道："平时嘻嘻哈哈，大家俱是不露底牌，幸亏你识时务，没全信这些虚情假意，既然死不了，便好好活着，妞妞。琢磨你，我心累。"

阮宁吐了口气，渐渐远去："爸爸志向做个农夫，晒着太阳，扛着锄头，喝一碗苦茶吃一碗白菜，风过时得自在；叔叔志向做大官，当巨贾冠盖京华光宗耀祖，让爷爷另眼相待。我替我爸爸完成他的志向，你便为你爸爸完成他的志向。我虽活得好好的，但怎知你便觉得我活得好？"

阮宁回到了学校，并没有再和爷爷、大哥联系过，阮致既然敢这么做，想必一切都已隐瞒好。

学校并未开学，阮宁便去了出租屋内。再过一个月，就要退租了。

进学校的时候，有个小姑娘挎着篮子卖玫瑰花，再过两日就是情人节了，阮宁便买了一枝。一枝卖五块，听说到了情人节，要卖二十块的，阮宁心道，那我先养着，到了情人节，赚十五块。

她挑了一朵带露的，只觉得娇美可爱，是一篮子里最美的那一朵，走到校园里，又听了熟悉的自行车铃声和男孩子打篮球的声音，心渐渐安定宁谧下来。终于回到了熟悉的地方，她觉得有些虚脱，连走路都勉强。

到了公寓，关上门，腿一瘫，阮宁长长地舒了一口气。

天彻底地黑了，她如同被猫挠了一下，把所有的灯都打开，直到满室暖光，才擦掉额上的薄汗，倒了一杯热水。

她打开电视，正在播《新闻联播》。阮宁从没有这么开心地看过《新闻联播》，西部人民花团锦簇喜气洋洋地和国家领导人握手，电视上这样熙攘晃动的人影都能带给她幸福感。

热闹是别人的，可是温暖能传染。

厨房有几根年前做饭余下的火腿肠，阮宁蹲在灯下的光圈中，咬了一口又一口。

吃完之后，她就蹲在光里，给妈妈打了个电话。

她说："妈妈，我知道自己想做什么样的工作、过什么样的人生了。"

阮妈妈察觉到女儿声音中情绪不稳。她有些担心，可又不敢细问。她轻柔问她："什么样的？"

阮宁说："我想找一个能养活自己的工作，不忙也不闲，足以兼顾家庭，嫁一个责任心很强、身体很健康的普通人，然后组成一个家，家里有个一直不会离开的爸爸和一个爱着爸爸的妈妈。"

阮妈妈有点狼狈："妞妞，你是在怪我吗？"

阮宁说："妈妈，每个人都有幸福的权利和方式。你是如此，我也是如此。当别人没法给我的时候，我只能自己给自己啊。"

她累极了，而后把右侧脸埋在柔软的枕头里，沉沉睡去。

睡梦中，有一只温暖的手抚摸着她的头，一下一下的，像老奶奶，也像爸爸。她把脸朝那双手的方向轻轻凑了过去。

她睡得安心极了，一觉醒来，俞迟坐在她的身旁，占了一块床角，闭目小憩。

阮宁憋了尿，踩着拖鞋上完厕所，刚悄声摸回来，俞迟就醒了。阮宁局促地搓了搓手，说着早上好啊，林……俞迟。

俞迟却把她一整个抱进了怀里，阮宁险些栽倒，为了平衡，跪坐在了少年的腿上。

他抱着她，像笨拙的没有玩过布娃娃的小男孩初次抱着自己的玩具，既想蹂躏又忍住屈起的指节，轻柔地拍了拍她："睡饱了吧，阿福？"

阮宁不敢相信自己的耳朵，自从重逢，他再没有喊过她这个名字。小学的时候，曾经学过一篇课文，课文里说："天蒙蒙亮，老蔡头就起了床，带着他养的两头猎犬巡山。这两头犬，都不是纯种的，一个脸儿生白毛，名字叫白毛林，另一个膘起得肥，中气十足，常常能逮到猎物，老蔡头喊它山阿福。"阅读到此处，班上同学常常哄堂大笑，他们指着林林喊白毛林，因为林林脸儿白，又姓林，而林林不大说话，垂着头由他们取笑，渐渐地，话又引向"他也是个小杂种""他没有爸妈"诸如此类的讥讽，阮宁却站了起来，大声地说："我也有小名儿，我叫阿福，以后大家都喊我阿福吧。"

同学当然不敢这么叫，谁敢喊，同班的阮致第一个就饶不了他们。毕竟做山阿福的哥哥很有脸吗？可是林林就这么喊了，他不带任何感激，吃着阮宁给的五毛钱一块的糕，笑着喊"阿福阿福阿福阿福"，一脸稚气。

可阮宁此刻听到这样的称呼，却觉得温暖极了。

她轻轻揽住他的头，像小女孩对长辈的温存："如果生命就剩下昨天一天，那昨晚就是我这辈子睡得最香、最不后悔的一晚。"

"昨天却是我这辈子最不愉悦甚至恐惧的一天。"俞迟眼神却有点压抑，点点头，轻轻把阮宁放回床上，然后帮她盖上被子，淡道，"好梦长存，再睡会儿。"

他去了厨房，似乎要做一顿丰盛的早餐，阮宁拉开了窗帘，阳光照了进来，她就扎起小马尾，站在阳光里，一动不动，深吸一口气，好像一捧需要光合作用的绿植。

顾润墨打来了电话，张口就噼里啪啦："你可算回来了，玩失踪特有意思是吧？你这三天到底去哪儿了？你哥说你在酒吧一晃眼就不见了，H城都快被三表叔掘地三尺了。警察说超过七十二小时生还的概率就不大了，我们就掰着手指数时间找你，争分夺秒。一群人电话打烂、关系找遍，直到昨天七十二小时最后的期限，他却不许人提，后来谁说他揍谁，没表情的一张脸，玩命地揍，我心想丫真有病啊，就为了个小学同学，噢，对了，你就是他普普通通的小学同学吧？"

"你说的三表叔是俞迟？"

"你以为呢？"顾润墨气得也是没脾气了，只说，"起起，下回死远点啊，接着作！"

阮宁愣了，她料想这两天哪有人理会自己，不过各自安好，也未曾对俞迟抱什么期待。

可是这件事也许是个契机呢？

阮宁眼睛一亮，心里得寸进尺，她跑到厨房，语速极快："俞迟同学，你最近准不准备谈恋爱？"

俞迟正在煎鸡蛋，月光似的脸、鲜嫩的唇，可那张嘴吐出的话实在不招人喜欢："没准备。"

阮宁跟个解了口的气球一样，鼓起的勇气一瞬间就又噗噗没了。

她说："那你啥时候想谈恋爱，如果准备谈了，想要啥样的姑娘？"

俞迟说："不蠢，样儿美，不黏糊。"

阮宁一笑，得嘞，这还是比着她找的啊，样样跟她南辕北辙。她像京剧里面的包公，朝前脚跟儿一迈，伸出手掌，比着自己道："我这样儿的有戏吗？"

俞迟淡淡挑眉，说："昨儿我走到七三巷，巷子口有个卖猴儿的，他问我买不买，我说不买，他说便宜点买不买，我说不买，他说再便宜点买不买，我说……"

阮宁心中酸涩，面上却笑了："你说不买我知道啦。"

俞迟盛出来鸡蛋，垂下眼睫毛，淡道："我说我在赶路，倘若不怕颠沛流离，给了我养又何妨？"

## Chapter 25

# 若自由若被束缚

俞迟和阮宁实打实地谈起了恋爱。

阮宁回到宿舍，说了这件事，五个人四个不信，就周旦信了，只是说："你拿出证据。"

阮宁无语，蜷腿坐在下铺，说："我这张脸不知道说服力够不够。"

应澄澄翻了个漂亮的大白眼，在上铺晃荡着一双腿说："你说他爱你蠢得与众不同我还信一两分，你说他爱你这张脸，艺新文法，Z大美人儿公认排行，艺术学院、新闻传播学院就不说了，文学院好看、文艺的妹子也有不少，轮到你，都金字塔的底端了吧？"

阮宁深沉地咬枕头："大姐你羞辱我，我不跟你玩儿了。"

齐蔓一本正经："把咱宿舍电话号码给他，你让他今晚八点给你打电话，他打了我们就信。"

阮宁的心虚虚的："这么作不好吧？"

甜甜吐她口水："尿六儿。"

阮宁挠头："这不刚谈我们彼此都还不是很熟。"

小五正给男朋友孔东东打电话腻歪，伸出脑袋，笑道："傻狍子，我跟你姐夫说了，他说不信你敢命令俞迟。"

小五男友孔东东也在Z大读书，凑巧学院以前在新校区，今年才搬到老校区，因此他也知道俞迟一二，更知道这小子有多傲气多目中无人。

从前校学生会主席张昂，本身十分优秀强势，老子也在城内赫赫有名，学生会管得铁桶一样，等级森严，大一学子想进校学生会都得层层考试、托人情面子。后来有一回，学生会准备派人去 B 城 F 大演讲，张昂拿着新生名单，随手圈出了全校第一，然后直接让人通知俞迟，俞迟说不去。张昂恼了，说让这小东西今后四年都不好过，二人因此便结了梁子。之后俞迟申请的入学奖学金及各项应有的入学用品都被扣了，连发的被褥都是别人用过的，俞迟倒是闭口不提这件事，新校区开学典礼的时候，慈祥的校长爷爷说孩子们刚入学有什么不习惯的都可以跟我和我的秘书说，接下来由学生代表发言。

学生代表本该是俞迟，结果也被张昂换成了第二名。俞迟比第二名腿长，大跨步直接上了讲台，他气定神闲，站在讲台的正中："本不该在此致辞，因为我被剥夺了这项资格。我此时站在这里不是为了向大家抱怨我丢失了此项资格，而是直接拿回属于自己的东西。因为我今天的鲁莽，我要向两个人致歉，一个是本要代替我来此讲台的同学，另一个是站在我身旁不明真相的校长先生。"

校长先生花白胡子，倒是挑眉笑了，他示意眼前的孩子继续。俞迟点头，继续说道："学校是社会的缩影，它有自己的规则。我破坏了这项规则，才因此受到一系列的不公平待遇。我起初便知道因由，故而也能坦然面对。可是这项规则的制定者既然制定了严厉的处罚措施，放任自己权力的扩大，便应该知晓，权力永远是均衡的，膨胀的权力最后终将走向灭亡。若是服从于有制衡的权力，我所主张你们所主张便无论如何都如黑暗中的一隙阳光，总有伸张之时；若是服从于无制衡的单方施暴，我连同你之权益都被投入暗无天日之中。"

台下众人听着有趣，欢呼起哄，校长微笑，看着他，俞迟则不疾不徐，开口道："于我身之上，不公平待遇来自新生代表无端遭替，被褥被人刻意换成脏破污糟被人尿过之物，寝室另五人不敢跟我说话攀谈，视我如病毒蟑螂，年级中同学人人避我不及，如若我是未经世事的少年，大概会被这些遭遇打压消沉，一蹶不振，进而影响一生的品格和生活，而普通人的选择也多半是忍受或者离开。今日，我没有忍受，没有离开，而是选择站到了这里。"

当时的台上、台下一片死寂，连一直温柔慈祥的校长先生也微微皱起了眉头，大家都在揣测这一切的发生，也为此感到尴尬难堪。俞迟却没有停下，本来平淡的声音在静寂中却显得格外清晰。俞迟又说："Z大建校百年，校训是'求是，尚善'，今日我满目看来，这校园中，既缺了是，又少了善。校长先生、诸位恩师博学儒雅体贴学子并没有错，这校园铁桶一样制度昌明文化浓郁也似乎没有问题，学子一心向学千难万险来到名校更没有错，那错的是谁？为何这等学府还有欺辱之事发生，我们怕的是谁？校学生会主席张昂吗？"

校长咳了咳，说："孩子，你的委屈我知道了，之后会派秘书处理的。"

张昂本来也在主席台一席，作为上届优秀学生代表，是全校学生的楷模。他脸色阴沉难看无比，拳头都渐渐握了起来，俞迟却轻轻回头，修长如玉的手指指着张昂，淡道："微末小人，何足挂齿！"

他寒声说道："你们怕的是权威，我本该怕如今却未怕的也是权威，因为权威加身，便如溺油缸魔障，无法自控，无法自知，无法自省！今天张昂在此位置如此，明日你我有缘到了此位也会如此，这件事不是他的错，不是你我之错，而是权力无法制衡之患。今日我站在此处，是为呼吁你我进入此高尚学府，不做肮脏污秽之人；是为呼吁你我，日后功成名就有掌控他人微末几项权力之事，不因个人喜恶决定他人终生；也为告诫你我，不从众人均附会之事，因此等众人皆认可之事，不单单因人人满意，有些只迫于权势逼人人云亦云！"

台下如大梦初醒，响起雷鸣般的掌声，众人欢呼起来，俞迟却垂下睫毛，放下话筒，对着校长深鞠一躬，似在托付自己和台下近三千学子的将来，然后，安静离开。

之后校学生会主席张昂就被革了职位，校学生会权力转移一半到校社联，另有党委老师五人成立监事会，平衡两社团。张昂恨俞迟入骨，待到扒这小东西家底，却大惊失色，慌忙罢手，也是至此，大家才渐渐知道，俞迟是俞氏长孙。

当然，这些都发生在新校区，老校区的阮宁等人对此事并不清楚。孔东东之前在新校区，知晓一二，也知晓俞迟当日指着张昂的时候何等傲气，自然不信他会对姿色平平的阮宁如何上心。这等只是为了满足女朋友在朋友中的面子而在固定时间打电话的事，他孔东东都做不出来，更何况俞迟。

阮宁躺在下铺，挣扎着给俞迟发了条短信："能不能晚上八点给我打电话，寝室号码六个三。"

过了一会儿，俞迟回短信："手机坏了吗？"

阮宁不知道该回啥，想了想，沮丧地说："没有没有，你忙吧。"

俞迟打了个"嗯"字加一个圆圆的句号，便去了实验室，没再回短信。

最后半个学期还有一门课，阮宁收拾完东西，也就匆匆上课去了。讲课的是个老夫子样式的老师，没有丝毫生气，既懒且昏，只知道念书，学生们也都渐渐走了神，或者聊天或者玩手机或者睡觉，还有拿着笔挠痒痒、拿着发丝掏耳朵的，瞧起来，什么模样的都有。说起来人好起来能好成一个模样，可是若淘气起来，却真像猴山里的一群猴，各有各的猴。

阮宁昏昏欲睡，听见身旁几个男生正巧拿着一只手机在讨论演唱会的事儿，脸泛红光眼发亮，明显思了春。她好奇地瞧了一眼，手机上凹凸有致白皙魅惑的美人儿可不正是如日中天的歌手费小费？海报上说她四月全球巡演会到 H 城站开演唱会，男孩子们正在讨论抢票的事儿。

海报上的费小费巧笑倩兮美目盼兮，红发黑瞳，光艳摄人，眼瞧着是朵寻常人家配也配不上的仙姝。阮宁凝视着手机上的海报，瞧见一双如玉般的手，她回头看了看自己的手，有些羞惭地收了回来，低着头，耳尖渐渐红了。

中午吃完饭，回到宿舍，姑娘们笑她："跟俞三说了没，他晚上打不打电话？"

阮宁笑了，说："他觉得很奇怪，应该不会打。"

甜甜凝视她的脸，捏了捏小同学的腮帮子，道："你怎么了，六儿，不开心了吗？"

阮宁摇摇头，说："我有点不喜欢自己。"

甜甜笑了："为什么呀，就因为俞迟不打电话到宿舍，你就不喜欢自己了，这是什么逻辑？"

阮宁蹙着半边小眉毛，张着小嘴说："二姐，你不懂，我长得不好看。"

甜甜坐她身旁捣她："跟谁比？跟澄澄比我们都不好看。"

阮宁又掀小眉毛，蹙得便秘似的："费小费啊。"

齐蔓正戴隐形，一扭脸，一半美瞳大眼一半小眼圈，嘿嘿道："姑娘你可真会挑。澄澄和费小费之间，大概有一千个你的差距。"

阮宁"哦"一声，用被子蒙住脸，开始看奥特曼，后来忍不住滑动鼠标，去了费小费的粉丝论坛。

最近英国歌坛新红女明星爱伦刚巧出了新曲，打榜过程中，与费小费各种抢榜首，出席活动时攻击力十足，扬言费小费虽美过自己，但自己比费小费年轻，比她有才华、有魅力。

瞬间费小费的粉丝论坛炸了，粉丝纷纷留言：手撕了这小贱人，和费小费比，也不看看自己海马屁股、扫帚眉毛，长得什么德行，等着和我们论坛二百万人为敌吧。

阮宁心肝直颤，手抖地关了论坛，缓缓咽了口口水。

她也琢磨过，不知俞迟和费小费究竟是怎么回事，可是俞迟既然说了和她在一起，总不会有别的心思，更何况，她也没那么差，虽然费小费比她美，可她比费小费可爱、比费小费会做饭啊。啧啧，一看费小费长那么漂亮，就不怎么可爱、不怎么会做饭。

小同学瞬间信心满满，又回论坛看费小费的视频去了，越看脸越绿，越看心越堵。她她她，长得那么美干吗还要笑得那么可爱，嗷嗷嗷，吐个毛舌头啊跟个小奶猫一样！长那么美还要展示什么厨艺，法餐意餐中餐信手拈来，主持人都吃哭了说费女神你是我偶像我情愿挂死在你石榴裙上！阮宁愤怒了，闹哪样啊！给一个普通的可爱的会厨艺的姑娘一条生路很难吗？！这个世界怎么了？！净出妖孽！！！

寝室众人就见下铺那傻狍子在那折腾，一会儿笑一会儿噘嘴，小脸表情就没正常过。

小五偷偷对对面的甜甜说："切，给我一千个费小费，我也不舍得换掉傻狍子。"

甜甜愣了愣："为啥？"

小五声音轻而温柔，可不像那日的狂傲嚣张："傻呗，扔哪儿舍得啊，我总能想起她家里人把她丢哪儿了，她就蹲在路上哭，一滴一滴的眼泪，没着没落没依没靠的小样子，孩子命苦啊。我心里难受，舍不得，从来就见不得旁人欺负她一下。"

甜甜想了想，也笑了："我还想她长得只是清秀，性子也执拗，怎么偏偏这么招我们溺爱，原本想着是因为她的家庭这么心疼她，你今天说，我才明白。这种情绪，原来叫……舍不得。"

日久天长了，替换来的舍不得。

阮宁晚上吃了一锅米线，又活蹦乱跳了，澄澄、甜甜怕她在寝室接不着电话了难过，就带她逛街玩儿去了。说起逛街，倒还真是门大学问，一条街208众人能逛仨小时，侃一个小时，只为了十块钱三双的袜子还到二十块钱八双，舌灿莲花唾沫乱飞谈笑鸿儒说的就是这几个姑娘，能耐大着呢，其间路上又碰见澄澄追求者一两枚，因着众人觉得这是名既蠢笨又最受疼爱的小姨子，阮宁还莫名其妙得了串碗糕，小妹子揣着袜子抱着糕高兴得跟什么似的，兴高采烈蹦蹦跳跳回了寝室，俞迟不打电话那回事早抛到脑后了。

待到了宿舍，电话铃声却响了，阮宁去接了："哪个姐夫，报上名来。"

"你四姐夫。"

"噢，齐蔓来，四姐夫。"

俩人一阵腻歪，刚挂了没一会儿，电话又响了，阮宁又噌一下跑过去接了电话："谁？"

"我找应澄澄。"

阮宁瘪了嘴，递给澄澄，澄澄说："什么猫啊狗啊的电话就让我接，我不接。"

阮宁说"哦"，挂断了电话。

她眼巴巴地瞅着电话，可电话再也没有响过。

过了一会儿，用手指晃了晃电话线，扭头噘着嘴问众人："这什么破电话是不是坏了呀？"

大家面含微笑，且看她跌跌撞撞，初初在情海中扑腾。

阮宁闹个没趣儿，趴在电话旁边等，她凝视着那部电话，这一室的橘色灯光好似只为它而亮。姑娘带着婴儿肥，披着一件紫色针织衫，躺在灯光下，躺在还滑动着光泽的电话旁。她眼睛盯着电话，瞳仁又黑又亮，一秒钟都不错地盯着，明知对方打来电话的概率很小很小，可是这很小很小竟能撑着她很长很长。

阮宁看了看腕表，已经十点了，小五说："诶，六儿你到底用不用电话我要是申话我都被你看毛了。"

阮宁的脸瞬间红了，说道："不用不用。"

小五又"诶"一声："那你倒是起开，我给你姐夫打个电话。"

阮宁像被火烧一样，把电话递到小五手中。

眼睛大大的五姑娘还没拎起话筒，电话又响了。阮宁已经不抱希望，垂着头往床铺走去，却听见小五接了电话："嗯，她在。你是哪位？嗯？！俞迟？？？真俞迟啊我去！！！六儿，快来快来！！！"

阮宁有点狐疑地走了回去，狐疑地接起电话："是不是小姐夫，又串通五姐逗我呢？"

对方滞了一下，用极无奈、极清冽的嗓音开口："又猴去哪儿了？"

阮宁傻了："林林。"

"我是俞迟。"

"俞迟同学给我打电话啦。"

"这么大声，我听得到。"

"嘻嘻，俞迟同学你怎么给我打电话啦？"小姑娘十分乖巧地抱着电话，眼睛亮湛湛的。

对面的少年也有一丝不大能听出的尴尬，咳道："不是你让我打的吗？"

周旦这时抱着洗衣盆进来，微微愣了，说："六儿，俞迟八点打电话来，那会儿你不在，我就让他十点打过来。"

小姑娘对着身后含笑看她的众姐姐道："俞迟同学真的打啦！"

澄澄翻了翻白眼，却终究还是笑了。

小五靠在床栏上，眼睛弯弯的，也甜甜的，满是溺爱。

阮宁微微垂着头发，嘴角抿出一丝像柔软的蒲公英一样轻柔的笑意，她像孩子一样说着傻话："我一直在看电话，它总不响。我其实不知道它还会不会响了，可是又怕它响。"

俞迟握着手机，心中微微有些难过，他轻轻压制这种快要拱出的难过，用素来未有过的温柔嗓音说道："知道啦。"

## Chapter 26

# 松树下梦小战士

考研成绩出来了，阮宁成绩差了点意思，也确实如预料中的，落了榜。

寝室中澄澄、甜甜、周旦、小五等人都考中各自报选的学校，开始准备复试，澄澄铁了心要去 B 城，扎好架子去和谁轰轰烈烈掐一场；甜甜考本校，低空降落，有悬有险却也有生机；周旦一直想考军校，这次总算如愿，第一名高分进入复试；至于小五，家里预备送她出国读研，男友希望她在国内双宿双栖，她则在男友和父母之间摇摆，每次唱歌都是《漂洋过海来看你》，唱着唱着还能掉眼泪，其情可悯；而最平淡的齐蔓和阮宁则开始准备找工作了。

阮静再喊阮宁去他住处吃饭，阮宁总是用各种理由推了。他何等聪明，自然明白是那时阮宁提前返校，其间不知与阮致出了什么龃龉。可是总又不好问，毕竟手心手背都是肉。

可是越咂摸越不对头，后来想到点什么，脸都绿了，开车飙到 B 城，把在寝室惹懒躺着的阮致拿皮带抽了一顿。他气急了，说："你再招妞妞，信不信我翻脸不认人！"

阮致疼得龇牙咧嘴，额上冷汗密布，却赌气说："你也就没认过我！你连同爷爷那个老顽固一心都是妞妞！妞妞长妞妞短！妞妞说什么都是对的好的香的！我做什么都是坏事错事臭小子！几时有人向着我了！早前我不过跟她开个玩笑，逗逗她，当我还真把她怎么着吗？！"

他说着浑话，长长的睫毛却盖着一点谁也察觉不到的讥诮。

阮静拿着带血的皮带，呼哧呼哧喘气，冷笑道："你不用跟我在这儿使气！我一早就告诉过你，不准再欺负妞妞！但凡她想起点什么，你何止今天这顿打？皮揭了肉剥了都赎不了那场滔天的祸！"

阮致看着满身的皮带印子，垂下头，翘起一边的嘴角轻道："想她死的人何曾是我？那天我只是想逗逗她而已，Ulrica说还有旁人想教训妞妞，她看着我的情面压下了。我问她是谁，她说她拿了人家的钱，不好说，让我也不要声张，只说离咱家不远。"

阮静拿皮带指着阮致的尖下巴，牙根气得发痒："你甭给我来这套。你打小多少心眼没人比我更清楚。信不信我把你带回家，让爷爷知道你在B城这四年究竟结交了多少好人家，借着阮家的名头干了多少好事！"

阮致气笑了："我结交B城权贵？我为了谁啊？眼瞧着北边的几个家族四分五裂，一团乌烟瘴气，好好的一杯羹不分，偏爷爷年迈守成，什么都不敢做，什么张不开嘴，你们嫌脏的我替你们干了，你们假惺惺不愿意吃的刺我吃了，到头来什么都成我的错了！别以为我不知道你打的什么主意！把妞妞许给俞家还是宋家？你以为能换回阮家几十年荣耀？做梦！俞迟祖父什么人物，心黑手毒成那样，妞妞到时候没了你都不知道她怎么没的！至于宋家，那天给Ulrica下命令的我猜就是宋家。我当时问她是宋林还是宋四，Ulrica都被我逗笑了，她说兄妹利益本就一体，谁下的命令、做的东家有区别吗？！"

阮静沉默了许久，勒住阮致的衬衫领子，明亮如漆的眸子死死地瞪着他，略带着些悲怆，一字一句地开口："是谁我不想管，反正不能再是你了。"

阮致扯开衬衫，望着天，低低笑着："对，这世上，错的都是我，祸端都是我，你们都好好清白着。"


阮宁和俞迟正儿八经地恋爱了，正儿八经地约会了，正儿八经地看了场电影。正儿八经的电影名字叫《单身男女》，满场最抢镜的就是那只"角蛙"。角蛙死的时候，阮宁看得眼泪汪汪，俞迟倒很惋惜，多么膘肥体壮的一只实验蛙啊。

到最后，高圆圆饰演的乔子欣二选一的时候，是张申然还是方启宏，阮宁在那儿可着嗓子号："彦祖！彦祖！彦祖！"引得前座不停侧目。方启宏是阮宁偶像吴彦祖先生饰演，是一位痴情的暖男。看着乔子欣纠结得死去活来，阮宁抓着俞迟的一根细白的手指号叫："俞迟男朋友，是你你选谁？"

俞迟自从成了小妞男朋友，名字就从"俞迟同学"变成了"俞迟男朋友"。俞迟男朋友很正经地淡淡说："我选张申然。"

张申然是剧中的男一，也是一个看见美女会流鼻血爱搞一夜情的花心渣男。

阮宁蓼毛了："为啥呀？"

俞迟淡淡地抽回那根白玉似的手指，双手合成尖塔，瞧着大屏幕，没有表情道："因为揍起来不心疼。"

阮宁揪了揪男朋友的烟灰色线衣，哀怨的小眼神瞅着他："我以后如果很渣，经常劈腿，脚踩两只船，你会不会揍我？"

男朋友认真地想了会儿，淡淡地开口："不会。"

"为什么？"心花怒放。

"因为你腿短，劈开了还在这条船上。"

阮宁心想，如果是你呢。可是初初谈恋爱，连手都没牵上，眼神交流还有些不好意思，她又是个十足的厌货，所以瘪嘴没敢问。

电影散场时，巨大的屏幕上出现了费小费赴 H 城演唱会门票预售的广告，屏幕又落在那张丰润明艳的脸庞上。

阮宁心中一动，问道："我们去看费小费演唱会吧？"

俞迟如月光一样的脸庞上眼珠十分漆黑，他看着阮宁，淡淡地说好。

阮宁看他如此漠无表情，无心虚无尴尬无不适，她反倒脸红得像猴子屁股，攥着手提包，不自在极了。

俞迟的手机忽然间响了，阮宁一直站在他的身旁，看到那上面清楚的英文"Morphine"，阮宁不懂是什么意思，她距离他如此之近，却能听到电流对面的声音，那句清澈的女音："我回来了，林林。"

阮宁的瞳仁一瞬间收缩，心跳得剧烈。这是谁？俞迟似乎察觉到阮宁能听到，眼睛直直地盯着她，又仿佛带着之前重逢时那种强烈的恨意和厌恶。电话对面的女孩暖昧而亲昵，她像对着最亲密的爱人说着我回来了林林，让阮宁恍然有种错觉，仿佛电话对面的女孩本该是她。

除了她，没有人称呼他林林。

林林。

这么难喊的名字，阮宁心中默默念着，念着念着魂却碎了。

而俞迟垂下额发，对着对面的女孩轻柔而熟稔地说了句："好好休息，费。"

阮宁倒退了两步，审视着眼前的少年，眼前的男友。他目光带着恨意看着自己，而把温柔呵护给了电话中称呼林林的费。费应该是费小费的昵称，而他与费小费的关系正如她心中最糟糕的预感——相交甚厚。

阮宁感觉内心枯索，有些费力地呼吸着，可是连空气中都掺杂着巨大的痛苦酸涩。俞迟挂断电话，再看阮宁，却觉得她在短短一刹那，面目苍老了许多。

两人肩并肩走在街头熙攘的街道上，阮宁在仓皇地不断喘着气。俞迟问她："你怎么了？"

阮宁微微笑着，她说："没关系。"

可是这个呼吸声，怎么听怎么糟糕。

俞迟停了下来，说："你先缓缓，不要再往前走了。情绪不好的时候，深呼吸五次，跟着手表。"

俞迟看着手表，教面前的姑娘调整呼吸，阮宁却仍觉得自己狼狈不堪，停也停不下来。

她最后调整着呼吸，十分痛苦地哭了起来。姑娘蹲在地上，双手蜷着头，青筋暴露。没有一场哭泣如今日这般，不是为了发泄，而是压抑到了再也无法抑制的田地。

曾是她的林林，如今却是别人的林林。

他不再让她唤他林林，原来是这样一个无论如何都想不到的原因。

阮宁想起自己背井离乡，到了继父家乡之初，曾做过的一个梦。梦里林林长大了，长成了平凡人的模样，剪着板寸，笑容浅淡。他说自己回到了父母身边，一切都很好。阮宁说我能摸摸你吗，林林说不能，我得了一摸就会死的病。阮宁哈哈笑着去摸他，结果他真的脱离血肉，变成白骨。林林说对不起我早就死了啊，从离开你的时候就被人害死了，我只是想再见见你，所以骗了你。

阮宁从噩梦中惊醒，心中悲戚月余。

她觉得最坏的结局莫过于此，可是最坏的结局不是如此。

俞迟不知她的情绪为什么突然就糟糕成了如此，他蹲在她的面前，深深叹了口气。俞迟拿纸巾帮她擦眼泪，眼泪像条汹涌的小瀑布，滴在少年蜷缩着的掌心中，倒成了一汪小池水。

他说："不要哭了。"

阮宁说："我饿得喘不过气了。"

他带她吃遍了电影院前夜市一条街。因奶奶教养严格，俞迟打小就不吃羊肉串凉粉团子酸奶之类的小吃，阮宁比谁都清楚。可是她这会儿已然自暴自弃，每样都点到了面前，还吼着要了两串烤腰子、一串烤鸡爪和一杯扎啤。

姑娘一口肉一口酒，喝了半杯黄汤，彻底豪气冲天，嚷嚷道："老板，再来一大杯扎啤。"

俞迟微微挑眉，似秋水般的杏眼清澈见底，扎啤被殷勤的老板递来，阮宁举起来递给他："俞迟男朋友，喝！"

如果有一杯扎啤解决不了的呼吸不畅醋泡软骨病，那就两杯好了。

俞迟啼笑皆非，却静静陪着她喝了起来。

她把烤羊肉递到少年的唇边，少年也能吃下，递腰子，也能吃下，递鸡爪，照样吃下，可以看出他并不爱吃，可是教养没输。

小女子可嗤笑不可耻笑，除非又想背着狗粮奋战二十余年，于是这场推杯换盏还算愉悦，末了，少年小脸依旧瓷白美丽，小同学脸颊已然红得霞光半边天。

好了，该到酒后吐真言的环节了。

阮宁说："大兄弟……"

俞迟："嗯？"

阮宁："男朋友，有句话不知当说不当说，但我还是问了吧，毕竟憋久了会生病，其实你是喜欢费小费的吧？"

俞迟不动声色："费小费待我如亲弟。"

阮宁深吸一口气，抹了一把脸，说："也就是你喜欢她，她不喜欢你？"

俞迟并没有回答，却淡淡地笑了，眼中依旧是深深的厌恶，甚至带着悲伤，可是并没有聚焦。

阮宁竟一瞬间悟了。她一直以为俞迟眼中时刻存在的厌恶是对准了自己，可事实上并不是，他只是打从心底厌恶他自己，才在眼底眉梢都带着这样不安的绝望。

阮宁仿佛看到了自己跌跌撞撞爱他的岁月，每每心有温存，想起他时，便不自在得连手脚都无法安放，可是此时心里却涌出一种愤怒，那是她所倍加珍视的人不被别人认真看待，而似乎莫名狠狠地羞辱了她本身一样。她说："不要这样喜欢一个人。"

把一生的孤独、悲伤和对自己的厌弃都奉献给了一个不喜欢你的人。

"为什么？"

阮宁恨不得他立刻醒悟，竟指着自己的心去为他做个过来人才有的前车之鉴："这里难受。"

俞迟并没有回答她，因为阮宁指着自己的心时就醉倒了。

　　他背着她走过飘满羊肉串香味的街道，清净如雪的生活就这样被这三分世俗打乱，俞迟自打回国，第一次意识到自己是活生生的人，在庸俗的人群中，本身也是庸俗的存在。

　　他曾经那样地沉默过，如同死去。

　　远处飘来焦糖的香味，卖糖葫芦的小贩正咕嘟咕嘟地熬着一锅黏稠的糖稀。阮宁似乎一下子被这气味惊扰，她迷糊着说："爸爸，林林说他不喜欢我。"

　　梦里的姑娘又吃了七八串糖葫芦，爸爸背着她，军大衣把小姑娘晃荡的小腿裹得严严实实。

　　她觉得自己的心脏靠近的地方是最爱的父亲温热的脊背，她说："爸爸，你给我唱首歌。"

　　阮敬山唱起了一首在军队中老班长自己改写的歌。

　　在晴朗的冬日，松鼠奔跳出枯枝，小战士走到北国的雪乡。雪乡没有大橘子，没有腊猪肉，只有雪中保尔·柯察金，精神在永存；我们学列宁，我们学主席，一种快乐永不变，革命的火焰！嘿！小战士永不败，雪乡保家乡，爹娘有日一定见，夸我勇敢又坚强，边疆的长城！

　　梦境之外，俞迟便听身后的姑娘流着眼泪唱着"爹娘有日一定见，夸我勇敢又坚强，边疆的长城"。

　　梦中父亲温暖的大手帮小姑娘擦掉眼泪，梦外秀美如画的少年用手指粗鲁地蹭去小姑娘眼底的泪。

　　他的脸上又涌现了那种难以自控的厌弃，那是对自己无法放下的执念的憎恨，他的女朋友阮宁心思灵透，看到一半，还有一半，永远无法也不能让她瞧见。

　　她每日喊着林林，可是"林林"这二字，恐怕是世间最恶毒的诅咒。

　　她指着自己的心告诉他难受，其实他多想回答，多想告诉她。

知道啊。

他把她立正卸在女生宿舍门内，便要离去，宿管阿姨嫌弃地揪着站不稳的小姑娘，那小姑娘却在朦胧中看着俞迟转身的背影，立刻晃着铁门说："林林，不要走，这一走，你会被坏人害死，我都梦见了呀。"

俞迟怔怔地站在那里，许久，才转身，看着她微笑，还是年幼时的模样。

他说："我不走了。"

我再也不走了。

阮宁的泪，一瞬间就下来了。

## Chapter 27

# 有个小孩张小栓

醉酒的阮宁做了个冗杂的梦，仿佛月光穿越层层高叠的山、碧波荡漾的水、晒过山中的黄泥、透过水底的青荇，千山万水地奔跑，直到跌进她的心里，照亮那里不透光的黢黑，温柔地捧起早已蒙尘的记忆。

那是明珠，也是沉积而困倦的风。

穿破长空，高高吹起。

1998 年的夏末秋初，格外热。太阳热辣辣地晒到树上，斑驳的光点下，知了不停地鸣叫着，透明的翅膀没有一丝温润的气息，脆薄极了，仿佛顷刻间，扑扇起，便要化为粉末了。

小栓的姥娘（北方部分地区方言，相当于"姥姥"）、张暨秋的母亲前两日刚给外孙寄来一把新鹅毛扎好的扇，毛极蓬、极拢，扇出来的风不热不腻，倒是很适合孩子。小栓在鹅毛扇下睡得正酣，腿上有许多蚊子新咬的印儿，这一年来，把他放到老家，皮实多了。

张小栓这个孩子，说起来实实在在在阎王手下讨了一条小命。他打小体质就不同于别的孩子，发烧感冒是常事，且每次病态绵延，持续时间也长，磨得大人没办法。去医院看，只说是暨秋孕中受了寒气，导致小栓免疫力低下，有几次烧得厉害，看着倒是要去了，把大人吓得要死要活的。后来找了会算、会看的先生，说是地底下老人疼爱孩子，老想着让去陪伴呢。小栓爷爷问有没有法儿解，先生说有，改了姓名，去别处避一避，阎王也不寻他麻烦。

　　小栓爷爷便把孩子托付给了乡下的堂弟，这么着养了半年，直到今天，眼瞅着要读小学了，这才接了回来。走时不说粉雕玉琢起码人是白的，回来黑得发亮倒是次要，人也变得粗糙许多，剃个小平头，掉了两颗大门牙，小栓妈妈张暨秋真的有点犯愁了。

　　"鸟大！"小家伙咧开了嘴，在梦里迷迷糊糊地叫着，"鸟大！我回来啦！"

　　妈妈忍俊不禁："这孩子去了这么久，还惦记着宋三呢。"

　　小栓口中的鸟大是他从小一起长大的小伙伴、好朋友，宋家小三宋林，两人从小一起玩到大，小栓自小到大身体不好，娇惯长大，只有宋林有耐心陪着他，跟他玩耍，而且宋林大有水浒宋江的仁义之风，所以某一天，爷爷讲了水浒的故事之后，小栓就开始喊宋林"老大"，宋林一愣，之后乐了，欣然接受。这半年回来，换了乳牙，说话漏风，倒是叫成了"鸟大"。

　　孩子们已经上学一个月，小栓到学校时，作为插班生到了一年一班。

　　他瞧见蓝白相间的墙壁上挂了许多人像，拉着妈妈的手兴奋道："这个我认识，恩（爱）恩（因）斯坦！那个是弹钢琴的贝贝（多）芬！"

　　张暨秋扑哧笑起来，这孩子漏风腔还挺可爱，就是最近顽皮很多。前些日子把院子里老槐树下的蚂蚁窝掀了，后来又打了园子里别家孩子，小栓爷爷拉着他，转了一圈，赔礼道歉。瞧他脸上，被栗家丫头挠得一脸血印，小栓爷爷也是生气，私下问道："不是你打了人家吗，你怎么也受了伤？"

　　小栓翻了翻杏子大的小白眼，一脸爷爷你傻啊的表情："我打她，她能不打我吗？"

　　"那她哭，你为什么不哭？"

　　"她一个小娘皮，疼了自然哭，我一个老爷们，能跟丫头片子比吗，哭什么哭？"小栓振振有词。

　　气得爷爷拧他耳朵："老爷们！哪家的老爷们！我都不叫老爷们，你倒成了咱们家的老爷们！"

1998 年的 H 市第三小学为了争创省级示范性小学，刚换了一批新的投影仪，要求每次上课必须使用，但是老师们还是习惯在黑板上写写画画，于是路过每个教室，投影的大幕布占了大半张黑板，老师们都挤在一侧写字，孩子们仰着小脑袋也都歪到了一旁。小栓嘿嘿一笑，提了提裤腰，用手放在嘴边，吹了个清脆的乡间口哨，尖锐而嘹亮，吓得孩子们齐齐望向了窗外。

小孩子还小的时候，总是喜欢做些奇怪的事引起大家的注意，等到大家看向他，小栓便哈哈大笑起来。他叉腰笑得嚣张，孩子们对这个突然冒出的人儿十分好奇。

一年一班的班主任余净从张暨秋手中牵过小栓略略有些粗黑的小手时，就知道自己也许接手了一个大麻烦。坐在第三排的班长宋林在课桌下转了转握笔握得有些酸涩的小手，倒是微微笑了。

张小栓……来啦。

这满眼的碍眼的讨厌鬼，总算有人收拾了。

张小栓的小学生活还算愉快，虽然满班的同学对他神憎鬼厌。尤其是女孩子，提起张小栓简直像是活见了鬼，不对，应该是发自内心地思索，这到底是哪来的鬼，终日不停，挖蚯蚓挖螃蟹挖毛毛虫，逮蛤蟆逮金龟子逮放屁虫，然后丢啊丢小虫，亲爱的小朋友啊，请你不要不要告诉她，我已经轻轻地把它放到她的文具盒里啦。

收获 120 分贝一嗓。

一年一班小班花冯宝宝叫得尤其惨烈，因为张小栓的鸟大宋林同学格外厌恶女孩子，只要是扎着辫子、眼睛水汪汪的小丫头片子，通通厌烦。可是不知为何，却偏偏看上了冯宝宝，喜欢的感觉也格外强烈，因此点名小栓吓唬她，就爱看她花容失色的样子，谁让她是个辫子精大眼睛怪，一副高傲的模样！谁让她长得比那些丫头片子能看些！哼！

小栓是指哪儿打哪儿，外人看着只是讨厌他，宋林还是一副白皙温柔的好模样，与唐僧一样面相的小玉人倒没什么相干了。

"鸟大，我妈妈做的点心，你吃不吃？"小栓用有点黑的小手拿出一块透明的荷叶红豆糕，递到宋林面前。

宋林看着那只粗糙的手，微微蹙眉，往后仰了仰小脑袋，微笑说："我不吃甜的。"

小栓"哦"了一声，不以为意，大口吃糕，米饭烧肉，风卷云残，颇有梁山好汉的粗鲁劲头。

"栓儿，你什么时候改姓？"宋林慢悠悠地挖米饭，他吃头一向不大好，和同胞妹妹宋四一样挑食，宋妈妈也是操碎了心。

"我爷爷说怕阎王勾命，让我再读几年书，再说。"小栓随的妈妈姓，暂时未改。

"我爷爷说你爸爸去北边疆快一年了，今年过年回来不？"宋林特喜欢听大人墙根，对孩子们的玩意儿却没丝毫兴趣。

小栓挠挠头，说："我也快一年没瞧见爸爸了，爷爷说他拿着枪保卫我们，所以不能天天见面。我爸爸的枪可厉害，出火也霸道着呢，嘣嘣打坏人。妈妈说爸爸那儿下雪早，她要给他做件棉袄，这两天正在弹新棉花哩。我给他打了好多电话，他说回来给我带酒心巧克力。"

眼瞧着，这是两个极不相同的孩子，宋林说话颇有条理，直指目的，小栓则是一团孩子气，说话散漫无规矩，脑子里只有男孩爱的枪、嘴里想吃的糖。可是他们相处得极融洽，小栓更是平时谁都不服，只服宋林。

慢慢地，这孩子倒也融入了大家之中，虽然坏，但存在感强啊，再加上说话漏风，忒有特色。

他们刚开始学拼音，小栓幼儿园最后一年没怎么学，第一次考，什么都不会，他急出了一头汗，铅笔一抹，满脸黑，长了胡子一样。宋林跟他同桌，挪过去，叩叩卷子，咳了咳，想让他抄一抄，小栓嚷嚷着"鸟大你挪挪，哎呀，你挤着我了，你是不是想抄我的呀鸟大，我写完给你抄！"

嗓门大得余老师瞪了一眼，宋林气得收回了卷子，装作无意地挠了挠小脑袋拐回了肘子，懒得再看身边的缺心眼儿一眼。

回家张暨秋颇是担心，问他考得咋样，小栓蹲在树下吃烤红薯，一边吃一边扭头："妈！瞎操心啥，我能考二百八！"

张暨秋脸都黑了，这孩子连一张卷子多少分都不知道。

成绩出来时，倒是让他预测了个大概，嘿，二十八分。

考一百的不多也不少，正好三个。宋林、冯宝宝跟林迟。

小栓看着宋林的卷子啧啧道："鸟大，你这不考得比我高嘛，虽然没有考二百八，但是也不赖。"

宋林并没有理他，微微挑着眉毛看向不远处，小脸没有一点儿的表情，像戴着一块奶油做的面具，温和的小脸，慈悲甜润极了。

小栓看向他看的方向，恰好是可爱高傲的小丫头片子冯宝宝，冯宝宝正在跟同桌说点什么，两个人相处得融洽极了，不像对着他们二人，只余下几颗白眼。

宋林拍了拍小栓的肩，轻声说："栓儿，一会儿老师按成绩排位，你就坐到林迟旁边，谁叫都不走，知道不？"

小栓挠了挠板寸头，极迷茫："林迟是谁？我们班有林迟这个人吗？"

宋林简直恨铁不成钢，憋得快内伤了："冯宝宝的同桌！"

"啊？"

"考一百的那个！"

"哟，考得不错！"

"我没跟你说相声，你这一唱一和的！"

"那鸟大你倒是缩缩（说说）林迟是谁！"

"你说我们班多少人！"

"嗨，每个我都熟，四十一！"

"错了，四十二！"

"多谁？"

"就林迟！"

"所以，林迟……是谁呀鸟大？"

"那个头发黑黑，总是低着头，穿补丁衣服的，穷鬼！"

"哦哦，他呀。"

他呀。

不认得。

小栓不以为意，甚至带了些孩子才有的对结局的漠然轻视。

谁知道呢？

命运之神在此节点耸耸肩，淡淡地笑了笑，轻轻对着世间读书的考生划下幽默的考前重点。

排过座位的教室乱哄哄的，这群刚读一年级的孩子尚不懂规矩，和新同桌们互相打量，喜欢或者讨厌，奶声奶气地聊着天，余老师在讲台上敲着教鞭，声嘶力竭地维持纪律，却显然无济于事。

这边，张小栓屁股好似千斤重，在桌子下面不停抖着一条腿，把桌子都快掀了起来，不怀好意地俯视着眼前无声无息的小小男孩。

冯宝宝刚刚被他一把推开，差点掉了眼泪，宋林趁机拾起小美人一枚，拉到一边哄去了，留下一个流氓和一个穷人。

流氓说："你 *séi*（谁）！报上名来！咱俩从今儿起就四（是）同桌啦！"

左腿抖抖抖，桌子抖抖抖，穷人顺着惯性抖抖抖。

"问你话呢！"一只黑爪子推在一张白皙似雪的小脸上。

穷人放下铅笔，微微抬起雪白的小下巴，有些迷茫，还未说话，小黑人黝黑的脸微微红了红。

张小栓说："嗯哼，你……就四（是）林迟！"

小白人见他凶极了，一愣，然后软软开口："你……你好哇。"

你好哇，新同桌。

张小栓兴高采烈地跟宋林汇报："鸟大，林迟是个小结巴，他跟我缩（说）你你你好，哈哈哈哈哈！"

小家伙倒从没意识到自己说话漏风也是一件顶好笑的事儿了。年纪小小，单纯有之，却也残忍得很。

宋林表情却有些不悦，他说："小娘皮不搭理我，跟余老师告了状，说我们欺负她。"

张小栓替宋林不平："明明是我把她嬲起来的，鸟大没欺虎（负）小娘皮，我去跟余老师说！"

他对真心对待的人倒是百依百顺，宁可折损自己也不舍得朋友受伤。

宋林微微一笑："不说他们，我妈今儿做了江雪小排和豆沙汤，你一起去吧。"

小栓嘿嘿笑："今天不行，我二婶和二哥回来了，家里人在接风呢！"

宋林不经意问道："二叔呢，二叔从 B 城回来没？"

小栓用肩膀顶了顶书包，说："二叔没回，妈妈说我小孩儿家家，不让问。"

小栓二叔一家随着二叔外调，已经去 B 城三年了，小栓跟二哥同龄，俩人打小双胞胎似的被爷爷抱大，性情相近，感情也好。照小栓奶奶的话就是"胜似一胎生的俩要债的，猴到一块儿孬到一起，随爷爷"！

小栓到了家门前，瞧见一双和自己的一样大的小鞋，欢喜地蹦了进去，来不及换鞋，扑到沙发上，嗷嗷叫："二哥，你可回来了，你几点回来的，给我带北京的酱（炸）酱面了吗？"

二哥指着小栓哈哈笑："你怎么成这样儿了？"

小栓舔了舔空荡荡的小牙床，晃了晃脑袋，笑嘻嘻："你就说我帅不帅？"

小栓婶婶抿嘴笑："我离远就瞧见这么个小人儿，心说是谁家的啊，小脑袋圆圆酒窝甜甜，耳朵像两只小元宝，走近了，才瞧见是咱家的小毛蛋。"

小栓听得懂好赖话，知道是夸，一下子扑到婶婶怀里，嘿嘿笑。

张暨秋却看出妯娌虽如往常一样玩笑，可是眉眼里有一丝勉强和郁色，又见二侄子在向小栓炫耀礼物，便把两个孩子带到了二楼客厅玩耍，留下弟妹和公婆叙话。

小栓婶婶殷长琴见孩子们一走，便对长辈哭诉起来，只说是丈夫在B城军中因不是正职，又不肯告知自家身份，年纪轻轻，空降而来，工作很受阻，她在夫人圈中也备受排挤，一抬眼看公公隐忍怒气，很是不耐，婆婆又拼命打眼色，便乖觉地转了话说儿子在学校没有朋友，很是想家，思念起爷爷、奶奶，夜里都会偷偷哭呢。

爷爷听到孙子处，果真缓了缓脸色，但犹有怒气，申斥道："两年前头，你可不是这么跟我说的，我问山儿和水儿，东北和B城，各有一个空缺，如今当爹的没有本事，只能帮你们到这儿，桩子根基不算低了，以后各凭本事去混，别在外面提老子的名字，我嫌臊得慌！你在一旁慌忙说水儿文弱，耐不住苦寒，只闹着要去B市，你在我面前哭就罢了，也让你妈在我面前哭，哭完不打紧，又拉着三四岁的娃哭，你当是刘备，江山哭到了手心，如今一切舒舒服服的，回来作妖闹腾！我就问你一句，山儿听说我让他去东北，把B城位置让给水儿，说过一个不字没、闹过一次没？！"

殷长琴含泪："这不大哥比水儿有本事，上下调理得服服帖帖吗？声威都传到B城了，连水儿都听说了，大哥立了两个二等功、一个一等功，今年连升了三级，大家都夸他好。"

小栓爷爷一听就恼了，骂道："你少给我扯这些闲屁，山儿那是拿命换的，跟当老子的一点关系都没有，敢情是当我给他造了几个功、升了几级官，眼红了回来要官来了！脸呢，还要不要脸了！山儿截获了几回境外老鬼，擦枪走火了几回，哪次身上不带伤！只怕他哪天当了烈士骨灰捧回来了，你才当不是老子出的力！我吃饱了撑的放的闷屁害我的种！"

殷长琴第一次被公公这么骂，吓得脸发白，老人家素来只骂儿子的，对儿媳一向和善，夫妻俩商量过才让殷长琴回家哭穷，谁料想老人这么大反应。老太太一看丈夫恼了，赶紧过来劝，小栓爷爷甩开她，恨恨道："别人说不一样我还不信，现在看来，不一样果真不一样！要是你肚子里出来的，这会儿你还劝得下嘴吗？都他妈给老子滚蛋！别让我看见你们这群王八犊子！"

殷长琴的眼泪都吓了回去，老太太脊背都硬了，冷笑一声，拍拍她的手，带她去了一旁的房间，低声叮嘱了几句，婆媳俩才若无其事出来了。

过了两天，殷长琴要带着儿子回B城，小栓和二哥哭成两个小泪人儿一样，长琴也哭，拉着暨秋的手一直说着舍不得，老太太训道："哭什么哭！是娘没本事，才让一家骨肉分散！我的山儿、我的水儿，离娘那么远就算了，我的儿媳我的孙儿也要走！瞧着是好事，去大城市了，去京里了，这一步步战战兢兢的，不着眼就被人啃了吃了，倒像是我们老两口上辈子没积福，才要晚来膝下凄凉啊！"

张暨秋倒有些尴尬，这么个场景，她是不大哭得出来的，可是不哭又不像话，毕竟连最没心没肺的小栓都哭了，也就皱着眉毛，准备哽咽两声，还没起嗓，小栓爷爷就黑着脸过来了，冷着嗓子道："都别走了，在家再待两天。"

又过了一两月，小栓二叔带着人事调令回到了家中，说是在部队表现优异，升了一级，交流回来了。书房内，父子俩正儿八经说了回话，不外乎是儿子瞧见了什么、领会到了什么，与老子一起咂摸咂摸。

做儿子的开头便叹气："爸，我这回是去错了。"

做老子的不耐烦他这些起承转合，只让他画个圈拣重点说。

小栓二叔这才像打开了话匣子，说着北方那碗饭不好吃，言家温家辛家守得死死的一个锅灶，三家还算和气，可若外派势力想渗透，便难如登天了，他试水这一回，被拿捏得不轻，连连叫苦，然而转念又很是幸灾乐祸，俞家赴京十年，至今没讨得什么好，言老强硬，俞家吃了几个大闷亏了，眼瞧着十分尴尬。

小栓爷爷倒是无奈："俞家几时是去抢地盘了，我又几时让你去试水了，你倒是觉得自己精得透风，可始终是误了自己，反而不及你哥哥这样心眼少的。"

小栓二叔不服气，他一贯觉得大哥是个粗人，书读得不好，人活得也不精致，一股犟脾气像了父亲，别的没占半分。无论学习还是待人处事，他都比大哥高明多了，可如今历练一圈，反倒人人都夸大哥，把他撂到了一边。

窗外悉心培养的两棵树苗如今都渐渐长大，一棵避着风霜如今身杆渐歪，一棵迎着雨雪如今挺拔直立，谁可参天，慢慢也能瞧出端倪，毕竟心中一样珍爱，老人始终心有不甘，叹息道："我一生不喜俞立人品，可只有此事服他，因此与他做了同样的决定。决定去 B 城的俞立，和把儿子送到那里的我，分明是同一副心肠——我们不过是想熬资历。俞立熬够了回来了，南方就是他的天下，伶莺几时一定要与鹰隼同立一处，他深知此处。而你熬出头了，回到这里，大家才真正记得你的名字，而不是你爹我是谁。"

这厢父教子，那厢母问儿，把小栓从澡盆里捞出来擦头的张暨秋似乎忽然间想到什么，问他："你婶婶要走那天，为什么哭那么厉害？"

小栓一捣手，嘟囔道："缩（说）起来我就生气，二哥给我捎了一盒德国巧克力，可是每天只舍得让我吃一颗，缩（说）是等他走时全给我。结果他走的时候，抱着巧克力不认账，这小子忒不是东西，我跟他抢，他就哭，我一想这不行啊，如今都是谁哭谁有理，我也就快马加鞭哭了起来。妈，你看咱这成语用得咋样，快马加鞭用对没？"

张暨秋："……"

## Chapter 28

# 一场戏谁都入局

倏尔易逝，时间如此，夹竹桃、牵牛花、鸡冠花次第开放，秋天的末梢也悄悄来了。

宋林和冯宝宝做了同桌，心里很愉快，可是冯宝宝不大搭理他，下了课便去找林迟玩耍，不是跳皮筋，就是捏橡皮，把赫赫有名的坏蛋张小栓都挤对到了一边。小栓不乐意了，可是冯宝宝隐约是鸟大的女人，他又不敢很横，只是憋着便秘的脸苦口婆心："小酿（娘）皮，老是和穷鬼在一起，小心染上穷酸气！"

他昨晚刚陪着奶奶、妈妈看了八点档，电视剧里穿金戴银的老太太是这么说自己的闺女的。

冯宝宝瞪着大大的杏眼，气愤道："你这个小瘪二小赤佬！大大的狗腿子！坏透了！"

冯宝宝跟着姨婆在看《上海滩》。

小栓反应灵敏，龇牙咧嘴："哈哈啊，啊哈哈，西湖美景三月天嘞，哈哈啊，啊哈哈，小酿（娘）皮耶爱穷酸……"

这是小栓最爱听的《新白娘子传奇》船夫选段。小家伙觉得白娘子、许仙都软乎乎的，没有船夫声音好听来着。

身旁穿着补丁衣服的白得透亮的小少年呆呆地看着两人，他从没看过八点档，八点多通常已经沉眠。

冯宝宝愤怒，小丫头张口就来："你这遭了瘟的泼猴！"

这嘴真是不饶人，莫说七八岁不懂事，分明都属梁山，个个人物。

小栓嘿嘿："大脸猫大脸猫长胡须……小酿（娘）皮小酿（娘）皮喵咪咪……"

冯宝宝终于气哭了，甩起辫子跑回座位，宋林觉得这家伙哭得挺不可爱的，没什么美感，蹙眉半天，没下手去哄。

林迟眼睛亮亮的，呆呆地笑了起来，小牙齿好似两排小糯米，可爱极了。他问他："喵咪咪之后呢？怎么唱？"

小栓义正词严："真相只有一个！快，我们来不及了雅典娜！皮卡皮卡……皮……卡……丘！啾！"

林迟腼腆地笑了，知道他在敷衍自己，但依旧觉得有趣。小栓是个十分不讨人喜欢的孩子，林迟也不大讨人喜欢，不，准确说来，是压根儿没人注意到这个孩子的存在，这样两个人坐在班级左侧的第六排，渐渐归于不讨人喜欢的区域，大家走到此处也几乎是莫名其妙地绕了道，张小栓每天摇头晃脑地唱着各色的儿歌，要去欺负谁便大刺刺地主动出击了，这种漠视引不起他粗大神经的任何痛感，他还觉得上课抠玩具轻松了许多，没人拘束自己，只有林迟，真的好似渐渐沦为了如课桌故事书一样的摆设。

冯宝宝怜惜小少年怜惜得心都要碎了，大概每个姑娘都会遇到这样一个让她变成彻头彻尾的圣母的小男士，一遇上便开始了"旁人都要欺负他，只有我是真心对他的"这样的心理模式，她身旁的假唐僧真禽兽宋林一向眼尖，倒是真冷笑了。横竖瞧了林迟一眼，横竖瞧不上眼，然而又气恼，这死丫头到底是不是瞎了眼！他恼怒地喊了一声"小栓！"看小栓遥遥地晃着黑爪子，龇牙咧嘴，隔山隔水地喊了一声"哎！"心中才稍稍平复。

这都什么毛病？

余老师在一旁看得啼笑皆非，觉得小孩子都挺怪的，兴许是太小，脑子还没长齐整，说话、做事都在模仿大人，模仿电视，好像奶胎里的小猴子穿上了西装裙，装洋！

过了秋，大人不给批冰棍儿了。小栓回家，跟二哥打了一仗，把冰箱里最后一根小雪人抢了过来，扬长而去。

上了二楼，扭脸瞧见他妈刚弹完棉花，正要卷起来。张暨秋有轻微的近视，认针认不大清，摸到黄杨木柜子上的眼镜盒，还没戴上，小栓把背心掖进短裤里，一口咬掉小雪人的巧克力帽子，插在搪瓷杯里，粗鲁地从妈妈手里抢过针线，说："小秋，我帮你！"

这是学他爸爸说话，小秋捶了圆脑袋一下，圆脑袋笑嘻嘻的，并不以为意，认真地用刚摸过小昆虫的手帮妈妈穿线。小家伙显然是笨的，怎么也穿不进去，但是小脸蛋绷得紧紧的，眼睫毛都未眨一下，张暨秋看了，又忍不住轻轻地摩挲这个圆脑袋。

丈夫在外，这孩子似乎成了她唯一的依靠。而小栓，又似乎比谁都清楚这点，淘气胡闹之余，还称职地担任着这个小小的角色，让人……那么安心。

费了老鼻子劲，穿好了线，小栓抬起头，问暨秋："妈妈，你要给爸爸做袄吗？"

暨秋微笑，点头："对啊，东北马上就要下雪了，爸爸的袄还是两年前的，棉花都硬了，这会儿肯定不暖和了。我这周裁好，塞了棉花，就给你爸爸寄过去。"

小栓没有去过遥远的北方，他有些疑惑："雪来了，花要被冻死啦！"

他以为别处都如这里，最热的时候躲到有燕子的屋檐下便消了暑，最冷的时候穿上妈妈新织的袜子也就活蹦乱跳了，并不知道遥远的北方是什么境况。

暨秋拿出了丈夫刚寄来的信，把小栓抱在怀里，念道："秋，上月书迟，换哨几次都有行动，实在未闲下来。今日得空提笔，又觉手脚有些寒凉，不如以往燥热。抬头窗台已无一片落叶，可故乡尚还是花草锦绣之美吧。我生了火盆，在室内连连走了几十圈，方缓过来。小栓可还如往常淘气，他如此做派，倒像我儿时，娘当时也总是如你担心小栓一样担心我，可亲爱的秋，你瞧，去了北境两年有半，我已经非常沉稳，小栓再长大一些，晓得了爸爸、妈妈的艰辛，也会懂事起来了。前日我去边境巡视，有外国老太太卖围巾，她说红的最好看，我却觉得蓝的配你，买了来也不知你喜不喜欢。另又为小栓、老大、老二各自捎了礼物，小栓小些也傻些，只爱吃糖，因此礼物薄些，老大、老二在B城见惯了好东西，我这做伯父的只央人从外面带了几样机巧的小礼物。你一一给他们送了，爸爸、二弟应该都无话说。不要蹑手蹑脚，此处也是你家，更是小栓的家，虽我不在，心与你一处……"

小栓听了一半就欢呼着扒糖去了，哪懂字里行间爸爸的用心良苦和妈妈的那些艰难。暨秋眼中藏了点泪，这么久未见，她实在是想丈夫了。

过几日，又到周末正午，小栓爷爷说饭后一家子都去听内部音乐会，小栓二哥立马哀号讨饶，小栓奶奶随口说了一句："暨秋也不大懂这个，不如就让她在家带孩子吧，瞧他们闹腾的，去了也是屁股上扎签子，平白让人家说我们教养不好。"

张暨秋心中嘀叹，不过是听音乐，倒像是要去解哥德巴赫猜想了。她大学时辅修的音乐史，到了这等家庭，也就剩一句不大懂了，真叫人啼笑皆非。

小栓爷爷点了点头，二婶掩不住得意，正要附和，小栓却一下子蹿到奶奶怀里，嗓门粗大，号道："奶，我也去，谁说我不去了！你带我去，不带我去我揪你养的小花！"

小栓奶奶炸了："小花！那是金萝，一盆两万的金萝！你这夭寿的小东西，我说东你往西，就没听话的时候！"

小栓继续叫："我不管，我就去！凭什么不让我去了？小栗子和鸟大都去了，我不去他们可要笑我！"

小栗子是指栗家老三，鸟大是宋家老三，他也是行三，倒是和三杠上了。

　　小栓奶奶被闹得刚梳好的头发眼见要散架了，爷爷却笑了："是啊，凭什么不让我们的小豁牙去。今天俞立也来了，他家老四养得不错，孩子们见见也是好的。"

　　小栓奶奶冷笑："什么老四，谁认了，拿只野雀儿当凤凰，也不嫌臊得慌！"

　　爷爷蹙眉："是真不错，我昨儿还见着了，长得好，会玩西洋琴，也会读书，听说一本《论语》、一本《唐诗三百首》都背了个遍，口齿也清楚！"

　　爷爷说"背了个遍"，小栓二哥微微脸红，爷爷说"口齿清楚"，小栓却龇牙咧嘴面不改色，并不知言下之意。

　　暨秋有些犯愁，闹奶奶这桩像是为她出头，可这会儿又像听不懂话。这个孩子，到底是懂还是不懂？他的自尊究竟是在哪个捉摸不透的角落呢？

　　小孩子的心思，比女人还难懂。


　　音乐还没听上，小栓与宋林已凑成一团，嘀嘀咕咕说些小儿话，过一会儿，又被各自的爷爷叫了回去，见了一个发青、脸白，鬓角也白的长者，说是让喊"俞爷爷"，也都喊了，又让喊长者身后的俊美小孩儿"四叔"，宋林了然一笑，淡淡叫了句"俞季，你好"，显然是没把"四叔"这二字放到眼中，小栓就更直接了，问自家爷爷："他瞧着和我一样大，叔叔都是大人，为什么喊他叔叔？"

　　孩子的话惹得大人既尴尬又好笑，俞爷爷俞立觉得小栓有趣，抱在了怀里，问他多大了、是不是读完了幼儿园、爱不爱吃糖之类的闲话，小栓小胳膊、小腿结实得紧，沉甸甸的，老人抱着他却十分尽心，小栓看这人慈眉善目实在可亲，从小短裤的兜里掏出一串芦苇杆绑着的秋蚱蜢，递给他："送你玩！"

　　俞立更惊讶了，接过了细看半天，才哈哈大笑起来，这串小礼物太让他开怀。小栓爷爷本来跳着的眉毛也略略舒展开，总想着小栓平时顽劣成那样，估计不可人意，可这会儿瞧着竟和他爸爸小时候一样，天生有着一股子讨人喜欢的劲儿。又一想，俞立本是南方军区数一数二的人物，如今去了北边，这里就成了自个儿的天下，俞家再回故土，不知猴年马月，自家守二望一，也不是没有可能。今时不同往日，小栓毕竟是他的亲孙，俞立即便不喜欢又怎么敢驳他的面子，看清门路，心中倒又十分畅快了。

俞立放下小栓，把小儿子俞季的手放到小栓手里，说道："一起玩去。栓儿看着你四叔，他以前从没来过这里，不熟悉，外面天儿就黑了，你们不要乱跑。"

俞季瞧着那串蚱蜢腻味死了，心里看不上小栓，冷冷地甩开了手，小栓抓抓小平头，看不懂他是怎么个意思，宋林却微微一笑，一手牵着俞季，另一手揪着小栓的小背心，离开了大人的视线。

俞季对宋林倒还算和善，跟他说了会儿话，只是不搭理小栓。小栓注意力倒也不在他说的那些话上，只在这一身皮上。这孩子实在太白了，晶莹剔透的。小栓看着自己黝黑的小爪子，有点酸溜溜的："你爸爸白，你也白，你们家都白吗，面团子？"

俞季气笑了："谁面团子，你丫怎么说话呢？"

小栓听不懂，扯着嗓子问宋林："鸟大，'你丫'是个啥？"

"别烦我行吗？你丫啥都不懂，还在这儿吵吵，我爸起初说这地界儿不错呀，没想到净是些乡巴佬！"俞季心不在焉，似乎十分不耐烦。

小栓去过乡里大半年，可喜欢自己乡里那些小伙伴了，这话倒是听懂了，一锤就过去了，骂道："你这个臭皮蛋死老鼠，你才是乡巴佬，我洋气着呢，我妈都用法国香水！再说一句，我抽死你！"

哎哟！宋林一看就知道小栓这脾气又要闹腾起来了，心里虽然瞧不上俞四的身份，但也不能轻易让小栓打了，不然他跟小栓又免不了挨一顿，何苦呢，为着个真正"你这丫头养的"——你丫！宋林撂下俞季，把小栓拉到一边，这边两人刚说好，眼瞅着主持人上台，音乐会要开始了，他们转身去找俞季，却发现这孩子行色匆匆往厅外跑去，来不及喊一声，宋林跟小栓便一同追了出去。

俞季可一点不像头回来 H 城的人，他轻车熟路地七拐八拐，小栓和宋林两个老 H 人都差点跟不上，不一会儿，他拐进了一个死角，角落里有一辆军车正等着他，驾驶座上是个穿军装的年轻人，副驾驶上的人瞧不清楚模样，隐约是个女人，因为身着裙子。

小栓跟得索然无味，准备回去，却被宋林一把拉进出租车，跟着军车一起消失在日暮里。

军车在城外绕了一圈，十分谨慎，宋林叮嘱师傅跟得隐蔽些，小栓不知道他在干什么，但是宋林神色少有的凝重，便也不再说什么，跟着一同去了。

军车最后兜兜转转又回来，停在了距离小栓学校不远的林三堂胡同。

林家三支，满门文采。林家是大族，民国时出了许多读书人及从政的官员，书香门第，雅达博通。胡同本来正是林家老宅，后来分了家，才擎中立了屋檐，辟出一条胡同来。胡同里住的都是林家老少，老 H 城的人都知道，可是如今时过境迁，林家人陆续搬走，老户没剩下几家了。

胡同中各院内榆树颇高，梧桐细枝彼此勾连，走进去，沙沙颤颤，竟是十分嘈杂而又寂寞的景象了。

宋林让师傅停在了更远的地方，拉着小栓从另一侧绕进了胡同。

可是走进胡同，俞季与副驾驶座上的女人却俨然已经消失了。

小栓早就不耐烦了，直嚷嚷：“鸟大，回去听吹喇叭的去，这里没人了！”

他常称吹萨克斯的是吹喇叭的。音乐会等于萨克斯等于喇叭。

宋林也颇有些沮丧，早听大人神神秘秘讨论，俞家有个硬伤，足以毁了这些年的苦心经营，宋林以为要抓住什么了，才匆匆跟来，这会儿却全无收获。

小栓踢着石子儿往前走，可是路过胡同巷尾的时候却诡异地停下了脚步，趴在了一个红铁门前。

门口有两只残破不堪的石头狮子，似乎经历的年岁太长了。

宋林轻轻躲在他身后，朝内一探眼。

门半掩，应是有人刚进去。

这是一个挺大的院子。

有藤架、有高树，角落还有一个小小的方池塘。

池塘中有一朵莲花，藤架上有嫩绿的豆角，池塘外倚着铁锹和水壶，藤架下立着课桌和小娃娃。

说来是桌，可不过是高点的长条的板凳。应该是小娃娃临时起意，偷得秋爽半日，在院子里读些闲书。

日暮渐渐到了，今天有火烧云，天空红彤彤的，娃娃的脸浮着雪光秋水般的莹色，脸颊微微红晕，好像是一块生着天然胭脂色的白玉。

小栓抹了一把脸，小小的汗珠顺着脸颊慢慢滴落，他怕汗珠有声音，焚琴又煮鹤。

宋林逡巡着眼前的景色，有些警惕地望着紧闭的内室。

他没想到，会在这里看见同学林迟。

林迟？

宋林厌恶林迟。

没有原因，属于小朋友的看不顺眼。


过了会儿，天彻底黑了，内室有人推了门，俞季被一个高高瘦瘦的女人牵了出来，她们身后，还有一个鬓发灰白的老人。老人拿着一盏蜡烛，递给林迟，问他："Do you want to continue reading？"

你想在院子里继续读书吗？

老人很奇怪，与林迟沟通，是用英文。她看起来和林迟相处得亲切自然，应该是林迟的家人。

这里，正是少年林迟的家。

林迟接过蜡烛，放在了桌台上："Yes, is the guest going to leave? "

"和阿迟纯英文沟通吗，夫人？"牵着俞季的女人戴着一顶帽子，帽子下的容貌瞧不清楚，但是气质非同一般。

老人点点头，看着林迟，眼角、眉梢都流露着暖意，她说："孩子还小，性子不定，磨磨总是好的，学什么不重要。"

女人点点头："那就拭目以待了，究竟是老爷子赢还是您赢。阿季入学有许多事需要身份，那份离婚协议您瞧着没问题，就签了吧。"

老人有一双十分秀丽的眼睛，光彩流转，妙不可言，年纪虽然大了，但是一瞧见，就知道她年轻时候应是个何等文雅的美人。她叹了口气，苦笑："你今天带着这孩子一起来，又是凭借的什么？何等嚣张啊。"

女人微微一笑，语气上扬，颇具自信："当然是老爷子默许。林三堂家的名门小姐，建国第一批回国的大科学家的女儿，我是什么东西，没这个，敢跟您抗衡？"

老人并不再说什么，只挥挥手，让他们离去。

俞季看了林迟一眼，哼了一声。

林迟连头都没有抬，大人的话恍若未闻，背脊挺拔，握着一本书，在微微的烛光中，轮廓秀美分明却无一丝锐利。

他……好看。

小栓困惑极了。他从未觉得林迟好看过，不，他从未正眼看过林迟。

穷鬼、小结巴，那个会考一百分但是忘了叫什么的谁，偶尔说话不灵光会词穷、会结巴的孩子，墙壁的壁纸、活动的背景，都是……他。

他忽然间有些愤怒。

觉得这个人欺骗了所有的人。

小栓握紧了拳头，却被宋林一把拉走，飞快地跑出了胡同。


回到音乐厅时，音乐会已经开始了一段时间，小栓坐在妈妈身旁，沉默不语。

　　曲终人散时，暨秋终于察觉到这孩子的不对头。

　　她问他怎么了。

　　小孩子愤怒地比画着："他比我白！"

　　暨秋愣了。谁？嗯？比你黑的也不多见啊。

　　"不不不，他比白馒头还白！"小孩儿愤怒地说，"他会说我听不懂的话！他奶奶比我奶奶好看！"

　　什么乱七八糟的？

　　"他甚至坐着的时候都很直！"

　　我有的毛病他都没有！

　　"可是，他是穷鬼，他穿补丁衣服，他家比我家穷，我穿的比他好、吃的比他好，他没有妈妈，我有妈妈！"

　　小孩子的尖酸刻薄却带着撕破认知的慌乱。

　　暨秋忽然间听懂了，她问道："你见到了羡慕的人吗，栓儿？"

　　小栓却很痛苦，皱着眉头把小脑袋抵进妈妈怀里："妈妈，我比谁都好，对不对？"

　　老天第一你第二。嗯嗯。

　　暨秋微笑："可是你却发现了一个比你好的人。这种好，你发自内心地喜欢，是不是？你也想成为这样的人。"

　　小栓掉了眼泪，小孩子的嫉妒和自卑在作祟："我讨厌他！才不是喜欢！"

　　暨秋叹气。

　　小孩子真别扭。明明是无法表达的喜欢和羡慕，却变成了为了均衡自尊而做的贬低和排斥。

　　毕竟，他小小的脑袋瓜中，还在勤恳认知一切的过程中，哪里知道世间有一个词叫作——惊艳。

## Chapter 29

# 我有还珠格格呀

　　宋林跟父母说了胡同里发生的事，耐心地等待爷爷解答。宋家教育一贯如此，不把孩子当成无知的可蒙蔽的小动物，大家都是平等的家庭成员，有提出问题并获得解答的权利。

　　宋爷爷宋荣笑了，告诉孙子："这是两个女人，不，是一个女人和一个男人之间的较量，谁赢了，谁在家里说了算。喏，就像你奶奶，让我往东，我是绝对不招惹她，往西拐的。"

　　宋林说："我听他们说，要签离婚协议，妈妈同我说过，离婚就是不再是一家人了，那女人即使赢了，也不能像奶奶一样，在家说了算吧。"

　　宋荣一愣，觉得孙子挺傻："俞立能指挥千军万马，可到头来，不过家里一双筷子，死后一具棺材，大家伙谁都不傻，这一生再煊赫有什么用，没有继承人，扯犊子抹眼泪儿去吧。我培养你，卢家培养卢二，阮家培养老大，着急忙慌的为了什么？大家军旅一生，没少扛肩膀，这会儿也断然不想输了。俞立跟老妻决裂，各培养一个孩子，将来谁当家，自然是落在这两个孩子身上，流着一样的血，离婚协议可赖不掉。"

　　第二天，恶劣的坏孩子张小栓撕碎了林迟攒了很久的小浣熊卡片，那个很久才能得到一点零用钱，很久很久才能攒到一张不同的卡片，一下子，却都被小栓毁了。

　　小栓得意扬扬地等他哭，却只等到了这个孩子偷偷地用破旧的衣袖默默擦泪的样子。偷偷地，不想被人看到的模样，泪珠却晶莹得发亮。

小栓觉得更加慌乱，甚至还有些不舒服。这种不舒服让他本能地不想再看见林迟这个孩子。

他粗枝大叶，头一次有了"这个人很脓包我要离他远点"或者"这个人很脓包我要好好欺负他"的想法，他举棋不定，林迟吸溜着鼻子，美术课上掏出一支彩笔涂色，小小的手不小心蹭到他的，软白而带着清爽的气息，小栓觉得自己瞬间被激出满满的雄性荷尔蒙，俨然生出一种"把他欺负哭也很不赖嘛"的感觉，毅然决然选择了后者。而后林迟莫名其妙地陷入被全校第一坏蛋张小栓喊打喊杀的世界里。

不过，这种欺负带着男孩子才懂的默契，小栓再坏，也只是流于表面，若是相比中二病是中学生的病征，他无非就是偶尔用桌缝夹着同桌小臂上的嫩肉的小二病。旁的男生欺负谁，总号召前桌、后桌一起干，小栓不屑这么做，一向单干来着，要不趁着林迟写字猛晃桌子，要不画个三八线，自己占八，大摇大摆地把所有的玩具摆一桌，等着林迟生气。

你或许不懂小二病的由来，因为如果你懂，代表你也曾病入膏肓。

林迟没病，林迟也没生气。他迟钝又没用，对别人说的话不敏感也就罢了，对别人做的事也不大敏感，总有些后知后觉地慢半拍。即便真的听懂了看明白了难过了，也只是脓包地偷偷哭罢了。

1998 年 10 月底，出现了一部神奇的电视剧，大人孩子都看得如痴如醉，万人空巷在国内，是第一次。乡下的姥娘、舅舅专程打电话说："栓儿啊，给你说个好看的电视剧。"

叫啥？

《还珠格格》，湖南卫视播的。

然后造了孽了，后来回顾，从第一部到第三部，追剧都似乎追了大半个青春。

安徽的洪水在九月间止住，国人刚从灾难中走出来，一部电视剧倒是缓解了一小半的伤痛。人都是朝着快乐和幸福仰头的，苦渐渐被厌弃，也渐渐被代替。

小燕子可爱得难能可贵，紫薇是个教人提高审美的姑娘，五阿哥一双眼睛永远带着温柔、诚恳和难得的贵族式的倔强，尔康洒脱聪明，就连皇阿玛都招人喜欢，他要是我爸爸该有多好啊，高傲矜持如宋林都学会了里面所有的歌，音乐课上跟冯宝宝比唱《山水迢迢》愣是没输。

所有的孩子都为之着迷，包括怪人林迟。可是林迟比较悲催，他每天晚上八点半准时睡觉，只能看第一集外加第二集的预告。第二天大家讨论时自然一头雾水。

第十二集预告容嬷嬷被扇了巴掌，林迟梦里都是容嬷嬷怎么被扇了的问号，早上着急，小家伙就问小栓，小栓心想喂喂喂我们俩是仇人啊，这么珍贵的电视剧信息怎么能告诉你呢，他一蹦一跳地找宋林，带着恶意大声讨论剧情，与墙壁紧密相连的背景终于察觉到了被欺负的忧伤。

"你说就说，比画什么，眼斜什么，这都什么毛病？"宋林蹙着眉毛，看着小栓这张俨然小人得志的脸。

小栓嘿嘿笑："我妈就不管我看电视到几点，我看到几点她都不管我。"

宋林无力："对，她是不管你，因为你根本熬不到九点就自动睡着了。"

小栓得意．"我能看全集啊，我爷给我弄到了全集《还珠格格》，电视剧都还没播完呢。"

一群小朋友齐刷刷扭头，都像看到了亲爱的皇阿玛，那会儿还不流行"土豪"这词儿，不然多贴切。宋林不爽了："你今天到底哪根筋不对了，在我面前炫耀个什么？"

小栓眼都快斜到最后一排了，摆明不是对着他说的，宋林迷茫地往后一看，才看到一脸沮丧和羡慕的林迟。

"有病！"宋林下了结论，把小栓推一边儿去了。

小栓从"我有全套《还珠格格》影碟"开始，就受到了极大的欢迎，去他家看VCD的一拨又一拨，小栓爷爷一向脾气挺好，后来也忍不住了，捏着小栓的耳朵咆哮："生怕别人不知道你爷爷住哪儿、导弹往哪儿轰定位不了是吗啊，怎么长的这脑子，仿谁？忒大胆！"

后来小朋友们就被隔绝到了园子外，小栓扯了根线，从警卫室接了VCD，小朋友们继续如痴如醉。宋荣的军车刚到园子门口，就看到乌泱泱一群，纳闷死了，看到孩子中间眉飞色舞的小栓，啼笑皆非，给小栓爷爷打了个电话告状，随后告诫孙子："小栓这么闹腾，不像话，以后少跟他玩。"

宋林嗤地笑了："平时解解闷儿，傻乎乎的。"

宋家爷孙扬长而去，不大会儿，小栓爷爷就红着老脸，大步流星把小栓连同VCD机提溜回了家。

少不了一顿胖揍。

除了林迟，班上的小朋友都看过了，小栓自然也就消停了。只剩下林迟，忐忑不安地瞅着他。

他白皙美丽，又柔软可欺，既像一朵夜间才绽放的香百合，又像一块婴儿都能咬得动的香蕉松饼。

这些天，小栓一直觑着他的动静，见他渴望、沮丧又不敢要求的模样，心里莫名有些不舒服。林迟有好多次迟疑着张开口，可是最终怕被拒绝，低下头，安静地坐了回去。小栓不知为何，想起了以前随着爷爷钓鱼的经历，挂着饵饼，小鱼小虾才会过来。可也有些弱小的鱼，因为抢不过大鱼，吃不到饵，反而躲过一劫。

林迟是没有爸妈的孩子，大家都知道，也因此视他为异类。孩子们总是残忍地说着自己也不明白的话，"你没爸妈"是这个孩子听到的最多的话。没有爸妈，就代表他丧失了许多权利，孩子们最深的渴望永远是向父母索取，衣食住行、爱憎笑闹，父母无所不能地满足，可林迟的欲望却只是大海中跌入的一块石头，从哪儿来，便从哪儿湮没。

这是他没有请求小栓的理由。他知道小栓不是坏人，但小栓讨厌他，利用别人的善良来消弭彼此之间的憎恶感，原不应该如此。

十月中旬，秋高气爽，三小组织了一次郊游，孩子们自主带餐。暨秋为小栓准备了虾条、果冻、桂花糕、糯米卷、脆皮牛肉之类的点心，还有一瓶橘子汁，这是一个太过溺爱孩子的妈妈，奥特曼小书包被塞得满满当当。

小栓给宋林打电话，问："鸟大，你妈妈给你带了什么？"

宋林说："盒饭吧，汤还没决定。"他语气寥寥，对所有吃食毫无兴趣。金枝玉叶长大，不过七八岁，这孩子却似乎已经尝遍珍馐鲜甜，只觉万事万物麻木，再没有和别人热切地谈论过食物。

第二日郊游碰头，小栓被吓住了，宋林带了一份三层的雕着仙鹤与松竹的红木饭盒，三层各不相同，都是些新鲜青菜海鲜小炒，另外果真还是带了一盒煲汤，用最新的加热包加热着。小栓把自个儿书包里的东西递给他，宋林有些厌恶地摇摇头，依旧拒绝。

这些不营养的东西，不知道怎么能下嘴。

余老师让分组，同排是大组，同桌是小组，无论去哪儿，都要按组集体行动。

带着这么小的孩子，考虑到安全问题，本也不能去爬山或者涉水，于是一二年级就安排到了本地郊区的一个开式的园林学校，再然后，无非是老师带着孩子们坐在秋树下吃吃喝喝。

大家羡慕地看着宋林，冯宝宝也第一次看着宋林眼睛闪现亮光。孩子都是单纯又势利，内在如何全然无法引起认同，可是衣着、文具、吃食却能引起盲目的羡慕、崇拜。

小栓拥有《还珠格格》是一例，宋林拥有一个大家没见过的饭盒又是一例。

宋林总算明白小栓前些日子的感觉，他觉得这会儿自己像个面剂子，下到热油里，眨眼便成了蓬松金灿的油条。被人瞩目的滋味，让人膨胀。

有人欢喜有人忧，林迟已经低头吃了半天馒头了。晨间的时候，巷子里有人叫卖馒头，奶奶让他买几个郊游吃，小家伙捏着一块钱，仰着头说我要买馒头。老王头走街串巷许多年卖馒头，却觉得眼前的孩子着实可爱。衣衫褴褛却软软白白的，就像他捏的小馒头。他含笑问他："要肉馒头吗？我的肉馒头城里最好。"

"多少钱一个？"

"一块。"

"不要。"

小孩乖乖地捧着三个素馒头走了，老王头眯眼看着这看起来软嫩实则很果断利落的怪小孩，可他哪儿知道怪小孩的心在哗哗流泪。

好想好想吃肉馒头，可是，一块一个呢。唉，肉馒头，不知道全城最好的肉馒头是什么味儿。唉，买不起。


于是，啃馒头就咸菜的林迟成了一年一班最奇特的风景线，余老师是个蛮好心的老师，拿着喇叭嚷："谁有多余的？分给林迟同学一点！小胖，你还吃还吃！瞅瞅你这一身墩墩肉！"

"林迟同学是谁呀，老师？"小胖问。

林迟同学别过头，恨不得融化在树上继续装背景。

一旁的小栓瞟了一眼，"啊呜"一声，不客气地咬掉了林迟手上最后一点馒头。余老师炸了："小栓，你说说你到底是什么毛病，一天不欺负人就皮痒痒难受死了是吗？！"

余老师刚说完，宋林"啪"一下，摔了筷子，不乐意了。什么时候他的小弟别人也能吵了，吼了一嗓子："小栓，还那穷酸一点吃的！"

小栓"哦"一声，把鼓鼓的奥特曼头朝下，倒了个一干二净，然后推到林迟面前，又从中捡走一个大果冻，把剩下的都扔给林迟，一边撕口一边满不在乎地说："还你的。"

他蹦蹦跳跳地远离林迟，到众人中嬉闹，林迟却看着黄叶上的各色糕点、零食，眼睛瞪得圆圆的。

小家伙犹豫了好一阵，才默默伸出小手，轻轻拾起一块糕，放在嘴里，小心翼翼地咬了一口。

然后，这暗淡无光的生命中，仿佛一惊一乍放出了一只窜天猴，等待着消逝的命运，却不想，那云边，忽而炸开灿烂的烟花。

张小栓同学，除了讨厌，还好吃啊。

h-a-o，第三声。


宋林万万没想到，他凭借一个三层饭盒得到了冯宝宝的赞赏，然后，他对冯宝宝的追逐瞬间变成了索然无味。

对，他就是那种"你不喜欢我我偏偏喜欢你，咦？哪天你忽然喜欢我了，噢，对不起，我忽然觉得不喜欢你了"的变态儿童，喜新厌旧极了，瞬间又瞄上了隔壁班唇红齿白的小班花郑笑笑。

小栓说："鸟大，她们名字有点像。"

宋林说："人长得不一样就行。"

儿童间的弱肉强食与动物毫无差别，可宋林不大赞同这种残忍的说法。

那天晚上，宋林又发烧了。为什么说又？因为他小时候不慎误食过泡泡糖，似乎从那时起身体免疫力就差了些，因此玩得兴奋了或者情绪起伏大了就容易发烧。而且前奏是嗓子疼。因此他嗓子一开始疼他妈就心慌，果不其然，晚上十点，又烧了。

他迷迷糊糊地躺在妈妈怀里，又迷迷糊糊说了一句梦话，那话含混不清，宋妈妈细细分辨，只听得见"小栓"俩字，这小哥俩，一会儿见不着面就心慌，感情是真的好，好到可以做大人的典范。

她跟暨秋关系也好，打电话轻声道："暨秋，栓儿睡了没？噢，睡啦，宋林这会儿烧了。对，又烧了。我看饭盒了，他今天还是没咋吃，你让我给他包虾肉馄饨？栓儿爱吃？嗯嗯，行，我明儿也做，宋林爱比着栓儿，他干啥他也干啥。对，可腻味人呢，拉屎也要手拉手挨着坑。是啊，孩子们真真讲义气呢，有栓儿陪着他吃、陪着他玩，我也放心。咱们这样的人家，知根知底比什么都强。"

瞧宋林他妈妈操的心便可知，他只是一个普普通通、有厌食症的儿童而已。

你看，划掉"有厌食症"这个形容词，他就是普通儿童而已。

Chapter 30

# 德州扒鸡吃不吃

1999 年的春节，小栓爸爸依旧无法回家。暨秋毅然带着小栓去了东北过年。

本是凌晨三点到，可那时节，绿皮车经常晚点，到了凌晨五点，才行至延边境内。爸爸听闻二人要来，十分兴奋，披着棉被，坐在火车站的长凳上，等了一夜。

小栓从没见过雪，入神地在妈妈怀里看了半夜，手指在车窗的哈气上画着丑丑的小兔子。他这时已不太闹腾，脑袋贴着妈妈的颈，蔫蔫的，跟平时不大相同。

暨秋觉得不对，摸摸头，才知道孩子发烧了。

列车员十分热心，在车厢里滚动广播，给小栓借来了几片退烧片，绿皮火车咣咣当当，停下来的时候，小栓仍未退烧。暨秋提着大皮箱子，再抱小栓十分艰难。小栓挣扎着跑出车厢，不肯让妈妈抱。

站台被白雪覆盖了，却密密挨挨地继续下着，这世界干干净净，也凉凉的。

小栓伸出滚烫的小手，觉得这冰冷十分舒服。他戴着一顶毛线帽，在空旷中抬头看雪，而大雪中，小小的蓝色人影竟也十分扎眼。

暨秋拉着铁皮箱追小栓，还未走到他的身旁，却忽然停滞在雪中，擦着眼睛哭了起来。

她那年三十四岁，是一个八岁孩子的妈妈。有一个十分相爱的丈夫，可因着丈夫更爱祖国，两人已三个年头未见。

而他那年三十七岁，背着一床被子依旧冻得瑟瑟发抖，站在大雪中，犹如雪人一般。

小栓用因发烧而嘶哑的嗓音喊了一声"爸爸"，"哒哒哒哒"地跑着，哭着扑到了那雪人怀中。小娃娃紧紧地拽着一角军大衣，心想着，可不能丢。


小栓被爸爸背着的时候，又昏昏沉沉地睡去。等他醒来，已经到了午后两三点，躺在热乎乎的炕上，出了不少汗。

暨秋听到动静，推开门，摸着小栓的头，略略缓了眉眼，已是退烧了。小栓却有些紧张地看着四周，暨秋问他做什么，他着急了："我爸爸呢，我爸爸呢，我爸爸又走了！"

一身笔挺的军装从门缝凑了过来，促狭道："哈啰！"

小栓的眼睛都亮了，踩在泥地上，直接蹿到了那人身上："爸爸，你这个臭小子！"

他模仿爷爷说话，叫着爸爸臭小子。

小栓爸爸头发十分整齐，笑得震天响："你才是个臭小子！"

他又说："不对，不该叫臭小子的，会不会越叫越臭啊，现在够臭了！"

小栓嗅着自己被汗浸透的秋衣，严肃地捏着爸爸的鼻子："这叫男人味儿，我是我们家最有男人味儿的，你是第二有，爷爷是第三有！"

暨秋哭笑不得："我都不知道自己究竟养了个小子还是……"

小栓爸爸把手指放在唇上嘘了嘘："轻声点，让阎王老爷听见要勾小栓魂的。"

暨秋白了他一眼，终究看着丈夫欢喜地抿起嘴笑："就你们家迷信！小栓这一年来可结实了！"

"可别说嘴，这不到了年下，又发了烧。从前也是这样，再熬熬吧，全好了才行，管它是不是迷信呢！"

门外有小战士敲门吼着："报告师长，首长让您带着夫人、小栓过去吃午饭！"

暨秋一愣："首长也知道我们过来了？从前是卢二叔在这儿，年前听说调动了，二叔回南方军区了，如今是谁做首长？"

小栓爸爸微笑："也是个熟人！"

"谁？"

"程平东！"

是他！暨秋微微蹙眉，这位本是家里老爷子最好朋友的大儿子，程家叔叔去世得早，老爷子接济程平东不少，后来他靠着一股狠劲，走到今日，发迹后却不大和家里来往了，只是过年过节递份礼物，不冷不热。众家子弟中，如今的程平东属第一人。

"他对你有没有不好？"暨秋觉得程平东为人阴鸷，不大喜欢这人，脱口而出。

小栓爸爸摇头，低声道："不与其人夺光辉！"

暨秋听懂了话外音，避让于他就没有不好，可是如果抢了他的风头，那就不好说了。

程平东的夫人、女儿也在，待暨秋和小栓也是十分客气的，大家一团和气地过了个年，小栓还跟着程家小姐姐学会了捏饺子。两人一般调皮，小战士们也都十七八岁，还是一团孩子气，带着这两个孩子在操场上放自制的土炮，把完整的雪地炸得坑坑洼洼，满地红纸。

小栓满手黑乎乎的炮灰，玩得不亦乐乎，程家姑娘程可可年长小栓两岁，长得颈子修长，嘴唇红润，小小年纪，鹤立鸡群，气质上品。可可有好几个表姑、堂姑，姑姑家又都生的是表妹，她打小身旁都是女孩子，这个爱撒娇那个又要强，一言不合就哭就挠就告状，真是烦死了。如今来了个弟弟，既诚恳又会玩，关键是憨憨傻傻的，她说什么便是什么，因此投桃报李，可可对他也十分爱护。

大年初六，延边军区 127 师师长顾长济带着幼子小黑回到了军区，顾长济年纪较小栓爸爸和程平东大个五六岁，之前一直不得卢军长心，被压着不用，几年未曾提拔，也是一身落索，如今程平东来了，对他非常赏识，渐渐在军中便有了超越小栓爸爸的苗头。

一朝天子一朝臣。

他回来之后，先让儿子给众人拜了年。小黑身子比小栓早前还弱，因他肤色有些不健康的苍白，便取了小黑这样反着来的乳名。孩子同小栓一样大，却比他矮了许多，瞧着怯生生的，一直趴在父亲的肩头，像只刚出生的小猫，虚弱得紧。

让他去跟小栓、可可一起玩，他便不情愿，只是咧嘴哭，顾师长厌烦儿子这模样，狠狠训斥，小黑反倒哭得更厉害了，跑到固定电话前，不知絮絮地和谁在通话，许久才平息。

小栓好奇地看他一眼，跑过去，只听他在说："表叔，我晓得，好，我不哭，我不想你，嗯，等我回家咱们还玩积木，嗯，我没有哭了，真的没有了，爸爸不让我去我偏去，表叔新年好，二太奶奶新年好。"

顾师长有些尴尬地解释："小黑跟我二姨姥的孙子年纪相仿，俩人特别投缘……"

程平东眼睛一亮："是那位的独孙吗，如今老太太教养得怎么样？"

顾师长叹气，语气里倒是带着避嫌的意味："谁知如何了，我不大见他，年前看了看老宅，着实已经破落了，哪还有八十年代的风光。"

夜里夫妻闲话，暨秋问小栓爸爸："那位是指——"

小栓爸爸一哂，眼睛在黑暗中如明亮的寒星，带着点讽刺回答道："俞立。"

"顾师长和俞伯伯是什么关系？"

"俞伯母大姐嫁给了姓顾的老师，后有两子三孙，顾师长就是长孙，需叫俞伯母一声二姨姥。俞伯父早些年，和伯母夫妻一心的时候，没少提拔顾长济。如今俞家分裂，他扭头只认姨姥爷，竟不肯认姨姥了，生怕惹上一身臊。俞家三个兄长前两年到我军交流，也是不大搭理顾长济的，同我喝酒时，恨极了只是一句，扯他娘的龟儿子！"

"山儿，他之前明里暗里踩你，如果巴上程平东，你的日子恐怕要艰难了。"暨秋有些担忧。

小栓爸爸点点头，笑了："我是来守'大公鸡'的，刚直板硬，别的什么都不怕。"

暨秋轻轻用手指按摩丈夫的发顶，低声道："小栓像你，也常跟我说，他才不怕，什么都不怕。"

"暨秋，我不在，为难你了。"他叹气，温柔而带着点难过。

"没有你，还有小栓呢。他也不怕。"暨秋哽咽。

十四那天，暨秋带着小栓返程，顺道捎上了小黑。可可也要回 B 城了，因和小栓十分投缘，说好了定期给彼此写信。这一写，竟延续了许多年。起初是一个承诺，后来变成了日常之事，竟习惯了。小栓开始是满篇拼音，后来学的字多了，也规规整整地写着，直到可可初中毕业，去了国外读书为止。之后，陆陆续续通了几年信，可可渐渐没了音信，二人才彻底失去了联系。

离去时，站台前，小栓又背着小书包，"哒哒"地走着，直到距离父亲很远了，那个温柔爱笑的男人才大声喊道："张小栓！"

小栓被训了一假期的军礼，娴熟地摘下帽子，打了个敬礼："到！"

"过来！"

"嗯？"小栓又"哒哒"地跑了回去，仰头特爷们地问道，"做什么，臭小子爸爸？"

那汉子嘿嘿一笑，低下身子，重重地抱住了小栓。他说："抱抱。"

"嗯。"小栓很不屑，脸颊却红红的，温暖的小手揽住了爸爸的脖子。

"好好照顾妈妈。"男儿有泪不轻弹，这男人眼中有晶莹的泪光。

"嗯。"

"栓儿，爸爸知道你很辛苦。"

"不爱听爸爸说话。"小栓低下了头。

"自己一个人，去了那么远的地方那么久，一定很害怕吧？"他指的是小栓被送到乡下的那半年。

虽有迷信之力，且说是为了小栓，但并不排除家里那些人的蜇蜇蝎蝎。当时的小栓高烧不退垂死挣扎，却要被送离家中。他和父亲在电话中激烈争吵，几度哽咽，小栓却对爷爷说自己想去乡下玩。小栓被送走的那天，自己背了一书包的退烧药，他对暨秋说妈妈不要哭，给他打电话劝慰，爸爸我不会死的。做父亲的，心里如何好受，唯有在军中表现好一些，才似乎能对得住那个背着退烧药的孩子。

小栓听到爸爸的话，依旧未说话，可是他听懂了。好一会儿，才拿脏乎乎蹭过鼻涕的袄袖放在了眼睛上。

他号啕大哭，却因年纪太小，不知自己委屈在何处。可是明明那么委屈。

爸爸擦掉他的眼泪，坚定地攥着小栓的小胳膊，认真开口："保护自己，保护妈妈，等我回来！"

小栓在泪眼中，站在爸爸的对面，像个真正的小男子汉一般郑重起誓："保证完成任务！"

保证完成任务，保护妈妈一辈子。

因为妈妈不只是小栓柔弱的妈妈，还是爸爸最爱的妈妈啊。

小栓是个记性奇好的孩子。

天有知。


小黑家在军区家属院，距离小栓并不远，他性格安静胆怯，所以这一路十分安静，直到走到德州，他闹着要吃扒鸡，因为停车时间十分钟，倒也足够了。暨秋是个惯常惯孩子的，便准备下车，小栓自告奋勇下去买，小黑也跟着下去，然后买鸡的人很多，然后……火车就开了，就没然后了。

小栓崩溃了，小栓妈脸贴着车窗也崩溃了，小黑抱着鸡哭成狗。

"别哭了……"小栓有点尴尬，扯了扯小黑的衣服。

"嗷……"抱着鸡的小黑停都停不下来。

"诶，我说你别哭了。"小栓不耐烦了，想下手拍小黑的脑袋，可看他哭得可怜，愣没下去手，直接去拽站台上的乘警了。

他说："我妈走丢了。"

乘警是个年轻男孩，"啊"了一声，措手不及地看着两个奶娃娃。

"我妈走丢了，叔叔。"小栓黑黝黝的大眼睛一眼不眨地看着小乘警，决定赖上了。

十分钟后，小栓爬到板凳上打通了爷爷的大哥大："爷，您想吃扒鸡不？"

"嗯？"爷爷正在开集体大会，穿着军装，虽知道接电话不妥当，但是家人都有分寸，只有紧急事才会打到大哥大上，因此他还是接了。这一听，却是今天返程的小栓的声音。

"爷，我给您捎了扒鸡，您来接我吧。"

"你在哪儿呢，你妈呢？"爷爷疑惑。

"我妈这不丢火车上了。我自个儿在……"

小乘警贴心地补了一句："德州火车站派出所值班室。"

"对，我在德州火车站派山所值班室。"小栓顺溜地重复。

"你跟你妈走丢了！"爷爷炸了。

"对，我妈走丢啦，您派个人去找找她。"

"死小伢，你给我站到原地不许动！！！"瞧那天边，瞬间炸开了一朵老牡丹。主席台下端端正正坐着的清一色绿军衣被吓得一个激灵。

小黑崇拜地看着小栓。小栓带着小黑占领了派出所这个根据地，蹭了小乘警两碗方便面、三个鸡蛋、六根火腿肠，到所长办公室痴迷地看了周末五集《还珠格格》连播，谁改台他跟谁急，所长同志忍无可忍咆哮着把小栓以及小黑赶出了办公室，小乘警欲哭无泪地当了好一会儿马供少爷们骑，少爷们纷纷表示对这把背肌不够满意，明显没有自家爸爸或爷爷发达，但是勉强凑合还能骑。

小栓吹牛说："我家有《还珠格格》全集 VCD。"

小黑说："我能借不？"

小栓说："那当然没问题。"

小黑说："我表叔特爱看。"

小栓说："你表叔都大人了怎么还看这个？"

小黑说："我表叔和我一样大，可是什么都懂。"

那会儿已经距离走丢大约八个小时了，小栓说，小栓还没来得及说什么，已经被一阵带着烟草清香的旋风卷到怀里，拥有着发达背肌依旧很怕被导弹导中的能搞来《还珠格格》全集的小栓爷爷朝着棉裤下的屁股一阵噼里啪啦。

哭声震天。

小黑傻了，看着小栓挨打。

小乘警傻了，看着小栓爷爷的肩章。

十分钟后，哭成泪人儿的暨秋也冲了进来，小栓爷爷扛着小栓就走，对儿媳似乎十分不满，小栓一边哭一边说："小黑你到 ×× 路 ×× 园子门口，跟门卫说你找张小栓就找着我了，所有门卫谁不认识我张小栓，到时候我给你《还珠格格》。"

小栓爷爷说："张小栓，我他娘的还没打够你！"

末了还是把《还珠格格》借给了小黑，可是小黑却似乎从此销声匿迹。

新学期开学时，同桌林迟转过一张甜白瓷似的小脸，有点认真地说："小栓，谢谢你。"

他辗转从表侄手上拿到了渴望看到的东西，而这珍贵的礼物来自一直很慷慨的小栓。

小栓认真回答："不客气。"然后狠狠地揪了揪林迟软白的小手。他想这样捏他的手很久了。

虽然不知道林迟说的是啥，但是一句不客气终归也是不吃亏的。再大些，安静时也曾读过一段话，因为书上的描述而变得温柔。那话说得特直白："所谓美人者，以花为貌，以鸟为声，以月为神，以柳为态，以玉为骨，以冰雪为肤，以秋水为姿，以诗词为心，吾无间然矣。"

如见美人，岂不欢喜。

小栓欢喜对了。

二人莫名结怨，又莫名和解。小孩的记忆本就不长远，惦记孩童时光的永远是大人。

## Chapter 31

# 小栓告别阮宁归

　　1999 年的日子过得像个挂历本，一天天地翻过去，时光长，记忆短。

　　三月，程平东一力保举顾长济为副司令员，向上级汇报时认为小栓爸爸考评优秀却性格刚烈冲动，难担大任，小栓爷爷听闻此事，掀了桌子，直骂程平东阴险小人，不是东西，一家人随着他的情绪都笼罩在了阴霾之中，小栓和二哥也有所察觉，这一段时间倒是乖乖的，不敢很淘气。

　　四月，《西游记》重播，姥娘家的电视剧儿童小舅舅又打电话通知小栓去看，小栓一看又入迷，每天连午睡都省了，从中午十二点看到下午两点，抱着书包冲到学校，刚好两点半，天天卡着点。林迟在奶奶的计划下开始对着字帖描大字了，天天一笔一笔的，小脸挺认真，小栓看着刚秀漂亮的一排排字，也怪羡慕，于是羡慕的小栓把小同桌鞋带儿悄悄绑桌子腿上了，林迟写完大字尿急，站起来往外跑，噢，那画面太美不敢看，全班小朋友都揉眼。

　　五月，出了大事儿，北部边境某震源中心发生 6.7 级大地震，距离延边军区驻军地只有二百公里。

　　军区迅速调度了三个团去救援，可是震势延绵不断，受灾人数与日俱增，而地裂严重，房屋塌陷厉害，给救援带来了很大难度。其他各个军区也都派出了增援部队，但因路途遥远，暂时还未抵达。

　　小栓爷爷密切关注着灾区情况，知道儿子安全，刚喘了口气，就听见同僚议论纷纷，说他儿子惹了祸事，带着部队不打报告冲进了灾区，被上司狠狠告了一状，说他目无长官、不守军纪，为人有待商榷！

儿子？哪个儿子？看着小栓二叔齐齐整整地坐在客厅看新闻，小栓爷爷简直要炸了。

他家这个老大就没有一天是老实的！

是非精！祸头子！从小就是！

宋林爷爷宋荣明面上没少奚落老战友："哎我说，你还别说，你们老阮家就是特容易出英雄，从前你就爱搞奇袭啊、埋伏啊、以少胜多，虽从不守规矩，但没少出力，也挣了不少军功，这不，你看，你儿子也学会了，哎哟，多招人喜欢的孩子！"

小栓爷爷憋得青筋快炸了，却硬是忍了下来，回到家，把书房都砸了。平息了好一会儿，才渐渐跟延边军区辗转联系上，又辗转联系上驻灾区军部。

等到小栓爸爸接到电话时，已经到了下午五点。小栓爸爸握着话筒的手上满是鲜血，旁边的话务员看到了，心中很不是滋味。这些日子满眼都是血，你永远不知道拼了命从废墟拉出来的那个人，是否还囫囵，而冰冷的探头探入废墟底下的一瞬间，没有任何感应，无声无息的一瞬间，也许触到的正是一个拼死挣扎很多天刚刚痛苦死去的小孩子。这种猜测把战士们几乎逼疯。

小栓爸爸满脸灰扑扑的，吐下早已燃尽的烟头，拾起话筒，就听见他爹马力全开，咆哮起来："别人不愿去的地方你上赶着去送命，送命也就算了，居然不打报告，带着部队偷偷跑出来。你有多大胆子，你知不知道自己有爹有孩子的，我的一张老脸全让你丢尽了！"

小栓爸爸微微笑了笑，他说："爸爸，我昨天救了一个娃娃，他才四岁，你知道他被我从幼儿园两米深的石板中拼了命扒出来的一瞬间，做了什么吗？他对我敬了个礼。才那么小的孩子啊，却很清晰地告诉我，'叔叔，我记得我爸爸的电话，我爸爸教过我，他告诉我，如果我丢了，就打爸爸电话。叔叔，求求你，帮我打电话。'那个电话永远不会再通，他的爸爸早在三天前就已经去世，而死前那个男人紧紧攥着儿子的相片，这是其他的战友告诉我的。"

小栓爷爷有些沉默，小栓爸爸手上的鲜血继续顺着手腕向下滴，他却又沙哑着开口："爸爸，我当然知道自己有爹有娃娃，可是，不是只有我有爹有娃娃！我向程平东打了报告，一天之内打了三回，但他一次也没有批准。我知道我在做什么，比任何时候都要清醒！我要对得起我这身衣裳，我要扛起来我的责任！我知道没有我，还会有其他人，可是我的距离最近，而在人手紧缺的情况下我别无选择。如果能用我换回其他人的生命，我心甘情愿死在这里，绝不后悔！"

小栓爷爷脸上看不出喜怒，他说："但是如果你没有死，你可就什么都没了！回到延边，你会被人永永远远压在脚下，甚至会因这次擅自行动而被终身弃用！"

小栓在门口听了半天墙角，冲着电话嚷嚷："爸爸臭小子，不要怕，你去救人，我养你。我租《还珠格格》，一套一块，生意可好啦，不要怕，爸爸！！"

爷爷砸了书房，小栓知道和爸爸相关，一早就悄悄藏在书房门口。

小栓爸爸在电话另一端笑着笑着就鼻酸了，满目的废墟中一直咬牙忍着的泪这会儿却全都涌了出来。小栓爷爷气得挂了电话，把小栓抱在腿上，撩起袖子要胖揍，手高高举起，恨得牙痒痒，许久，却轻轻落下，叹了口气。

他说："傻栓儿，你爸做错啦。"

小栓抚摸爷爷花白的脑袋，咧嘴笑了，老气横秋："可是，如果我和爷爷遇到大地震，快要死掉的时候，我也希望，能看到像爸爸一样的人啊。"

对和错，其实不那么重要。至少小栓永远觉得自己是对的，大人的荒谬言论都是错的。

小栓爷爷心中微微一颤。

　　六月，小栓爸爸被派到混编的巡防团，以师长级别兼任团长，因为巡防团团长方巧平级调动，这是个无人愿来的苦差。战时也有上级兼职下级的权宜之计，只为战事吃紧，随时调动，可如今和平年代，从没有这样暗降两级的先例。

　　晚饭后，小栓二叔随父亲进了书房。

　　他表面上十分担忧，但是眉眼间又有些放松了的喜色，毕竟三十余岁，还做不到喜怒不形于色。他过去追逐兄长疲于奔命，心中那点小九九小栓爷爷一眼便看了出来，强打起精神问他："你对你哥哥这件事怎么看？"

　　小栓叔叔回答："大哥忒冲动好强，这种事情他不做也有别人，地震轮得着他操心吗，可是一旦违反军令，会为部队中人所不齿，以后仕途恐怕都要受到几分影响。"

　　小栓爷爷良久不吭声，小栓叔叔觉得头皮有些发麻，便又补了一句道："大哥一贯倔强不听话，这事儿只怪他，倒牵涉不到父亲和咱们家，爸爸不用很担心……"

　　他话没说完，小栓爷爷拿着用了三十年的军队制搪瓷缸子，朝着二儿子就砸了过去，恨骂道："别当我不知道你和程平东的那些勾当！你们俩一向联系紧密，你只当我平常奉劝你少和他凑一起是耳旁风！他害了你哥哥你倒很得意，满脑门长的是猪头肉吗！对，只怪他，不怪我，更怪不着你是吗？！我告诉你，你哥哥哪儿都不好，脾气又臭心眼又直，人也不是绝顶聪明，偏偏有一点，你这辈子都赶不上！他娘的有骨气！知道什么叫骨气吗！你穿着国家给你发的衣裳顶着这身皮囊你有骨气吗！啊？你知道这次地震死了多少人，你知道大家都在心心念念盼着绿衣裳吗，你知道你哥哥的一个师为救援争取了多少时间又救了多少人吗？国难当头啊，你还自鸣得意，众人皆醉你独醒！心眼儿脏！脏透了！当老子的替你臊得慌！"

　　小栓叔叔吓傻了。他从没受过父亲如此严厉的斥责。

　　小栓爷爷喘着粗气，缓了好一阵子，才道："把阮静从美国接回来，老子的孙子不该在那里！有这点儿钱还不如捐献灾区，多救几条人命！"

小栓叔叔阮敬水二十岁结婚，二十一岁生了长子阮静，如今十四岁，正在美国读初中。

他大气不敢吭，只是点头。

小栓爷爷姓阮，他十五岁参军，二十岁为自己改名阮令，意为告诫自己，军令如山。

阮令生两子，敬山和敬水。

敬水两子，敬山一……女。

小栓是个女娃。

当时为了避阎王，消灾的先生连性别都要求家人混淆。

阮敬水默默退出书房，阮令却失望得眼角藏泪。

他说："你……不行。"

阮敬水握紧了手。


七月八月皆是暑假，地震带给国民的鲜血淋漓的伤口仿佛永远不会好了，却又伴着时间渐渐平息，九月又开学，阮家两个孩子都要读二年级了，阮令颇平静地对暨秋说："小栓名字改回来吧，我瞧她都好了。"

张暨秋快哭了。小栓小时多病，便一直没定学名。当年公公说了，孙辈的名字都从"致敬中国"中取，大孙子先生，喜静，便取了静；二孙子顺了致，到了下一个，应叫"阮中国"了吧。

这叫什么名儿。

阮奶奶欢喜地抱着小栓，笑道："阮中国，多俊的名儿。"

小栓"啊"一声："你叫我啊，奶？"

阮爷爷淡淡一笑："是阮宁。宁静致远的宁。"

她不过是个女孩，却排在两孙之前。

众人脸色骤变。

小栓懵懵懂懂地从张小栓变成了阮宁，夜里偷偷擦了几回泪，心道这名儿着实不爷们，读了二年级，还如何大杀四方震慑众人。

十月，园子里的孩子们都掀起了骑"好孩子"童车的风潮，阮爷爷给俩小孩各买了一辆。阮致学得快，很快就卸了两个辅助轮，小栓骑得歪歪扭扭，最后却还带着一个轮儿，上学时候吭吭哧哧，整个身子还是往辅助轮一边倾，梗着脖子，吃奶的劲儿都使出来了。

每次骑着独轮儿童车迟到，桀骜不驯地罚站在二年一班的门口，是她，是她，还是她。

小栓改名为阮宁，从一年级升上来的老同学依旧喊她小栓，没人觉得她不是张小栓，没人觉得她不是男的。

事实上，她比一整个学校的男生都要像男的，比如同桌林迟，林迟一贯被她认定为没有男子气概，像个小娘皮。

二年级开了学，二人莫名其妙地又成了同桌，而宋林和阮致同桌。宋林、阮致和小栓三人玩得死铁，小栓那样心眼直脾气坏的，反倒让宋林和阮致这样心眼多的孩子觉得容易把控。换句话说，他们未必能从彼此处讨得什么便宜，但是却能从小栓那里得到最慷慨的馈赠。而因着这馈赠，他们也心甘情愿对小栓好点。

小栓则是雨露均沾的类型，跟谁都能玩一玩、闹一闹，宋林和阮致对她推心置腹当成知己并且是唯一的知己，小栓对大家却是一样的感情，好时推心置腹，气时打捶一通，未有谁特殊。这是她没心没肺惯了的缘故。

脑门上写着"我很牛"的同桌林迟最近有些蒙。

他发觉了一件事，这件事令他有些费琢磨。

小家伙有点闷闷的，回家同奶奶说了，奶奶揉着这孩子毛茸茸又柔软的脑袋，心想孩子们的岁月倒是真可爱。

"她这样，不叫变态。"林奶奶定性。

林迟叹气："可她这样好奇怪。明明是……却一直以为自己是男孩。"

林奶奶微笑："林林，你很关心她。"

她昵称孙儿林林，从不提及"迟"字。

林迟翻开了英语词典，不再继续这个话题："大家都关心她。"

因为她是坏孩子。她出格的举动是那些被禁锢着的孩子在循规蹈矩的学校中，唯一的乐子。

窗外的黄瓜爬满了藤，再不吃，便真要变"黄"瓜了。他小心摘下几根，用干净的手绢包着，第二天清晨送给了小栓。

他睁着圆溜溜的眼睛看这坏小孩"咔嚓咔嚓"地咬着，感觉才算稍稍还了坏小孩时常给他带点心的善意。

莫名想起在乡间参加婚礼时听到的一首俚曲，又觉不对。

他记性一贯太好。


我抱一采韭，送你半坛酒。

因韭从你来，故而才舍酒。

明晨厨间韭，明夜烛台酒。

酒浓韭亦浓，铺盖连理红。


十一月时，期中考，小栓数学第一次考了一百分，甭说别人不信，她自个儿都不信，直追着数学老师到厕所，在墙边立个小脑袋，傻乎乎地问："马老师，我数学是考了一百吗？"

马老师被她吓得尿都分岔了，拎起教鞭追了她半个操场，跑完了，小栓气喘吁吁眼睛却亮晶晶："诶，马老师我数学是考了一百吗，您有没有骗我？"

马老师啼笑皆非，直点头："一百，一百，是一百，这伢子！"

小栓背着书包骑着儿童车晃晃悠悠晃回家，推开门就是一句："妈我考了一百！"

一转眼，沙发上坐着一个穿着蓝色毛衣的温柔少年。他正在收拾手边的书籍，诧异地抬起头，愣愣地看着眼前板寸头的小孩。

两人都静默不语。

暨秋笑了："天天念叨着大哥，大哥这不是回来了，怎么还愣着？"

小栓眼圈都红了，许久才跳进少年的怀里，红着眼圈哭着说："哥哥，你可算回来了。你去那么远干吗呀，我都不敢坐飞机。我特别怕死，可是你怎么都不怕。爸爸说总有一天你会回来，可是二叔又说要等我长大了，我一直很使劲，可是一直长不大啊。"

少年抱着眼前的孩子，把小孩光洁的额头放在唇边轻轻吻着："妞妞，不要难过，哥哥回来啦。"

十四岁的阮静从美国回来，办好休学手续，刚刚到家。

阮静走时，小栓还未取名，家中只是叫她小名"妞妞"，那时她还是女孩，回来时竟调换了性别。

小栓心中已渐渐有意识自己是个男孩，一时再难适应。

阮静说："你刚刚进家时说了什么，妞妞？"

小栓迷茫地看着哥哥，她想起来初到老家时的场景。乡下的堂爷爷带着庄稼人的粗糙拽住了她的小辫子，"咔嚓"便是两剪刀，告诫家中都要说她是男娃，谁说漏了嘴就要挨打。与她一般大的堂妹挨了打，哭着指着她骂，你这个不男不女的妖怪。小栓那时常烧得两眼无神，只是卑微地抱着茶缸子吃药，低着头说对不起。从此，她再也没拿自己当过"妞妞"，跑跑跳跳，穿衣吃饭，男孩如何她也如何。听到"妞妞"时，也再不觉得这样娇宠的名字与自己有什么关系。

毕竟这份娇宠倒成了原罪一般。在爷爷接她回去之前，她都不确定，自己还能不能回去。

赶着日头过，仿佛只有顽固和愚蠢才能使生命变得透亮一点，不然，漆黑无天日的生活真的能把人生生熬死。

她说："我不叫妞妞啦，哥哥。"

一旦扛起一个重担，时间久了，竟像长到了身上。

1999年12月19日，距离澳门回归中华人民共和国只有不到一日。这天周日，晴朗，无风，红旗特红。

小栓周五时就特严肃地对同桌说："林迟，周日有晚会，有交接仪式，要到十二点，你可别又睡着了。"

林迟同学有点挣扎，他从没在八点半之后睡过，十二点的夜空更是不知道长的啥样。对儿童来说，瞌睡是世界上最大的敌人。

他扒了扒软发，迷迷糊糊地恳求："我要是不小心睡了，你能说给我听吗？"

小栓犹豫了一下，掐孩子脸，恶作剧地笑开："我才不说给你听！哈哈哈哈！"

天冷了，后门被调皮的孩子们抠得坑坑洼洼，时常灌风进来，小栓和林迟坐在后门旁边，冻得吸溜吸溜，手揣到新棉袄里也不管用，此起彼伏地打喷嚏、流鼻涕。

小栓早上老忘拿纸巾，林迟倒是会带一些，同桌俩就着他带的这点纸巾，擤鼻涕擤了一天。小栓鼻头红红的，鼻涕挂在人中上，马上滴嘴唇上了，瞧着也是恶心人，她说："林迟你再借我一点。"

林迟毫不犹豫地把最后一薄片纸递给了小栓，把自己的半管鼻涕吸了回去。杏子大的眼睛清凌凌的，清澈剔透得像一瓮添了薄荷叶的井水。

这个穷人……很大方。

他从不用自己手中拥有的那点东西去索取别的想要的，不，准确说来，他不是没有想要的，而是他想要的东西如果得不到，也不会觉得遗憾。

比如他还是在交接仪式之前睡到开启脸色红润小宝宝打呼模式。其实小栓也没好到哪儿去，熬到九点就变成灵山罗汉小和尚流口水趴倒十八式，早上七点起床，拽着阮静的手，问了一路，阮静逗他，说："交接仪式就是大家一起手拉手唱幸福歌。"

如果感到幸福你就拍拍手，piapia！

如果感到幸福你就跺跺脚，duangduang！

小栓云里雾里去了学校，林迟还未开口，她就开始清了清嗓子，对着全班同学的方向，张开双臂，唱道："如果感到幸福澳门你就拍拍手，piapia！看哪大家一齐拍拍手！如果感到幸福澳门你就跺跺脚，duangduang！看哪大家一齐跺跺脚！"

全班小朋友都迷醉在这魔鬼的步伐中。

宋林捂眼，别过头，觉得心里一阵闷棍敲过，真不想承认这蠢货是自己的小弟。

林迟挠了挠小脑袋，他问小同桌："这是啥？"

小栓偷着乐："我演给你看，你昨天肯定睡着了。"

林迟呆呆地，许久才灿烂地笑了，他说："真好看啊。"

其实早上六点有重播，重播时他看了，交接仪式不是这样。他便知道，小同桌其实也睡着了。

他说："阮宁同学，谢谢你。"

小栓第一次被人这样称呼，有些愣了。

她被人郑重地叫响了这个像是埋在樟木箱子里的名字，重见天日之时，微有陈旧酸涩，却也渐渐似被打通任督二脉，举手拨开眼前云雾。

他，不，其实是她，咂摸咂摸小嘴巴，缓缓笑了。

阮宁同学啊。

她来啦。

## Chapter 32

# 富贵宋林穷舅舅

1999 年年底，阮静班里传世界末日传得绘声绘色，阮静听了，回家吓唬两个小的，阮致翻了翻小白眼，显然并不买账，阮宁倒是很信，给宋林打电话如此这般地说了，宋林如此这般地嗤之以鼻，皱着眉毛把眼前的精致饭菜推得远了些。

宋妈妈快愁死了，给张暨秋打电话问道："除了馄饨栓儿还吃啥，我瞧你给她催膘催得不错。"

张暨秋摸摸鼻子，看着眼前拿着大勺挖米饭满嘴油嘟嘟的小娃，无奈道："我瞧她啥都爱吃，并没有不吃的。"

宋妈妈都掉泪了："好想要栓儿这样的孩子。"

暨秋无奈地看着满桌米饭撒得小鸡啄米似的女儿，苦笑道："如果把宋林给我，我立马把她扔给收破烂的。"

阮宁一听不乐意了，抱着海碗扯嗓子："妈，你说啥我都听见了！鸟大虽然很好，但我也不错啊！"

宋妈妈噗地笑了，这孩子是真实在，真可爱。

她挂断电话，转头再看宋林，饭菜还是刚上桌时的模样。宋妈妈拿着勺子为难道："要不妈妈喂你？你小时候喜欢妈妈喂。"

宋林脸红尖叫道："我都九岁了！"

宋妈妈叹了口气。公公从宋林出生，就对他要求异乎常人地严格，什么场合都带他见过，见什么人也都不避讳他，珍馐美味没有任何吝啬，这样强加于这孩子身上的信息资源，竟让他年纪小小，对一切却已十分麻木。其他那些并不妨碍生活，可是厌食症一条却让家里大人伤透了脑筋。

宋妈妈还有一个女儿，如今刚读小学一年级，因对宋林有所愧疚，所以教育这姑娘倒是十分随她天性，如今也是活泼任性得要命，对万事万物都挑剔得出格，每天上学之前，都要换个七八套衣服，梳个头发还要满头小辫子，俩字儿——臭美。

宋妈妈几次忍住没揍这小丫头，宋林每次都站到妹妹前面，阻止母亲，偶尔几次还要站在妹妹前面替她受罚。他对妹妹十分爱护，到了让家里人惊讶的程度。虽然一母同胞，但是宋林没有丝毫的孩子气，对待妹妹也不像阮家同龄两兄妹打打闹闹的模样，反而像极了大人看待孩子。宋妈妈暗自揣测他为什么会这样，后来细心观察才发现，宋林似乎把妹妹看成了另一个自己，可以洒脱肆意，又不必处处受约束。他羡慕妹妹的模样，也想保护这份不同于自己的无忧无虑。


张暨秋向公婆告了假，春节前带着阮宁回到了娘家。阮宁姥娘是个寡妇，一把屎一把尿把张暨秋姐弟三人拉扯大。暨秋二弟已成了家，如今在南京工作，暨秋三弟张至仲刚读大学，还是个半大的孩子，聪明机灵，眼睛圆溜溜的，长得也好看，小时候人称"赛罗成"。

他就是那个常打电话通知阮宁看电视的小舅舅，对阮宁十分疼爱。

都说外甥像舅，阮宁倒有几分像张至仲。阮宁姥娘是个疼爱孩子毫无原则的，每次阮宁来了姥娘家，倒像是久憋的旱鸭子进了大池塘，摇摇摆摆，摇摇摆摆，快活得很。

阮宁姥爷张寅以前在木材公司做经理，年轻时得力，干得好的时候，在县城里也分了个宅子。搬了进去才发现，邻居都是些贩夫走卒，市井之人，性格凶悍，并不大好相处，后来看张家院子大，人却少，起了歪心思，总是就分界的几分地和张家起摩擦，张寅起初也退让，后来倒像是让出了仇人，周遭几家邻居越发得寸进尺。隔壁一个叫李虎的听说年轻时学过猴拳，另外一家姓赵的儿子刚考进了检察院，细细算来，竟是谁也不怕姓张的，只有张家屈服的份儿。张寅因为这几分地长年累月的摩擦，最后被活活气死了。张家姐弟三人都还小，只能任人欺凌，后来甚至发展至出门就被邻里啐骂的地步。直至张家大弟长成人，一次纠纷中，一锤下去，打趴了自称学过猴拳的李虎，周遭的人才有所收敛。

后来，张暨秋嫁给了阮宁父亲，张家因地皮去法院打赢了几场官司，判决书下来，情况才彻底好转起来。

如今，谁不羡慕张家女儿嫁了个好丈夫。可这两个年头，又听说暨秋丈夫阮敬山在军中郁郁不得志，隔壁气焰渐渐有些抬头。

阮宁随着小舅舅出门，就被邻居指指点点过几回。张至仲的脾气是三姐弟中最好的，见人就笑，并不喜欢和人起冲突，把阮宁抱到一旁玩耍也就是了。

张至仲带着外甥女逛遍了快到春节的整个县城，吃了现煮的油茶和粉面丸子，里面泡了方便面、馓子之类她平时并吃不到的吃法，路边小摊上有卖塑料耳环和头花的，鱼儿鸟儿的，各色都有，小舅舅也一并买了给她玩耍。

清晨，县里有卖一种土说法叫"丸子汤"的早点，小舅舅日日早上六点背她去吃，汤水清香浓厚，另买一笼牛肉包子，软滑焦香，阮宁吃得乐不思蜀，爷爷打电话表示对她有那么一丁点的想念，问她啥时候回家，她也表示对爷爷有很多很多的想念，但是并不想回家。

张家姥娘则在家和暨秋唠叨些闲话，说道："陈家儿子也去南京工作了，你大弟说见他了，还一起吃了顿饭，他如今并没有结婚，问他什么打算，只说没有合适的对象，急也急不得。"

暨秋有些着急："他怎么样了，妈你不用专程跟我讲！"

张姥娘有些无奈："你这急脾气！这不是闲话说了。你们俩毕竟还是同学，这么多年，我冷眼瞧着，他是喜欢你的，只是你嫁给了山儿，我总是有些恍惚，你们俩那么好，眼瞅着读完大学就要回家结婚了的，怎么一转眼你就和山儿成了，他黯然离开，问你怎么回事，你总不说，我还猜想，你是因为你爸死的事儿刺激到了，一定要争口气，嫁个家里有能耐的。妈想到这里，心里不踏实啊！"

暨秋哭笑不得，说道："我和陈礼就是普通同学，对山儿也没那么多歪心思，就您老人家想得多，天天看电视剧迷得不着五六的，胡乱往我身上编排。"

张姥娘哈哈一笑，倒也过去了。

晚上甥舅俩照旧蹲家门口马路边上喝油茶吃烧饼，阮宁啃得一嘴芝麻，小摊老板揉着阮宁的小脑袋直咂舌："这孩子是真能吃，胖乎乎的，两头一般挺。"

小舅舅就笑，唇边两个小酒窝，说道："养得起养得起，这么个小娃。"

阮宁笑着看小舅舅，说："我长大了挣钱了也养舅舅。"

张至仲用手背蹭了外甥女嘴上的芝麻，笑了："舅舅是做舅舅的，扛你一辈子。"

正说着话，邻居李虎媳妇刚巧走了过来，不咸不淡地骂道："大野囊带小野囊，贱人养的八辈不翻身。"

野囊是张家此处的方言，意思是野种。

张至仲一下子就火了，揾紧了拳头："你骂谁？！"

李虎媳妇说："谁是野囊我骂谁，谁是贱人养的我骂谁！"

张至仲要上去打她，看见有些紧张得攥紧他手的阮宁，心一下子软了，拍了拍小孩儿的头，说："不怕啥，没事儿，吃你的，吃完回家看电视，今儿重播《射雕英雄传》。"

年二十九，张暨秋带着阮宁赶回 H 城，坐火车走之前，姥娘给阮宁带了许多自己做的点心和腌梅子，还炸了些馓子，阮宁抱着小舅舅抹眼泪，张至仲眼睛也泛酸，说道："赶明儿我回学校了，就去你家瞧你，到时候，还带你出来玩。舅舅现在没啥钱，过了年去打份工，挣了钱就去找你。"

阮宁在火车上一路都有些消沉，她提出了一个挺实在的问题："妈妈，姥娘和小舅舅过得好吗？"

张暨秋心里一颤，想起家中只有那一老一小，心中也难过，可是压下难过，安慰女儿道："现在不好，以后也会好的。你小舅舅读完大学，就能参加工作了，到时候咱们把姥娘接到家里享几天清福。"

"爷爷能同意吗？"

她倒是会抓重点，张暨秋苦笑："当然不会。等你爸爸以后回来了，咱们买了房子便搬出去住。"

阮宁点点头，抱着小篮子里的吃食说道："那样以后就瞧不见鸟大了。我想把所有好吃的分给他一半，他总是不爱吃东西，每次都这样这样皱着眉毛。"

她用小手压着眉毛学宋林那张挑剔高傲的小脸，哈哈笑起来。

宋林收到一篮子村土的礼物，几乎一瞬间又厌恶地推给阮宁，面容虽是温柔的模样，语气却不大和善："什么乱七八糟的东西也给我，这是什么，都压碎了，我这儿是垃圾车吗，小栓？"

他掀开上面披着的布，看到碎了的馍子和含着油脂的粗糙糕点。

阮宁笑嘻嘻地，不以为意："可好吃啦，你拿着尝尝，你不吃就给宋妈妈、宋爷爷和宋奶奶。"

春节安安稳稳地过了，阮宁一向喜欢看春晚，可是决计熬不到最后一个节目，她说："感觉看不到完整春晚的人生像是被诅咒。"

阮致说："你睡得像头猪。"

第二天早上去宋家拜年，却闹了点不愉快。跟阮致穿着双胞胎似的一身新衣裳刚敲了门，差点被一个篮子砸哭，得亏阮致机灵，拉了阮宁一把，才没被飞出的篮子打中。

保姆有些歉意地看着两个受了惊吓的孩子，二人一错目，宋妈妈在客厅暴跳如雷："宋璨，谁给你那么大的权利浪费粮食的？什么你都扔！"

宋璨是宋家小四的大名。

宋林也在客厅，放下手里的遥控器，抿唇道："妈，多大点事儿，几块快馊了的点心。"

宋璨附和："乡下农村来的，谁知道能不能吃，吃了会坏肚子。您还摆出来，恶心死了！"

宋妈妈小声道："小冤家，你不能小声点吗？好歹是阮宁的一片心意，她一会儿要过来拜年的，不看她的面子也要瞧她爷爷的！"

宋璨嚷嚷："她姥娘家就是破落户，他们家都瞧不起她姥娘家，我们要给她姥娘什么面子？！"

宋妈妈气道："都知道的事儿，还要你来说吗！人家知道了，只会说我养你养得没规矩！"

宋璨嘟囔："哥哥还一直同她玩，不男不女的，没一点教养，就像她妈。"

宋林在背对着阮宁的地方皱眉："一个院子，抬头不见低头见，谁见面不打个招呼，这就叫关系好？那我跟栗奶奶家的小哈巴关系也不错。别说你瞧不上她妈，你见我啥时候吃过她妈做的点心，没有脑子，只知道嚷嚷。"

阮致尴尬地跟保姆对视，阮宁低头看着被扔到地上的篮子，里面有姥娘亲手炸的馓子还有她最爱吃的薄荷糕，小舅舅亲自去市场买的篮子，听说这种篮子最适合八九岁的孩子挎着，纯手工无污染，老板还骗他说，孩子都喜欢。

阮宁有点想打人，又有点想吐，她说："二哥，你跟宋林说他不是我鸟大了，我要回家找妈妈。"

阮致第一次见妹妹声音那么小，她就是个……大老爷们啊，干吗还拿手背蹭眼睛，这是哭了吗，这是伤心了吗，这是为什么？

阮致有些愤怒地看着宋家人，他第一次对宋林有些厌恶。他觉得这是个两面三刀的人，他平常那么聪慧恬淡，像是没有裂壳的蛋皮，如今透明光滑的表皮龟裂了，叫人慢慢瞧见不大美好的内里。

宋林终于发现了门外的动静，他从沙发上扭头，看到了门外的阮家兄妹。

他记得阮宁那时震惊而伤心的眼神，但是他强迫自己觉得好笑，强迫自己觉得这是个没脑子的孩子，随便骗骗就好了，好兄弟讲义气，哪有隔夜的仇。

虽然其实他有些心慌。

虽然事实证明，他错了。

这一次，竟让他的厌食症再也没有好过。

年还未过完，阮宁还没从和最好的兄弟绝交的忧伤中走出，阮宁姥娘家就出了事。

至仲小舅舅杀了人。

阮宁姥娘因为邻居李虎家的垃圾总堆在自家门口，便找李虎媳妇说了几句，李虎媳妇指桑骂槐把老人家骂了一顿，阮宁姥娘回家就气病了，小舅舅张至仲气不过，找李虎理论，李虎新仇旧恨，就把至仲打了一顿，至仲被打急了，也不知哪来的劲儿，抄起院子里的镰刀就往李虎身上招呼，李虎一个趔趄，倒在树下的石头上，后脑勺"啪"一下开了瓢，送到医院却也没救过来。

张至仲故意伤人，被拉到了局子里，阮宁姥娘在给女儿的电话里哭得歇斯底里。

暨秋一下子就着急了，给丈夫打了电话之后就去书房求公公，阮令没松口，只是不咸不淡地说帮亲家问问情况。

阮宁这两日总爱蹲在枯萎的树下挖蚂蚁窝，谁也不理，整个人都消沉了不少，暨秋瞒着她，可每天愁云惨雾的一张脸，这孩子又有些过度在意妈妈的情绪，所以便看出不对来。她打电话给姥娘，想着也许老家出事了，姥娘一听外孙女的音儿，就哭得上气不接下气，却也什么都不肯说。孩子小，灵气旺，她心中似乎也有些感应，就顺嘴问了一句："我小舅呢？"

阮宁姥娘哽咽，她说："你不要再问小舅舅了，以后咱家只当没有小舅舅了。我没生过你小舅舅，你也没有杀人犯小舅舅。"

阮宁一听，好像五雷轰顶，被这番话说得心都碎了，她哭着去找暨秋，暨秋却摇摇头，说："你舅舅误杀了人。"

阮宁问："小舅舅会死吗？"

暨秋死寂一样的沉默。

阮宁又大声问了一句："小舅舅会死吗？"

暨秋似乎整个人都崩溃了，说："阿仲说不定会偿命。"

阮宁一边哭一边跪到爷爷面前，她说："你救救我舅舅，你以后说什么我都听。"

阮令一叹气，问道："你姥娘有赔人家的钱吗，妞妞？放了你舅舅，别人怎么说你爸爸，说你爷爷呢？"

阮宁觉得没指望了，她知道自己姥娘和舅舅都穷得要死。她哽咽着说："爷爷借我钱，我长大了还爷爷行吗？"

阮令对外人之事，永远都是事不关己高高挂起，更何况这是他一向觉得耻辱的亲家。

他摇摇头，阮宁却突然情绪十分暴躁，她害怕到了极致，也愤怒到了极致。她说："我会生气的，爷爷，我生气！"

阮令平静而冷淡地看着眼前的孩子，他似乎看透了她心中巨大的恐惧和无奈，只是说道："看淡点，你爸爸至今还自身难保，如今你妈妈去烦恼你爸爸和我，又有什么用。"

阮宁咬牙，说道："我去救我舅舅，人家要偿命，我就一命抵一命，反正我是小孩儿，死了投胎，十八年后又是一条好汉！爷爷不喜欢我，我妈妈生了我这个女孩，你就瞧不起我妈妈，还把我变成男孩，只是因为瞧不起我是女孩！"

阮令一瞬间点炸了，朝着门外吼："张暨秋呢，把你女儿带出去！"

暨秋自此，再也不敢在阮宁面前提起至仲的事儿，只能趁她睡着，暗自垂泪。阮宁如何不知道，她有些怨恨妈妈只知道哭，可是自己也竟不知到底该做些什么，才能救到舅舅。

这个年，阮宁母女过得惨淡，阮敬山在军中也着实不好过，被程平东和顾长济二人死死压着，每天在雪窝中蹲守着，连年假都休不成，大年三十小士兵们端了口热饺子，心中那口郁气稍稍纾解，可之后又听到小舅子出了事，瞧着像是被人下了套，照理普通人家是不敢得罪阮家的，可是阮家明里暗里这么多敌人，谁随手下个棋子，却是连查也查不出的。

他远在边防，打了几个电话却是处处碰壁，后来发现是父亲下了令，让亲朋故旧都不许管这件事儿，只说国家有法律，随它怎么判。敬山又被气了一回，他知道父亲是怪他上次违抗军令擅自做主去了灾区，把自己陷入现在这样被人钳制侮辱的境地，这次抓住把柄，肯定要好好修理他一番。

阮敬山也不是没认真思考过，若是随它去判，至仲过失杀人，本不到死，七年刑也就到头了，而且他还有几日才到十八岁，判下来应该会更轻一些，然而如果李虎那边有人相助，过失杀人和故意杀人可是完全不同的概念，到时按后者判，即使至仲不到十八岁，也多半要偿命。

阮敬山筹了筹自己手上攒下的没舍得花的工资，又向要好的战友借了一遍，一股脑全寄给了妻子，让她先稳住，自己再找找人，看李虎家是否有和解的意向。

张暨秋没等到丈夫寄来的救命钱，女儿阮宁却突然间失踪了。

Chapter 33

# 他还能春花一笑

　　她背着书包到了汽车站，买了一张车票。口袋里揣了八百块钱巨款，过年攒下买迷你四驱车的压岁钱。

　　小家伙趁着午间操钻栅栏，出了学校。屁股卡在上面，晃荡半天，才掉下来。

　　她不知道自己在做什么，但是觉得被关起来的小舅舅太可怜。

　　小舅舅那么爱看电视，可是那里兴许连黑白电视机都没有，还怎么看《还珠格格》《西游记》《射雕英雄传》？

　　她出生的时候，小舅舅是她现在的年纪，不过九岁，只会戳着她的脸傻笑。等她有了记忆的时候，小舅舅已经是个高大的少年，爱玩爱闹，有一双温暖的肩膀驮着她到天涯海角。

　　这是她闭着眼都能描绘出容貌的亲人。

　　爷爷对小舅舅的冷漠让她无法容忍，仿佛割裂了自己生命的一部分。她明知爷爷没有义务去救舅舅，但是爷爷仿佛看着一只要死便死的小动物的态度彻底激怒了这个孩子。

　　小小年纪的阮宁却深深地叹了口气，她刚要踏上去余南县的客车，却被人轻轻扯了衣角。

　　阮宁转身，是那个奶白的娃娃。

　　阮宁："谁让你跟的？去去去！"

　　林迟有些沉默，又有些脸红，过一会儿才软软地说："你要去哪儿，我跟你一同去。奶奶过年给了我可多可多钱，能买票，还能请你吃个面。"

阮宁看着他手里捏着的二百块钱，心想哪里可多可多。

林迟是个内心柔软善良，又被祖母教养得极有绅士风度的孩子，她离开跳操的队伍时，他就发现了，因担心她做坏事被老师惩罚，就悄悄跟了来。

小霸王瞪着奶娃娃，奶娃娃吓得屁滚尿流却不敢哭。手里捏着一张刚买的票，怯生生地看着她，在上车与不上车之前等个准话。

阮宁忽然有些泄气，这人没劲透了。她一直立志把他捏哭，可是这人太好欺负也太不好欺负。欺负由你欺负，也不太懂反抗，只是时间长了，看他一副小呆鹅样，笨拙而淳朴，便也不大乐意欺负他了，甚至在别人欺负他时还要挡一挡。

她说："走吧，我不是去玩，别跟丢了，我可赔不了你奶奶。"

这小孩儿懵懂单纯，弄丢了人家奶奶哭死了，好一根独苗，虽然穷但没苦相，还会说英文、写大字，培养一个也不是大风刮来的。

林迟就坐阮宁旁边，松了口气，小声说："我第一次坐客车。"

阮宁心想，他可真像薛宝钗，大门不出二门不迈的。嘴上却不耐烦理他，狠狠地掐了小孩的奶白小脸一把。

林迟揉着脸，有些兴奋地看着外面傻笑。

余南距离 H 城不远，俩小时就到了。阮宁对这里挺熟的，轻车熟路就带林迟到了公安局门口。她说："警察叔叔，我想见我舅舅。"

警察叔叔说："你舅舅是谁？在哪儿呢？"

阮宁知道舅舅的名字，却不知道他在哪儿，茫然无措地摇了摇头，说："我有八百块钱。"

港片里演的塞钱就能进监狱，可真到了现实中，警察叔叔笑得前仰后合，挥着手，就把俩小孩儿撵走了。

林迟问："你舅舅怎么了？"

阮宁心里憋屈，爷爷家里高门权贵，姥娘家里平头百姓，还有点穷，她妈生了她，宋家还敢拣着笑话她妈，全因这桩门不当户不对的婚姻。她帮着姥娘家，便被爷爷家当作"张暨秋又仗着生了个老阮家的种帮衬自个儿娘家"的典型场景，显得没了骨气，可是不帮，不帮他妈的良心过得去吗？！那不是隔壁吴老二家的傻儿子，有种不要舅舅，就甭占人家老张家的半条 DNA！

更何况，这事儿她不觉得舅舅有错。人活得没了血性，只剩憋屈和窝囊，还有什么意思。她怎么不明白舅舅，这么理智的人，本意也只是想吓唬对方，过几年太平日子。他出去读大学，如果不震慑一下，去了外边，老娘在家还不被人欺负死。穷人孩子早当家，各有各的苦楚，可谁平白跟你说去，不过是倒不出的饺子，在茶壶里闷着。

这会儿林迟呆呆地看着她，一脸信赖，阮宁便一股脑把心里话倒了出来。她年纪小，心里有，却说得有点不大明白，只是讲："我爷爷不喜欢我姥娘家，舅舅误伤了仇人，对方家里找了人，要枪毙舅舅，爷爷能帮忙，却不大愿意。爸爸跟爷爷别扭上了，可我不想再拿自己威胁爷爷，只是想看看舅舅。可听说去探视，还要写申请，我如果去找姥娘，姥娘一早就把我送回家了。那就全完蛋了。"

林迟看了看她，却忽然问道："饿不饿？"

阮宁"啊"了一声，摸摸肚子，觉得饿，便点点头。

林迟点点头。他拉着阮宁的手，去隔壁街上买了两碗面，一碗带着满满的牛肉，一碗只是阳春。

九岁的娃娃，把牛肉面推给对面的小同桌，自己留下一碗素面。

阮宁看着他，知道他是好意，心中微微酸涩，她大口大口地吃面，闷着头，夹起几块肉递到林迟碗里。

林迟双手抱碗，小心翼翼地吃着卤得柔嫩多汁的牛肉。

孩子们的欢欣都是一瞬间产生的，阮宁觉得心中的苦啊闷啊在喝汤的时候逼出的满头汗水中消散殆尽了。

林迟吃饭很缓也很香甜，他小口小口地吹着汤，小口小口地咬着面，脸颊被热气蒸腾出红晕来。

两个孩子能有什么主意，只能打听到监狱在哪儿，准备找机会进去。他们想得天真，如果有人去看望犯人，他们也许能混进去。

住宾馆又怕被大人逮住，俩人去超市买了两条减价的褥子，一共花了八十二块钱。晚上也不过简单一顿，阮宁却坚持同林迟吃一样的饭菜，她可是顶顶讲义气的张小栓啊，做个老爷们时，也没仗义过，这时岂能让这个细皮嫩肉的小娘皮让来让去。

俩人吃完琢磨着睡哪儿安全，后来觉得监狱旁边的公园太冷，又容易被大人瞧见，就去了附近的居民区，刚巧有新盖好的未装潢的放粮食的仓库，虽不暖和，却能遮身，就抱着褥子进去了。

自然没灯。

阮宁望着黑洞洞的四周，咽了咽唾沫，林迟把褥子围了两圈，阮宁坚持躺外圈，林迟就乖乖地睡到了里面。阮宁说："如果有坏人，我顶着，你就赶紧跑去公安局，知道吗？"

阮宁担忧会有流浪汉。

林迟乖乖地点了点头，阮宁又问："你出来，奶奶担心吗？"

"没事儿，上车前我跟奶奶打电话说过了，说阮宁有事儿，我去帮忙。如果当天不回家，我答应她每天打个电话报平安。"

阮宁挠头："她知道阮宁是谁吗？"

林迟在黑暗中瞪圆了杏子一样的大眼睛："她当然知道。"

"为什么？"

"我在家老说我同桌，她知道我同桌就是阮宁。"


这一夜顺利过去了，无人感冒。

一觉醒来，大街上四邻街坊都贴上了"寻人启事"，照片用的还是去年阮宁剃着小平头、骑着单轮儿童车的照片。照片上的小家伙比着剪刀手笑得灿烂，男女怎辨？可怜的寻人启事用红笔在"性别女"上圈了个重点。

阮宁吓了一跳，觉得自己是不是闹大了，林迟也有点想哭，但他使劲想了想，说："我总觉得你能见着小舅舅。你见小舅舅，要带东西吗？"

阮宁看着那张脸，不知道为什么，心里也安定下来："我舅舅爱看书，尤其是武打的，他想买金庸全集，一直舍不得，都是去租书店租着看，过年我回姥娘家，他床头还有一本磨破了的《鹿日记》。"

她不认识"鼎"这个字。

那会儿"武侠"还是书面语，大家都说成"武打"的书。2000年的中国在腾飞，不贫瘠也不富裕，法制逐渐健全，可人力仍有可阻挠之处。

这一天二人仍不敢走远，只在仓库附近活动，吃饭时也是一起点些不打眼的东西，吃完就默默去了。

无人发现。

过夜时却有波折，没有流浪汉，可有喝醉的住户带着狗拿着手电筒来巡视仓库。瞧见有人侵占仓库，倒误认为是流浪汉干的，大狼狗恶狠狠地叫着，一下子就往上扑，阮宁抓着林迟就跑，心快要从肚子里跳出来，步子太大，绊倒在石头上，磕得脸上直淌血。

小孩儿哇的一声大哭起来。

林迟被她拽得跟跄，却没有倒。

狗的声音越来越近，林迟心里一突，也不知道哪来的力气，哭着背起了阮宁，小疯子一样往前猛跑。

那人也被哭声吓了一跳，瞧见是两个孩子，扯回了狗绳，作罢。

他不知背着她跑了多久，直到跑不动了，直到阮宁脸上的血变得黏稠。

阮宁从梦中被吓醒，又摔了一大跤，想想都委屈，放声大哭起来。

林迟额角的汗珠顺着往下淌，见她哭了，心里也难过，拿衬衫袖子替她擦血："别哭了，不要怕，我去给你买药擦擦。"

阮宁心里充满了恐惧，既怕回到家看到爷爷失望至极的面孔，又怕再也瞧不见小舅舅。她觉得自己仿佛走到了坏人才会走到的穷途末路。

她曾经听老师说过，无论是学习还是生活，人生真的是坚持坚持就过去了。

可是，这会儿，再坚持一下，真的会柳暗花明吗？

阮宁不确定，这种不确定让她感到茫然无措。

林迟擦着那些血迹，她哭着问他："我该怎么办啊，小娘皮？"

她经常喊他"小娘皮"，他却从没有恼过。可是今天，像小娘皮的绝不是这个瓷娃娃，而是她。

林迟好看的眉毛皱成一团，软软的小身子把她拥在了怀中，他用小孩子的体温安抚着自己唯一的朋友。他耐心地开口："不要害怕，桌桌。"

他一直喊她同桌，后来省略了，不是"桌儿"就是"桌桌"。

不要害怕。

有我呢。


二人在公园凑合了下半夜，清晨时，阮宁用小池塘的水洗了洗脸，贴了几个创可贴，总算安定下来。

二人之后又去书店买了一套金庸全集，林迟就撵着她回姥娘家。阮宁扯着他的衬衣一角，垂着头不肯走，两个小小的孩子在清晨冷冽的寒风中，倒像是水粉画里快糊掉的两块晕色。

林迟知道她在想些什么，说："我是外人，去了不好。"

他的衣角暖暖的，那么好摸，阮宁并不大舍得放手。可是这么好摸的衣角，她还是得松开。

这世上总有一条路，是单行道。

林迟轻轻拍了拍阮宁的肩膀，阮宁有气无力地捏捏他的小白手。

她挥挥手，带着"壮士一去兮不复还"的精神头窜到了姥娘家，撸起袖子准备舌战群儒。

结果一进门，腿都软了。

姥娘家被警卫围得里三层外三层，阮静、阮致各搬了个小板凳，一人坐大门一边，跟两尊石狮子似的。她二叔满院子转，左边堂屋只听见爷爷的粗嗓门。

"亲家，咱们有啥说啥，我认为阮宁这孩子除了您家没地儿可以去，您就甭藏她了，啥事儿都有个说头，您怂恿她没用！"嗬，这嗓门大的，话说得是沉着，可听着语气已经到忍耐的极限了。

阮宁姥娘估计也是怒了，直道："亲家说话也是好笑，我要是藏了她，我也不在这儿抓心挠肝地哭了。我这辈子只生了仨，这仨也就给我养了这么个小冤家，我藏她，我藏她干吗呀？！她小舅舅的事儿本也没指望您帮忙，毕竟我们从来不是蹭皮揩油的亲戚，这些年您瞪眼瞧瞧，只有我贴补暨秋的，没有她从婆家搬东西到娘家的蠢事！遇到事情谁都慌张，慌张之后，我们该花钱的花，该救的救，该认命的认命，可这又跟孩子有什么相关！不知是您糊涂还是我糊涂了！"

阮宁一听要掐起来了，一提裤腰带，一个猛子就往里屋扎，门口两尊石狮子直在那儿"哎哟"："我是不是眼花了好像瞧见妞妞了？"

阮爷爷还是一身逼人挺拔的军装，一瞅见阮宁，火气立马蹿到了天灵盖上。

他指着小孩儿气得直哆嗦："死伢子，你给我跪好喽！今儿不说出个三四五六，我扒了你的皮！"

阮宁特实诚，立马跪了，仰着小脸说："我就是想让你来这儿。"

阮令本来握着一对保养得乌油润泽的核桃，这会儿气得核桃都捏碎了，他指着孩子说："不管你是跟谁预谋，我告诉你，你休想！死了你的那条心，你越这样，我越看不起你舅舅，越不会救他！"

阮宁姥娘气得血压往上升："阮宁，你跟你爷爷说清楚了，是不是我们家指使你离家出走要挟他！"

阮宁犟着头："跟姥娘没关系，姥娘怕什么，我就是要要挟他！"

"我就问你为什么这么干！"阮令恨极了，一巴掌扇到了小孩儿脸上，五个指印瞬间浮现在那张有些脏黑也有伤口的小脸上。她忐忑了好几天，这一巴掌落了地，反而安了心。

阮令被自己这一巴掌震得手麻，可是看着那张沾满了灰尘和恐惧的小脸和已经开始变得黑黑的创可贴，却瞬间有些不是滋味。

不知为何，他想起了许多年前相亲时，瞧见的阮宁奶奶。没有见过生人的女孩子，刚从田里扛着锄头回来。蓦然瞧见家中多了一个年轻人，茫然无措，不知是要放下锄头，还是擦去脸上的灰尘和对未知的恐惧。

妻子的模样，他时常梦见。

他竟打了妻子的孙女儿。

阮令难受极了，转身喘着粗气不说话，他说："你迟早气死我就一了百了！"

阮宁长长地吐了一口浊气，跪在地上，一双小手蜷缩在一起。她低着头，开口："爷爷，不用救舅舅，我只想再见他一面。"

阮令的警卫随着阮宁一起进了会面室，雪白的手套外抱着整整齐齐一摞新书。

阮宁很神气地对着玻璃窗户里面长了胡楂的清瘦少年说："都给你了！张至仲！在里面好好学习，天天向上，不要想我！"

张至仲愣愣地看着眼前的孩子，他眼圈发青，已经好久没睡过囫囵觉了。不知自己怎么就来了，每次清晨醒来，花香没有了，早点的气味没有了，熟悉的乡音没有了，收音机拨转的声音也没有了，一片空白中，整个生命都在皱缩、惶恐，天地仿佛都扭曲了，没有了。

他夜间总是能梦见外甥女，小小的孩子在他的肩膀上唱着儿歌，手里拿着一串糖葫芦，不吃都一嘴的甜言蜜语，他答应她要去打工、挣钱，然后去那个大园子里瞧她。可是，如今谁都能瞧见，便大概真的再也瞧不见她。

大人不会再让孩子去瞧他这个杀人犯。

不会了。

至仲心中觉得世事无常，又觉得可恨自己这样爱着这个孩子，留下生生的遗憾。

她趴在窗户前，一只小手贴在窗户上，拿着话筒咧开嘴："舅舅，舅舅，舅舅。"

"嗯。"

"我每天在美术本上画个张至仲，写上张至仲的名字。"

张至仲笑出了小酒窝，他温柔着眉眼，用手抚摸着冰冷的玻璃，玻璃对面是他的孩子。

他问："为什么？"

她说："我……不忘舅舅，等舅舅。"

阮令带着阮宁返程，路上黑色的小轿车碰上高高行驶的平行的大巴车。

大巴车上坐着一个安静的穷孩子，他把软软的小脸蛋压在车窗的玻璃上，小手压过小小的五指印，哈出的气带着甜甜的属于孩子的香气，低着头，弯着眼睛很温柔，笑了。

他还是陪了她一路。

祈盼她不再害怕。

可又怕她真的害怕。

如同那些没有人瞧见他的日子，只有她，还肯努力用生命的一点点微薄之力，为他擦亮一抹小小的火花。

大象的小小火花，俯下身去，也是蚂蚁的一整个太阳。

他只是太阳下被人丢弃的一块雪糕，怕冷也怕热。

是孩子，也是大人。

Chapter 34

## 我们说好不绝交

后来，阮令到底未管张至仲之事，阮敬山则到底是管了。

至仲判三缓二，另赔了三十万给李家。

算得上不偏不倚的结果了。

阮宁这一年迅速地长大了，她不再是那个不谙世事的浑小子，而渐渐懂得了些微道理。譬如人的一生就像一块玉米饼子，虽有完好的一面，可一不留神也会焦煳。人人都爱吃香甜，但碰到那点难咽的，却也没有谁真的咽不下去。

暨秋曾说过，且熬吧，人活着就是受罪的。享福的都是和尚、尼姑、化缘的，心不累。

阮宁觉得她妈太悲观，事儿熬过了也就过了，煎饼却不能一整块没一口能下嘴的，那才叫天公妒你，存心弄死你。

她之后再也没跟宋林一起玩过了，虽然还在同班，虽然他和二哥阮致关系依旧不错。

可他对她而言，已经是煳了的玉米饼饼，虽然强按头能咽，可老子偏不咽。

瞧不起我妈，等于瞧不起半个我。我这么英俊潇洒充满男儿气概，你凭什么瞧不起我啊。不跟你玩不跟你玩！！！

读到四年级，阮宁和林迟关系愈近，暨秋听从公公指示，时常去林家拜会林伯母，既是为了俞阮两家的交情，也是瞧着孩子们的情谊。当然阮令看重的则是前者。

林奶奶很喜欢阮宁，说她带着小孩子天真调皮的劲儿，孙子林迟太过安静，没多少朝气。

林迟在家是全英文对话，林奶奶年轻时留过洋，英语说得很纯正，故而小徒林迟讲得也很像模像样。只有阮宁来家寻林迟玩耍时，他们才又默默切换到普通话。

林奶奶极温柔，带着阮宁买了两条小金鱼，放在园子里的小池塘里养着，她每次一来，便与林迟趴在池塘边上瞧着。小鱼渐渐长大了，林奶奶瞧着孩子们耐心不错，又买了一对小兔子养着。林迟的兔子左眼圈有一窝褐色，阮宁的是头顶一撮黑毛。小金鱼有名字，小兔子也有名字。小金鱼叫宁宁林林，小兔子叫软软迟迟。

林迟像一棵向天挺拔的小树苗，心无旁骛地生长着，可如今总算有了这枝蔓的牵挂，渐渐变得有了许多人情味。

林奶奶乐见他这个样子。若是没有人情味，便是培养出胜过俞季千倍百倍的孩子，也不过是个小机器人罢了，无情无趣，不知世界之美妙格局，此谓不输而输矣！

阮宁跟林迟在院子里疯跑胡玩，养鱼抱兔，渐渐也喜欢上这小小幽僻的院子，仿佛与外面嘈杂的世界隔绝。

阮宁在四年级之后渐渐显示出数学、自然科学等方面的天赋，代表学校参加全国少儿组比赛，结结实实拿了几回奖，可是语言能力便偏弱了一些，与林迟均衡发展的状况并不大相同，但是二人都在学校有了尖子生的名头，可是因为阮宁家世，她显然更受瞩目。

阮爷爷乐坏了，他以为这个孩子长大不是混社会的臭流氓就是跳跳舞毯的小太妹，主要取决于她对自己性别的认知，结果这会儿居然冒了尖，阮爷爷半夜偷笑都笑醒。跟栗家这惯常生丫头的说道我孙女儿一个扛俩，跟卢家这惯常生小子的又说我孙女儿比男娃都要威武霸道学习好。

栗家卢家老爷子齐齐啐他，瞧这不要脸的样儿。

反倒阮致学习中不溜，比起哥哥阮静和妹妹阮宁，不大拿得出手。阮二婶皱着眉毛瞧阮致，说不清楚这娃娃哪里出了问题，阮奶奶怒了："我的孙子，会差过谁！"

阮爷爷眉开眼笑，揪着阮宁的小耳朵，答："不如我孙女儿。"

阮奶奶撸起袖子，准备跟阮爷爷拼了。

林迟描大字描得越来越好，后来便脱了帖，自个儿练。阮宁悄悄拔过他几回笔，岿然不动，不由得翘起大拇指，真心敬佩。

林奶奶瞧阮宁写字像小鸟飞，潦草多过潇洒，便也拿帖子瞧着她练。林奶奶空下手，在厨房做了个炸面豆，甜的撒糖咸的加椒盐。她从小就是大家闺秀，娇生惯养，做饭拿捏不到味道，只做这些精致机巧的东西倒是十分在行。两个孩子都觉得好吃，她皱鼻一笑，竟还似乎带着当年少女得意的模样。虽苍颜白发，但阮宁觉得好看极了。

她比自个儿的奶奶更像奶奶。她的奶奶永远都高高冷冷地俯视众人，虽然阮宁知晓这是奶奶的性格，可是碰见一块焐不热的石头，难免叫人灰心。

阮宁周末跟着妈妈学做点心，刚发好面，走出厨房，瞧见奶奶同二婶在说笑，她凑上去正想与奶奶撒娇耍混，谁知奶奶却笑着对阮宁道："妞妞，你瞧电视上这些女的，做的点心是不是跟你妈做的一样好？"

阮宁瞧了一眼，本来笑嘻嘻的，脸色瞬间难看了。电视上演的是纪录片，讲的是古代扬州繁华景象，其中掠过一景，妓女过年节时在一起做点心，阮奶奶指的就是这里。阮宁难以置信地看着奶奶，阮奶奶脸上只有冷笑，阮二婶低着头笑，瞧不清楚眉眼。

她们把阮宁妈妈视为跟妓女同等的低贱，心思言语，肆无忌惮。

阮宁青头盖脸地被侮辱了，妈妈还在厨房捏点心，毫无察觉，她看见女儿半晌未动，笑她偷懒，寻她过去，阮宁脸气得青白，帮妈妈做点心却再无一丝笑脸。晚上阮爷爷下班回家，瞧孙女儿不对，问她怎么了，阮宁不耐烦又粗鲁地来了一句："我没事儿！"

阮爷爷蹙着眉，知道这孩子臭脾气又上来了，却也没说什么，让她一边玩去了。阮致闹着要吃大伯母做的点心，暨秋乐呵呵地端给众人，阮致正要吃，阮宁却一下子把碟子砸了，指着阮致吼道："你不配吃我妈做的东西！找你妈去！"

阮致被碟子一角划伤了手背，一下子便哭了，大人们慌里慌张地给他上药。阮爷爷平常虽更疼阮宁，但不代表他不疼阮致。这一会儿，也是心疼，扭头训了阮宁两句："你天天就仗着你二哥好性儿欺负他，吃你口点心怎么了，暴脾气，乖戾性子！"

阮宁冷笑，一口气不顺，不依不饶："他有妈有奶奶，凭什么吃我妈做的！吃点心的时候倒是不怕闪了舌头，这碟点心我扔到大街上踹两脚也不给他吃！"

阮爷爷脾气上来了，指着阮宁："你再说一遍！"

阮宁咆哮："我再说两遍也不怕！我就是不让他吃我妈做的点心！"

一边说一边把点心往嘴里塞，往兜里放。

暨秋瞧着女儿愁死了，没事儿发的什么疯。

阮宁噎得直打嗝，阮爷爷气得一巴掌拍到了孙女儿头上。

阮宁抱着点心往外走，一边走一边打嗝。


林迟打开门的时候，阮宁满嘴的藕粉糖霜，手里还捏着两块碎了的饼。

她没哭，但是林迟还是觉得她难过得要死。

林奶奶把她搂回屋里，拧了毛巾擦了脸，她沉默着不说话，老人本来为人冷淡，这会儿也叹了口气，轻轻抱着她安抚了会儿，原本好像被霜打了的小脸才缓了缓，阮宁说："我饿了，我想吃饭。"

祖孙俩心知她在家中受了气，尤其林迟时常观察阮宁，发现同桌是个外面活泼却内里绷紧的人。活泼的时候占大多数，但是偶尔的沉默严肃反倒更像深层的本性。

林迟说话软软地："稀饭还没好，西红柿长出来了，我带你去瞧。"

阮宁还在抽搐，却也老实伸出手，由这小哥们带到菜园子里。

前些日瞧起来还只是豆状，叶子毛茸茸的，如今渐渐变得像小宝宝的脸颊，圆鼓鼓起来。彻头彻尾的青涩也慢慢染了一点红晕。

看完西红柿又去看小鱼，阮宁在林迟手心仿佛揣了一个世纪的鱼食，心情终于平复下来。

林奶奶留阮宁吃了晚饭，其间给阮家拨了电话，报了平安，只说一会儿送阮宁回去，让暨秋放心。

林迟人还没有锅台大时，就站在木凳上炒菜，一直延续至今，林家都是林迟全包厨房。阮宁觉得十分对脾胃，番茄鸡蛋汁浓蛋香、红烧茄子焦香软滑、白灼生菜青脆爽口，另有一碗榨菜汤咸鲜适口，阮宁吃完对林奶奶说："我住您家吧，给您当孙女儿。"

可她说完便笑了，低头说："这大概是不行的。"

咂摸到别人家庭的温暖，却又感觉到了自己家的不对劲。

林迟把阮宁送回了家，小哥俩一路上哼了不少歌，且杂且乱，什么儿歌什么流行歌，皆是些唱得不优美的小公鸭嗓子，撑着喉咙往外号吧。林迟爱看《康熙王朝》，便去唱《向天再借五百年》，阮宁听着开头"沿着江山起起伏伏温柔的曲线"，便觉得万事万物不用自己把控，心中舒坦，听到"我真的还想再活五百年"，却觉得胸口发闷，她摆着小手说："我不想再活五百年啦。"

"为什么？"

"五十年都要累死了。"

她嘟囔着，却已走到家门口，与林迟挥挥手，背着他朝前走，脚步略有些寂寥，似也心知自己的寂寥，便刻意蹦蹦跳跳，她转头笑出小酒窝说："明天见。"

林迟稍稍安心，笑起来像一朵刚采来的月光，说："哎呀，天天见。"

　　回到家，家中众人各司其职，好像两个小时之前的事都未发生。阮爷爷拍拍阮宁的头，笑骂了几句臭脾气、不听话之类，倒也没再说别的。阮二哥依旧拉着阮宁看电视玩游戏，不见生疏，可是阮宁偏偏觉得所有的人都不一样了。

　　第二天一清早，张暨秋接到了班主任余老师气急败坏的电话，说作为尖子选手参加全国少儿数学比赛的阮宁表现太过离谱，居然考了零分。

　　暨秋虽然平时对女儿溺爱，可是学习上却从未松懈过，这一听也气坏了，觉得阮宁是故意使坏，倒也没舍得打，抓住女儿劈头盖脸说了一顿。阮宁被一激，眼泪本来含在眼眶里，却瞬间流不出来了。吃了个早饭，就低头上了学。

　　她一天无话，连一向话少的林迟都觉得奇怪。

　　余老师实在不甘心，去教育局翻了卷子，才发现，这次考试都是选择题，而阮宁每道题的答案都抄录错位了，因此得了零分。余老师又细心对照，才发现回归原位之后，孩子考得并不差，约有九十多分。

　　她虽气阮宁不够细致，但也觉得奇怪，便问她："知道自己填错了吗？"

　　阮宁一脸茫然，只是说："我当时突然觉得特别困，看着字特别模糊。"

　　余老师蹙着眉头，觉得这孩子有些不对劲，但只是电话向阮宁妈妈道了个歉，也没再说什么。

　　这些事瞧着只是小事，事实上阮宁也毫不在意地经历了无数这样的"小事"——因为她表现得像个小浑蛋，所以没有人会觉得这些东西会给她带来什么影响，可是当事情积累到质变时，一切都不一样了。

　　这样平凡的一天显得那么不奇怪，如同戏里戏外都从没有人奇怪过，平凡的开始在经验中一定是平凡的结果。

　　2001 年年底，H 城有雪。

还有几天就要放寒假，阮宁早上套着棉手套，照常拐去林迟家，骑车接他上学。

晨间雪积了半个裤腿厚，门上、檐下也都有。

林迟推开门，准备去上学，大门上被人用石头刻了歪歪扭扭硕大的几个字："林迟是个穷鬼坏孩子要住监狱。"他看完，用手蹭了蹭，却没有蹭掉，小家伙有些愤怒，可是不知道该与谁说，看了看四周，只有奇怪地看着他和那行字的匆忙的路人，他站在那里，用小小的身躯挡了"林迟是"，却挡不住"穷鬼坏孩子要住监狱"。

阮宁到时，肤白胜雪的五年级小学生很是手足无措。

一日上学都无事，只是天气阴沉，积雪难消。

晚上八点，天天动画的《小蜜蜂找妈妈》开始播了，窗外又慢慢落起了雪，林奶奶烤了个橘子递给了孙子，问他一天的学习状况，小家伙却显然有些坐立不安，他还惦记着门上的那几个大字，究竟用什么才能遮住。

忽然想起画画用的水彩，林迟灵机一动，说要去给大门落锁，拿着小手电抱着水彩就出去了，外面雪下得正大，门口却站着一个小小的身影，在门上刻着什么。林迟拧开手电，看到了被雪盖了一头一脸的小同桌。

她有些尴尬地与他对视，林迟却觉得从未这么愤怒过，他一言不发，把在门前刻字的小丫头一把推倒在雪窝里，从上俯视着她，问满身是雪的她为什么。

阮宁看得到他白皙的脖颈，也嗅得到他唇上橘子的甘甜。

她梗着头，把半张脸蹭到雪中，看也不看这快要长成少年模样的一张如画的脸，死猪不怕开水烫。

她攻击力十足，微红着脸，冷道："闲着没事，就来散步。你管呢，回家瞧动画片去。演《小蜜蜂找妈妈》呢。"

好一部《小蜜蜂找妈妈》，嗡嗡啊啊几十集，还没找着妈妈，牵动了多少小朋友的心。

林迟气得拿雪砸她。

他咬着牙，再也不是平常软软白白的模样："你凭什么觉得我不生气，你被家里人欺负了便拿我撒气。我待你好是把你当兄弟了，你干的是人事儿吗？我奶奶多疼你，她看到你这么瞧不起我们家该有多难受。我早就看出来了，你就是个小变态，别人觉得你妈妈不好，你心里不舒服了，也一定要让我不舒服才觉得舒服。我不是你的谁，凭什么活该受你的气？！"

阮宁愣了，转过头，空澄明亮的眼睛瞧着他，在雪中，娇憨和姣姣的气质融合，竟有了女孩的秀美，再也不是男孩的霸道目光。

她舔了舔干燥的唇皮，一把把林迟推到了一旁，拍了拍鼻尖、头发、肩膀上的雪，手揣在棉衣袖筒里，蹒跚地走着走着走着，她说："喂，林迟，我心里难受。"

我心里难受。

可是，并没有说那句我们绝交吧。

舍不得啊。

孩子叹了口气，仿佛叹出了万千的寂寞和无可奈何，离开了那条悠长的胡同。

做人真累。

人活着就是为了受罪。

她妈说得对。


第二日，雪就化了。

林迟看着那扇门，手上的画笔失去了力气，怎么也涂不上些微的色彩。

那个桀骜不驯的蠢货在门上又批注一行。

先前的"穷鬼坏孩子要住监狱"被人用小石头重重地打了个叉，歪歪扭扭写着"好孩子很富有要住大别墅"。

另贴了一张纸条在下面，潦草如鬼画符的大字威胁道："再画到军区××街××路口左转三百米找老子阮霸天，我们单挑，老子打不残你！"

寒假放假的当日，延边发来电报。

大雪压境，师长阮敬山带领青年突击队围堵非法入境者途中失踪。

阮宁妈妈哭着买票去了延边，活要见人死要见尸。

阮令由着儿媳疯，心中好似很冷静。

他圈着阮宁，像是压着心中最后一道不崩溃的防线，哪儿都不让去。

阮宁离开视线，老人便痛苦急躁，暴跳如雷。

张暨秋一日也没来电话报平安。

阮宁挣扎了十天，终于扛不住，病倒了。

她给林家的邻居拨电话，说："我找林迟啊。"

林迟家没有电话。

林迟接电话。

阮宁吸吸鼻子，泪如雨下。

"来世再做好兄弟吧。

"我撑不住了。

"不绝交呀。拉钩。"

## Chapter 35

# 齐天大圣在此啊

阮宁发烧了一整晚，清晨迷迷糊糊地被送到了医院。烧退得极快，可是人却像被鬼神汲了精气神，躺在床上一动不动。

吃饭时下楼，睡觉时关灯。

自个儿，一个人。

大家都挺可怜这孩子，可怜这孩子大约要没父亲，又摊上一个不讲不顾让人看笑话的母亲。

阮爷爷不能见孙女这模样，可是半大的孩子，有了思想，竟也由不得他。

他又担心她继续发烧，回到小时候病情反复的樟样。阮奶奶闲来磕着瓜子对儿媳妇嗤笑："当年老头子逼着老大媳妇吃生男孩的药，如今阮宁这样，怎么知道不是那时候的孽。那样福薄的秧子，怎么有生儿子的命？只是那药倒是报应到他孙女儿身上了。"

阮宁下来吃饭时恰恰听到，也不知是不是正要让她听到。

半夜如了家人的愿，她又发烧，深觉自己这次大概要挂掉，便通知了大约这人世待她最好、最真心的人。

林迟是把阮家的门砸开的。

他身后跟了一大群追赶他的保安。

孩子放大了嗓门，说："我要找阮爷爷！"

阮敬水怕惊扰父亲休息，就挥手示意让保安把眼前衣衫褴褛的孩子架走。

阮令为了儿子的事儿焦心，夜里睡得十分浅，这会儿也醒来了，披着睡衣一瞧，是个十分清隽的孩子，眼睛像极了一位故交。

便了然了，问道："林迟？"

林迟点头："是。"

"随我去书房吧。"

他年纪还小，少年都算不上。

阮令书房摆设十分考究，他虽不讲究吃穿，但对古玩玉器有几分研究，因此书房门后有汉代玉剑辟邪，柜内玻璃窗中有薄胎白瓷器件几尊、唐三彩几尊，另有珐琅钟表挂在雪白墙壁上，金丝彩宝，格外贵气。

这孩子却不相宜地从背包里掏出了一只锅，右手蹭了蹭额角晶莹的汗珠。他说："我给阮宁做饭，帮她打扫卫生。"

阮令挑了眉毛："嗯？"

如雪一般白的孩子诚恳开口："我不要工钱，阮宁病好了我就走。"

他想了想，又说："如果您不答应，我奶奶还让我问您认不得她。"

阮令笑起来，这孩子心思缜密。

想起孙女儿现在的状况，确实有些糟糕，儿子找不回来，孙女再折了，他来日死了真无老脸去见亡妻了。

阮令点点头，却还是想故意为难一下眼前的孩子。这孩子瞧着没脾气，傻乎乎的，比起俞季，多有不如。俞家未来的继承人，评估一下还是有必要的："我是认得她，只是，我凭什么要答应你呢？"

林迟说："既然孙女儿是您的，您又凭什么老让别人疼她呢？"

阮令蒙了，这话不按套路来。

林迟站到了阮令面前，仰着头对老人说："你们没有人把她当人看。"

阮令怒了："这叫什么话？！"

林迟有点紧张，但还是硬着头皮说下去了："你们家有个和稀泥的爷爷，有个讨厌孙女儿的奶奶，有个看轻妯娌身份的婶婶，还有个只会微笑却什么都不管的哥哥，最后是一个老是生病的不男不女的怪物，因为妈妈不是有钱人，没有身份高位，就要被侮辱为妓女，她学习好时你们喜欢她，她学习不好时连妈妈都不体谅。她的爸爸在很远的地方，消失了音信，妈妈便毫不犹豫地抛弃她，奔赴到远方。大家都嫌弃她是女孩，可是却冠冕堂皇地说爱她是个'妞妞'。"

阮令有些震惊地看着眼前的孩子，他后悔自己刚才的论断，这孩子何止不是没胆子，而是心里城府太深！

老人并不相信，他问道："这些话是谁教你说的？"

林迟指了指自己杏子大的眼睛："看到的。你们都不喜欢她，而我……辜负了她的喜欢。我是压垮这个怪物的最后一根稻草，我来这里疼她，替你们，也替我自己赎罪。"

阮令踱步许久，他有一些犹豫，又有一些后悔，最终才道："三楼有个小厨房，你平时和妞妞二人的饭菜可以在那里备齐，如果不可口就到一楼取，我也会叮嘱保姆。你不需要做些什么，只要陪着妞妞说说话就好了。至于工钱，便是象征性，也是要给，不然……不妥。回头你……"

他想说你爷爷，又怕这孩子觉得奇怪，便止住了。

林迟皱了皱小眉头，小心翼翼问道："一天一块钱？"

他在家每天的零用，也就是一块钱。孩子觉得这是个公道的价格。但见阮令皱了眉，林迟有点紧张，低着头问："阮爷爷，贵了吗？"

阮令揉了揉孩子柔软的头发，轻声道："并没有，就这么着。"

身居重位、高高在上的俞立，却似乎亏欠这孩子太多。

正如，他亏欠了自己孙女儿很多。


阮宁看到林迟似乎并不惊讶，她坐在床上吃零食、看港剧，看到好笑的地方手舞足蹈。

林迟微微拧着秀气的眉毛，她拍了拍床，示意林迟坐过来，哈哈笑着，薯片碎屑撒了一地。

林迟瞧她模样与前几天低沉的样子全然不同，并不像生了病，摸了摸她的头，依旧烧着。

她热情地招呼他："林迟林迟，你吃喜之郎吗？我有橙子味的都给你。我在看这个电影，叫什么来着，我忘了。"

林迟诧异地看着她，来之前预想过同桌气呼呼的样子、不搭理他的样子、踹他两脚的样子，哪一种样子都有，唯独没想过这样。他看着她，认真地鞠躬道歉："对不起，同桌。"

阮宁笑得像个嘎嘎叫的鸭子："没啥没啥，人在江湖飘，哪能不挨刀，左一刀右一刀，谁让咱是酷大佬……"

林迟狐疑地、小心地坐下，拾起果冻、薯片，跟她一起吃吃吃。

然后哈哈哈。

无论华安还是如花还是石榴姐，都是一阵哈哈哈。

楼下的老太太、二婶娘被笑得一阵鸡皮疙瘩，老太太瞪着眼儿说："这是病了吗，她咋病了也跟拖拉机一样烦人？"

二婶娘说："我去三楼探探风。"因此送了两回水果、三回巧克力，才确定小玩意儿一定是为了逃学装病，还骗了仨红心火龙果、一盒法国巧克力，病历本也一定是假的，老爷子是不是有啥别的阴谋？

二婶娘和二叔一分析，两口子一琢磨一拍大腿，老爷子这是把小玩意儿当障眼法，稳住大家，老大一定已经确定出事了！

于是楼上哈哈哈，楼下骂爸爸。

哈哈了一天，林迟笑得腮帮子疼，去厨房做了两碗番茄鸡蛋细面条，细面是他自己擀的，阮致闻见香味儿一个猫步溜了上来，一见两人就骂娘："这开茶话会也不叫上老子，你咋还学会吃独食了阮三宁？"

他喊阮宁"阮三宁"，阮宁喊他"阮二致"。

她也特委屈："你妈说我病了，这不让我跟你玩，怕我传染你。"

阮致抢了一碗面条，吸溜着含混不清："甭唧唧，你这样儿叫病？我情愿病一百年！"

林迟摸了摸阮宁早就笑出了汗退了烧的额头，补充道："这会儿已经不病了。"

阮宁推开他的手，咬了口几乎爆浆的鸡蛋，叫道："病着呢病着呢！"

阮致翻白眼："啥病？一上学就心梗？"

阮宁站在床上，激动地拿着自己的病历本炫耀："神经病，可重了！"

室内的气氛一阵和谐，阮致和林迟笑得其乐融融，相继骂着你个神经病。

阮致泡在阮宁屋里，又吃又喝又玩游戏又看电影，乐不思蜀，他妈揪耳朵都揪不走，梗着脖说："你就不能见我过上共产主义好日子！"

他学他爹的语气，差点被他妈用红指甲抓个资本主义血口子。

就这样无忧无虑地过了两天，林迟有点犯愁。

这烧也退了，人也精神了，他是不是该回家了？

想起之前在阮爷爷面前立的悲愤沉重的 flag，只觉得春风中，旗扇脸。

正在他犹豫是回家还是装死再玩两天的时候，阮宁很给力地又烧了起来。

他熬了半夜，用冷毛巾敷了一遍又一遍，终于收起了一直在脸上洋溢的傻笑。

林迟见她不笑了，松了口气。

看起来，更正常了呢。

第二天一早，他就知道话不能太满，不然墨菲定律可不只是逗逗你。

退了烧，一觉醒来的阮宁看起来又不太正常了。

她开始拒绝开口说话，拒绝看人看电视看一切，甚至拒绝吃果冻。

绷着嘴，呆滞地坐在床上，一副生人勿近的沉稳气质，好像连空气都有毒，都要谋害她。

于是林迟又愁了。

无意翻开病历本，龙飞凤舞的医生体让林迟差点认瞎了眼。

　　"轻度躁狂抑郁症，或胎前用药不慎所致，情绪激化，非初次犯病，前次症状不明，今次症状明显，带有'顺行性遗忘'症状。患者年纪考虑，观察为主，建议每周随诊，适时药物治疗。"

　　啥玩意儿？

　　躁狂？

　　抑郁？

　　林迟去图书馆借书研究，发现神经病人有个重要特征。

　　林迟用手点着，一个字一个字地看。

　　神经病人从不说谎。

　　句号。

　　火车呼啸而过林迟的小脑袋瓜，那里不是九又四分之三站台，魔法不会停留。


　　之后的阮宁就一路朝着不正常奔驰而去，时而抑郁，时而亢奋，小丫头片子有两张嘴脸，比川剧换脸还快。

　　林迟老老实实当童工，阮致只在阮宁搭理他的时候过来玩，她如果抑郁，他拍着大脚蹼子比鸸鹋跑得都快，颇没兄妹情谊。阮静倒是每日定时来探望阮宁，给她带些好吃的、好玩的，后来还插了一瓶花，有诸如翠珠、茉莉、奶油杯之类，清新淡雅，有时坐在她身旁给她念一段书，林迟瞄过几眼，开始是《社会心理学》，然后是《自卑与超越》，最后是《金刚经》。

　　阮家兄弟倒很有趣。林迟每天负责做饭，小家伙拎着锅颇像样子，阮静指着林迟教育阮致："你看看你们同学，叫啥来着，多懂事儿。人家没爹没妈还长得这么好，哪像你们俩，一个淘气一个生病，可劲作。"

　　林迟微微一笑，无论他多么懂事，在别人眼中，也只是个没爹没妈的穷孩子。

　　阮宁今天属性抑郁，很久没吭声了，这会儿掀掀眼皮，补了一句："林迟。"

阮静点点头："对，林迟这孩子真不错！多有爱心，知道同学生病了还来照顾，哪像阮致，对你亲妹妹都没这耐心！你再给我摆个不耐烦的脸试试！看我不收拾你！"

阮致本来对林迟就没多少好感，结果这个穷孩子还成了他哥口中的"别人家孩子"，阮致懒得搭理，嗤笑一声，坐一边打游戏去了。

一个望天养蜘蛛网很抑郁，一个打游戏手抽筋很入迷，还有一个忙来忙去脚不沾地。

阮静啼笑皆非。

真真是人同命不同。


渐渐地，阮宁的记性就越发不大好了，前一秒的事下一秒重复做。林迟曾经很傻逼地看她摁吊灯开关摁了二三十遍，跟在蹦迪厅一样眼睛快瞎的时候终于明白病历本里写的"顺行性遗忘"到底是啥症状。

这就是一条只有一秒记忆的鱼，不对，是生猛海鲜。

他俩玩斗地主，谁输谁脑袋贴白条，她输了他贴她一张，他输了她贴他一脸。一条完了又撕一条，林迟在想这是病还是故意的，看她脸上懵懂的坏笑，还真有些拿不准。

是真是假本不重要，这世间的人，无论大人小孩，谁没病？

有的病得轻，就去嘲弄病得重的，而病得重了，又总能圈地自萌。

谁都有一百条理由，样样只为自己好过。

"存天理，灭人欲"怪不得叫糟粕，想想何等残忍。在磨灭欲望的时候集腋成裘，积情成病。没病的可见只是还没病。

复查看医生，医生给了阮宁一个本，让她写日记，每天临睡前，想想自己这一天都干了点什么。

她病入膏肓，记得清楚才有鬼。每天林迟拉她起来写作业，俩人都要打一架。长大了的林迟终于险胜天字一号坏蛋张小栓，张小栓愤愤去写日记，内容当然是天马行空，胡写一通。

林迟趁她熟睡随便翻了一页。

我今天中午想吃金黄色的玉米饼配牛肉面。

如果今天能有一碗牛肉面配饼子该有多好。

我想吃汤头用 25 种香料炖的牛肉面。

林迟做了好吃的鱼香肉丝盖饭，这是我今天一直想吃的东西啊。

上面翻翻，牛肉面？玉米饼？切！上面这三个家伙不是我！

林迟看着台灯下这个孩子熟睡的模样，她的眼珠子在眼眶里不停地转啊转，林迟听说这样是在做梦。可是阮宁的梦里是什么样子？
她的梦里会是阳光鲜花还是黑暗沟壑，清醒的人却再难看到。
可是那里的阮宁是真的，现在的她，却是假的。
林迟握住她的手，用力地，想给她一点温暖。

城里来了个儿童剧团，在人民剧院排了几出木偶剧，孩子们都乐意去看，阮宁看报纸瞧见了，也闹着要去，阮令让人送来了票，叫林迟带着阮宁去散心。
木偶剧排在小剧场，只有六排座位，孩子们都入神地看着。
这一出叫《三打白骨精》。
唐僧不辨人鬼，只觉小姑娘可亲、老妇和蔼、老丈孤苦，又见孙悟空机灵狡黠，凶神恶煞，弱者的可怜、强者的可恨一目了然！猢狲连杀三人仍不觉有错，强词狡辩，口口声声嚷着自己没有错，那错的是谁？错的定然不是这被打死的一家三口，不是憨厚耿直为姑娘喊冤的八戒，更不是佛口佛心的师傅，那一定就是孙悟空！

可恨的孙悟空！仗着自己有几分本领就滥杀无辜，取经路漫漫，由他如此肆意妄为，唐僧这样的好和尚，如何修得正果、挣得金身，一身清白只会被这猴头拖累！

想起身家将来，唐僧面色铁黑，指着跪在地上的悟空，要把他赶走。

猴儿可怜，哀哀磕着头，师父心硬如铁，蝼蚁尚且得他指尖引渡过河，可猴儿为他披荆斩棘，不如蝼蚁。

小小的木偶被提线，孤独地背对着三人一马，夕阳那么大又那么红，晕染得世间一切都只是这点如血的红。

孩子们都看得忘记呼吸，他们单纯，却也知道小猴子受了委屈。

阮宁却站了起来，她噌地跑到了后台，林迟傻了眼，看着打了灯的幕布后面，小小的人儿和大人用力地拉扯，抢着孙悟空。

恍然一场皮影，恍惚一场戏。

阮宁露出一点头，委屈地含泪对着台下开口："林迟，怎么办啊，他们都不喜欢他。"

每个孩子的心中，孙悟空都是盖世英雄。

孙悟空更是小小的自己。


阮宁闲了的时候，除了画小舅舅，会在日记本上画丁老头，嘴里念叨着"一个丁老头，欠我俩鸡蛋，我说三天还，他说四天还，不还不还去你个蛋"，每天念叨一遍，画一遍，向林迟炫耀自己记忆犹在。

林迟每天清晨会带着她去菜市场买菜，看她方寸大乱，被一团毛绒绒的小鸡围在其中的僵硬模样，也带她挑选新鲜的蔬菜，抓起蔬菜，毛毛虫的颜色都很是明艳。

阮宁嘿嘿笑，捏着毛毛虫捏了一路，路过园子门前，瞧见栗家最小的丫头，阮宁特别喜欢栗小丫，经常带她玩耍，便把毛毛虫给了她。

小丫头笑呵呵地，蹦蹦跳跳就要回家去，眼睛大大的，扎着两根小辫子，好像一枝小小的太阳花。

阮宁说："这是我小媳妇，长大要娶回家的。"

小丫头哈哈笑："阮三姐，别闹。"

阮宁噘嘴，说："你这个骗子，说好了要嫁给我的。"

栗小丫笑着转身，在阮宁额上亲了一下，她说："没变没变，长大我就嫁小栓哥哥。"

阮宁对着光秃秃的银杏树，笑着说："我要是张小栓就好了。"

那样，所有的人都不会失望。

林迟背着她一路回家，他说："还是当阮宁吧。"

我喜欢阮宁。

有我呢。


阮令带着阮宁去看医生，行动隐秘，警卫、秘书通通没让跟，却允许林迟跟着去了。

著名的美国精神科医生 Dr.Wilson 正巧来中国做研究，阮令此次就是带孙女儿去见这人。Wilson 很幽默，帮阮宁检查完，便笑了，说："得了精神病还真挺精神。"

阮宁也嘿嘿笑："我一向都这样。"

Wilson 给阮宁推了一针，又开了些药，严肃地说："再过两周，看看情况是恶化还是好转。"

阮令问："这病到底能治好吗？"

Wilson 指了指阮宁，说："你得看她还复发吗。这病并不难治，只是有太多病人隔一两年受到情感和环境压力的刺激，再次复发。每一次复发，情况都会加重一些。病人处于病中的意识模糊、感情糊涂，却会给家人带给很大的压力。"

阮令一推孙女儿，也着急，说："你看我家这个跟没事儿人一样，哪儿像生病的！"

Wilson轻笑："既然没病，那您带她来看我干吗呢？"

阮令嘬着嘴，不吭声了。

临近过年，有许多人开始放孔明灯，林迟透支了一个月的薪水，买了几盏。

他拿着毛笔，在或红或白的灯上绘牡丹，小脸凝重地鼓着，阮宁粗黑的小手指着林迟胖胖的小脸，说："变包子！"

林迟一愣，立刻鼓嘴挤眼变包子。

他手指晶莹，蹭到颜料盒中一点粉，笑着在阮宁脸颊点了点，温柔道："变寿桃！"

阮宁戳林迟包子脸："包子漏馅了！"

林迟吐出了一口气，包子瘪了，而后把最后一瓣花萼勾完。

他用毛笔在长长的灯上写着重重的字。他说："祝阮宁身体健康不生病。"

阮宁头摇得像拨浪鼓，她说："希望盛世太平，中国永不死人。"

将门虎女本不知愁，许愿如此，都是受父亲拼死为国的影响。林迟心中大恸，怎么不知道她为何这样许愿，于是又问她："还有吗？"

"还有，希望爸爸好好活着，陪着妈妈。妈妈没我可以，可是不能没有爸爸。有了爸爸、妈妈，就有娃娃。我不重要。"阮宁似乎就是这样想的，她脱口而出，没有犹豫。

她想用自己的命换爸爸的命。

"你死了谁做我同桌？"林迟沉默了好一会儿，才轻轻问她。他低着头挥毫，写完后，拿起火柴，微微擦动，小小的火苗便绽放了。

H城相传，写孔明灯，发愿时应有代价，这样愿望才能上达天庭，被神仙知道。

"我跟你说我快完蛋了，我今天早上没有画出丁老头。"她眼睛微微有些发红，看着孔明灯。继而转作一张恶狠狠的脸，如从小时起无数次吓唬他的模样，却是她生病以来最认真的一张面孔："可是，如果我真死了，你就一个人坐，旁边用小刀刻上我的名字，不许让别人坐我的位置！"

他的脸色却没有任何变化，只是带着阮宁，穿过园子的树丛，穿过小小的花园，走到空地之上。这一路长长短短，他让她拿着灯，然后松手。小姑娘的右手蹭到一块小字，阮宁低了头，大大的黢黑眼珠轻轻瞧着那一行。他把她的愿望全部写上，末尾却添上一行——

上面一切皆奏效，可她少活一天，钱塘林家巷祖居林迟为她续命一天。

## Chapter 36

# 这世第一次分离

　　新年伊始，余老师带领同班的孩子们来探望阮宁。因阮爷爷为她请了病假，只说是感冒一直不好。

　　阮宁看着老同学们，好奇地揪揪这个的红领巾，摸摸那个的头发，始终笑眯眯的。

　　她顽皮又淘气，她大方又仗义。

　　她是大家的小同学。

　　班长宋林携组长胖墩儿代表全班同学发表了获奖感言，表达了对阮宁同学的无限思念，以及你不来上学教室都变空了好多的中心思想，毕竟以前从第一排到第八排都是阮霸天的地盘，当然她不来班级，打架率也直线下降了很多，余老师脸上的皱纹都少了好几条。

　　阮宁抱着胖墩儿感动得飙泪，表示自己一定好好养病，养好了就雄霸五年级去。

　　胖墩儿表示快不能呼吸了。虽然胖墩儿从未出场过，但你知道一只胖墩儿是每个人每个阶段同学中的标配。

　　林迟的打工时光也结束了，同学们离去后，他轻轻拍了拍她的头，温柔问道："我走了？"

　　能不走吗？

　　阮宁这句话实在问不出来，她重重点着头，点着点着，大颗的眼泪就掉了下来。没有谁明白，这些年过去，这些日子过来，她有多依赖眼前的小同桌。

吃过药之后，症状缓解了不少，记忆虽有流失，但只是回忆的时间长了点，不够敏锐了而已。同学探望阮宁之后，她的生命力就似乎奇迹般地渐渐回来了。父亲一直没有找到，有传闻说他带领士兵过了国境线，因邻国曾接到过剿匪的相关书函。大领导似乎也默认有此事，大家虽然忧心，但现在看来总不算太坏的消息。

阮宁把校服铺展好，总觉得自己很快就会回去，她咬着牙靠着床吭吭哧哧做运动，阮致路过，扫她一眼，眼角眉梢也有笑意。他说："胖墩儿念的信是我写的，你可要谢谢我。"

阮宁把兜里的糖豆递到他嘴里，嘿咻嘿咻仰卧起坐，说："你是我二哥啊。"

我谢你什么。

爱我是你的职责。

正如我偶尔浑起来欺负你，你还是我唯二的哥哥。


三月十日的清晨，阮宁喝了杯牛奶，刷了牙，接到了妈妈的电话。

一切都似乎很平淡，可一切却从这一瞬间开始改变。

那一天，林迟闭上眼睛走到了教室，又睁开了眼睛。

阮宁的座位空荡荡的，他被凳子磕着了膝盖。

同学们都笑他傻，林迟用手揉膝盖，微微笑了笑，却没说什么。

阮宁再也没有出现过。

阮家也不再允许他探望。

他在电话亭拨过许多次那个电话，每次接电话的人都是保姆。她说阮宁一切都好，劳他费心。

林迟从学校回家的小路上，有一个卖麻辣烫的小摊，他和阮宁曾经经常在这里偷吃东西。他的奶奶不许，她的爷爷不许。共同的默契让他们一起喝着酸奶吃着那一串串琳琅满目浸了热油新鲜香辣的食物。

　　路上有许多粗砺的小石子，那些年，市政工作日新月异，尤其学校四周，是让孩子们无忧惬意的环境。

　　林迟吃得快，吃完了无聊，就一边咬着酸奶吸管一边替阮宁整理书包。她的书包总是乱糟糟的，课本皱巴巴的，上面画了许多小动物，又贴了许多小贴画。

　　林迟曾在书中整理出一封信函，来自他不认识的"程可可"。

　　阮宁满嘴红油，点头示意他瞧一瞧。

　　信上写道：

　　此次又有月余没和你通信。栓儿，我爸爸说你是个女孩，我至今还不能相信。我心中一直把你当作弟弟看待呢，却没想到是个妹妹。可你若是个女孩，应也十分好看，毕竟你眼睛生得叫人美慕，我从没见过和你一样好看的眼睛，高兴时生机勃勃，生气时也生机勃勃，时时刻刻都弯弯的，似乎在笑，又似乎面对一切都十分豁达。这也是我想要的模样。

　　前两日，爸爸说等到我初中读完，让我去英国读书，妈妈也过去陪读。我心里十分慌张，也十分害怕。毕竟我从未出过国，甚至连英文名儿都没有，这一去不知什么时候能回了，又不知什么时候能再见你一面。爸爸经常皱着眉称赞阮叔叔，说他终有一日必成大器，我爸爸很少夸人，听到此处，我也高兴。他们之前关系并不融洽，如今好起来就好了。但愿我们今年过年能聚到一起。

　　到时我为你梳头发编辫子，瞧瞧栓儿变成女孩如不如我想象。

　　阮宁语气很平淡，说是爸爸同事的女儿，可是她凝神于信中那句"爸爸经常皱着眉称赞阮叔叔，说他终有一日定成大器"，脸上却带着复杂的神色。

　　林迟推测，信中程可可的父亲，与阮宁父亲应有很大龃龉。

每个周末，林迟都会到大院外徘徊，那里长着一棵很粗壮的银杏树，用双手竟无法合抱。

保安得到阮家指示，不再让他进门，他便爬上银杏树，坐在那里读书。

他想起奶奶用英文讲的童话。

Mirror Mirror tell me, Who is the most beautiful girl.

魔镜魔镜告诉我，谁是最美的女孩。

在群山的遮挡之下，森林的深处，你会瞧见一个小屋。那里有你想要的答案。

这里也有他想要的答案。

阮致偶尔也会从这里经过。他看到树上的孩子，不知道触动哪根神经，瞬间火来了，他指着他骂道："疯子！"

林迟手足无措，他不知自己这样是否造成了阮家的困扰。孩子垂下头，手握着粗砺的树皮，往树荫中藏了藏，没有答话。

阮致拾起地上的小石头，眼中满是戾气，狠狠地朝树上掷去："你这个小杂种，和阮宁是什么关系，凭什么天天这样等她？！"

他的模样和之前恚懒的样子殊不相同，在他的认知中，世界上怎么会有这么傻的小孩。大家都是交情不深的同学，嘻嘻哈哈过去不就好了，轮得着他装情深似海吗？

林迟没逃过石头，额角满是鲜血。他缩回脚，看着阮致脸上的猜疑和愤怒，沾了血的小石头滚在他的裤子上，孩子疑惑地回答，并觉得这是对方本该知道的事实："我认识她五年了。每天同她在一起形影不离。"

阮致把手上的石头一股脑砸到树上的孩子身上，他咆哮道："那又怎么样？！我家的保姆都认识了她一辈子！所有人都疯了，都在妞妞前妞妞后，她脾气孬，人又坏，值得你们一个个这样对她吗？！"

血水从孩子洁白的手腕往下滴，石头擦伤他不轻。可是林迟似乎下定了决心，抱着粗粗的枝丫，喘着粗气，咬牙开口："她是又笨又坏，学校里面的同学少说也有一半烦她。学习好的嫌她闹腾没礼貌，学习差的嫌她独来独往没伙伴，就连我和她同桌五年，偶尔也烦死她了。可是那又怎么样，就算她只是一只蝼蚁也有生存的权利，就算只是一只蝼蚁也有愿意承载她生命的叶子！她做她的蝼蚁，蠢不自知，我做我的叶子，蠢而自知！"

林奶奶如何瞧不见孙儿的异常，心中也猜阮宁一定出了大事。她思量了几日，终究还是亲自给阮令拨了电话。

阮令自然鼻尖冒汗，觉得惶恐。这位老嫂子家境甚好，在年轻时与俞立感情也好，不少帮衬他们这帮军中的兄弟，如今虽各奔东西，但阮令却也没有轻易忘了旧时恩情。

林奶奶叹了口气，用苍老的声音问道："你的小冤家究竟怎么了，一直带累我的小冤家？"

林迟周五回到家，照旧生火煮稀饭买馒头，趁着空隙描了字，又预备炒菜，林奶奶揉搓他耳朵，说着憨娃，小少年略略避过奶奶的溺爱，温顺地搅了搅红薯稀饭。

吃完饭，约莫七点十分，林奶奶说："还不晚。你今天没事，就去车站送阮宁吧。"

林迟手上的筷子打中了碗中的勺子，"叮铃"一声脆响。

林奶奶拍拍他的头，把厨房刚洗好的碗筷收了起来，嗔怪道："打小就没这么慌过神。我问过了，阮宁妈妈去部队寻找敬山，说是发现一具尸体，像是阮宁爸爸的，便哭着打电话给阮令求助，却被阮宁用分机偷听到了，小家伙一下子就瘫了，掐人中、打针都不济事，等她缓过来喂了口水，已然糊涂了，谁也不认识，去医院治了几日，却没有大的起色。"

林迟说："阮叔叔真的……"

奶奶摇头肃道："暨秋有些沉不住气了。阮令打了报告，第二日亲自带队去了延边，后来终于和敬山联络上了。他并没有死，虽然手下折了不少，但因为保密，连老父也未吐露半字，至于之前去了哪里，已然成了谜。只是苦了阮宁这孩子……"

"阮爷爷去了延边，把昏迷的阮宁独自留在家中，等他和阮叔叔回来，阮宁已经不大好了。事情换个角度看，就变成这样了。"

林奶奶也诧异，随即难以置信："不，他们不敢，虽不是同一个妈，但没必要害一个孩子……"

可是语毕，昏暗的橘黄灯光下，林家却陷入死寂之中。

老人想起自家情形，也觉自己说话打嘴，太平日子过久了，反而越活越天真。她拿出外套帮孙子套上，温和道："阮宁父母今天坐夜车带她北上治病，这一去不知何时能回。你去瞧瞧她吧。"

林迟低头道："奶奶不是不高兴我周末去爬树瞧她？"

孙儿为了一个人被人磋磨成那副模样，哪个做奶奶的会高兴？

老奶奶弯下腰，抚摸孙儿的小脸蛋，笑了："奶奶更不高兴你不高兴的样子。"

林迟打车到了火车站，赶上了离别的火车。

他买了张站台票，在站台上孤零零地等待。

自从捂起眼睛的那一瞬间，他已经习惯等待。

每天清晨，他都会站定在教室门前，轻轻地捂上眼睛，在同学的嬉闹声和磕磕碰碰下走到座位前。

他缓缓放下双手，皱缩的双眼睁开，瞧着与昨日摆放并无差异的座位，又开始了明天的期待。

没有阮宁的林迟，之前或之后都活得像没有声音的电视，是一场默剧。她到来的最初，像一阵鲁莽而强劲的风，而那时的他，只是一只没有灵魂的小怪物。被欺负也可以，被忽视也可以，贫穷也可以，失败也可以，什么都可以。因为可以生而没有父母，所以还有什么是不可以。是阮宁的粗鲁恣意让他手忙脚乱，也让他学会羞恼和生气。她知道自己想要什么，同样让他感知到自己的生机。不知道从哪天起，才意识到自己身为人的可爱与有趣。这是阮宁带给他的东西。

这样可贵的东西。

绿皮的火车来来往往，有停歇的，也有前行的。可没有谁是停在时间凝滞的沙窝中。哨声和铃声来回响起了许多回，他只能茫然地望着四周，像一块艳阳里快要融化的奶油。

四方的大理石柱上挂着一只钟，小怪物焦灼地盯着它，等着九点的钟声，又怕一错眼，错过了阮宁一家三口。

幼小的林迟很惶恐，只怕这一次见面就是这辈子的最后一面。

阮敬山是个高高挺挺的男人，穿着军装，在人群中格外显眼。他出现时，手中抱着一个毛毯裹着的羸弱的孩子。

暨秋看见了小林迟。

她诧异地走到了孩子面前，弯下身问他："阿迟，你为什么在这儿？"

小怪物泪如雨下，握着拳问："你们要把她带到哪儿？"

火车就要开动，阮爸爸抱着怀中迷迷糊糊的孩子朝林迟挥手。

林迟踮着脚，扒着绿皮车厢的窗户，用冰凉的小手轻轻触碰阮宁的小脸。他轻轻说："你还回来吗？我和奶奶说了，等你回来，就来我们家当我们家的女孩，我给你做点心，背你上课。你说你的心愿是中国和平，我帮你牢牢记着。"

阮宁半睁开眼，乌黑的瞳孔无意识地定在那只手上，她眼中没有焦距，嘴动了动，觉得累，又沉默下去。

阮敬山心中不忍，轻轻道："孩子，你放心，叔叔向你承诺，一定会治好阮宁。"

林迟忍住泪，握住阮宁的手，哽咽问道："我还能信你们吗？"

他再也不信大人，更不信阮宁家人。

阮敬山听出弦外之音，心中涌出旁人不知的恨意和懊恼，他说："一回，最后一回。我是阮宁爱着的爸爸啊。"

林迟难过地仰着小脸说："我还是阮宁也许大概很喜欢的同桌。"

可是，那又怎样。大人永远抓不住事情的重点，没有人在意小孩的内心。这世上所有的孩子都是孤独的，从孤独的小孩变成孤独的大人，因为习惯了被忽略，所以自然地再一次忽略下一代的小孩。

林迟咬了咬牙，说："你得答应我，无论能不能治好她，都不要把她扔掉……如果真的要扔，能不能……把她扔给我？"

那些奇怪的邻居孩子因为贫穷带来的偏见，经常骂他是"捡垃圾的小孩"，可是对大人来说，阮宁又是不是他们不需要的"垃圾"？

他这样惶恐地想着，连看到新闻播出许多残疾智障儿被抛弃的图像都觉得惶恐。他是被父母抛弃的孩子，却想要伸出一双小手，去接住"垃圾"阮宁。

那么珍贵的别人不要的，对他来说却像是珍宝的"垃圾"。

他说，你爱你的祖国，我来爱……她。

好不好呀，叔叔。

阮敬山忍住眼泪转开眼，把大大的口袋中阮宁的日记本递给他，挥了挥手，让他离去。

他是这样可恶的大人，低着头涕泪全流。

火车在鸣笛声中开动，林迟握着的阮宁的手，一下子就脱离他的手心。

好像被风带来了千山万水，好像这一辈子都不会回来。

林迟痛哭起来。


他翻开了那本日记。

林迟以为日记会停止在她犯病的那一日，可是，并没有。

三月二十九日的深夜，日记是这样写的："明天清晨，太阳升起的时候，卖豆浆的小贩升起炊烟的时候，自行车铃响起的时候，我就可以背上书包上学啦。我要跟余老师鞠躬问个好，我要和小胖一起拍贴画，我要和前桌佳佳一起买零食，我还要……和林迟同桌。"

三月三十日，是她生昏迷病的日子。这一日，日记停了，一直到四月十日，日记又恢复了，可是笔迹凌乱而残缺。

她说："明天清晨，是我重新上学的日子。太阳，豆浆，车铃，树荫，我走到学校，跟……余老师鞠躬，和小胖拍贴画，还要和……谁一起买零食，我还要和林迟同桌。"

四月十一日："我明天去上学。有太阳有自行车，我走到学校，见余老师，见小胖，走到林迟身边。"

四月十二日："明天上学。骑自行车去。到学校，经过老师、同学，走到林迟身边。"

四月十三日："明天上学。走到林迟身边。"

四月十四日，字已不成字，残缺的笔画是用颤抖的手指费力刻出的。

上面寥寥七个字——

林迟是谁，我想他。


那是他们人生中的第一回分离。没敢细想会不会再见，也没敢细想会不会再也不见。

那也是阮宁第一次生了这样奇怪的病。

那是我们每个人在孩童时期都渴望拥有的病症。

快乐时世界无敌，忧郁时天地不理。

可是，没有谁的病是一辈子的，除了死亡，必须痊愈。

痊愈是儿童病最大的副作用，这件事，我悄悄告诉你。


上部终